溯迴之魔女

有馬二—著

一個都不留

II

【各界名家推薦】

正在閱讀前作的時候，我不得不驚訝好多次，一時一刻也不能安心，面對著廣闊地放入過想像力的各種情節，必須懷疑以為理所當然的故事走向。我以為不會再經歷同樣的情形，不過我也再三感到意外對這本新作的情節。雖然作者運用很傳統的推理文學因素——帶有黃金期味道的「鄉間宅邸的謀殺」（country house murder）模式、或者帶有新本格味道的「暴風雪山　」（closed circle）模式——但在兩本書的結尾，讀者都會面對做夢都沒想到的景象。

——稻村文吾（華文推理小說翻譯家）

讀了《溯迴之魔女》第一集的讀者，會像我一樣，在懸念頻生的故事情節中，期望得以解答房宛萍多次死亡後再生，時光倒流回到父親死亡那一天的真相？房兆麟生前什麼要把龐大遺產，授予庸碌無能的長子房岳昌？神祕殺手為何一次次鍥而不捨追殺她？以及她和惡名昭彰頭號通緝犯馮子健合作的來源去脈？……等等。

我覺得，作者在第一集中設定的的撲朔迷離疑惑，帶給我們的危險感覺及緊迫力量，不是冒險的乾脆，反而有一種威脅生存的樂趣。

機緣巧合情況下，我認識了下筆千言，倚馬可待的有馬二，那時候，他只有十八歲吧？在他的文字和故事中，已有不少他人所無的借筆墨抒憤氛圍。《溯迴之魔女》的面世，應該是他走上成熟大路的一部標誌式長篇小說！

在第一集，他讓我們在主角房宛萍和馮子健的生死之間迷離恍惚……就像知名推理小說作家文善描述的：遊行於如燈火般炫目驚奇；在科幻和推理交互的迷霧中找尋究竟……

在第二集，出乎意料的，作者顯現了非比尋常的出色才華，除了把操縱情節推展交給馮子健，更把讀者帶進一個典型的密室謀殺案設置中……

第二集的故事，除了為讀者解剖了第一集那一個個糾結的懸疑，還影射及揭開了現世文化圈的黑暗內幕。期間，作者操作得懸念頻生，高潮迭起，跌宕起伏，讀起來簡直讓人喘不過氣。在他的筆下，人生就像蜘蛛，能坐享其成的，不是靠的就是那張關係網嗎？

小說告訴我們，世事總是如此，文化圈和所有圈子一樣，總存有人的劣根性，故莎士比亞也是蕭伯納的心頭之患，必須貶低而後快。

當我得知《溯迴之魔女》這部長篇小說能夠面世，真的為作者得遇伯樂高興。從來，編輯對作品有生殺予奪之權。有才華、思想開放主編，才會不遺餘力地發掘優秀作品，對有才華作家惺惺相惜。那些本身是庸才的，只能賞識、發表庸才的作品。

所以，我衷心期望，《溯迴之魔女》能同時為出版社，編輯，作者和讀者帶來豐收和喜悅。

——鄭炳南（知名推理作家／電影編劇）

去年夏天，我到上海參加書展活動，期間和我一位朋友見了一面，我這位朋友事業有成，在上海帶領一個部門，雖然接近中年，但仍舊風度翩翩，與他的女友即將步入禮堂。

他的女友是上海人，在一間私校任教，於自己的領域同樣也有不俗的成就。

我們三人用完餐後，步行在上海世紀公園附近，這位女老師知道我是一名創作者，好奇的問了我幾個問題。

幾個問題似乎都是幫她學生問的，都與創作有關，從我腦補的推斷，大概是她在教學時看過不少對創作有熱誠的少男少女，如飛蛾撲火般想進這個行業。

如今的時代不一樣了，年輕人對傳統行業、甚至高科技產業的興趣，漸漸轉移到文娛行業上，這是很自然的現象，因為這個行業清新有趣，從直觀上是個創造歡樂的地方。

只是對許多成年人來說，不免會替他們擔心，文娛行業終究是小市場，潛藏在歡樂冰山下的，是放大了九倍的風險。

我初次認識有馬二，是在香港的一個論壇上，那是一個供人張貼小說、談論創作的開放式網站，是當年很流行的社群模式。

由於已經過了十來年，許多細節我都已經遺忘，但我記得很清楚的是，他那時筆名還不叫有馬二，性別標註成女性，在論壇裡是一位風雲人物。

出於文章的點擊率，我對這些風雲人物都特別好奇，曾經細細觀察過他的貼文，頗驚訝他文風的跳脫飛揚，對ACG知識爛熟於胸，還很喜歡點評當道，是一名有俠氣的意見領袖。

這個論壇後來風流雲散，眾多創作愛好者，或轉戰他方，或銷聲匿跡，一起無聲走了個過場。有些人在那幾年出了書，後來也沒持續下去，漸漸泯於眾人矣。

我和有馬不知怎麼建立的交情，往還過幾封站內信，後來一直有保持聯絡。

我的年紀比論壇中的小朋友大上不少，看過許多人來來去去，對創作這件事，多數人最初都是滿腔熱血，經過幾年學習歷練，有些人始終沉潛，有些人一度冒出過頭來，得過一些獎項，其中少部分越走越高，其他則止步於此，然後又沉潛下去。大部分人最後都沒再碰筆，把這件事當成過往美好的回憶，找到其他興趣。

這種事很正常，沒有絲毫可議之處，我就是一個放棄當年對漫畫的興趣、轉而從事文字創作的例子。

老實說，我原以為有馬會加入我們這個大家庭，成為放棄者中的一個，但他沒有，十多年來一直保持熱情，在閒暇之餘偷空創作。

十多年後，我除了發現他任職於圖書館，在真實世界是個男的，還注意到他投了比賽，進入島田獎的複選，然後又在秀威出書；出了一本之後，如今又要出第二本書。

他的文風跳脫飛揚，為人又有俠氣，我原以為他若不是走幻想路線，就會去寫武俠文，但他卻對推理卻有頗高的熱愛。

他對ＡＣＧ異常熟稔，又是一位日本通，臉書的貼文總是看他在打電動。然而他這兩本書，用字古色古香，連目錄都採十分罕見的章回小說體，開頭卻是文壇內的風月八卦，轉入密室後來了一場推理大逃殺。

多麼獨特的混搭風格，就跟他的人一樣，既傳統又前衛，帶點矛盾感的統合，孜孜不倦地進行創作，這樣的作者你會不感興趣嗎？

故事說回上海那位女老師身上，當時天色已晚，我們越過公園一個遊戲場，裡頭到處都是嬉戲的小孩。身為一名學校導師，她問我創作時到底是天賦重要，還是努力重要？我記得我用了史蒂芬金的說法為之解答——努力能讓你往上爬，而天賦決定你能爬到哪。

如今大半年過去，我回頭想想，還是應該要加上這句——唯有熱情常在的人，才有動力能爬到頂峰。

願與同好共勉之。

——高普（文化部優良電影劇本獎作家）

在我聽聞過的歷屆「金車島田莊司推理小說獎」參選者中，有些人在曇花一現的鎩羽而歸後，不見得會繼續執著於推理小說的創作，也有許多人轉往其他類型文學的創作。有馬二則是我見過極少數的創作狂熱者，憑著一股勇往直前的傻勁，更用力地去建構自己小說中龐大的世界觀與後續情節。

我的印象之中，只要有機會與他在臉書或微博上通訊息時，他幾乎都是孜孜不倦地在爬格子，就連有機會來到台灣旅遊與宣傳新書時，也常是一個人窩在旅館的房間中寫作。聽說他從中學開始就醉心於小說創作，在立業成家後也沒有停過熱愛寫作的初衷，直到進入第五屆「金車島田莊司推理小說獎」複選入圍後，更讓他的創作能量爆發至頂點，除了重新審視與大幅修改當年的參選作品，更延伸出扎實的魔女世界觀，付梓出版了跳脫推理窠臼的系列作品。

《溯迴之魔女II：一個都不留》延續了前卷融合科幻、推理與武俠小說的神髓，巧妙地置入如章回小說般的目次，並以極為輕小說風格的書封成書，完全展現出有馬二腦袋中充滿奇思異想的古靈精怪。在第二卷中出現了許多全新的角色，更比前卷多了些少年與少女清純的愛情，以及因愛復仇的「文學大賞連環殺人案」！多位知名作家與評審們都成了兇手刀下的死者（閱讀至此我不禁會心一笑）。而前卷中的女主角房婉萍，也在作者的生花妙筆下穿越到第二卷，許多在第一卷中所鋪陳的伏筆，讀者都將在這一卷得到滿意的答案！

假如，要我以一句話來形容有馬二天馬行空的想像力，那麼我會稱他是「犯罪推理界的周星馳」！他們同樣擁有信手捻來的編寫能力，並將截然不同的元素撞擊出精彩絕倫的火花！

——提子墨（作家／英國與加拿大犯罪作家協會PA會員）

文壇是一個大染缸。有人慈悲、就有人仇恨；有人奉獻犧牲、就有人自私利己；有人失意於不公、就有人獲利於投機；有人執著於本心、就有人瘋魔於捷徑；有人沉湎於聲色、就有人掙扎於苦痛；有人舉杯慶祝名利、就有人親手埋葬良知……有馬二帶領我們探討了一個哲學命題：當我們的心沾染上欲念，這種「因」將會演變成何種「果」？他利用雙重空間的結構推進敘事，從一起推理殺人遊戲的角度切入，以恰到好處的節奏將這頂染缸中的因果徐徐鋪展。而他筆下的雙重時空，則既是文壇的氣象、亦是這個充斥欲念的時代中的惡與善、暗與光。值得一提，有馬二對傳統文學的造詣融進了故事的設計中，讀之愈發暢快淋漓。或許「文月瑠衣」已被塑造為一個符號，映射出我們心中那片最純粹的淨土。

——馬洪滔（中國導演／作家／藝術家）

相繼收到有馬二《溯迴之魔女》系列之一的實體書及續集的電子檔。見《溯迴之魔女Ⅰ》封面設計，吹日本風，問及內容，卻是推理小說。表裡形成強烈衝擊，好奇，應然而生。《溯迴之魔女Ⅱ》，具章回小說枝幹，又見新體小說體質，甚至大玩cosplay，推理、玄幻，科技、軍事……元素豐富。有趣的是，一個寫作人看其他作者寫關於寫作人／寫作圈的故事，當必大有感慨。

據悉，有馬二涉獵此板塊，皆因自幼多與本港推理小說作者接觸，耳目渲染。目前，推理小說在香港文學發展尚且相較勢弱。祝愿魔女之誕生，為香港溯迴魅力，異彩撲朔，奇幻迷離。

——蘇曼靈（香港作家）

目 次

第壹回　歸來宴聚過聖夜
別後孤懸渡年終

蕭綸公

喬農

寇尹

虞杰

賈勝龍

馬巧茹

天青雷

賈曉帆

清聖祖熟讀《聖經》與天主教書籍，對教會歷史瞭若指掌，曾賦贊詩詞：

森森萬象眼輪中　須識由來造化功　體一無終而無始　位三非寂亦非空
天門久為初人閉　福路全憑聖子通　除卻異端無忌憚　真儒偌個不欽崇

另有其二：

妙道玄玄何處尋　在茲帝監意森森　群生蒙昧迷歧徑　世教衰微啟福音
自古昭昭臨下士　由來赫赫顯人心　而今基督恩光照　我也潸潸淚滿襟

惜因禮儀之爭，終未能令天主威名在東方落地生根。話休絮煩，如今聖誕節已變成全球歡度的節日。擁有超過一萬名會員的全國作家協會，亦於各省舉辦佳節聯誼。其中廣東省分會選擇假廣州市恆河大飯店設宴，然而只有寥寥十數名會員願意出席。究其原因，當然是畏懼通緝犯馮子健之故。自二零一二年起，馮子健先後將本國七位知名作家擄走後殘忍殺害。最近一宗為愛情小說家尚無菜，其屍身於九月發現埋在九龍市屯門鎮荒山之中。時至今天警方仍然束手無策，連犯人的片毛鱗甲都撿不到。市民日漸不滿，傳媒更是冷嘲熱諷甚至落井下石，力斥警方無能。

警方以相關案件尚在調查中，拒絕公開偵查情報。但是傳媒不是瞎子，持續發掘採訪，不難發現七位死者均與全國最大的龍江出版社有關連，紛紛謠傳馮子健專門針對該出版社作家下手；加之近日流傳對方隱匿於廣東省內，當地曾經與該出版社有往來的作家均擔心自身安危，拒絕出門。

作協聚會人數過少，以致聲譽有損，決非美事。即使龍江出版社的社長兼全國作家協會會長紀春筠多番出言闢謠，反駁傳媒瞎子摸象式的報導，甚至主動宣布南下出席廣東省聚會，都未能讓會員安心。直至知名武俠小說家蕭綸公突然高調宣布赴宴後，輿論風向才有所轉變。

蕭綸公，原名齊瑜寧。學富五車，琴棋書畫俱精，更寫得一手好詩詞。過去撰寫的武俠小說，不單故事背景認真考證史實，更嶄新地運用新文藝手法來塑造人物、刻劃心理、描述環境與渲染氣氛，成為新派武俠小說的開山鼻祖。不僅一掃五四以來舊派擊技小說之粗鄙俗陋，更將武俠小說提升至典雅文學殿堂之內，促成「蕭學」研究之風。

想當年新派武俠小說家中，以毛艮、蕭綸公、申龍三位名氣至為鼎盛，作品家傳戶曉，更屢次改編為電視電影漫畫遊戲，故合稱「毛蕭申」。奈何申龍嗜酒如命致肝硬化英年早逝，毛艮早幾年亦笑喪而去，於今只剩下蕭綸公這位白頭人。

「我筆下的主角總是疾惡如仇，凡路見不平必拔刀相助。倘遇不公平不合理之事，決不能因為環境和強權而選擇沉默！」

近年蕭綸公罕有露臉，僅剩下出任龍江文學大賞小說組評審，又或揮筆繪畫寫字成聯，贈予朋友墨寶。憑其文壇超然的地位，兼慷慨大氣之話語，無疑令人情緒久久難以平靜，終勉強夠數百人答允出席。紀春筠安下心來，通知廣東省傳媒於二零一四年十二月廿六日晚上六時赴會採訪。警方亦不容有失，增派人手駐守現場。

當晚紀春筠上台致開幕辭，大肆抨擊馮子健的犯罪行為。宣言作協上下當此危難之際更需齊心團結，不容向惡勢力低頭。這番話不僅向在席的人說，更是透過傳媒公開向警方施壓。隨後協會理事逐一發言，言畢大伙兒鼓掌，頓時席間斛籌交錯，佳肴美饌共享。珍饈垂涎三尺，饔飧羅列無止。

曾幾何時嶄露頭角的新人在席間必爭先恐後與前輩作家取經，惟如今已無此風氣。未等前輩起筷，年青人邊吃東西邊滑手機，忙著於社交網絡貼圖分享席間盛況，比拚誰獲最多「讚好」。縱然如此，席間大家談論的焦點，卻無可避免扯上馮子健這號人物。

最近麗的電視壹龍台《今日看清楚》節目持續爆料，調查到馮子健乃青苗醫院附屬孤兒院出身。該院職員受訪時，表示對方從小反叛逆忤，常常無故曠課失蹤。二零零九年滿十八歲後，按規定離開孤兒院，此後下落不明。當時無人料及對方會踏上成魔之路，覺得不勝唏噓。沒多久網絡某討論區就有一位自稱從該孤兒院長大的匿名網友發帖，提及馮子健於院中的舊事。雖未曾證明所有情報的真偽，卻足以引來坊間八卦者加油添醬。

「傳聞他曾經戀上一位富家女呢。」

「你在說網上論壇那篇帖文嗎？」

「聽說他搞大女方肚子，事後更撤手不管。」

「嘩，典型射後不理？好妒……不，好羨慕！」

「這些機會從來都不是屬於我的。」

席上年青作家早就拜讀及分享過那篇帖子，肆無忌憚笑談內容。至於孰真孰假，則無意求證。畢竟被殺的全是中老年作家，認為事不關己，有些更私下喝采叫好。

五四以降，作家大抵從投稿報刊出道，然而這傳統路線早已不復存在。老一輩死活霸佔報章及出版社等地盤，年青一輩無法擠進去，只好轉而於網絡上發布創作。面對更大的競爭，成就卻非常有限。老作家不知是否故意抑或無心，最愛在訪問或座談時說「年青作家不求上進沒出息」、「網上出版有前途」等等。年青作家聽在耳內不免埋怨，認為是局外人風涼話。若網上出版大有作為，為何老作家如此「沒出息」，專注紙本出版？死活霸佔報章那一小格專欄？不願禪讓後進入場？

老作家人脈圈子覆蓋廣闊，發言影響力大。徒子徒孫眾多，可以打筆戰搞言論，將白的寫成黑，黑的說成白。文壇業已腐爛成分黨分派的江湖：減少交際就是孤立；不願隨波逐流，迎合老作家口味及興趣，就是敵對之人；若是願意迎送拍馬，那怕作品水準不夠，都有名作家掛名推薦。面對日益扭曲的文壇生態，即使年青作家心有不甘亦不敢捋老作家虎鬚。

現在世道是誰說真話誰遭殃，出來混的只想賺錢填肚子。寫作不再是經世理想，僅是一門賺錢活。尤其是作家、出版、銷售、影視形成一個跨媒體發展的大醬缸。成名作家既有銷量保證，筆下作品無論如何重刊再版，都有穩定龐大的銷量。出版業自然對新人缺乏需求，甚至不打算投資推銷新晉作家。新人舉目無援，更難闖入文壇。惡性循環下，文學界及出版界越加萎縮，出版社面對寒冬時更益短視。為維持盈利，持續翻印成名作家的舊作；影視改編亦越趨保守，來去俱是知名舊作。

至於年青作家為求在浩瀚無垠的互聯網上增加點擊，題材逐漸講求膚淺粗陋，內容滲揉色情暴力，減省詳細厚實的文字描寫，吸引讀者在碎片化時間內快餐式閱讀。年青作家覺得自己錯過百花齊放的報章文學時代，被老年人騎在頭上指指點點。於此時突然冒出一位專殺老作家的殺手，年青作家表面上深表遺憾，內心卻希望殺多幾個，好讓市場騰空多幾席，讓他們乘勢上位。

「你真幸運呢，居然能夠接手尚無菜的地盤，又可以寫多一篇專欄賺稿費。」

「誰敢和天青雷攀比？自掏腰包搞《武俠紀元》，不用瞧智障編輯的臉色。」

「你有所不知啦。自己辦雜誌，有自己的地盤很了不起嗎？在這行混，終歸要瞧人臉色。」

「廣告商嗎？」

「廣告商是小事，最麻煩是『老屎忽』，不停問你為何搞多本武俠小說月刊，為何不支持沉默成那本《武俠江湖》。」

「《武俠江湖》？那本在報紙攤賣五十元一本的小書？還有人看嗎？」

「拜託！老子為何要在那本垃圾上發表作品？要搞，就搞新的，推翻舊的！」

「那本雜誌不是早在半年前就斷刊嗎？」

「封面不吸引，內容都是老化石。文縐縐的，誰看誰白痴。」

「老古董跟不上時代，不知自己的命運已經暮日窮途，還在擺著腐朽不堪的架子，誘惑群眾迷醉青年，阻礙新文藝的發展。」

「老古董」已經是很客氣的稱呼，有些年青作家甚至譏為「老稿匠」。

麥風、賈曉帆及天青雷三位年青作家分配於同一席，相互分享近況。天青雷出道最晚，年齡最長，是近幾年聲名鵲起的武俠小說家。至於麥風及賈曉帆文筆相若，最擅長「我手寫我口」，以鮮明的廣東話、火星文及網絡符號入文，作品甚受廣東省一帶年青人歡迎，銷量可觀。三人同樣對日趨老化一池死水的文壇諸多不滿，渴望獲取更高知名度。

「瑜寧，身體還好嗎？」

另一邊的老作家則顯得拘謹保守，喬農一邊喝熱茶，一邊問候同桌的蕭綸公。

「我們多久沒有見面了？」

「也不是很久，明明之前才透過網絡視像見面。」

「你想說龍江文學大賞的評審會議嗎？確實近幾年都變成視像會議了。」同席的寇尹嘿嘿大笑，他雖則年逾耳順，但照樣杯杯烈酒穿喉過，豪膽地道：「原本不想出席這麼無聊的聚會，但聽到瑜寧出席，當然義不容辭走來湊熱鬧。」

「就只有你這位老頑童毫不正經。」喬農板起臉，嚴肅地訓道。寇尹鬼馬地吐舌頭，夾一大塊牛肉塞入嘴中，配一口烈酒，真箇銷魂。喬農不管他，繼續與蕭綸公敘舊：「正是知道瑜寧賞臉出山，我才特別大老遠從加拿大趕回來。」

「難得移民外國，又要飛回來，不是很麻煩嗎？」

「現在乘飛機很方便舒適，能有甚麼麻煩呢？就是孫兒在鬧，想一起過來。」

「嘿嘿嘿，一併帶過來玩嘛。」

「別管他，那小子老是不願學好國文，來這兒只會丟人現眼。」

寇尹插口道：「復生，你帶孫兒過來，叫他認瑜寧為乾爹，好好學國文，豈不妙哉？」

喬農認真考慮，蕭綸公急急搖頭拒絕：「別鬧啦，我一把年紀，哪兒有精神教人？」

「哎，瑜寧，這也是為你好。你終身不娶，膝下無兒，總得認個乾兒子，好使老有所依。」

「別再談我的事了……說起來最近復生又和別人筆戰？」蕭綸公深居簡出，托賴互聯網發達，不出門亦知天下事。

事緣最近有人在網上宣言龍江文學大賞新詩組賽果「造馬」：評委主要是國內三間高等學府教

授，往往只挑選自家學生獲獎，形成歷屆得獎者均為出身於該三間學府的畢業生。不同於蕭綸公及喬農負責評審的小說組，寫新詩的作者少，讀者更少。日久之下這「關係」終為眼尖者發現，遂在網上大書特書，引來文學界哄動。

喬農不屑地道：「哼，盡是無知小輩。哪個獲獎作品是全無瑕疵呢？用放大鏡看，全部都有問題。即使如此仍要分勝負。文章是自己好，缺點是別人多，拿不到獎的人越想越不服氣，牢騷就出來。」

「別組評審的事與你何干？插一腳進去，豈非自討沒趣。」寇尹猛灌一瓶酒醉道，同席另一位老作家午疋名指著喬農道：「你今年貴庚，還沉迷與人筆戰？年青人不長性不懂事，你管得了多少？」

鄰旁名叫雯容的婦人卻持異議道：「話可不能這樣說，正如綸公所言，路見不平拔刀相助，眼見有人無的放矢，怎麼能袖手旁觀呢？」

「哎！有道理！不平不鳴，一股惡氣會囤在身上，沒多久頭禿肚腩漲。」寇尹在一邊拍拍鼓圓的肚皮胡說八道，眾人噓聲四起，一時之間充滿歡樂的氣氛。此時寇尹留意到蕭綸公擱在桌面的手機，螢幕覆轉朝下，瞄一瞄問：「瑜寧終於不再用Nokia嗎？」

「這部新手機是朋友送給我的，甚麼最新大屏高速Android手機、雙卡雙待、千萬像素鏡頭、紅外線遙控、立體聲擬真音效喇叭、衛星訊號收發……盡是一堆我都聽不懂也不會用的功能。」蕭綸公輕撫手機，隔之擱回桌面上。霎時話題由傳統功能機退出市場，一躍跳回到學生時代各種回憶。那時大家組建文社，油印文學刊物，連帶參與激昂熱血的學生運動，紛紛感慨歲月無情。

「如今自由經濟，年青一輩都不再著眼於自身民族的文化自信，反而越益膚淺急躁地搞些四不像的所謂創作。只圖包裝華麗插圖豐富，文字內容卻空洞淺陋，靠忽悠讀者換取金錢與知名度。他們總是不理解，衡量文學作品的高低，絕非市場銷量，而是本身品質所獲得的重要性及其所能流傳的程度。」傳統學者出身，文學博士兼作家曾廣談及本年度書展時有一堆年青作家競相炫耀「出書」「銷量」等行為，盛產商品向的作品，顯得憂心忡忡：「有云『蟬翼為重，千鈞為輕；黃鐘毀棄，瓦釜雷鳴』。當今文壇投機取巧者眾而真才實學者寡，倍使人唏噓感嘆。」

「讒人高張，賢士無名，從古至今皆如是。」

「年青作者只是借用『作家』身分出鋒頭，招遙過市，卻無付出深情，更欠刻苦用功的上進心。」

「他們的文字總是缺乏個性和溫度，恰似小學生作文課，字順文通，僅僅合格而矣。偶得機會出書，得到市場一些低端讀者追捧，儼然自居為『作家』。他們只停留在講故事的階段，只顧把心目中的故事說完，用大量沒有性格的人物、通篇累贅的對白充塞版面。即使寫再多，依然毫無寸進，充其量只是文學發燒友。」

「果然出版業是要管的，只有真正用心寫作、真的有話想說的人才配出書。」

蕭綸公欲語還止，想年青一輩中不乏有人用心寫作，可惜未嘗得遇伯樂而矣。他們自有一套見解與價值觀，不愛跟紅頂白，活出獨立人生，未嘗不是值得鼓勵。可惜此間快成老年人批鬥年青人的集會，為免拂逆眾人興致，只好默默低頭吃飯，放任自己漫漫淹沒於大浪潮中。

「之前我在專欄分析過，馮子健絕對是心理變態，潛藏偏執精神病。只殺作家，是一種綽頭，單純想成名，吸引社會注意。大家試想想，倘若是隨機殺人，效果未必如此轟動。」

「殺死作家對他有何好處？」

中年作家那邊，話題卻偏重政治與時事。自稱「中國第一才子」的虞杰於席間餘裕地發言道：「對馮子健來說不一定有好處，亦不必有利益。他要享受注目的快感，所以向特定目標下手。這種人智慧很高，但高過頭，就變成思想有問題。在美國犯罪史上，連環殺手雷德、占鍾士、格蘭、齊斯等等，全部在兒童時期都有剖殺小動物甚至生吃內臟的紀錄，引為娛樂。馮子健肯定沒有例外，在孤兒院成長的他，必然缺乏父母憐愛，導致成長其間心靈扭曲。最惡劣的是骨髓裏先天有犯罪傾向，長大後必成連環殺手。」

同席的另一位暢銷青年小說作家林文祝絕不苟同，按照他的理論，凡是孤兒院出身，缺乏關愛的孩子，長大都會變成變態殺人犯？聽著耳朵就好生不舒服，苦於口舌不夠精妙，只好放任對方滔滔不絕說下去。

「現在太多人冷眼旁觀，他們的世界只有『大愛和平』，要『無罪論定』，說的簡直不是人話。西方人的邏輯文化，總是強調『須審視雙方的證據』，因為是神經病患者，首先不可以受到歧視，要包容吸納進主流社交圈，對犯罪者施以仁義之愛。又說現代文明社會言論通訊自由，官家不能隨便抓人。強調法庭上陪審員以常識裁決，當犯人承認犯罪時，才可以判刑。真正的中國人，只會說『事實清楚、證據確鑿、犯人直認不諱』，然後無需答辯，就此拖去處刑。」

說的話很多，文辭堆疊，引喻頗豐。但是仔細思考，就發現論點前後矛盾，毫無邏輯，全是廢話。偏偏很多年青人奉他為偶像，覺得這樣才叫有水準、有深度、有見地。

當晚聚會於和平融洽中結束，臨別時全體大合照，大家親切地握手告別。紀春筠滿心歡喜，再次向傳媒問好，希望諸位記者用心宣傳。料定翌天報章將會報導各省作協聖誕聚會，讓本年華文界添上美好的句號。

＊＊＊＊＊

賈曉帆從一張硬木板床上醒過來，頭顱持續感到鈍痛。使勁揉了揉酸困的雙眼，打量四周白色的牆壁，發現處身陌生的房間內。搖搖晃晃站起來，右手按住太陽穴，左手抵在床上。待氣血流通，神智才漸漸恢復過來。迅速理解這裏絕非下榻酒店的房間，亦非自己的家。

房間不算寬闊，不過樓底非常高。房內除去兩張便宜陳舊的鐵製木板床，就只有一組木製矮櫃及一組木桌椅，孤苦伶仃靠在牆邊。白色的牆壁充分反射窗外射入的光線，使室內和暖明亮。外面盡是鬱蔭茂林，氛圍有些寒慘，讓他汗毛直豎。寒天無暖爐，獨在牆壁上高掛一部室內空調機，徐徐輸出溫熱人心的暖氣，才不致手腳冰冷。

旁邊另一張床上，父母只蓋著普通被褥，擠在一起沉睡。一輪猛力撼搖，方悠悠轉醒。二人不約而同地頭酸頸痛，慢慢撐起身。馬巧茹最先高聲尖叫：「怎麼回事啊？這裏是哪兒？」

賈勝龍極力安撫激動不安的妻子，同時嘗試從大腦深處回溯記憶：昨夜聚會結束後，三人準備乘車回下塌的酒店。適時引擎無法發動，他擬下車維修時，突然後腦遭硬物砸中，旋即失去知覺。經他提起，二人亦回想起來。當時母子在車廂內見一位蒙面人從旁邊柱後閃出，鐵管一揮便扑昏他。母子嚇呆時，對方迅雷不及掩耳間衝入車廂，各朝頭上敲一記，二人同告昏去。

賈曉帆不相信有人能辦得如此乾脆利索：「真的這麼容易敲一下就暈倒嗎？」

馬巧茹撥開兒子的頭髮，撫摸頭上腫包，心疼會不會有後遺症。賈勝龍按按自己後腦受襲的部位，仍然疼痛無比。他嘗試運動手腳，似乎沒有大礙。一般外行人隨便扑頭，會對傷者造成腦震盪、腦出血，甚至當場死亡。可見對方手法純熟，絕非外行人。

「也不是沒可能，如果對方打的部位正確、力道也夠大的話，理論上確是辦得到。」

賈曉帆大膽詢問：「爸爸，會不會是你在外面得罪了甚麼人？」

「噓！你在胡說甚麼？」馬巧茹瞪了賈曉帆一眼，旋即焦急問賈勝龍道：「這分明是綁架！老公，快快報警……咦？我的手機呢？」

他們隨身物品就放在床邊的矮櫃內：銀包、錢幣、證件等俱在，就只有手機不翼而飛。賈曉帆此時亦急急翻找背囊。不獨是手機，連平板、遊戲掌機都不知去向。

賈勝龍即時起身繞房間走一圈，僅僅是十數步即止。嘗試拍打窗櫺，惜未能破壞鐵製窗花。賈曉帆隨意抖動被褥，發現有一封信黏在內側，上書自己的名字。父母那邊則同時有兩個信封，同樣書有他們的名字。正擬拆閱，賈勝龍疑心有問題，伸手喝止，慌張地將被褥踢落至地上。

馬巧茹不解道：「被褥蓋在身上這麼久都沒事，估計信封應無問題。」

「話雖如此，亦不能不有所提防。」

賈勝龍捲起被褥一角套在手上當成墊子，夾起三個信封，分別攤在地面上。信封口無黏貼，猶豫片刻後率先抽出兒子那封。信封及信紙上的文字同樣由電腦打印，信上文字如同一柄利刃猛烈扎進三人身體，教他們臉色劇變。賈曉帆一瞬間六神無主，馬巧茹亦全身顫抖，驚呼道：「怎麼可能！為何會有人知曉那件事？」

賈勝龍沉著臉將信塞回去，那怕外表鎮定自若，內心實則怕得要死。突然一輪叩門聲響起，嚇得信紙差點脫手掉落。他慌張地將信紙塞回信封內，翻起被褥掩蓋妥當，才詢問門外是誰。

「我是天青雷，房內有何人？」

賈曉帆認得聲音，迅速呼道：「是我！是我唷！你真是天青雷嗎？」

「曉帆？你在裏面？」

「我和父母都在。」賈曉帆反問道：「這裏是你的家嗎？」

「當然不是！先開門再說！」

賈勝龍心底犯疑，趨前以肩膀抵住房門，再三審問道：「你知道這兒是甚麼地方嗎？」

「我都不知道，醒來就在這兒。」天青雷回答道：「剛剛聽到這裏傳出女人的尖叫聲，所以趕來查看。還有誰在入面？需要幫忙嗎？」

馬巧茹與另外二人打眼色後才急道：「我們一家都在這兒……你先稍等一會。」

長困在房內不是辦法，再者一人計短二人計長。素聞天青雷武功高強，有人傍身保護自是美事。不過賈勝龍還是將三份信封貼身收藏妥當後，始開門相迎。

賈曉帆留意對方打扮衣著與昨夜無異，詢問道：「為何你也在此處？」

天青雷聞言，滿臉忿怒，眸子射出冰冷的光芒：「我倒想問問，為何你們一家人都在這兒？」

賈勝龍感覺氣氛有點險惡，不由得收慑心神，冷靜陳述昨晚經歷，言罷反問對方情況。天青雷卻閃爍其辭道：「昨晚離開會場前，先到洗手間方便，後面有人跟著走進來。我不以為意時，他突然將我……將我扑昏了。」

「你功夫那麼好還會遭人暗算嗎？」賈曉帆脫口而出，天青雷急急找理由辯駁道：「對方出手偷襲在先，我才會一時不察著了道兒！若然一對一正面交手，我怎麼可能會輸給他？」

自詡為「真正習武的武俠小說家」，天青雷向來強調自己乃習武之人，常常在傳媒面前炫耀自己的武功。筆下小說人物過招，皆為真實的武打路數，與前人「紙上談武」截然有別，憑此特點闖出名堂。豈料如今居然被人一招陰掉，若然傳出去，簡直有辱名聲，臉子澈底掛不住。

馬巧茹不管那麼多，插口問道：「你有沒有手機？快快報警吧！」

天青雷攤開雙手搖搖頭，賈曉帆問：「難道連你的手機都不翼而飛？」

「所有具備通信及上網功能的裝置全部都不知所蹤，連只能Wi-fi連線的Kindle電子書都捲走，彷彿完全阻隔我們所有向外通信的途徑。」

賈勝龍眉頭一皺，踏出房門外打量環境。房外是一行筆直的走廊，兩邊是同樣款式的木門，合共六道房門。他們在左邊中間，天青雷指指右邊房門道：「我就是在那間房醒過來。」

「另外幾間房會不會有人呢？」

「也許吧，不過全部都鎖上。」

「也許還有其他人在房內，先試試拍門看看。」

賈曉帆嘗試拍左邊房門，不一會即有人從內大吼道：「拍夠了沒有？到底是誰啊！」

房門「霍」的一聲拉開，一個胖乎乎的頭滾出來，臉上肥肉擠壓雙眼瞇成一條縫，不住打量房外四人問：「你們在搞甚麼？策劃神祕驚喜嗎？」

眼前人居然是暢銷科幻小說家寇尹？四人登時錯愕，霎時不知怎生說明。寇尹等得不耐煩，呱呱不休道：「這裏是甚麼地方？風涼水冷，風水定必不會好。如果免費送給我，則多多益善……」

天青雷嘗試簡明扼要說明現狀，寇尹聽後露出難以置信的表情。馬巧茹急問他昨晚宴後發生何事，寇尹摸摸後腦，「哎喲」一聲道：「是誰扑我的頭？」

「你也是被人扑頭嗎？有看到犯人是甚麼樣子？」天青雷急問，寇尹想一想後搖首：「那人在背後出手，我都沒望到他，怎麼可能知道他的樣子？」

興許是一番吵鬧，另外三道房門先後打開，蕭綸公、喬農及虞杰分別現身。三人穿著打扮與昨晚無異，神色慘澹一片。八人聚首，你望我我望你，同樣對處境一無所知，七嘴八舌地急切對話，頓時亂成一團。天青雷急急介入，迅速統合目前情況，將事態有條不紊地整理一遍。

首先可以確定大家同樣於昨夜宴會結束後遇襲，中途失去意識，待醒來後便發現自己在這兒。八人遇襲的地點各有分別：賈氏一家是在停車場內、天青雷是飯店一樓男洗手間、寇尹是三條街外的路上、蕭綸公是便利店門前、喬農在飯店後面穿過馬路途上、虞杰則是正門外候車處。

至於確實的遇襲時間，由於當時無人看過手錶，故此無法肯定。至於行兇者，有人看見，亦有人沒看見。那怕看見了，由於對方蒙上面，單憑當時匆匆一瞥，根本無法記下來。手法相近、發生時間相若，而且過程快速專業。蕭綸公、喬農、寇尹、虞杰、賈勝龍及天青雷均一致認定犯人應該是同一批人，有組織有預謀。然而究竟有何企圖，卻茫無頭緒。

蕭綸公沉默半晌後問天青雷：「你是我們當中最早起來，有否發現逃生出口？」

「窗戶不僅用上強化防彈玻璃，還鑲死鐵柵，無法輕鬥打破。」

喬農問：「房子那麼大，總該有正門及後門吧？」

「這個我倒不清楚……」

盧杰擺出優雅而自豪的神情，自有一份與眾不同的傲氣，語帶嘲笑道：「既然是犯人準備的舞台，肯定自信不讓任何人逃走，花再多時間都不可能找到。」

眾人當然不願接受，天青雷提議嘗試搜索出口。賈勝龍正要舉步，突然想起信封的事，思疑應否說出來。可是上面記有他們最忌諱的祕密，豈能輕易公開？思前想後，咽哽在喉，終倒吞回去。更悄悄吩咐妻兒，勿洩露口風。

天青雷是惟一習武之人，大家自然依賴他，緊隨身後湊在一塊。直行右轉是一條長廊，左邊有三道門，一道牢牢鎖死，另外兩道分別是洗手間及浴室，有水源供應。長廊盡頭是通往二樓的階梯，梯底下有一處空間，以牆壁區隔。梯級台階整齊，卻不設扶手。天青雷提議先巡視完一樓再上二樓，故再度轉右往兩廳出發。眼前闊落光明，一眼飽覽飯廳、客廳及開放型廚房。

右邊光線明亮，落地玻璃外是蕪穢綠海。別墅呈U型，客廳的玻璃正好穿過花園，對面就是蕭綸公、喬農及盧杰三人房間的窗戶。另一面的玻璃窗外，是延綿無盡的黑色林葉。於樹影掩映，繁枝飄拂下，只有少量光線漏進來。縱景色清幽靜謐，惟沿途未聞人聲，更添幾分恐怖。

眾人無暇逐一細看各項家具擺設，很快集中注意正前方那道棕紅色實心正門，不約而同喜出望外。認定是逃生出口，腳步加快趨前。天青雷走在最前，切實觸碰門柄，輕輕一扭就拉開。習習寒風撲臉，無垠樹海以外，是墨黑色的山巒。隱約見到一條小徑滲雜青白，往深處蜿蜒匍匐，逶迤遠去。眾人受寒發顫，躊躇不前，喬農振臂喝道快逃。賈曉帆擔憂問：「等等……喬農先生，這麼輕易離開，會不會有陷阱？」

「畏首畏尾，難道乖乖呆在這裏嗎？」

賈勝龍與兒子意見相同：「常常有行山者在深山失蹤及死亡，我們沒有地圖，不辨東西南北，容易遭難，不如留在安全地方等待救援，方為上策。」

馬巧茹亦附和道：「沒錯，我們失蹤後，定必有人發現及報警！也許沒多久，警察就會找到來。」

蕭綸公插口問道：「可是無法對外聯絡下，要等到何年何月才有人來救？」

喬農點頭：「瑜寧所言甚是。老子以前逃避戰亂，還不是憑一對赤足走過好幾座山？只要找到山道溪流，仰頭觀日月星辰，即可辨別方向位置，何需地圖？」

虞杰嘲道：「兩位老前輩冷靜點，犯人將我們運來這片森山野嶺中，豈有可能放任我們輕易離開？擅自行動，也許會很危險啊。」

喬農冷哼一聲，對虞杰投出鄙視的目光，不屑與他談話，扭頭道：「想走的就走，不想走的自便！」

蕭綸公倒不似喬農那麼激進，微微搖頭苦笑，亦趨步跟上。

兩位文壇老前輩最先步出門口，寇尹不甘人後舉腳支持。其他人觀望時，突然天上一道強光照來，直接擊中三人身前地面。灼熱高溫夾雜沙塵奔來，滾滾不息湧向大門，將所有人吹飛倒後。煙沙迷漫下眾人皮膚受到灼燙，不禁呻吟起來。待泥霧與熱氣散弭，再朝外望，原先正門外寬敞的硬地，居然變成一個直徑接近五米的大陷坑，霎時震撼眾人大腦。正瞠目結舌時，背後大廳的電視機突然啟動，有人揚聲道：「歡迎各位大駕光臨。」

大家不約而同聞聲扭頭，賈曉帆慌張地指著電視機中人大叫：「是馮子健！」

僅僅聽到他的名字，看到他的樣子，即時驚出一身冷汗。喬農想起剛才如果踏前多兩步，必定灰飛湮滅，不禁狼狽大罵：「卑鄙小人！你給我滾出來！」

對方視而不見，以不徐不疾的語調道：「想必各位已經讀過信函，有否對曾經犯過的罪行心生悔意？」

一聽到「信函」二字，八人十六目即時閉嘴，氣氛瞬間僵硬。賈氏一家更是心驚膽跳，聽對方所言，似乎全員都收到同樣的信。

「倘有悔意，願意承認自己的罪孽，不妨在此公開告解。考量你們的誠意，我會大發善心，放你們一條生路。」

天青雷嘗試走近螢幕揮掌，作出不文手勢，對方仍然毫無反應：「看來是事前錄影的影片。」

八人臉容陰晴不定，馬巧茹更臉色煞白，呢喃自語，膝蓋發軟。幸好賈勝龍眼明手快，及時從旁攙扶，才不致於人前出醜。

「那傢伙……算是甚麼意思？」寇尹嘴角勉強扯起笑容，結結巴巴地道：「這是惡作劇對吧？電視台的整人節目嗎？鏡頭呢？喂！別耍了！導演快給我滾出來！」

虞杰緩緩取出手帕抹去額上汗水：「真不知道這瘋子在說甚麼。」

「真是無聊又惡毒的謊言！別以為躲起來，就能胡說八道，肆意誣衊他人！」喬農氣急敗壞，正擬舉拳掄向電視機，幸得蕭綸公及時制止：「復生，冷靜點！那個只是錄影畫面。」

天青雷凝思，電視機正巧在他們出門，天上射下可怕的一擊後啟動，說不定有人在暗處觀察，有辦法掌握他們的行動，遠距離看準時機啟動家電。

「你們這些欺世盜名之輩，必須接受天誅之刑。」

賈曉帆有點心虛，眼睛往父母那邊看了一眼。賈勝龍瞬間鬚眉發白，馬巧茹則快要瘋掉：「不……不要！我們不想死！」

對方置若罔聞，一隻手指朝天，自顧自說下去：「別打算逃走，我已經駭進一臺軍方人造衛星，指示上面搭載的電粒子束炮口，從宇宙軌道上鎖定此處，想必各位方才親眼見識其威力。無論誰想逃跑離開，抑或有外人意圖靠近這處，均一律射殺。」

正門外那片巨坑，此刻尚是冒出騰騰白煙。賈勝龍猛地搖頭，拒絕相信對方的說話：「沒可能，就算是科技最強的美軍，其電粒子束武器尚在實驗階段，豈有那種程度的威力？」

「你們能離開此處的辦法有兩個。」

眾人即時豎直耳朵，貪婪地抓住這一線生機。

「一是坦白自己的罪行；一是接受天誅。」

半晌無人回答，惟有喬農小聲罵他瘋子。

「我已經在你們當中安排內應X，他會遵照我的意思，逐一將你們處刑。」馮子健這番話故意放緩速度，但八人仍然要好一會才能理解其意思：「只要將X找出來，我便即時釋放餘下的生還者。如果找不到嘛……只好請大家一死以謝罪。」

馬巧茹最先發難質問道：「你們誰是X！快快給我滾出來！」

「聽說兇手往往會先指其他人是兇手。」虞杰冷冷地道，馬巧茹氣憤問：「你這算是甚麼意思？」

喬農不堪煩擾，撥手道：「全部給我住嘴！影片還未播完！」

螢幕內馮子健眼神銳利，彷彿看穿八人內心般：「這棟別墅內裝設十二組鏡頭，將你們一舉一動攝入，實時轉播至全國觀眾面前。讓社會大眾看清楚，你們這群衣冠禽獸的真正面貌。」

眾人聞言震駭不已，即時昂首環視，發現正門斜上角落處，以及客廳上的天花板，果真有半圓球形的鏡頭。由於與牆身同樣漆成白色，而且樓底很高，不認真抬頭仔細注視，委實難以察覺。喬農即時捋起衣袖，想舉手破壞。但是位置太高，即使奮力跳起，手指仍無法觸及分毫。

「也許你們會說難度太高，當然我亦不是惡魔，所以不會太殘忍。」

「真虧你有臉說這番話。」天青雷輕聲吐道。馮子健取起畫板展示一組八位數字：「這是電視機櫃底下的保險箱密碼，你們可以領回手機等裝置。」

有手機，代表可以與外界聯絡。寇尹怪問：「這麼大方？會不會是陷阱？」

眾人不約而同對此疑慮，無人敢先動手。馮子健停頓數十秒後續道：「另外櫃中有一張卡片，上面載有這裏的Wi-Fi網絡名稱及密碼，歡迎大家隨便與外界聯絡，又或在網絡搜索，登入討論區查看最新消息。集思廣益，看看誰能最快破解謎團，在全員死亡前先一步前找出X。」

寇尹聞言即時輸入密碼拉開箱門，果然保險箱內全是他們的流動通訊裝置，半秒遲疑間，所有人爭先恐後取回個人物品。手機無法接收電訊商訊號，只能搜索到別墅內的Wi-Fi。當連上網絡，一下子訊息聲此起彼落，猶如一場雜亂無章的交響曲轟炸演出，盛況空前。大家嚇得心兒一突，原來外面的人早就從電視機中看到他們，各方親友擔心其生命安全，紛紛發送訊息及撥電，直至現在才聯絡得上。

影片至此中斷，電視機自動關閉。天青雷前後檢查，搖首道：「果然是網絡遙距控制，幕後黑手不在此處。」

「網絡遙距控制？」蕭綸公不解地問，天青雷解釋道：「現在新款的家庭電器，均能通過手機APP從遠端控制。想必對方亦是通過鏡頭，持續監察我們的行動。」

在連串驚疑交雜下，八人透過手機與外界報平安，同時亦慢慢瞭解目前狀況。

公元二零一四年十二月廿七日，早上六時起，中央電視台全十二條頻道遭駭客騎劫，轉播某別墅內各個監控畫面。原本觀眾以為是電視台的特別節目，沒多久就有人認出畫面中人的身分，竟然是八位知名作家，旋即引發全國轟動。當事人尚對此一無所知，就像真人秀的演員般，所有行動均同步轉達至全國觀眾面前。

八位作家的親戚、朋友及讀者無法聯絡他們，有人即時報警，有人聯絡傳媒。一傳十十傳百，相關話題彈指間在全國各大網站及討論區急速擴散，所有人無不密切關注電視機中的情況。

連接上網絡，好比回歸文明社會。沒有一時半刻，都難以消化積存至今的資訊。當知悉先前所有舉動早在全國觀眾面前披露，賈氏三口頓時萬分緊張，馬巧茹更試圖破壞設於天花板角落的攝錄裝置。天青雷見狀制止道：「在鏡頭監視下，令兇手不敢輕易動手，變相保護我們，休得隨便破壞。」

賈勝龍爭辯道：「我不相信X會笨得在鏡頭前犯罪！」

喬農質難道：「你竟然相信馮子健的說話？殺人犯焉有如此好心腸？」

寇尹呼道：「慘了，我才不想在這處渡過新年呢！無論如何快點想辦法逃出去！」

原本只是一場普通的聖誕聚會，豈料會被變態殺人犯擄走並禁錮。每個人心情都糟糕透了，焦躁如熱鍋上的螞蟻，無不擔心自己的性命安危。

幕間一

六歲時，因為討厭上課，常常想辦法逃出課室。孤兒院不再那麼寬廣，曾經花費很多步才能走完的長廊，現在只要區區十數步就穿過去。能夠躲的地方越來越少，最終必會被職員抓住，黑起臉教訓一頓。我忽發奇想，既然院內無處可匿，索性躲在院外吧。

理想很美好，現實很殘酷。孤兒院的圍牆很高，任憑我如何奮力跳起，雙手都無法觸及最頂端的鐵絲網。既然跳不過，那麼就爬吧。從此晚上偷偷練習，至七歲時終於成功攀出去。奈何力氣不繼，最後只能選擇爬到鄰旁醫院大樓外牆，隨便找處窗台坐下歇息。

逃出去後做甚麼？倒是沒有想過。隨便找處無人打擾的地方午睡，亦是不錯的體驗。何況光是想到那些職員反轉孤兒院都找不到我，不由得心中暗喜。

孤兒院旁邊的醫院非常大，尤其是那座圖書館，比上課時的書本更好看。只要趁無人發現時走進去，躲起來看書看再久，都無人打擾，簡直是消磨時間的最佳選擇。直到那一天，我忽然改變主意，嘗試攀去鄰接在旁的新翼大樓，便與「她」相遇了。

「咦？」「啊？」

坐在窗台外，隔著玻璃窗，望向闊大空蕩的單人病房，惟有一位黑髮女孩孤零零坐在病床上。她正鬼祟地將手中的菠蘿包塞進口，咬去半邊就被我發現，立即嚇得將嘴內未加咀嚼的大塊硬物吞下，如鯁留咽，臉頰變紅，痛苦地揮手。

我急忙穿窗翻入房，想起之前看過一本有關急救的書，上面提及一種叫哈姆立克急救法，登時依樣葫蘆使出來。雙手抱拳握好，從女孩背部快速用力推擠，大約三四回後終於吐出一塊菠蘿包碎。聽到對方大口透氣，臉色恢復正常，總算鬆一口氣。

「ありがとう」

「誒？」馮子健聽不懂她在說甚麼，女孩定定神，再張口道：「朵姊。」

「唔……你在說『多謝』嗎？」

女孩點點頭，馮子健掐眉頭。其實早就應該料到，一般貧民根本不可能入住獨立的單人病房。看來她是留在九龍市的外國人，而且身分非富則貴。

「これ、わたしのなまえです」

她似乎想說甚麼，舉頭左右張看，指指病床邊高掛的名牌。

「文月……瑠衣？你的名字？」

女孩點點頭，看來勉強聽得懂粵語。

「我叫馮子健，那邊孤兒院過來的。」

馮子健指向孤兒院方向，也不知道文月瑠衣懂不懂，她指指自己，張嘴道：「おんじん」

二人無法溝通，文月瑠衣露出遺憾的表情，突然又笑起來，伸出手掌道：「ともだちに、なりませんか」

從對方的眼神及手勢，感受到她希望交友的意思。

「咦……哦……唔……你不介意的話……」

馮子健在孤兒院從來沒有朋友，亦無人願意親近。萬萬料不到，會有女孩子主動握手。

「反正對方很快就會出院吧，陪她玩幾天應該沒問題。」

男孩子與女孩子握手，其時無人知曉，二人將會衍生發展出種種出人意料的事件。然而從事後看來，彷彿一切都是命中注定。

這一天是公元一九九八年九月十日，碧藍晴空萬里開外，正有烏雲徐徐聚集。

第貳回　看眾非眾眾看我

懼誰是誰誰懼人

蕭綸公

喬農

寇尹

虞杰

賈勝龍

馬巧茹

天青雷

賈曉帆

「勝龍能夠說明一下電粒子束炮到底是啥嗎？」

「誒……那是美軍實驗中的超級兵器，利用加速器將質子與中子等粒子加速至秒速廿萬公里的超高速，通過電極形成非常細的粒子束……不過實驗中在穿過大氣層時威力會有所損耗，而且各種技術未成熟，理應不可能產生那樣大的威力……」

寇尹問：「如果是超級英雄呢？」

「當初美國研發時，據聞立意就是針對國內的超能力恐怖分子……我想他們都會被打成碳吧？」

「總而言之，在那臺衛星炮的照射下，恐怕外界一時三刻都不可能趕赴救援。」看見賈勝龍滿頭大汗，回答含糊不清，天青雷皺起眉頭，冷靜分析道：「慶幸這處不是無人島，尚能對外聯絡，在鏡頭後亦有觀眾注視。只要在鏡頭前集體行動，X便無機可乘。」

蕭綸公點頭道：「誠如天青雷所言，若然誰敢動手，必然會被攝進鏡頭中，屆時便無所遁形。」

虞杰口吻優雅冷靜的反對道：「別忘記這棟別墅是那位臭名昭彰的殺人犯準備，連鏡頭都是他預先裝設。豈會有犯人為自己製造不利的條件，自討苦吃？」

「且慢！這些鏡頭無時無刻對著我們，完全是侵犯私隱的行為！要是連洗手間都有鏡頭，那麼……」馬巧茹萬分激動，虞杰頗不以為然：「尊嚴抑或是性命更重要？洗手間有鏡頭，有何問題？史泰龍當四級片演員的圖片，畢比特的裸照，都一一上網了，你何曾見過美國ＦＢＩ出動調查？有沒有看過《鐵達尼號》？男主角在船上跟女主角好完了，替她畫了一幅裸體寫生，簡直是完美的藝術品。美而不猥，裸而不淫。《世說新語》載晉朝名士劉伶在家不穿衣服，遭人譏笑時，他坦然回答：『我以天地為棟宇，屋室為衣，諸君何為入我中？』；《三國演義》中曹操有心羞辱名士衡，要他改穿鼓吏衣服。他當眾脫衣裸體而立：『吾露父母之形，以顯清白之體耳。』古人不以裸露為恥，平心既不作虧心事，何需懼怕被人監視……」

虞杰洋洋自得地吟誦一堆歪理，其他人聽在耳內不禁皺起眉頭。馬巧茹指罵道：「洗手間和浴室裝設鏡頭，根本是侵犯私隱！你竟然覺得沒問題？難怪天天在《蘭花日報》專欄寫些顛三倒四的媚俗文章，妖言惑眾，混淆黑白！」

「巧茹別再說啦，鏡頭都在看著啊！」賈勝龍試圖拉住妻子，她衝口而出後才知道自己不經意透露心底話，臉色甚為難看。虞杰非但不認錯，更昂首神氣起來：「小農思想的小女人。報章專欄本來就是商品，遵從市場規律，寫出迎合讀者口味的文章，有何問題？」

為稻粱謀而爬格子，這不是甚麼羞恥的事。但以「色」為時尚，以「味」為豪放，且沾沾自喜炫耀於人前時，未免令他人齒冷。馬巧茹乃資深總編輯，受過高等教育，出版無數兒童讀物及教科書，居然被虞杰指為「小農思想的小女人」，自然氣得舌頭打結。幸得其他人將二人分開，才不致讓衝突升級。賈勝龍生怕內子在全國觀眾面前說多錯多，幾番提點道：「冷靜點，有鏡頭，不要動氣。」

「兩邊都靜一靜！全國觀眾都在關注我們，想引人笑話嗎？」喬農看不入眼，板起臉訓斥道：「莫非你們想將今天的事變成明天八卦雜誌的頭版嗎？」

「方才的比喻頗為不妥，劉伶和士衡都是自願脫衣裸體，可是眼下大家是非自願被鏡頭攝錄，豈可混為一談？」蕭綸公還想教訓下去，可是做人留一線，大家都是在文壇上混一口飯吃，也就將後面的說話吞回肚。

虞杰下筆往往反黑為白，引喻失義，甚至錯誤類比，直教無數學者搖首嘆息。甚至在寫作生涯中轉換數家報紙，每次都針對不同報章及老闆說不同的話，立場說變就變。近數年更進步至講「空氣話」，一天專欄二三百字，文字修飾得漂亮，內容卻和屁話沒分別，立場左搖右擺，博得文壇內一部分人蔑視為「虞文妖」。當事人自然知道這些侮辱，不過自恃讀者廣銷量多，更被年青人封為「中國第一才子」，書也賣得比任何人都多，故此毫不將之記在心上。

這番爭論即時通過鏡頭流傳出去，素來不滿虞杰的人上網上線大造文章，與支持者展開連番筆戰。討論區頓時沙塵滾滾，自是另話。天青雷不希望耽擱太久，在平板上展示討論區的內容：「馮子健應該沒有騙我們，外面的人確實可以從央視十二個頻道觀看這邊的情況。」

由中央一台至十二台，分別直播著別墅內的大堂、客廳、飯廳、走廊及睡房等等。其中並不包括洗手間及浴室，聽上去理應是好事，但無人臉露喜色。不獨是賈氏三口，其他人同樣臉上滲雜複雜的表情。他們一舉一動都如實向全國觀眾轉播，私隱及祕密早就蕩然無存。

賈勝龍拍拍喬農的肩膀道：「不用怕，大家一條心，互相守望，何懼奸徒詭計。」

喬農心想對方說得動聽，無非就是相互監視，勉強點頭裝作認可。

網上早就有大量實況報導及懶人包，各大影片網站轉載影片，人人化身福爾摩斯，對著電視機或在鍵盤上指點案情。縱然作家不約而同對信函的事三緘其口，但觀眾不是瞎子，自然知道八人起床後發現附在被褥內匿名信函的經過。各人的反應及處理手法亦各異：最早起床的天青雷一督信紙臉色劇變，雙手揉搓撕成碎片丟在角落，再踢去床下底；賈勝龍、喬農及蕭綸公貼身收藏；虞杰取出火機默默燒毀；寇尹不顧一切塞進嘴巴吞下肚……他們種種行為自然逃不過鏡頭，全數捕捉化成影像如實轉播。

網友懷疑與質詢聲此起彼落，認為作家集體隱瞞關鍵證據，與支持信任作家的讀者展開無休止的對罵。正是此地無銀三百兩，作家心底有意迴避，抱著曖昧不明的態度，增添馮子健說法的可信性。越來越多人開始懷疑，信函上真的載有作家不願曝光的罪狀。

八位作家之間互有親疏，表面上同屬作協成員，亦嘗於不同文學比賽中擔任評審，但未達至真心信賴的好朋友，其中更有數人私下有矛盾，故此誰也不信任誰。明槍易擋暗箭難防，在這片法律無法保障之地，無法肯定犯人是誰下，天青雷武功再好，單憑他一人亦委實難以保護所有人。即使如此，他依然自告奮勇擔任領導者，強制要求所有人跟隨他，不准單獨行動，防止兇手有隙可乘。

望見大家神色繃緊，寇尹獨個兒說笑話，試圖緩和氣氛，但顯然效果不彰，反而令氣氛更冷。

「首先我們要知道自己在甚麼地方。」天青雷在平板啟動地圖APP，軟件定位於廣東省羅浮山中。設定飯店及別墅為起始地及目的地後，由於沒有山路的數據，系統計算出駕車至山腳處需時兩小時十九分。去除路面實際情況，估計大約需要三至四小時左右。從衛星俯瞰圖上觀察，別墅位處西側奇峰之上，幾近掩沒在層層綠海中。想羅浮山乃嶺南名山之一，合大小四百三十二座峰，峭壁危崖雲霧繚繞，不少地方更罕有人跡。此處不靠近平常行山路徑，想徒步至最近的休息站，少不了翻山越嶺，難度不低。

喬農道：「馮子健應該用車運載我們至此，肯定有一條可容車輛行駛的通道。沿著它走，定必可以安全離開。」
天青雷搖頭：「問題是那條路不曾紀錄在地圖上，如何找出來？」
虞杰語帶嘲道：「在此之前我們連半步都不准踏出去，該如何逃走呢？」
喬農抿著氣，無法反駁此番話。蕭綸公再向賈勝龍尋問那具電粒子束武器有否缺點。賈勝龍一直在意書信，心不在焉，發愣一會才回答道：「那是美軍最近公開的實驗兵器，試圖透過人造衛星，從宇宙軌道向地面發動攻擊。配合導彈系統及全球定位系統，能迅速而精確地擊殺千里以外的目標，視為次世代宇宙戰的戰略兵器。部分陰謀論者認為，美國試圖製造出可以對抗超級英雄的力量，不過官方強烈否認。實際上現階段理應只能在實驗室運作，根本未能投入實戰。」
寇尹怪問：「沒可能！那麼方才天上射下來的是甚麼？連地面都打穿了！」
賈勝龍激動得臉紅耳赤道：「所以我才說不知道！」
天青雷插口打斷道：「衛星炮的真偽姑且先擺在一邊，既然無法逃走，就要想辦法在此處生存。」
馬巧茹聞言興奮起來：「對唷！我相信政府必然有動作，肯定迅速安排警方上山拯救！」
喬農樂觀正面的肯定道：「別說警方，這麼嚴重的案件，我想連超級英雄都會出動。」
一番討論後，眾人轉趨樂觀，暫且決定留守於此。天青雷率領大家深入調查，先從玄關起檢查，繼而是客廳、飯廳……連每一堵牆壁每一寸地板都翻過，確保沒有祕道密室，以及隱藏鏡頭。天青雷雙手捧著平板，透過鏡頭水平掃描，即時於ＡＰＰ內建立平面圖，並在上面標記注解。
樓梯底下的牆壁後有一處空間，旁邊的玻璃窗外，深不見光的密林，彷彿世界末日後只殘留這片文明堡壘，使人蹙起眉心。如非有網絡可以與遠方的人通信，恐怕精神上受不住孤寂而發狂。

長廊通向睡房那邊有三扇門，依次是洗手間、浴室及鎖起來的不明房間。洗手間及浴室尚且堪用，至少乾淨明亮。確定無任何隱藏鏡頭後，馬巧茹總算安心下來。相對地觀眾只能透過走廊首尾兩臺鏡頭望著他們擠進去，隱約聽到談話聲。馬巧茹為浴室無暖水爐、沐浴露、毛巾等物而煩惱時，天青雷卻在考慮別的事：「浴室及洗手間都無監視裝置，犯人有可能會在這兩處地點行兇。」

蕭綸公點頭附和道：「不如上洗手間及洗澡時二人一組，互相照應。萬一發生任何意外，至少我們可以趕及救人。」

當網友反映未能在電視機中看見他們目前狀況時，天青雷靈機一觸，另外取出手機掛在口袋，通過鏡頭在自家Facebook專頁轉播現場，霎時粉絲數量急步攀升，讓他飄飄然起來。

眾人抓緊時間繼續搜索餘下的地方，當抵達走廊上第三扇門時，由於房門鎖上而無法打開。四下遍尋不獲鑰匙，難免心生疑竇。寇尹好奇心發作，大膽提議破門進房：「天青雷不是會功夫嗎？隨便一推門不就打開了？」

天青雷聞言臉色微變，眼珠子左右流轉：「也許門後藏有機關或陷阱，直接破門不是太好……」

喬農不耐煩道：「難道還要慢慢找鑰匙嗎？要是根本沒有鑰匙呢？就這樣置之不管嗎？」

虞杰不懷好意地笑道：「如果對方想使用卑鄙的陷阱，絕對會安裝在最容易觸發的地方，怎麼可能藏在我們無法進入的地方？」

蕭綸公不以為然道：「天青雷的擔憂不無道理。人皆有好奇心，正因為房門鎖上才想撞破，不能排除有陷阱，小心一點也是好事。」

寇尹劈頭向天青雷道：「你不是說要澈底檢查別墅每一個角落嗎？丟著這個房間不管，天曉得房內是否匿藏著第九人？」

馬巧茹擔憂地道：「對啊，不開門瞧個明白，委實令人不安。」

少數服從多數，天青雷避無可避下，只得嘗試撞門。接連以右肩膀「砰砰磅磅」碰撞數回，木門才「啪」的一聲揚開。一時塵埃揚起，大家頓時以手掩臉，「哈啾」聲此起彼落。虞杰看見天青雷額上出汗似揮漿淋雨，還氣喘急促，質疑道：「只不過是撞一道門都那麼慢，真沒用。」

天青雷聞言，立即不悅反駁道：「房門太結實，干我屁事。」

室內靜悄悄的，眾人朝內打量。微塵於空氣中飄起，映照窗戶外殘灑輝光，蘸滿整個空間。房間兩邊是以實木裝嵌並排貼牆豎立的書櫃，架上卻空蕩蕩的不見半本書。

寇尹急不及待，一馬當先踏進去。仰首四顧，未見半個鏡頭。天青雷確定安全後，照老樣子舉起平板測量房間。寇尹走到近窗處的白木書桌前，發現案上放有一疊厚厚的原稿紙。喬農趨前打量，文稿乃黑白影印，上面盡是蠅頭楷書，筆劃娟秀靈麗。寇尹望之，讚譽有加：「好字好字！」

蕭綸公插口道：「對你而言，甚麼樣的字都是好字。」

三位作家出道年代相近，大抵是爬格子寫專欄，日耕萬字。每天向幾十份報紙專欄供稿，又或連載小說編撰劇本。文字量需求大，下筆神速，往往龍飛鳳舞，蛇行蟲爬。不熟悉校稿者，絕對半隻字都讀不懂，當中尤以寇尹為表表者。江湖傳聞他一個下午便完成一篇數萬字小說，三日寫完一套電影劇本。有小說迷急不及待衝去報館問排版員索取原稿先睹為快，豈料行文飛沙走石，彷彿外星文字。惟有校對的老師傅能一字不差辨明全篇，果真寫的人夠怪，看的人更神。

如今面臨死亡威脅，焉有閒暇捧卷細閱？然而整間書房獨有此份稿件，不免惹人思疑。寇尹搶在手中道：「按尋常推理小說套路，莫非這部小說就像童謠之類，預兆我們死亡的次序及死因？」

喬農心生寒惡，臉有厭惡之情：「你不能閉上烏鴉嘴嗎？」

寇尹吐吐舌頭，天青雷不盡同意：「確實不少密封空間殺人類型的推理小說中，開首多數配以童謠或詩歌為引子，讓兇手殺人作案的過程彷彿根據或沿著某個特殊的規律進行。然而不管是童謠或詩歌，都是篇幅短小，方便作者安排兇手按序尋找對應目標及殺害方法。可是這份稿件，每頁俱是五百格的原稿紙。照這樣厚度，少說都是十四五萬字的長篇。我不認為犯人為準備殺人，會特地花心機及時間寫那麼長的小說。」

蕭綸公提問道：「有可能是隨便寫一堆字來塞字數，根本不能稱為小說。」

寇尹快速翻看：「乍看之下有紋有路有情節有人物，不似是任意堆砌。」

虞杰不屑的道：「你們不覺得那只是推理作家天馬行空想出來的橋段嗎？現實中哪有犯人會特意先花時間創作預言的詩篇，然後遵守指定次序與規則犯罪？這無異作繭自縛嗎？」

蕭綸公又有新想法：「也許不是這犯人創作，而是挪用他人的作品。」

「這樣不是更奇怪嗎？為何馮子健要留下一篇他人的作品？」寇尹舉起原稿指向頁首署名處，清楚娟秀的「文月瑠衣」四字問：「那麼你們認識這位作者嗎？」

喬農問道：「作者不是中國人嗎？」

天青雷道：「筆名是四個字，不等於是日本人吧。」

寇尹道：「老子交遊廣闊，亦未聽聞過這個人，莫非是近幾年出道的作家？」

蕭綸公道：「字體陰柔無力，似是女生字跡。當然有可能是請人謄寫，所以筆跡作不得準。」

喬農再道：「僅僅為殺人而額外花錢找人謄寫，馮子健吃飽飯太閒沒事幹嗎？」

眾人埋首研究這份稿件，未有為意賈氏三口神色異常凝重。賈勝龍緊緊摟住妻子，妻子掐住兒子的手，六隻眼睛鬼祟地盯住那疊原稿。與此同時虞杰悄悄退隱於最外圍，持續觀察其他七人。當寇尹指出「文月瑠衣」時，發現賈氏三口霎時顯露出一副作賊心虛的樣子，不禁心中冷笑。十有八九他們應該知悉某些內情，不過他未有打算即時揭發，而是選擇冷眼旁觀。

眾人久議無果，蕭綸公搔鬢道：「無論如何，馮子健斷不會無緣無故留下這疊原稿，說不定當中藏有某些線索。」

喬農頓時臉有難色：「這疊原稿少說十數萬字，不僅要看完，還要分析其中埋有甚麼線索，未免強人所難吧？」

「這樣的厚度，一個半小時就可以看完。之後我說明重點，幫大家節省時間。」寇尹生怕有人搶走，死捧稿件不放。「看」小說和「研究」小說是兩回事，既然有人毛遂自薦，大家便抱著樂觀其成的態度，任其處置。

且說外面世界，電視機前的觀眾只見八人進入書房，無法得知房內情況，紛紛鼓譟起來。有人留下天青雷Facebook專頁轉播的連結，不僅吸引大量網友點擊，連各個電視台均引用轉播，好使觀眾即時掌握別墅內的最新動向。天青雷留意到自己的專頁讚好人數像乘坐火箭般持續飆升，心想這次不諦為「塞翁失馬，焉知非福」。

洗手間及浴室不設監視鏡頭，尚可視為避免十八禁畫面流出；但書房不設鏡頭，則令人八丈金剛摸不著頭腦。馮子健斷無如此好心腸，主動留下監視死角。天青雷死心不息，連每層書架都檢查一遍，確定無藏有任何可疑機關或隱藏密室，始肯罷休。

「會不會馮子健並無意讓我們進入這間房，所以未有鋪設鏡頭？」賈曉帆心想他們不宜完全沉默，遂嘗試擠出一點見解。虞杰倒是猜出他們的算盤，瞇起雙眼附和道：「房門故意鎖上，顯然馮子健根本不想我們進去。」

天青雷皺眉連成一線，不認同這看法：「明明眼前有可疑的房間卻不調查，也說不通。」

「勞師動眾檢查這麼久，除去這份原稿外還有甚麼呢？別再獻醜吧，閣下本職並不是推理小說家。」天青雷聽到虞杰不屑地嘲弄他，想到如今許多人追看自己的直播，必須維持形象，努力按捺火氣：「你倒是給我找一位本職的推理小說家過來提供意見啊。」

賈曉帆道：「三個臭裨將勝過一個諸葛亮，既然犯人允許我們與外界聯絡求助，直接求問網友不是更簡單嗎？」

「你們是不是搞錯了？發生任何案件，都應該第一時間通知警察，而不是逞英雄玩偵探遊戲。」

虛構的推理作品中絕大部分角色，遇上意外後往往忘記甚或不願報警，而是想自己私下解決。虞杰一言驚醒夢中人，畢竟現實中警方身為專業人士，必然勝過網上業餘外行的推理愛好者。眾人心想言之有理，天青雷找不到反駁處，卻嚥不下對方嘲諷自己的那口氣，橫眉豎目道：「也得等我們調查清楚這處後，統一向警方報告比較好。」

一來眾人未感受到即時的威脅，二來手機只能上網不能撥號，心想晚點再聯繫警方也不遲。何況他們一舉一動都往外轉播，理論上警方亦早已發現，說不定很快就會聯絡他們。

接下來繼續往前走，回到「初始之地」。眼前長廊共六個房間，左右各三個，尺寸間隔擺設完全一樣。除賈氏三口同睡一房外，其他人都是一人各佔一間。天青雷照樣用平板四處量度，輸入數據。

賈曉帆忽然積極起來，抬起臉仰望向天花板上的監控鏡頭。即使站在床舖上踮起腳跟，依然與鏡頭有一段距離。

虞杰問他在看甚麼，賈曉帆答道：「鏡頭攝錄的影像，中間必然有人處理，再轉發至央視頻道。如果查知鏡頭的款式型號，以及調查網絡封包輸送的位置，也許可以反過來逮住馮子健的位置。」

老人家聽得霧煞煞，賈曉帆跳下來小聲道：「雖然我們無法離開，但說不定可以與外界聯絡，拜託他們圍魏救趙，反過來搗破馮子健的巢穴。」

稍有電腦知識的天青雷即時明白他的意圖：「你打算破解這邊的數據，反駭進馮子健那邊的系統，竊取他的位置？」

賈曉帆拍拍手上那部筆記本電腦：「理論上辦得到，但需要時間。」

老人家不擅長電腦，但聽起來是好方法，紛紛支持。當然賈曉帆這番說辭全是謊言，他才不懂這麼高深的電腦技術。單純吸引眾人目光，讓父母暗中祕密行動。

按照馮子健的說法，每個人都應該收到一個信封，上面記載他們各自見不得光的罪行。按常理思考，X身為馮子健的內應，自然不可能受到威脅，他的信必然與其他七人不同。假如及早找到，不就能夠判斷X是誰嗎？

每個人都有收到信封，卻因為涉及自己的祕密，故此大家都裝聾作啞，下意識避而不談。直接問大家索取，肯定搖頭拒絕。如果私下竊得，則另當別論。

退一步而言，賈勝龍深信人性本惡，認為八人過去早有嫌隙，決不會真誠合作。假以時日，必定產生各種紛爭對立，更別說中間還混進一位X，豈有安寧可言？此間除身邊的妻子及孩子以外，其他人全不可信。萬一發生意外，為免任人宰割，惟有主動出擊，早一步獲得關鍵的話語權。最理想的當然是掌握他人的祕密，必要時威脅對方。故此唆使賈曉帆大張旗鼓吸引他人視線，賈勝龍夫妻兩對鼠目迅速於眾人房中遊移，賭運氣能否發現信封。遺憾澈查完六間房後，均一無所獲。

虞杰從未被他們的花招迷惑，只是猜不透他們在想甚麼。對於調查別墅，一直缺乏興趣，只是跟隨大隊走。

「也罷，『他們』絕對不會放棄我，肯定想辦法救我出去。」

六間睡房均裝設同款天花式空調機，配備獨立遙控器，無法交換使用。眾人測試幾種功能，冷暖風及風速風向等等一切正常，別無可疑。除去ＹＶＬ南昌科技的出品外，便無法查知型號。即使在官網以外地方搜索，亦未發現任何關於此產品的情報。

寇尹自言「有書不看，罪大惡極」。書癮發作下，全程尾隨大隊低頭捧稿，津津有味大快朵頤，對調查不予聞問。

「喂，老寇，那篇小說有這麼好看？」

寇尹向來是「看得多看得廣看得雜」，自有一套速讀法，翻書速度是一般人五六倍。如今居然會慢慢逐字逐頁看，顯然手上這部作品值得他浪費時間去細味品嘗，令喬農側目視之。寇尹低頭不耐煩道：「精彩刺激，引人入勝……總之暫時別打擾我，一會再告訴你們！」

且說一樓搜索完畢，天青雷詢問專頁的粉絲有否特別發現。他們早已自發性監視各個鏡頭，尚無任何異狀。別墅內除他們八人外，殊無他人身影。接下來便要登上二樓，眾人走到不算寬闊的階梯前，可容二人并肩拾級而上。

「怎麼會如此冷？」

登上階梯抵達二樓，眼前景觀與一樓截然不同。粗糙樹枝掙破長廊窗戶，宛如巨龍翻騰進擊，佔據整條長廊。走廊堆積磚瓦石塊，牆壁半頹甚至斷垣，與根椏枝鬚糾纏結牢。外面冷風颯颯，光天化日下面對眼前的水泥叢林，顯得陰森可怖。忽然一條體長而扁平的黑色蚯蚓從地面破落的階磚上蠕行，馬巧茹登時嚇得整個人跳起，急急倒退奔回樓下。賈勝龍愛妻心切，縱身跳下跟去。

賈曉帆窺見樹椏間有一道房門，嘗試側身鑽入茂枝中。衣服與皮膚便被枝椏刺得呱呱叫，急急調轉退回來，皺眉問：「怎麼這處和樓下完全不同？」

天青雷舉頭四下打量道：「現場似乎未布置任何鏡頭。」

虞杰道：「還是說鏡頭藏得比較隱蔽？」

喬農靠近撫摸粗厚的樹枝道：「樹木越是長大，根扎的越深，枝幹就會變得更密更硬。如不砍掉一部分，根本鑽不進去。」

蕭綸公趨近探視，只有靠近樓梯口的枝條有砍伐的痕跡，尚留有齊整切口：「說不定犯人發現修葺或改建二樓的難度太高，效益不彰，遂放棄改動。」

喬農附和道：「說的也是呢，馮子健只想囚禁我們，根本不需要準備那麼大的地方。」

雖然各有推測，但無法求證真偽。眾人折返回一樓，姑且別墅內能夠接觸的地方都已經調查一遍，連每一組抽屜都拉出來檢查，每一片磚瓦都敲過，肯定不存在暗室或祕道。此間正狙一時，各人均感飢餓，不得不走到廚房那邊。

開放式的廚房佔去飯廳三分一空間，吊櫃中囤有大量密封包裝的食物。隨便取出來檢查，未發現有開封或打孔的痕跡。無人想與五臟廟過不去，加之忙碌一個早上都未遭遇危機，亦未見可疑人物，心態難免鬆懈。馬巧茹自忖對推理不在行，遂自告奮勇下廚。尚幸有水電供應，廚房提供一具雙頭電磁爐及一套基本廚具，以及八套碗筷。數算食物份量，那怕多如山積，但終有吃盡的一天。馬巧茹不禁眉頭一皺，究竟可供他們吃多少天。

煮飯的事交給女人，男人都坐在飯桌上。除寇尹繼續低頭看稿件外，大家都沉默不語，甚至雙手不斷操作手機與平板，於網絡上瀏覽最新情報。

「怎麼樣？光是坐著對望，無意見嗎？」虞杰冷哼一聲，喬農質疑道：「你倒是說說看啊？」其他人內心微言，自從困在一起之後，虞杰老是諸多借口批評，卻無建設之實。滿口理論，但無一足取。天青雷忍無可忍，礙於處身鏡頭前，受全國觀眾注視，需要顧及自己的身分與形象，否則早就出手狠狠教訓他。

「大家都希望逃出去，但看來情況不大樂觀。」天青雷心想大難當前，只好戒急用忍，先攘外後安內。不管虞杰那些涼薄廢話，帶頭發言商討對策。蕭綸公同意道：「天無絕人之路，何況我們並不孤單，背後還有無數親友及讀者支持，也能上網與外界聯絡。」
喬農道：「只要團結一致，諒X也好Y也好甚至Z都來了，也不用怕！」
賈曉帆隨氣氛帶動，樂觀起來：「沒錯，大家一齊逃出去吧。」
虞杰突然笑出來：「一齊逃出去？哈哈哈，你真的肯定能辦得到嗎？」
喬農不悅問：「你這番話是甚麼意思？」
「不要誤會，我不是針對你。我是說，在座所有人，都無法信任。」
「你欠打嗎？」喬農怒拍桌子，蕭綸公急急按住他，以免老人家一拳打歪虞杰的鼻樑。
「我有說錯嗎？不要忘記，X就混在我們之中。」虞杰說完，打量其餘六人，氣定神閒道：「事實上若是逃出去，還是有方法唷。」
霎時間眾人驚訝，賈勝龍急問：「你有何辦法避開電粒子束的射擊？」
「奇怪，你身為軍事專家，理應比我更清楚啊。我上網查過，電粒子束武器發射後需要一段時間冷卻，不能連續射擊。只要有人願意犧牲自己引其開第一炮，餘下的人便能在冷卻時間內逃走。」
「你……你知不知道自己在說甚麼？」
「犧牲一人，保存其他七人性命，怎麼想都有賺。」
「虞杰！你這傢伙，到底在妄言甚麼？」
理論上也許可行，但道德上完全說不過去，絕不會有人願意當第一位犧牲者。
那怕喬農當面狠嗆，虞杰依舊臉不改色，毫不留情戳破「團結」的荒謬：「不愧是高智慧犯罪者，恐怕馮子健連這一點都計算在內。在求生的意志面前，每個人只會為自己而行動，豈會遵照他人領導指示？萬一有人欺騙大家，肆意讓他人犧牲，好使自己苟活，那麼該怎麼辦呢？」

喬農頭紅耳赤，態度更趨強硬：「你以為人人都像你那麼陰險嗎？」

虞杰寸步不讓，而且十分享受：「我和荀子同樣相信人性本惡。」

兩人針鋒相對，大家出言勸阻，希望緩和衝突。

「虞杰，我不認為你所說的情況會發生。」天青雷指向頭頂上的監視鏡頭：「別忘記我們一舉一動都受全國觀眾注視，倘若有人使用如此卑鄙的招數，即使成功逃回去，亦會飽受社會各界批評。」

那怕義正辭嚴地指責虞杰，但天青雷確曾盤算過類似的想法，只是不敢宣之於口。好歹他亦是有頭有臉有地位的名作家，一旦在全天下人面前做出那種事，必會遭受千夫所指。

「哼，你敢說自己沒有想過那樣的事？不承認我的提議，卻也沒有直接否定，不就是心虛嗎？只要手法好一點，不要被人見到，就沒有問題。」

「真小人總比偽君子好。」戳穿天青雷的心思，令他非常惱火：「怎麼我覺得你就是X？是不是收了馮子健的好處，挑撥離間我們？」

「收馮子健的好處？你有證據嗎？沒有的話，我會叫律師控告你毀謗。」

「夠了，可以別再吵嗎？不能理性地對話嗎？」蕭綸公忍不住站起身：「有甚麼話，不能留到逃走後再說嗎？偏要在全國電視觀眾面前吵嗎？」

喬農與天青雷露出悻悻然的神色，睨視向得意洋洋的虞杰。蕭綸公按住身邊的喬農，在耳邊低聲道：「我知道你討厭他，但現在不是計較那些事的時候。」

喬農冷哼一聲閉上嘴巴，天青雷看在老前輩面上，也不好意見繼續追究。

「我利用應用程序，將別墅內所有資料收集完畢，自動生成平面圖。」彷彿剛才一切都沒有發生過般，天青雷將平板放在桌面正中央，螢幕顯示一幅平面圖，其中特別標記十二組鏡頭的位置：「從監視範圍而言，死角有點多，X有可能選擇在那些地方出手。」

喬農有點不同意：「等一會，你真的相信馮子健的說話嗎？」

天青雷攤手道：「不然怎麼樣？如果不相信，那麼我們該如何做？不要忘記，這處發生的一切，都會於全國電視觀眾面前轉播。不僅是我們，馮子健亦然。既然他提出這番條件，想必不是興之所至。至少我願意賭一把，將X揪出來，救出所有人。」

蕭綸公深深吸一口氣，默默點頭，看似是認同了。

「如今無法撥打電話，我們只能用電郵的方式將現在的情況告之警方。在他們趕來營救前，無論如何都要想辦法活下去。首先我希望將兇手統一稱呼為X，有沒有問題？」

這是馮子健提出的說法，眾人不覺有問題，再續問：「你們對X是誰，有否頭緒？」

虞杰聳聳肩：「如果我們有頭緒，早就將他挖出來。」

「看來你還未理解狀況吧？」天青雷按捺內心的怒氣，平靜地道：「按常理推斷，現在會出現幾種情況：

一、X到底是在我們八人當中，抑或是不存在的第九人？

二、X是單獨一個人犯案，抑或是兩人或以上合作支援？

三、X是否和我們同樣只能限定於別墅內行動，抑或能夠不受限制自由出入？當然還有更多的疑問，但連基本方向都沒有，無異瞎子摸象，甚至歧路亡羊。」

X若然在八人當中，那麼他們就不得不相互提防，彼此無法信任；X如果是八人以外，他們便需要團結一致，槍口對外。

X如果是兩個人或以上，就可以分工合作，互相掩護。甚至X是第九人，八人中某一人是內應，雙方裏應外合，更難發現破綻。畢竟馮子健在說明時，只透露過有協助者，卻未拋出實際人數，故此未能排除行兇者可能是二人或以上。

X若然能夠在別墅外自由活動，對於只能在別墅內行動的八人而言，可說極度不利，只有被宰的份兒。

其他人壓根兒沒有想到那麼多，蕭綸公問：「可是我們該上哪兒找人問呢？」

喬農不抱希望道：「就算你找得著馮子健，他會老實告訴你嗎？」

虞杰反唇道：「很簡單啊，等第一位死者登場便行。」

天青雷不悅問：「你這是甚麼意思？」

虞杰忍不住嘲道：「有哪本推理小說，偵探會在一開場就能找出犯人？」

「你……你……」

虞杰維持一貫英式紳士的口吻，嘴角裂開笑道：「事件很簡單，馮子健模仿推理小說中的殺人事件犯罪，而我們就是這次事件的受害者。只要X這名兇手一天不行動，無發生命案，縱然是大偵探福爾摩斯再生，都不可能推理出真相。」

虞杰分明詛咒有人要死，故此大家臉色甚是難看，紛紛投來不滿視線。他冷笑道：「我有說錯嗎？大部分推理小說中的密閉空間殺人事件，往往是死剩最後一兩人，身為偵探的角色才能破解真相，找出兇手。不犧牲一定數量的人，怎麼能夠獲取足夠的線索，推敲出X的身分呢？」

這是非常簡單淺白的道理，雖然殘忍卻是事實。就算如此，凡是有血有肉之人，亦決不能宣言犧牲其他人，以獲取破案的線索。虞杰直接說出眾人敢想卻不敢做的心聲，喬農忍無可忍，衝口道：「死剩最後兩個人，其中一位不是兇手，那麼另一人必然是兇手。連推理都不用了，直接指著對方說『你就是兇手』，真是最簡單的辦法啊！」

虞杰食指左右搖動，認真回答道：「NO，不可能喲。兇手才不笨，為避開嫌疑，多少會預定在倒數前三四人時死亡。如果是第九人，更不需要出場。」

「怎麼會變成討論推理小說？」賈曉帆聽不懂眾人話中有話，蕭綸公及早拖回原本的話題：「別再進行無意義的爭拗，來點切實些的討論吧。」

喬農以不悅的目光掃視虞杰，再環視全員道：「那麼大家還有甚麼發現，不妨說出來。」

賈曉帆一直在筆電上快速搜索，此時將螢幕面向眾人，展示一個攝像鏡頭的官方產品頁面。其中產品相片特寫，正是與別墅內的鏡頭相同：「攝像鏡頭應該是西比斯公司的E-WAN IP系列，型號為IP-E301，乃一年前左右推出的款式。從官方網站的產品簡介說明，能攝錄1080p畫面，鏡頭可以左右六十度轉向。不設內部儲存空間，具有光纖輸出，通過有線網絡將影像數據實時傳輸出去。另外為連接所有鏡頭並將數據傳送出去，以及提供足以覆蓋全層且順暢的Wi-Fi網絡，別墅內定必有一具路由器。方才我四處觀察都未有發現，極有可能連同網線都收納在假天花板上……」

賈曉帆指指眾人頭頂，喬農乾咳數聲：「對不起，曉帆，你說那麼多我們都聽不懂。」

賈曉帆衝口而出：「簡單而言就是找到那具路由器，即時拔去所有連接鏡頭的網線……」

天青雷即時反對：「絕對不能拔！我不是說過，只有在鏡頭面前才能保障我們的性命嗎？」

賈勝龍怒道：「那是馮子健裝設的！怎麼能夠信任呢？搞不好是欺騙我們的手段！」

虞杰趁勢道：「為何你會如此緊張？莫非你就是X，受馮子健指示，誓死捍衛鏡頭的連線權利嗎？」

「你──」

喬農怒目盯向虞杰，迅速維護天青雷：「這處無法收發電話訊號，我們只能透過網絡與外界聯絡。一旦破壞路由器，豈不是無法上網，澈底叫天不應叫地不聞？這樣子太危險，我都不同意。」

天青雷點頭附和：「若然失去監視鏡頭，外面的人便無法監察別墅每個角落；拔斷網絡線路，便與外面世界斷絕音訊。我們勢必陷入被動的狀況，弊大於利。更何況之後警方聯絡我們，也得依賴網絡才辦得到。」

虞杰冷冷道：「主動提供網絡服務，讓我們可以對外聯絡？我才不相信馮子健會安好心，其中必然有詐。將不安定的要素排除，才最穩妥安心。」

蕭綸公見兩方各有道理，遂介入道：「即使如此，亦毋庸急躁吧？天青雷所言未必無理，在全國觀眾注視下，X必然有所顧忌。何況能與外界聯絡，多少令人安心，不致使這處與世隔絕。既然曉帆熟悉電腦電器，不如由他來調查所有鏡頭及網絡，之後再討論如何處置。」

虞杰輕蔑道：「假如對方擁有連衛星及電視頻道都能駭進去的技術，我想曉帆也沒本事找到對方設下的漏洞吧？」

賈曉帆心知自己才不懂那麼高深的駭客技術，但亦不願坦白，強行撐道：「長他人志氣，滅自己威風。不試過怎麼知道行不行？」

就在飯桌上你一言我一句時，寇尹突然大喝一聲，將原稿擲在桌上，聲如洪鐘道：「我明白了！」

「……你明白甚麼？」

寇尹沉醉於原稿中，絲毫未有留意剛才討論，亦無意理會大家在爭論甚麼，此時才插口道：「絕對沒有錯，犯人肯定模仿這部小說的橋段行兇！」

聽他說得擲地有聲，蕭綸公將原稿拉至面前。旁邊的喬農亦湊身望去，徐徐唸出標題及作者名字：「《荷塘樓殺人案》，著者文月瑠衣……」

「何以見得呢？可否簡述一下內容？」蕭綸公嘗試翻看開首幾頁，寇尹即時說得眉飛色舞，手舞足蹈，更加入大量擬聲詞，堪比一流說書人的技巧。故事敘述八位社會上廣受知名的人士，某天被神祕人物綁架，囚禁在一棟名叫荷塘樓的廢棄舊樓內。隨後在大家集合，商量逃走時，突然錄音機自動播放一盒錄音帶，謎之人宣稱他們有罪，要受天誅之刑。即使他們如何防範，犯人依然能夠將他們逐一殺死，最後無一生還。

故事聽上去就是標準的本格推理，然而眾人想到劇情發展與他們目前遭遇的處境太相似，不免臉色難看。賈勝龍不願再聽下去，直接問重點：「那麼誰是犯人？」

按平常而言，質問推理小說中誰是犯人，乃天大的劇透。然而事關生死，無人想浪費時間翻看那麼厚的小說，也就不予計較。寇尹聳聳肩，大方道：「這就是最有趣，亦是最可恨的地方。故事以最後一位角色死亡告終，劇情戛然而止。無任何解釋，亦無交代兇手。」

「開玩笑吧……」

「這樣還能叫推理小說嗎？」

「無交代兇手，全員死亡，算是甚麼意思？抑或作者根本不想解釋？」

明明無人是推理小說專家，只有一人看過作品，卻還是能夠言之鑿鑿地發表評論。更可怕的是作品內容與現實太多共通巧合，彷彿暗示他們的最終命運，潛意識下湧出恐懼。寇尹未曾為意他人目光，猶在回味道：「雖然無交代真相，可是劇情懸疑緊張，跌宕起伏，步步驚心。每位受害者均提出言之成理的推測，所有人都有可能是兇手，令讀者疑竇重生……」。

虞杰腦海中閃起一絲靈感，鎮定地道：「《And Then There Were None》，英國推理小說作家阿嘉莎・克莉絲蒂的作品。開創封閉環境中連串死亡案件的模式，其中很多元素為後世推理小說家模仿。無數推理小說的發展都大同小異，不值得大驚小怪。只是想不到犯人打算在現實中重現虛構的殺人事件，簡直瘋狂。」他頓一頓，心想時機到了，決定向賈氏父子進攻：「未曾聽過『文月瑠衣』這位作家，是日本人嗎？抑或是外國翻譯小說？」

賈勝龍感覺對方的視線不懷好意，正欲發言時，寇尹搶先道：「小說以中文書寫，行文流暢，文字修為甚高，我都分不清楚是原文抑或是翻譯。」

賈勝龍道：「如果譯者文字功力深厚，翻譯可以比原文更精彩。」

蕭綸公卻在意另一件事：「馮子健將這部小說擺在書房內，會不會是向我們作出某種暗示？」

天青雷大膽推測道：「書房房門鎖上，按常理我們不得而入。也許這是馮子健暗藏的線索，而我們意外不按常理，跳過尋找鑰匙的過程，才會提早發現。」

賈曉帆道：「怎麼聽上去好像是玩遊戲做任務？」

天青雷道：「這樣也許能夠合理解釋，為何要設置鏡頭，廿四小時監視。馮子健是打算讓我們變成真人實況秀的演員，參演他自編自導的犯罪劇本，玩弄在股掌之上。」

聽上去言之成理，可是仍然有些說不通，但大家又無法清楚地說明，只好暫且接受。虞杰發現話題走向未合乎自己意料之中，即時揚起手機吸引注意：「我在網上搜索多時，亦調查過作協會員名單，都無發現『文月瑠衣』這位人物。倒是談及『文月』這姓氏，想必大部分人第一時間想到的是亞洲知名投資大戶『文月高丸』。與許這位『文月瑠衣』與『文月高丸』會不會有甚麼關係？」

天青雷未敢苟同：「筆名可以亂改，未必是本名。何況日本人即使姓氏相同，亦未必有親屬關係。」

寇尹隨口接上道：「說不定是網絡作家，『文月瑠衣』只是一個馬甲。不如向網友提問吧？他們最擅長『起底』，說不定會挖出甚麼情報呢。」

「何必捨近求遠？這邊有兩個人多少知道吧？」虞杰一副幸災樂禍，看熱鬧的笑臉望向賈氏父子。賈勝龍心中湧起厭惡的感覺，急急拍檯衝起身高聲喝問：「你這話是甚麼意思？」

幕間二

孤兒院那邊的人造夢都想不到，我竟然會躲在鄰旁醫院的高級單人病房。每日醫護人員只會在特定時間巡視，定時為病人打針吃藥，每周為文月瑠衣進行一次全身檢查，除此以外都不會有人過來打擾，可以說是最佳隱蔽場所。

每天躺在病房角落處閱書，享受涼快的空調與碧藍窗景。房間的主人，從來沒有下驅逐令，等同默許我自由出入。與孤兒院不同，沒有壓迫人至透不過氣的感覺，令我感到非常愜意。如是者每次都偷偷從孤兒院的圖書館狹帶幾本書，悄悄從窗戶進出，決不會隨意打擾文月瑠衣休息。

不知道她患甚麼病，幾乎整天都臥在床上。狀況好時可以如常與人對答，狀況差時會昏睡不醒，甚至高燒不退。左右病房的患者都出院，換了好幾批孩子，就只剩她仍然穿著那身無垢純白的病人服，永遠望向同一片窗景。

「這片風景就這麼好看嗎？」

「ううん、くものかたちが、どんどんかわっていきます」

望望文月瑠衣，再望望外面晴朗的天空。興許對她而言，窗外這片風景，就是整個世界。

「有沒有去過下面花園？」

文月瑠衣望望自己右臂，一條輸液管長長的延伸而出，接上掛在床頭上的點滴袋，稍微遺憾地搖一搖頭。我無法對她那副表情置之不管，突然衝口而出道：「改天有機會，一定帶你去逛逛。」

如果是帶她去樓下花園走一圈，姑且算是個人能力範圍以內可以達成之事。

「可是護士，赫現，絕對受罰。」

嗚呀，聽著就覺得慘不忍睹。我捏捏眉心，坐在床沿，對她進行一對一專業教育。

「可是。」「何是。」

「可、是。」「可是──」

「護士。」「護士。」

「發現。」「發健。」「發、現。」「發……現……」

最初因為她的粵語說得太不標準，無法坐視不管。決定耐著性子，逐字逐句糾正。

「よし！できた！試試再說一遍。」

「可是護士，發現，絕對受罰。」「可是被護士發現，絕對會受罰。」

「可是俾……」「被，不是俾。」

「可是被護士發……現……絕對會受……罰。」

不知不覺間，變成互相學習對方的語言。回想最初言語不通，用手勢及肢體比劃，就像傻子似的，簡直遜斃了。

文月瑠衣從五歲起就被送進青苗醫院，這幾年與醫護人員朝夕相對，勉強學會粵語，只是發音古怪，尤其是聲調缺乏變化。一些需要捲舌和吐氣音的字，會莫名其妙唸成另一個字。不過在我慢慢點撥多幾遍，也就糾正過來。

「すごいねぇ！よくできたね！」我從背包中掏出一個菠蘿包，文月瑠衣眼睛頓時撐得又大又圓。

「送給你的。」

「謝謝！多謝！」

醫院的餐廳，食物款式十分少。對文月瑠衣而言，新鮮出爐香噴噴的菠蘿包，已經是正餐以外最棒的零食。以前她獨自扶著移動點滴支架，撐著雙腿走到地下餐廳偷偷買來吃，既費時失事又辛苦勞累。後來我自願當跑腿，自此由她出錢，我負責代購直送到床前。反正一直佔用她的病房當作祕密基地，這點小事作為回禮亦是分內之事。

一口接一口，滋潤那可愛的笑容。她的嘴角斜外下側的梨窩淺淺掛起，煞是醉人。

「ううん、くものかたちが、どんどんかわっていくの」將整塊菠蘿包獻祭予五臟廟後，文月瑠衣才醒起某些事，慌忙道：「我、下星期、尚課。」

「誒？」

「尚課、有老獅、教育。」

勉強聽得懂文月瑠衣的粵語，尚需花好一會功夫才能理解。

本國法例規定，年滿六歲後必須接受義務教育。即使是孤兒院的孩童，都有院方安排正規的教育課程，確保可以順利銜接全國教育及考試系統。那怕身為外國病患者的文月瑠衣亦不例外，可是由於疾病原因，無法出席正規的課堂。好像是教育局、醫院與監護人商討多時，才取得共識，允許持牌教師親赴醫院，進行一對一的課程。

相對地孤兒院的營運資金並不充裕，日常只夠勉強讓院內孩童有吃有穿，更遑論撥款投資教育項目。只需讓孩童接受最基礎的課程，符合教育局最基本的規定，不致違反法律，其他的都不管。於是全院四十多位孩童擠在同一個課室，然後老師分別教好幾個年級的課程。與其說是上課不如說是自習，各自修行。這樣根本甚麼都學不了，不斷為公開考試推送陪跑用的砲灰，所以我才會不顧一切逃出來。

院方亦只是向教育局做做樣子，老師都是領薪金辦事。課室少一位學生，少一分麻煩，也是一樁好事。故此屢次曠課後，心知肚明我會在一定時間後回去，便漸漸不再派人抓我了。

「有錢人家的孩子真好啦，那怕長期留院，都有專人進行指導。」

人的出生，注定他未來的人生。我們這些遭父母拋棄的孩子，只是受政府義務養育長大：吃最粗的食物，讀最差的書，生病時靠自我免疫力撐過去。怎麼可能像出身優渥的文月瑠衣，住在最昂貴的單人病房，接受最高級的醫療服務？

縱然走得再近，我們決不可能活在同一個世界中。當發現萌芽起妒忌的心情，語氣略帶點尖刺時，不禁萬分厭惡自己。文月瑠衣並沒有錯，所以我即時向她道歉。當事人似乎毫不在意，她低頭垂髮，雙手手指一直扯拉被褥，突然自作主張強勢抬頭道：「上課，不要。」

我皺起眉頭：「為甚麼？」

文月瑠衣指向我道：「上課，見面，沒時間。」

我臉色沉下來，輕嘆一口氣：「傻瓜，上完課之後都可以見面啊。」

「真的？」

「笨蛋，難道一整天都要上課嗎？放心吧，待老師離開後，我會再來找妳。」

我才不會擅自以為對方與自己同是淪落天涯的伙伴。

十八歲成年之時，我將離開孤兒院；假使文月瑠衣身體痊癒，亦需離開醫院，回去父母身邊，過錦衣玉食的生活。總有一天，這個夢會醒過來，然後永久消失。

「別想些多餘的事，總之給我好好唸書。如果唸不好，我不會幫妳買菠蘿包。」

文月瑠衣恐怕不曾窺知我內心陰暗的一面，笑容燦爛地伸起右手尾指：「やくそくだよ」

二人勾手指尾，我向她立下約定：「嗯，絕不會騙你。」

說出來也許很卑鄙，可是我決定不再與她相見。

雖然比同齡的孩子晚一年半，但自公元一九九九年二月廿二日，農曆新年假期後，文月瑠衣終於開始接受適齡教育。由於授課時間太長，我便找各種藉口避而不見，甚至故意繞過文月瑠衣的病房，改為在天台讀書打發時間。

這個夢太長了，總不能痴心妄想永遠做下去，該是時候中斷。

第參回　牖裏騷碩籌瞽言
堂中譽髦罄虛論

蕭綸公

喬農

寇尹

虞杰

賈勝龍

馬巧茹

天青雷

賈曉帆

賈氏父子反應劇烈，蕭綸公生怕當中有誤會，嘗試和悅地問：「若然你們知道甚麼線索，那怕再微小也好，亦請坦白交代。如今我們共乘一船，應該同舟共濟……」

「不知道。」賈勝龍臉色鐵青，斬釘截鐵回答道：「我們完全不認識『文月瑠衣』。」

虞杰胳膊交叉抱在胸前，嗤笑一聲：「居然能說出如此拙劣的謊言，令我非常欽佩。遺憾的是我這雙眼瞧得清楚：當寇尹在書房提及原稿的作者是『文月瑠衣』時，你們一家人的反應簡直像是活見鬼般，明顯是對那個名字有印象。事到如今別再裝蒜，快從實招來。」

目下只是虞杰單方面的指控，所以大家猶是半信半疑。賈勝龍臉色由紅潤轉為鐵青，嚥不下這口氣，白著一張臉，厲聲高喝：「放屁！你在誣衊我嗎？」

賈曉帆同樣神情緊張，眼神望向父親等待求救。天青雷望望飯廳斜上方的鏡頭，嘗試勸言道：「如今處境嚴峻，在此逗留多一分，危險就增加一分。若然你們有何困難不便明說，可以移步至書房那邊再談……」

「我都說不知道！完全不認識那位女生！」

乍見「文月瑠衣」四字，頗像女性的名字，可是終究是一個筆名。本尊可以是一位老婆婆，一群人，甚至是男冒女名。賈勝龍偏生說出「她」是「女生」，其他人益發肯定對方確實有意隱瞞。

虞杰緊抿著雙唇，臉部露出非常愉悅的笑意。對方比想像中還要笨，輕鬆地不打自招，不由得熱烈拍掌：「好吧，既然你不願坦白，不如我們轉而問問賈太太……」

大家不約而同轉頭望向開放式的廚房，七人十四目飽覽無遺，卻不見當事人。

賈勝龍腦袋尚未接得上狀況，抬頭大叫道：「巧茹？妳在哪？」

廚房空無一人，馬巧茹憑空消失。眾人面面相覷，方才大家圍坐在桌子上激烈辯論，從未曾分神注意過廚房的動靜。賈勝龍衝進廚房，但見廚房爐頭關上，圍裙隨便置在爐頭旁邊，不鏽鋼鍋內只有煮沸至一半的麵條，獨獨不見掌勺者。

「有沒有人見過巧茹？」賈勝龍抑止不住緊張之情，賈曉帆更是彷徨無助，不住扭頭四周張看。

「會不會是去洗手間？」喬農提出比較合理的推測，賈勝龍第一時間衝至洗手間，推門不見有人。賈曉帆亦打量浴室，同樣未有發現。賈勝龍慌亂不安，往書房那邊奔過去。

「說不定她回去房間……」賈勝龍心底尚存的希望，卻遭天青雷朗聲戳破：「賈太太在這裏啊。」

「甚麼？」賈勝龍聞聲往回頭。只見天青雷站在階梯前，指向梯底牆壁後的空間。他呼問：「巧茹在那邊嗎？」

賈勝龍急急推開走廊上阻礙他的人，拚命呼喊妻子的名字，卻得不到半句回應。一團人跟在他身後湧入樓梯底，之前搜索時尚是空無一物的地方，如今竟然見到有人靠牆倒在地面。賈勝龍右手顫抖遞出去，輕輕拍打妻子毫無生氣的臉。奈何頭一側，脖子就往另一邊歪下去。

「巧茹！巧茹！」賈勝龍終於受不住，瘋癲的抱起妻子拚命搖晃。天青雷嘗試靠近探視，賈勝龍即時遞起手肘撞開他。那一記便是無情力，天青雷避之不及，痛楚滲入心脾。

「喂？你在幹甚麼？」天青雷甚感不滿，按著小腹叫嚷。賈勝龍那對血紅的雙睛泛起淚光，紅腫地瞪向天青雷，然後逐一掃視其他人，怒目相向質問：「是誰殺了巧茹？」

虞杰聳聳肩，不以為然道：「剛才我們所有人都坐在飯桌上，誰也沒有離開，如何殺死尊夫人呢？」

賈勝龍激動的站起身，一手推開虞杰喝問：「那麼你說說看，巧茹好端端的怎麼會死了？」

「雖然不清楚這處是否第一案發現場，可是無論是誰下手，都必須先抽身離開飯廳。然而剛才我們七人都坐在飯桌上，確實無人曾經移開半步……」天青雷亦有類似的想法，甚至無法肯定馬巧茹是否真的被殺。只是未敢正面刺激賈勝龍，遂令最後的結論懸在喉頭，吞回胃袋去。

喬農沉吟道：「如果不是自尋短見，難道是別墅內還有我們不知道的第九人，暗中加害尊夫人？」

寇尹怪叫道：「哎呀？我們不是已經徹底調查過別墅所有地方嗎？真的有第九人匿藏在此？」

天青雷舉頭上望，要說別墅內未曾調查過的場所，就只剩下老樹堵途的二樓。再者一樓的假天花亦由於太高，以致無法觸及。虞杰倒是低頭，從眾人的鞋履間，留意到一枚玻璃小瓶。他拾起來打量，見瓶蓋扭開，嗅一會後道：「這是尊夫人的東西嗎？」

賈勝龍望向那瓶子，最先是否定。繼而認真回想，確定毫無印象，絕非妻子之物。然而在馬巧茹的指縫間，卻握住一個細小的瓶蓋，大小正好與小瓶吻合。

「雖然不知道瓶子從何而來，但它卻出現在死者死亡的現場，顯然與其脫不了關係。」虞杰瞇起一隻眼睛，透過窗戶外的光線映射，可以見到瓶身內尚餘一點透明的液體，因為張力而黏在底部。

蕭綸公問：「尊夫人身體有否明顯傷口？」

喬農道：「無論如何都要查清楚兇手是誰，為她討回公道。」

賈勝龍強忍淚水，與兒子一起抱著妻子進浴室。好一會後出來，賈曉帆代父答道：「媽媽全身無明顯外傷……」

「衣服呢？」

他搖搖頭：「沒有破爛，也沒有起皺，很整齊。」

天青雷用右手敲叩窗戶道：「這邊都是梗窗，無法打開，亦無破壞痕跡，犯人不可能從這邊出入。我們在飯廳時，也見不到有人經過。也許翻看錄像，便能知曉賈夫人為何走來這處，甚至是否有第九人暗中行動。」

賈勝龍暫時將馬巧茹屍身留在浴室內，隨同眾人回去飯廳。不查個水落石出，他絕不罷休。

天青雷與賈曉帆分別取出平板及筆電連上網絡，電視台同步直播只能看「現在」的狀況，幸虧有網友分享「盜版」，將影片同步上傳至各大影片網站，才能讓他們便捷翻看過去的影像。時間調前回到他們圍在桌上熱烈討論時，清楚可見馬巧茹在廚房煮食。大約在一時十七分左右忽然掏出手機，一瞬間臉色劇變。她先是望望丈夫，再低頭看手機，毅然轉身打開後面吊在天花板上的廚櫃，從側邊靠前取走一個玻璃小瓶。

眾人不由自主瞧瞧置在桌面上的玻璃小瓶，正正是在馬巧茹死亡現場發現，與畫面中本人所取的那瓶一模一樣。由於畫面無法進一步擴大，無法肯定瓶中盛有甚麼。一時廿分，其他七人尚在飯桌上激烈爭執，未曾為意她悄悄離開廚房。直到一時卅三分，大家才發現人已不在。在此十三分鐘期間，其他監控鏡頭，並未曾拍到其他人影。

「雖然賈太太死亡位置並無監控鏡頭，可是外面的走廊也未見有人經過。該處別無密室暗道，尋不到第二人的行蹤。加之外表無明顯傷痕，衣服整齊，現場無打鬥痕跡，亦不曾發出任何聲響。

無論如何都不可能是他殺。」看畢影片，虞杰有板有眼分析道：「正如影片所見，這個小瓶正是賈太太從櫃中取走的。如今瓶中尚殘餘數滴液體，估計原本是盛滿的。不過地面及衣服上並未沾上不明液體，那麼瓶中物去哪兒呢？只能認為是喝進肚子去。恐怕瓶中物乃毒藥，賈太太乃服毒自盡。」

蕭綸公不解，反問道：「未經詳細物理化驗，你怎麼能草率認為它是毒藥呢？」

喬農亦附和：「巧茹真的喝下去嗎？喝了多少？你如何能夠證明呢？」

賈勝龍粗暴地揪起虞杰衣領：「你怎會知道這麼清楚？莫非是你叫她服毒嗎？」

虞杰睥睨對方，淡然道：「我哪有理由做這些事？殺了她有何好處？」

「你……」

「只不過是發現線索，好心說出推測，就被人當成兇手，看來我還是低調一點比較好。」

「少說廢話！你就是X吧！」

恐防賈勝龍躁進施暴，大家連忙分開二人。虞杰卻火上加油：「不然你們說說看，賈太太為何會從櫃中取走這個空瓶子，然後獨自進入樓梯底，再突然身亡？除毒殺以外，我想不到更合理的解釋。」

「媽媽決不會自尋短見！」賈曉帆難以置信，虞杰聳聳肩：「你要問令壽堂，別問我。」

天青雷跳出固有思維，提出新的見解：「人是求生的動物，無緣無故怎會自殺？究竟賈太太臨死前在手機看到甚麼？直接檢查她的手機，也許會有所發現。」

賈勝龍登時叫兒子去浴室，從馬巧茹口袋取出手機。他輸入密碼解鎖，盯著螢幕好一會，然後舉頭以狐疑的目光逐一掠過所有人，即時向兒子喊道：「走！」

賈曉帆莫名其妙：「誒？走？去哪？」

「回房！」賈勝龍說得出做得到，登時衝向浴室。蕭綸公看勢頭不對，率先伸手攔截：「且慢，勝龍，有事慢慢講……」

賈勝龍抖開蕭綸公的手，反指其他人道：「有甚麼好講？兇手就在你們五人當中！」

大家愣住，聽其口氣不像開玩笑。賈勝龍愛妻情切，滿懷憤懣，甚麼話都聽不進去。賈曉帆不明就裡，只能跟著父親一同抱起母親的屍體。眾人眼怔怔望著二人離開，「嘭」的一聲用力關上房門，連牆壁及地板都在震動。

虞杰裝作無辜，搖搖手中的小瓶道：「這樣子算甚麼意思？反正人都死了，更應該物盡其用，留下屍體讓我們檢查。我看他是內心有鬼，怕有人追問，才借故發難離開。」

喬農喝道：「夠了！你要污衊別人到甚麼地步？」

「污衊？我只是按照事實陳述推測。明顯賈氏一家狡猾可疑，刻意隱瞞關於『文月瑠衣』的情報，怎麼喬農老是想寬容他們呢？」

「人死為大，你就不能心存半點寬容憐憫嗎？」

「誰親自檢查過，百分百肯定賈太太真的過世？會不會只是裝死騙人？」

喬農怒不可遏，蕭綸公即時抓緊他的臂膀，猶暴喝道：「瑜寧放開我！平時這傢伙狂妄歪言我可以忍，但今天再忍下去就不是男人！」

喬農向來討厭虞杰，不時於專欄行文內出言譏諷。如今當面聽到對方冷血無人性的發言，難免有所激動，想動手揍人。

「復生，大家都是明事理的讀書人，動口不動手。」

天青雷生怕事態失控，連忙勸止道：「屍體已經不在，我們在此爭論賈太太死亡的真偽，亦於事無補。當此之際更重要的是……」

寇尹唐突插口道：「當然是五臟廟的問題！現在已逾二時，我們肚子猶空，又餓又累，如何能好好思考呢？那怕打仗都要吃飯哦！」

雖然頗為煞風景，卻是合情合理。大家的神經原本就甚為緇緊，馬巧茹之死更引爆連串衝突。大家開始懷疑身邊人，捕風捉影疑心生暗鬼。加之平日各人間或素有積怨，心存芥蒂下，自然會因為微小的磨擦而內亂互鬥。人死不能復生，持續爭論下去更是擴大裂縫與不信任感。適時吃頓豐富的午飯，讓大家有時間冷靜下來，不失為好主意。

「但是食物會不會有毒？」蕭綸公憂心忡忡，虞杰卻置之一笑：「馮子健想殺我們，早就動手了，哪有可能現在才搞毒殺。」

「嗯，沒錯。真的要動手，早在我們昏迷時紅刀子進白刀子出，豈不是一了百了。」寇尹以手刀在脖子比劃道：「何況我們不吃，也會餓死。」

雖然二人言之有理，卻未能盡釋疑慮。為求心安理得，喬農提議再一次檢查全部食物。五人全部檢查一遍，並未發現同樣款式大小的玻璃瓶。其他瓶罐都是鹽糖調味粉之類，密封食物亦包裝完整，確定未曾開封。一番折騰，已過二時半，肚子鳴得更響。廚房遺下一窩湯麵，材料涼在一邊。蕭綸公決定接力下廚，喬農亦捋起衣袖幫忙。

其餘三人回去飯廳安坐，桌上除去馬巧茹生前沖的那壺茶外，便只有文月瑠衣的小說稿。走得太突然，死得太意外，反而感覺不切實際。寇尹怔怔望向原稿，若有所思道：「《荷塘樓殺人案》中，第一位死者都是毒殺。」。

虞杰平靜地接話道：「《And Then There Were None》中最初的死者亦然。」

當出現第一位犧牲者時，那怕不知道手法，但幾可肯定X已經開始行動。大家真切明白，不及早找出X，遲早「一個都不留」。

「犯人會不會模仿這部小說的劇情殺人？」天青雷發問，虞杰搖頭：「我早說過，兇手事前準備一部長篇小說，然後遵照內容殺人，簡直自討苦吃，增加難度。單純下毒成本低風險少成效高，兇手選擇它不無道理。」

「照你意思，一切都是巧合？」

「我只是用常理分析罷了。」

「那麼你分析看看，為何賈太太會突然服毒自殺？」

天青雷與賈曉帆是朋友，不過與賈氏父妻不熟稔，無法理解馬巧茹尋死的理由。他嘗試放下成見，期望虞杰提供更多與眾不同的見解。

虞杰將小瓶置在桌上：「賈太太與我們同樣被擄至此處，不可能事前知道廚櫃中有此瓶。然而她卻能在死前故意取走，只能想到是有人告之位置。搞不好她的手機，正正收到犯人的指示。因為賈勝龍從那些訊息內掌握某些線索，才會肯定X就在我們之中。」

「正常人決不會輕易喝下可疑的液體，莫非是受人威脅，賈太太才不得不喝進去？」

如此發想，天青雷便解得通很多疑問。X根本不需要親自行動，甚至如常與他們留在飯桌這邊，趁無人注意時透過手機發訊，要脅馬巧茹聽從吩咐行事。既能順利解決目標，又可以製造不在場證明，更不會被監控鏡頭拍下自己的可疑行動，一舉三得。

這番推測卻需要有兩個重要的前設：一者瓶內真是毒物，馬巧茹確是服用後身亡；一者犯人的威脅足以令她不得不以自盡才解決。難道犯人胸有成竹，料定馬巧茹決不會求救，或是違命不從？

寇尹摸摸他光禿禿的頭頂，瞇起眼睛問：「究竟犯人拿甚麼來威脅她呢？」

天青雷自然而然憶及早上起床時於被褥內發現的信件，上書自己絕不願讓他人知道的祕密。回想馮子健在電視機中說過，要他們坦率承認自己的罪行，才能饒以不死。兩件事連繫在一起，不難得出馮子健要他們招認信上的內容。不管其他人如何想，天青雷打死都不願坦白承認。一旦「那件事」洩露，自己的人生就完了，活下去都毫無意義。換位思考，馬巧茹是不是被對方用那些祕密要脅，才不得不服毒自殺？為何偏偏最先選中馬巧茹下手呢？

虞杰胸有成竹問道：「你們還未發現賈氏一家和我們有何不同？」

天青雷霎時醒覺道：「只有他們是一家人同時被擄！」

這處八人，或有父母、或有兄弟、或有子女。此處五人俱為單獨被抓，家人全部在外面，只能透過手機遙遙寄慰擔憂之情；獨是賈氏三口完全不同，從一開始就是全家人都被抓進來，更獲配於同一間房內。

虞杰攤手道：「其實不需要想得太複雜，犯人威脅賈太太的方法也許十分簡單。打個比方，倘若她不遵照手機上的指示行動，便會即時對賈氏父子不利。為保障親人性命，她只能屈從對方指示。」

寇尹無法理解：「你的意思是X隨時可以當場殺死賈氏父子？沒可能吧！當時我們全員同時在場，而且有鏡頭監視。X一旦動手，定然被我們制服。」

天青雷並非不認同虞杰的「威脅說」，不過仍然肯定思路可取。惟如同寇尹所言，漏洞過大。若然X真的以殺人作要脅，馬巧茹大可以暗中通知丈夫及兒子提防，又或暗中通知另外六人。最後必然當場事敗被擒，完全談不上任何威脅。為何她想不到這點，更乖乖服從？

「誒……殺人不一定要用刀……」天青雷心中突然冒起寒意：「犯人既然能夠向馬巧茹手機發訊，那麼自然可以向賈勝龍、賈曉帆，甚至任何一個人發訊……為何最先會挑選向馬巧茹下手？」

不需要再說下去，其他人已經理解，往同一方向發想。最初寫在信上作為警告，表示馮子健握住所有人的把柄。如果不聽話，就彈指間將祕密公諸於眾。那樣子無異導致他們遭受社會性謀殺，勝過直接拔刀殺人。敢情馬巧茹無法違抗，也不能向任何人討論，只能選擇悄悄死亡退場。

寇尹道：「也許是X認為當時我們都未有為意賈太太，於是臨時起意選中她？」

「那麼X為何如此肯定馬巧茹必然甘心情願，絕不反抗？」

「或許因為她是心存幻想，以為滿足X的要求，就會放過丈夫及孩子吧？現實中都有類似的事件，很多人在最初往往出於綏靖姑息，而在犯人的威脅下妥協退讓。」

天青雷猜度馬巧茹的想法，虞杰話題倏忽一轉：「你們有聽過『狼人遊戲』嗎？」

天青雷聽過，寇尹未聽過。

「這是一款甚受歡迎的桌上遊戲，遊戲玩法很簡單：大部分玩家扮演村民，其中混入一定數量的狼人，負責欺騙及殺死其他村民玩家。如果成功殺光所有村民，便判定狼人勝出。」

寇尹瞇起眼睛問：「你的意思是……X就是我們中間的狼人？」

虞杰虛偽地擊掌讚揚：「正是如此，不覺得我們如今的狀況很相近嗎？馬巧茹被殺，時機抓得太準，證明馮子健沒有騙我們。我們當中不僅只有被害者，也存在加害者。不過他只說我們當中混入X，卻無如實交代有多少位X。可能是一個，亦可能是兩個，甚至三個。」

全部人陷入沉默，當此之際誰也無辦法保證身邊人是不是X。

虞杰述道：「我有三個假設：一、X可以悄無聲息地，甚至自信地在眾人注視中出手殺人，而不為人察覺，有可能是異能者。」

這答案太扯，天青雷及寇尹無法接受。若然X擁有這種程度的本事，無需要搞那麼多小動作，直接殺死馬巧茹即可。

「二、X有自信一個人都可以解決七個人，所以不將其他人放在眼內。」

寇尹問道：「不對，第二點和第一點有何不同？」

「第一點是兇手會超能力，那怕在鏡頭前殺人都不會暴露身分與形跡；第二點是兇手是普通人，擅長某些機關技巧，在周詳的布局下不留痕跡殺人。縱使警察隨後趕至，也無法判定他是兇手。這也是他為何要花那麼多功夫，才能夠殺死馬巧茹一個人。」

寇尹凝思好半晌，才恍然悟明當中論點：「原來如此……那麼第三點呢？」

「三、X不止有一個人。」

天青雷早已提出類似的猜想，不過虞杰進一步具體道：「一個人對七個人，難免左支右絀。假設X是兩人以上，便能夠讓行動有更多選擇。甚至其中一人當作棄子，在途中暴露身分揪出來，令我們產生錯覺以為事件解決，鬆懈過來後繼續殺人，以及事後將罪刑都推在他身上。」

不愧是虞杰，殊為功利的思想，只有他才會說得出這番話。

「在對弈中，這叫策略性棄子。」此時蕭綸公及喬農分別端上湯麵及佐菜至飯桌上，事實上下廚其間他們一直聽著三人討論，此時忍不住插口道：「犯人正是恐怕我們團結一致，找不到機會下手，才會想辦法誘使我們從內部崩潰。」

寇尹聳肩道：「現在八人中已經有二人分裂獨立出去了，怎麼辦？」

「等勝龍心平氣和後再好好談吧。」蕭綸公拉開椅子坐下後，認真問眾人道：「你們有沒有想過，為何馮子健會在最初便告知我們八人中混入X？」

虞杰不以為然：「當然是一種宣戰姿態，在最初見面時建立恐懼的形象……」

「在我們被擄來之前，已經從各大小傳媒聽過這位全國頭號通緝犯的大名，心中早有對他有既定的形象，又何需多此一舉？」蕭綸公無興趣陪虞杰討論心理學範疇的問題，直接跳轉至重點道：「你們不覺得他在畫蛇添足嗎？那怕他不說出有X這位內應，只要隨著我們接連遇害，大家同樣會聯想到八人中必有內鬼，屆時自然產生不信任與紛爭。馮子健立心想殺死我們，根本無需好心提醒有X這位人物，教我們預早提防，增加犯案時的難度。」

天青雷未曾想過這點，追問道：「蕭前輩的意思是……」

蕭綸公斬釘截鐵道：「X不在我們當中，甚至根本不存在X。馮子健只想拋出一個不存在的人物，令大家互不信任，引發內鬨與混亂，好使真正的兇手在背地裏偷笑，方便他暗中行動。想想我們彼此並非陌生人，又同為馮子健行刺目標。誰會助紂為虐，倒過來協助他殺人？」

蕭綸公為人正氣凜然，無論是平日為人，以及筆下角色，均剛正不阿，故此說出這番話時，更為撼人心靈。不過寇尹猶有存疑：「可是我們已經巡視過整棟別墅，都無發現其他人啊。如果還有第九人，此刻他躲在何處？」

天青雷站起身道：「我們受困在別墅內不准離開，不等於X有此限制，也許他有辦法自由出入別墅。再者二樓尚未檢查，恐怕有暗道密室，能讓他匿藏在其中。別忘記我們所有行動都受到監控，對方完全可以自由挑選下手的對象及時機。」

「那麼我們要不要先拆了鏡頭？」

「全國觀眾以至我們的親友，都透過電視直播注視這邊的情況，不能隨便拆毀它……」

為何馮子健要設立監控鏡頭，而且駭進中央電視台全國直播？天青雷腦海隱約想到某些苗頭，奈何那道靈光一閃而逝，無法逮住。公說公有道，婆說婆有理。喬農心想這番討論一時半刻都不會有結果，拍手道：「欲速則不達，不妨吃飽後再從詳計議。」

蕭綸公及喬農的廚藝不差，麵質入口香滑，湯味甚濃郁。可惜眾人生命受到威脅，實難以大快朵頤。蕭綸公嘗試盛起兩大碗麵，輕叩賈氏房門問話，遺憾他們拒絕回應好意。

五人一邊吃麵一邊整理來龍去脈，天青喬認為狀況刻不容緩，決定整理目前狀況後通報警方。手機收不到訊號，無法撥打電話下，只能循警察局設立的網上報案室報案。那是稍早前警方進行電子化改革後的成果，天青雷亦是首度使用，同時希望以後永遠不會再用。他在網站的電子報案系統填寫完畢，讓眾人確認內容無誤後，再後按「確定」鍵送出，之後只能等待對面回音。

天青雷同時將自己總結出的心得，一併於Facebook個人專頁上發表：

一、賈氏一家似乎知悉「文月瑠衣」的身分，姑且等他們冷靜下來後再嘗試詢問。當然如有網友能告之詳情，亦無任歡迎；

二、X到底是一個人抑或是多個人，X是在八人之內抑或是第九人。鑑於情報不足，故錄之存疑；

三、希望詳細檢查馬巧茹的遺體，以及其手機，至少能知道她出於甚麼原因而選擇自殺。賈勝龍拒絕合作，但賈曉帆有可能與其父意見相左，嘗試透過互聯網與他取得聯絡；

四、雖然馮子健說只要找出X便能離開，可是無法信任對方遵守諾言。即使現在無法逃出別墅，但是他們仍然十分樂觀，認為警方必定出動特種部隊營救，甚至會有超級英雄前來相助。何況馮子健那邊的駭客再怎生厲害，光憑一己之力焉能與國家級駭客群對抗？先不說國家不可能容忍有犯罪分子騎劫國營電視台，更重要的是原本擁有人造衛星的國家亦會奪回衛星的控制權。只要除掉自宇宙來的電粒子束炮威脅，他們即可安全逃走；

五、《荷塘樓殺人案》是否隱藏關鍵線索，尚未有定論，必須待他閱畢後再作評論。

蕭綸公憂慮道：「『君子求諸己，小人求諸人』，我們不能守株待兔，等外面警察來救助。」

天青雷合掌重提舊議：「不如嘗試搜索二樓吧，上面深處應該還有房間，說不定X正匿藏其中。」

其實他亦懷疑假天花上是否藏有線索，奈何樓底太高，此處無梯子之類的輔助品。他也嘗試過將飯廳的椅子搬到桌面上，借此當墊腳站上去，遞高雙手，指尖依然未能碰及，更別說爬上去，只好撇在一邊暫且不管。

「我在外國時有聽聞別墅內往往有陌生的住客匿藏在屋主都不知道的密室中生活，確實不認真澈底搜一遍，總是無法教人安心。」喬農深表認同，天青雷臉有難色：「上面樹木橫貫亂生，佔領整條走廊，手邊又無斧頭鑿路，我們該如何探索？」

「『人逢尋壑常孤往，船到穿橋自直行。』」蕭綸公吟起聶紺弩詩句：「辦法不是沒有……喬農，剛才下廚時有否留意到那套鋼刀？」

喬農亦想到同一答案，微笑點頭：「廚房有整套德國YOBAY出品刀具，不愧是國際名牌，手感不錯，而且鋒利無比。」

天青雷不解，喬農解釋道：「拿那些鋼刀直接劈開比較幼的樹枝，或者慢慢削出一個小缺口，再用蠻力掰斷。只要一步步除去糾纏盤結的枝椏，便能夠鑿出可以容人鑽入的空隙。」

蕭綸公見天青雷不相信，便親述過往的經歷：「當年鬼子侵華，大批難民往西南方逃難，沿途盡是窮山惡水。我們都是隨便抓一把刀，不僅傍身護衛，沿途還靠它開路劈柴砍樹切菜剁魚。」

天青雷乃戰後出生，未嘗經歷過那個時代，自然無法想像。反正如今別無他法，橫豎也得嘗試。寇尹登時燃起求生意志，深信天無絕人之路，大力支持兩位老人家的提議。

虞杰突然站起身取走原稿：「那麼我先回房去，慢慢參詳這份稿件。」

「誒？你不來幫忙？」

「我向來不擅長體力勞動，與其浪費時間，不如拜讀這部小說，興許有意外發現。」

喬農及天青雷均對虞杰並無好感，既然他無意參加，也不便勉強。

蕭綸公及喬農各自從廚房攜來一柄稱手利刃，四人共同步上二樓。眼前長廊依舊悶濕，枝椏粗壯形同凶惡的巨蛇糾纏扭結。二人先將刀尖遞前，熟練利落地撬開比較柔軟的長鬚，再削斷幼軟的枝椏，慢慢開出一小片空間，容一人側身踩步。

天青雷不忍心兩位老人家辛苦，主動插手幫忙。看似很簡單的三兩下動作，他卻因為不懂竅門，砍來剁去都闢不出半分，費時誤事；至於寇尹身寬體闊，腰壯臂粗，惟有像彌勒佛那樣望道興嘆。一老一少感覺在此處派不上用場，決定回一樓等消息。

寇尹頻頻打呵欠，眼皮沉重，決定先回房間午睡。天青雷不想浪費時間，坐在客廳的沙發上，於平板瀏覽各大網站。短短數小時內，已經有無數人爭論馬巧茹之死的好幾處疑點，然而與別墅內眾人同樣缺乏關鍵線索及證據，全屬個人推測。有些說法更是信口胡鬧，或是前後犯駁，可信性甚低。尤其是匿名的討論版，外行人濫竽充數，肆無忌憚堆砌垃圾見解，徒然浪費閱讀時間。其間天青雷特別瀏覽賈曉帆的Facebook，依然不曾上線也沒有更新。

相比推理誰是X，更多市民關注政府針對這宗案件的態度。事發至今官方尚未有任何正式回應，亦未見展開行動。國民紛紛鼓譟，譴責政府及官員無能。天青雷頗感意外，政府反應未免太慢，至少應該派人聯絡安撫他們，從速安排特種部隊甚至軍隊強攻上山營救人質。

聯想起床褥內那封信函，抬頭打量監控鏡頭，益發感到某種不詳的徵兆。馮子健想監視別墅內所有人的一舉一動並不奇怪，但有需要同步轉播至全國人民面前嗎？對方是不是另有企圖？他越想越不對勁，驟然察覺自己對馮子健非常陌生，而對方卻像他肚腸中的蟲兒，澈底掌握所有罩門。

縱然新聞經常報導馮子健的消息，但總是心存僥倖，認為事不關己。未曾想過有朝一天，自己會成為對方目標。大難臨頭下方認真起來，渴望更加瞭解馮子健到底是甚麼樣的人。

各大網站及傳媒早就將過往七宗殺人案資料巨細無遺整理清楚，維基百科有專門條目，網絡上更流傳一圖懶人包。天青雷身為作家，平常自有一套蒐集及處理資料的方法。不需多久便從付費訂閱的全國最大型數位資料庫網站「溥華資訊網」中，搜出過去數年全國報章上所有關於馮子健的詳細報導。根據目前警方公布的零星線索，以及主流媒體分析，大體知道以往七宗案件，馮子健均會長期跟蹤目標、掌握其生活規律及行動習慣，靜待時機成熟即出手擄人，再殘忍殺死。

這次事件最為矛盾的，就是犯人改變一直以來的行動模式。同時將八位作家擄走，禁錮在崇山峻嶺中的別墅。除此以外還為此駭進不明國別的軍事衛星及中央電視台全部頻道，勞師動眾卻只是搞一場殺人直播，未免牛刀殺雞。種種行動誇張得極不自然，委實前所未聞。

忽然他心中冒起一個大膽的想法，所謂的「馮子健」至今亦僅是在電視機中播放事前錄影片段，向他們露上一面，會不會是有人冒名的模仿犯罪呢？畢竟誰也不曾真正見過馮子健，對他的形象及認識亦只是來自於警方的通緝照片而矣。究竟之前電視機中現身的是本尊，抑或是相似的人偽冒呢？可是天青雷很快就否定這種想法，如果是模仿他人犯罪，不是更加應該做得與前七宗相似，令外界真假難辨嗎？

天青雷揉搓眉心，先不管犯人是不是馮子健，他更加在意內鬼究竟是誰。防人之心不可無，未確定誰是X之前，決不可隨便將心中所想宣之於口。然而思右想足足一小時多，還是想不出甚麼妙計可以揪出X。無事可為，毅然站起來重回二樓，瞧瞧蕭綸公及喬農進展如何。

二樓遍地全是斷鬚殘枝，猶是無法想像到兩位老作家如何以手中那柄鋼刀開路的景況。即使合力闢出一條可容人勉強低頭側身穿過的通道，然而憑自己魁梧的體型委實難以從容進入。矮頭探視深處，見洞口蜿蜒，耳聞微弱交談聲。天青雷朗聲問進度，喬農從深處回覆，表示尚未通到最底。蕭綸公說完成後會來報告，著天青雷安心等待。痛恨自己幫不上忙，只好折回飯廳，繼續在Facebook上回覆各方網友的留言。

托他不斷將別墅內的消息及事件整理放上個人粉絲專頁，才不到一天就賺取大量讚好及點閱率。對於自己喜歡的作家蒙難，支持者無不義憤填膺，咒罵馮子健何等冷血；無數記者頻繁聯繫，希望透過網絡視象進行訪問。對此天青雷心中有氣，如今他面對死亡威脅，焉有心思接受採訪？可是他又不想輕率開罪傳媒，只好臨時用文字回覆拒絕，順便拜託他們幫忙向警方傳達這邊的情況。

將近傍晚，天色全黑。寇尹睡醒返回客廳，天青雷正下廚煮飯。寇尹張大嘴巴打呵欠，拉開椅子坐下來。天青雷看他萎靡，問他是否睡不好。

「當然啦！木板床又冷又硬，害慘了我的腰。咦？你在煮晚飯嗎？」

「兩位老前輩整個下午都在二樓忙碌砍樹，午飯又是他們準備，所以晚飯該輪到我來負責。」

「真是後生可畏！那麼我辛苦一點，負責吃光。」

萬萬料不到寇尹在這個時候還能笑出來，天青雷搞不懂對方是虛情假意，抑或是真情率性。

實際下廚時，他才切實體會這處囤積的食物太豐富。以貼在天花板上的吊櫃為例，琳瑯滿目盡是不同款式罐頭食品、未開封調味醬料、密封真空的米袋、各種速食食物……宛如雜貨店的貨架般應有盡有。不過他心知肚明，那怕食物囤積再多，終有吃盡之時。再者馮子健必不會如此好心，讓他們一直免費吃喝活下去。犯人處處精心設計，務求殺死他們。好比獵人無十足把握時決不會出手，一旦出手後必然通往致勝之路。在救援抵達前，究竟還要死幾多人呢？

即使下廚其間，大腦仍不斷思考。最初他們搜查廚房，曾經一度將櫃內的食物翻亂後再塞回去，理應改變所有物品原有的排列及配置。若然屬實，X是如何知道那個瓶子的新位置，並指示馬巧茹取走？這處有兩種合理的推測：

一、X暗中將毒藥調回原位；
二、X記下毒藥擺放的新位置。

雖然監控畫面非常清晰，但想單獨放大畫面內某一部分，還是十分模糊。除非打開櫃門，否則根本無法窺見內部，馮子健決不可能通過電視機查知那支小瓶的位置。更別說它居然靠在最前，便捷可取，顯然是有人故意安排。

不對，正因為X確實混在他們中間，才有辦法在檢查時暗中動手腳，偷偷將那瓶子挪動到最外。話說回頭，將小瓶混在調味粉瓶及醬油瓶之中，擺在最前面，不怕其他人不慎取去煮食用嗎？

要避免發生這樣的意外，最簡單就是及早處理掉它，不致有人誤取。天青雷低頭深思，清楚記得是馬巧茹本人提出下廚煮食，那麼說是犯人臨時的決定嗎？若然當時換作其他人單獨留在廚房煮食，那麼第一位死者會不會換成別人？

蓋好鍋子，慢火烹煮時，他取出平板重新翻看監控影片，金睛火眼反覆緊盯眾人檢查廚房廚櫃的那段。畫面可見眾人都有幫忙將那些食物取出來，然後又塞回櫃中。最後目睹馬巧茹和賈曉帆分別將地上最後剩下的瓶子捧起來，遞高讓站在椅子上的喬農接住，一併擺妥後掩好櫃門。

那支小瓶，赫然就在吊櫃內靠門的外緣處。

「喬農只是從賈太太和曉帆手中接過瓶子，是偶然？巧合？還是早有圖謀？不對，亦有可能是喬農事前藏起來，然後趁機混進去嗎？馬巧茹已死，當事人只剩下喬農與賈曉帆……」

喬農尚在樓上，可以一會晚飯時再問。至於賈曉帆，天青雷與相識多年，諒他不是那種會狠心弒母的逆子。為進一步求證，天青雷透過手機向對方發送訊息，陳明自己的發現與疑問。

此時Facebook不斷跳出通知，原來網上有人圖文並茂，將八位作家收到信函時的反應截取下來。結合馮子健最初宣言，部分網友開始認為信上或許記載作家們不願揭露的罪證。有人特地在天青雷的專頁上追問，可是他決心視若無睹，死也不能將那個祕密說出口。

倒是有網友好奇下詢問一些奇怪的問題，例如食物、食水、家具、電力及網絡究竟從何而來？哪有店家願意送貨上門至荒山野嶺之中？那怕馮子健及其同黨利用貨車陸續搬運大堆糧食及家具，大批購入必會留下線索，外面的警方能否追查到來源呢？再者能否從水務局、電力局及網絡供應商查出供水供電及聯網紀錄呢？即使再細微不起眼，都不能錯過。天青雷從未曾沿此路發思，拜託神通廣大的網友，打探出更多線索。

寇尹看在眼內，走到廚房輕撞其肩問：「你臉色很難看啊，身體有事嗎？」

「不，沒事。」

「需要幫忙嗎？」

「不用了，慢火蒸多五分鐘就完成。」滿臉堆笑的寇尹，天青雷不解問：「寇前輩不會害怕嗎？」

「唏！我活到一把年紀，怕甚麼？說不定一會兒有外星人路過，救我們出去呢！」

「老前輩真夠風趣幽默。」天青雷只能乾笑，想起這位科幻小說家，下筆題材千篇一律都是外星人，連被人綁架後都不曾例外，思維始終如一。

待得完成晚餐，將狙六時。窗櫺映入森森樹影，疏漏點滴殘輝。林間昏鴉啼叫，紅日沉沒西山，室內寒意漸濃。忽爾走廊傳來足音，震時寇尹汗毛倒豎。見來者是賈勝龍，才長吁一口氣。

賈勝龍渾然無視大廳中的兩個人，邁步至廚櫃前，取走數個大型塑膠袋。

「你在幹甚麼？」

「不關你的事。」聲線沉穩帶勁，一對厲眼電芒通紅射向二人。賈勝龍旁若無人般，肆意打開廚房各個吊櫃及地櫃，迅速將裝載速食杯麵及罐頭的紙箱抽出，如同狂風掃葉地倒進袋子。寇尹立即斥喝道：「為何掃走那麼多份食物？」

天青雷希望與對方和解，不欲違拂對方意旨，趕忙拉住寇尹：「算了吧，櫃中還有很多。」

「不是多少的問題，而是這行為未免太自私自利！」寇尹忍不住發怒斥責，當事人默言不答，更抱起電熱水壺，負起大包小包，踏著沉甸甸的步履回房。寇尹不齒其所為，正欲伸手抓住他時，碰巧蕭綸公從二樓拾級而下，拐彎轉來飯廳，無意間迎頭擋住去路。

「咦？蕭前輩，怎麼你會下來？」

「有點口渴，想喝杯水。」蕭綸公抹抹額上灰泥與汗水，微喘道：「何況天將黑了，上面無燈光照明，索性明天再鑿。」

蕭綸公汗水濕透全身，拍弄附在衣服及頭髮上的樹葉，剛好與背後的天青雷及寇尹形成三角之勢，將賈勝龍封鎖在原地。對方帶著不友善的眼神道：「讓開。」

蕭綸公打量一眼，大約猜明現狀：「勝龍，我們現在是同乘一船，不應內鬨撕裂……」

「你們全部都是嫌疑犯，我想大家還是保持一定距離比較好。」

「難道你沒有想過根本沒有X，一切都是馮子健故弄玄虛嗎？」

「不管他故弄甚麼玄虛，巧茹確實是死了。」賈勝龍神色冰冷道：「我只剩下一個兒子……在救援抵達前，只要一直反鎖在房中，自然最安全無憂。」

「這樣子無異於荒漠裏離群的羔羊，豈非更加危險？」天青雷極力希望賈勝龍解除成見，否則無法調查馬巧茹的死因：「你連房內的監視鏡頭都拆下來，一旦X破門入房行兇，便無人及時發現！」

賈氏父子反鎖房內後，賈曉帆便將房中的監視鏡頭拆走，導致電視上該頻道只剩一堆雪花。

「電視機前的觀眾發現又如何？他們能即時來救我們嗎？不可能！至多在電視機前感慨一番，在鍵盤上唏噓幾句罷了。」

道不同不相為謀，蕭綸公只有暗中嘆口氣，決定側身讓道，耳邊傳來一聲「多謝」，人往睡房那邊回去。

「瑜寧，怎麼能放他走？」寇尹皺眉不解，蕭綸公取杯倒水，向二人解釋道：「畢竟他剛剛遭受喪妻之痛，將心比心包容一下吧。」

「他們獨留房中袖手旁觀，總比出來搞破壞拖後腿來得好。」天青雷悻悻然，似是指桑罵槐。

「至少留一兩盒速食杯麵給我們。」寇尹嘴饞起來，酸溜溜的道。

「速食杯麵有甚麼好吃？」

「但是，總有些時候會想念速食麵的味道，忍不住想要來一碗吧？即使對身體不好，但舌頭就是忍不住……」

毫無邏輯的強辯，配上發言者本身的體型與身材，登時充滿說服力。這個時候還想著吃，天青雷感到無語，改問蕭綸公道：「蕭前輩，二樓探索進度如何？」

「還好，我們已經順利推進至轉角處。」蕭綸公喝一口水後道：「走廊沿途有三道房門，可是全部推不開拉不動。」

「誒？樓上還有房間？」天青雷猶想進一步追問詳情時，驟然二樓傳來驚人慘呼聲。三人面面相覷。二樓只有喬農一人，難道他發生意外？

幕間三

三天後文月瑠衣終於從昏睡中醒過來。竭盡全力緩緩睜開眼睛，身體卻無法動彈，而且呼吸困難。彷彿死亡迫近，強烈的窒息感襲向大腦，胸口極為難受。拚命張開嘴巴，氧氣總是於喉嚨處打轉，未能往前推至肺部。我看見她極為痛苦的表情，立即拉下病床旁邊的緊急制，呼叫醫護人員趕來施救。在醫護人員衝入病房前，及早從窗戶處溜走，攀爬附在外牆上。

冷風凜然刮在身上，低頭望向下面的休憩花園，只有幾位老人家在閑歇。趁他們未舉頭上望前，急速遊至其他地方。明明她感覺如此痛苦，可是自己卻無法幫忙。像我這麼沒用的人，憑甚麼厚著臉皮留在那兒呢？多少應該察覺到，自己與文月瑠衣是兩個世界的人。

趁她接受私人授課後，隨便找個藉口逃走。奈何長年習慣往她的病房跑，總是習慣性遊去窗臺外，然後偷偷打量她。那怕見不到我，文月瑠衣依然如常生活。比同齡的孩子晚一年才開始小學一年級的課程，導致上課及作業排得緊湊。不消三個星期，她便在上課其間猝然昏厥。

過去三天，我悲心如焚，一日難過似一日，不斷祈禱她及早睜開眼睛。在第五天早上，文月瑠衣那塊臉蛋才恢復血色，能夠起床說話。

「對不起，這幾星期都沒有來找你。」

意外發生當天，文月瑠衣十萬火急送進深切治療部後，病房只餘下那張冰冷的病床。望向空空如也的房間，這處之所以能夠使我頻繁造訪，並不在於寬敞舒適，也不是空調涼快，甚至與窗外風景無關，而在於房間的主人。當崩解的一瞬間才醒覺，看似熟悉不已的日常，其實非常脆弱。只要有半點風吹草動，一切都會蕩然無存。

再如何壓抑情感，依然禁不住眼角處溢滿出幾滴淚水，在雙頰上蜿蜒流成小溪。

「為何……哭泣……」

「才沒有哭！」

知道自己是無父無母的孤兒時，又或在孤兒院中被職員及老師責罰時，我都不曾哭出來。惟有意識到有可能與文月瑠衣永別時，我才扭曲俊顏，唏哩嘩啦的將囤積至今的所有淚水全部傾潑出去。

「ばか……ずーじぃえんがわるいわけがないじゃないっ……」

不經意地伸手拭去涕淚時，臉卻被文月瑠衣那對溫熱而香柔的小手扳過去。縱然視線模糊，惟有她漾出那抹微笑，卻清晰無比地傳達至大腦中。

「なんでなくの……ハハハ……うっ……うっ……う、うつうっ……いや……なぜ……うっうっ」

猝不及防間，她也哭出來。

「やくそくです……わ、わたしをはなさないでください」

勾過手指尾，說好要繼續見面的。可是我居然沒有遵守那個約定，深深的傷害了她。實在無法想像，究竟文月瑠衣是懷著甚麼樣的心情，渡過那三個星期的光陰。

「沒問題！只要妳在醫院中，我就會陪著妳……所以別隨便丟下我一個人……」

我是一個非常自私又卑鄙的人：單方面利用文月瑠衣的善心，肆意佔據她的病房，當成自己躲藏偷懶用的祕密基地，渾然忘記一切都是假象。

地方是借來的，人是暫時留下來的。世界上無任何一件事物，可以理所當然永久保持下去。

當文月瑠衣痊癒後，終歸回去日本；而我亦將於十八歲成年時離開孤兒院。

「吶……可以將你的事，全部都告訴我嗎？」

「是？」

「我希望可以更加了解妳。」我執起文月瑠衣那隻牽著輸液管的葇荑問道：「可以再多說一點關於妳的事嗎？」

「你……也要……說……」

「一定！我一定會慢慢告訴妳，關於我的事！」我鼻子再度一酸，再次軟弱地流出淚水：「所以求求妳，不要離開我。」

「うん、いいよ」

公元一九九九年三月廿三日，這一天我終於發現生命中最重要的人，值得我永遠銘記珍重的人，以及生存的目標。

第肆回　疑雲靄靄如龍隱
謎霧氤氤似馬趨

蕭綸公即時擱下杯子，天青雷跟在他身後急步。寇尹反應最慢，待二人動身，才從錯愕中反應過來。三人奔上二樓時，蕭綸公跑太急下一時不慎，在靠近二樓的階級上仆倒。

「瑜寧，沒事嗎？」跑在最後的寇尹擔心的問，天青雷亦連忙攙扶著他。蕭綸公道沒事，可是膝蓋受傷，行動不便。雙手撐著腰，只能倚牆休息。

「喬農在哪兒？」

蕭綸公忍耐膝蓋痛楚，咬牙指向深處：「方才我們已經摸索到前面轉角處，估計復生仍在那兒。」

天青雷將蕭綸公交予寇尹照顧，自告奮勇彎腰鑽入。四周錯綜複雜的樹椏總是試圖阻撓，濃密茂葉盤詰繞纏，掩蔽雙眼難以前望。雙手胡亂揮撥，像盲子般向祕境摸索。要麼勾住衣物，要麼刺傷肌肉。他不得不上提胸腔與肩膊，腰部左拐右繞，勉強容身體擠過去。忽然有樹枝攔在腰前，進退不得。他迫於無奈，只好欲憑蠻力徒手劈斷。花費九牛二虎之力，雙臂頓時疼痛不已。

「為何自己要受此苦累呢？全部都是馮子健的錯……平白沒事揭人的瘡疤，居心何在？」

按常理，此刻應該在家中臥沙發喝可樂，悠閒的看電影或寫稿，甚至與出版社準備新書發布。縱然內心抱怨，仍不敢從嘴巴中吐出半句。只有那對眼睛，充滿狡詐與狠毒。

挪動步伐走到最深折角處，當場目睹眼前牆壁破開一個大缺口。隔在遠山之外，斜陽金輝殘紅閃爍，醉染大片鬱蔭的綠林，燃起炎炎的汪洋。惟見霞光燃盡，映照倒臥牆角的喬農。天青雷急急上前抱起，探其鼻息，早已氣絕。

「畜生……該死的馮子健……」

毫無疑問又有人被殺，天青雷內心窩火，在挫折與屈辱下，一拳捶往牆上。扭頭四顧，右邊的走廊整堵天花板塌下，比人還粗的樹幹從樓外斜生，凶殘地在水泥鋼筋上凌虐暴戾。從破牆處伸頭向下望去，是一片平坦的草地。欲再加探明時，太陽已告沉沒。二樓無燈光照明，隨即沒入黑暗中。趁最後一縷餘輝下，匆匆掏出手機拍攝。惟相片雜訊甚高，無法清晰紀錄現場狀況。

遠離繁華文明，藏於原始深山之中，不再有萬千燈火拱照。一旦太陽下山，世界澈底被邪惡壟罩，除別墅以外萬物遭受吞噬。僅存微弱燈火，自室內的窗戶透射，餘下六位生者繼續負隅頑抗。

天青雷心情沉痛，步履不穩地沿原路返回頭。蕭綸公及寇尹揚起手機電筒探照，從他臉上黯然的神色，多少猜出幾分。

「我遲了一步……」

「復生死了？怎麼會這樣？兇手呢？」寇尹急問，天青雷一律搖頭：「不知道……太陽已經下山，外面伸手不見五指，也見不到兇手。」

寇尹踹地道：「X已經連殺兩人，我們竟然連他的背影都見不到？」

才第一天便接連死去二人，眾人心情極為低落，垂首喪氣返回飯廳。蕭綸公逐一叩門，叫房中人出來吃飯，只有虞杰應聲而出。只是精心準備七人份的飯菜，如今只剩下四人享用。

寇尹見到虞杰一臉泰然自若地吃飯，痛斥道：「你還是人嗎？怎麼有心情大快朵頤？」

「人死不能復生，與其沉醉傷痛，讓憤怒與冤屈桎梏靈魂，不如考慮怎樣活下去。」

無論說辭如何漂亮，就是未能打動人心。蕭綸公不忍氣氛太僵，嘗試婉言道：「確實以前戰亂之中，我們都為生存，而置死者於不顧。無論如何怨恨自己無力軟弱，未有能力拯救他們，但仍得為將來打算。這不是甚麼光彩的事，既不值一提，亦不值提倡……更不值得自豪。」

任虞杰如何自負，亦不敢正面挑戰文壇的泰山北斗。他精明地選擇緘默，維持一貫厚度。蕭綸公並非立意教訓任何人，嘆氣道：「撫心自問，見到有人在眼前死亡，那怕自己討厭或不喜歡他，難道仍能感到高興嗎？連這丁點的同理心都沒有，就算最後生還獲救，亦會一輩子都受良心的譴責。」

虞杰卻聽不入耳，冷言駁道：「物競天擇，適者生存。現在這個年代，良心值幾多錢？」

「你……」蕭綸公早一步阻止天青雷發飆：「人各有志，我們能不能別再為一點小事便內訌？」

「這都算小事？瞧他那副嘴臉，還算是人嗎？中國第一才子？我呸！中國有他這樣的才子，簡直丟臉！果然當年喬農主張取消他評委的資格是對的！」

虞杰其實一直耿耿於懷，他早就知道文壇很多人敵視他。尤其是那位喬農，不時在專欄諷刺他脅肩餡笑、假裝滿腹經綸威風八面，甚至蔑稱「文妖」。後來虞杰故意連續幾天在專欄中洋洋灑灑，批評司馬凡新作《我的耶魯時光》中若干錯別字及用詞不當處。喬農與司馬凡論交四十載，情同手足，看見虞杰那篇文章勃然大怒，撰文攻瑕指失，更添隙嫌。

隨後虞杰有幸受邀成為第十五屆龍江文學大賞小說組的評委，喬農竟然公報私仇，糾同寇尹等人倡議罷免他評委資格。他亦不甘當「聽話的後輩」，在評審會議上老是提出與其他人相異的觀點，不聽指示推舉內定獲獎的作品，令評審會議變得冗長繁瑣。最後經蕭綸公多方奔走，才勉強擺平矛盾。所以當他得知喬農被殺後，差點喝采歡呼，胃口也轉好。

這些文壇內幕祕聞，知曉者少之又少。凡知悉內情者，亦因為種種緣由，選擇沉默不語。步入社會後，人會變得成熟。理解狀況，別無選擇下融入主流。接納一種事實，隱瞞所有真相。

當人與人之間失去信賴後，思想上就無法再達成一致。在監視鏡頭前，四人在飯桌上不發一語，各自修築起一堵長城。

飯後虞杰將《荷塘樓殺人案》稿件放在桌面，一言不發轉身回房。他與賈勝龍不謀而合，認為守在房間自保是最佳選擇，只願與外面三人維持有限度的交流。寇尹則悶悶不樂，縱然如何樂觀，都無法接受眼前人接二連二遇害。心情鬱抑下，決定提早上床睡覺。

接連兩人遇害，眾人卻連兇手半點蹤跡都摸不著。事態越來越壞，倖存者互不信任，更加不可能團結逃走。天青雷不甘心成為下一位死者，執意探求凶案疑點，希望及早將X的尾巴揪出來。

重新回想事發的經過，不同於首位死者馬巧茹，這次他可謂徹頭徹尾親身經歷事件。當聽到喬農高呼，必然是遇襲之時。他本人絕非兇手，蕭綸公及寇尹俱在他身邊，有不在場證明。如此類推，至少能夠判定他們三位都不可能是兇手。

別墅內只有一條樓梯連接一樓與二樓，沿途僅有一條由蕭綸公及喬農開闢的小道。他們三人於案發時同在地下，清楚記得其間無人踏上階梯。從喬農發出慘叫，到他獨自穿過枝椏隻身闖至現場，估計前後至多兩至三分鐘，沿途亦不見有其他人往來。

當時不在天青雷身邊，無不在場證明的人，莫非就是X？X從何處來，又從何處走呢？

他迅速取出平板，翻看錄影片段。下午五時十八分，飯廳三人聽到喬農呼叫，即時衝上二樓。與此同時，虞杰儼如英式紳士般，衣服整齊，以優雅的姿態逗留在房間的書桌前閱讀《荷塘樓殺人案》原稿，從頭至尾均未曾離開房間，擁有確鑿的不在場證明；反而賈氏父子甚為可疑，他們房間的監控鏡頭已經拆除。究竟案發時是否在房內，大有疑問。

天青雷之前想過X有可能是二人或以上，互相協同犯案。賈氏一家三人同住一室，同氣連枝，合謀作案的機率比任何人都要高。假如這猜測正確，便能夠解釋諸多不合理之處。比方說，那支來歷不明的玻璃小瓶，就是賈氏一家私下準備。馬巧茹或賈曉帆在收拾糧油罐頭時，特意在最後將小瓶交到喬農手中，讓他放在吊櫃最外緣。煮午餐時，丈夫及兒子故意製造混亂，吸引其他五人目光。然後自己在鏡頭前裝作手機收到訊息，將小瓶取回來。

瓶中也許不是毒藥而是詐屍藥之類，服後可以於短時間偽裝死亡，讓賈氏父子以「受害者」身分發難。當大家都以為馬巧茹已死，賈氏父子是被害者家屬，隨之自然剔除出嫌疑犯之列。死者更可以化身為「第九人」自由行動，逐一殺死其他人。

一切都是自編、自導、自演。自己第一個退場，成為被害者，便可以逃避嫌疑。

協助馮子健，殺死其他五人，於賈氏一家有何好處？抑或另有動機及理由，不得不當幫兇？仔細想想過程亦不合理，與其靠賈氏父子在飯廳桌上轉移五人視線，倒不如一開始就在廚房與飯廳中間增築一堵牆壁，便能夠令他們完全看不見廚房內的動靜。

常言「捉賊見贓，捉姦見雙」。從睡房外走廊的監視鏡頭中，除去目睹賈勝龍於下午五時四十分出來，往廚房打開櫃門掃走所有速食杯麵外，其餘時間再無進出。天青雷重新調出賈氏房間鏡頭最後攝得的畫面，當賈勝龍抱馬巧茹回房後，便令賈曉帆拆去監視鏡頭。他將書桌及椅子疊在床上，再站上去，雙手勉強可以觸碰鏡頭。兩三下畫面就滅了，至今尚未恢復。

先不管他們成功讓雙手觸及天花版的監視畫面，當時現場無監控畫面，無不在場證明。別墅內從一樓上去二樓的途徑只有飯廳旁邊的那條樓梯，除非賈氏一家三口知道其他祕道，又或能夠於室外自由行動，從破牆處爬上二樓行凶，否則決無法行刺喬農。

乍看來合情合理，然而再三思量，卻大有問題。喬農遇害時，天色尚未入黑，理應可以清楚一覽破牆外的景色。如果有人試圖從地面爬上來，那怕喬農背轉身子，也不可能一無所覺。甚至大膽猜想，即如蕭綸公及寇尹兩位長年認識的同輩，驟然發現二人突然在不可能的地方現身，難道喬農不會感到可疑，心生提防嗎？但是喬農卻只有一聲慘呼，連反抗都來不及，不明不白地被殺。更別說事發時蕭綸公及寇尹同在自己身邊，怎麼可能分身有術？

數算下來，只剩下虞杰。早前雙方已經互相看不順眼，搞筆戰攻訐，這次在別墅內亦差點大打出手，動機相當充分。然而虞杰有不在場證明，再者以二人險惡的關係，當碰面時喬農絕對會與對方發生衝突，豈有可能在一聲慘呼間便氣絕而亡？

天青雷越是鑽牛角尖，越是尋不著出路，無法拋出一個合理解釋。蕭綸公收拾碗筷及清洗完畢，見他眼白充血，擔心不已，登時拍拍肩膀，將他帶到客廳窗邊。眼望盡處皆幽海，仰頭一彎眉月，與零碎星辰灑下光華。樹林就像活著的妖物，於微風中搖曳千姿萬手，發出乾刺的不詳之音。

「蕭前輩有何話想說？」

「不……只是見你眉心快扭成一條線，想你放鬆一下。」

天青雷搖首嘆氣：「放鬆一下？不早點將X揪出來，搞不好第三位第四位死者都會陸續出現……」

蕭綸公教訓道：「你以為一個勁思考，答案便會冒出來嗎？欲速則不達，想想學生時代考試答卷，當遇上不懂解的題目，應當轉而做另一道題目，而不是與那道難題纏鬥至天荒地老。」一

天青雷頓時茅塞頓開，誠然賈勝龍抱走馬巧茹屍體，入黑後也無法詳細檢查喬農屍體及二樓案發現場。不如先擱在一邊，乘此空檔翻看《荷塘樓殺人案》。

馮子健會將這份小說稿鎖在書房內，恐怕是有意為之，或許真的埋藏某些線索。想來虞杰也許有所發現，才會果斷留在房中自保。既然他不願分享發現，索性自己讀一遍，也許會找到蛛絲馬跡。

是夜各人緊鎖房間，別墅靜得嚇人。惟有遠處隱約傳來隆隆的炮火槍械聲，卻受林木阻隔而抑壓著聲響，為眾人的身邊添加絲絲火藥味。

天青雷側身躺在床上，按揉刺痛的雙目。《荷塘樓殺人案》故事篇幅不長，待閱畢全書，已屆深夜十二時多。姑勿論內容劇情，至少文字優美，字體別有一股纖弱感。腦海浮想作者伏在案上一字一筆雕琢，形如活靈活現的文學美女。倒是劇情因人而異，從出版者角度而言簡直不合格，開首接近三萬字都在介紹人物及背景，四萬字後才步入主線，這樣的小說焉能吸引讀者購買嗎？

雖然有人會舉出蕭綸公的武俠小說，寫了快十萬字，男主角直到第二卷才登場。無奈今時豈同往日，讀者要求快速展開劇情，不可能容忍開篇數萬字細水長流，連主角的臉都未見過。客觀而言作者在引發讀者閱讀動機上其實是很有技巧的，比如說早段運用電影式的敘事手法，像群像劇般跳躍側寫八位角色的日常。從四面八方鋪墊各人的性格言行，層層打樁埋下伏筆。隨後八人被困荷塘樓內，逐一被殺的過程中，將懸疑氣氛推至最頂峰。當讀者以為所有人都是無辜的遇害者，方徐徐揭曉各人背後隱瞞的罪行，一反之前建立的形象。劇情發展緩慢，但節奏抓得很好，細節豐富紛

雜，懂得適時在沉悶的劇情中加入危機，教人不得不聚精會神讀下去。

即使情節略有出入，但其中若干劇情，均與阿嘉莎．克莉絲蒂著《一個都不留》發展雷同：在最初開始時，全部人均被明確宣告自己的罪狀。越是翻看下去，越是觸目驚心，因為處處皆可與他們目前境況對照：眾人互相猜疑，除自己以外都誰也無法信任。

英國推理小說家阿嘉莎．克莉絲蒂名作之一，首創兇手根據童謠或傳說殺人，以及將所有人包括兇手困在無法與外界聯絡的舞台中，影響後代不少作品。遺憾時至今天這類題材日漸息微：一者詭計謎題陳陳相因，毫無新意，讀者容易看穿兇手作弊的技倆；二者通訊科技發達，甚至有異能者肆意用超能力犯罪下，難以再築構密封空間作為故事舞台，劇情容易與現實脫節。

誠如寇尹所言，最後一人遭殺害後，故事即告完結。有別一般推理小說，它沒有對案件進行任何解謎，令讀者困窘無從。即使故事中角色曾展開推理，可是每個人的說法都不盡相同，每一位角色都有犯案的動機及條件，人人都有可疑。究竟是有意為之，抑或未寫完，甚至馮子健故意將後面解謎的部分藏起來呢？

諷刺地居然有人在現實中重現推理小說般的凶案，更將之搬上電視台直播。雖然無法撥打電話，但能夠自由上網，不算完全密封環境；卻又因為衛星炮口的威脅，令他們無法逃出去。參考傳統，模仿經典再變革，青出於藍的手段，如果不是用在犯罪上，那該是多麼美好的事。

天青雷姑且將自己的讀後感，以及拍攝原稿部分段落上載網絡，等待各方高人指教。說不定通過互聯網廣大網友的力量，能夠挖出「文月瑠衣」的底細。

十二月廿八日早上，蕭綸公最早起床，於寬敞的客廳做伸展運動。其間從手機中閱讀新聞報導，知悉南京市警察總局在今晨七時召開記者會。國家警察總局局長曾健中開宗明義表示對案件高度關注，譴責馮子健及其同黨喪心病狂有逆倫常。強調警方決不向惡勢力低頭，必定從速破案拯救人質。

然而當知道案件仍然由原本負責馮子健的獨立調查組接手跟進後，群眾即時在網上不滿嚚叫。

蕭綸公心想，如此轟動全國甚至全球的大事，於事發後翌天才有所行動，考慮國家層面，已經挺迅速了。然而大眾並非內行人，從他們角度而言既非派遣軍隊強攻，亦無打算出動超級英雄營救，仍然只安排警察「調查」「跟進」，完全是懦弱的表現。教國民最難以置信的，是堅持讓那位長年無法破案的總督察張衡接手，連記者都當場提出異議。

南京市警察總局治安部刑事偵查組第一組組長兼總督察張衡，過去持續領導著馮子健獨立調查組，於全國追緝殺人重犯馮子健，惟多年下來無甚建樹。截至現在七位作家被殺，既未能破案，又抓不到犯人，成為民眾的笑柄。反之對於達成如此豐厚「戰績」的馮子健，部分網友奉他為「英雄」，吹捧為「年度牛逼大王」。

面對各方質難，曾健中等一眾警方高層拒絕改弦易轍。記者會上張衡容猶如巖石雕琢，再三誓言必將馮子健逮捕歸案。可惜國民並不賣帳，任由這位無能無用的廢物尸位素餐，紛紛朝他報以噓聲。屢戰屢敗而又屢敗屢戰，在無數文學作品中是相當感人勵志，可是放諸現實生活中卻只會惹人厭惡。網友更發表陰謀論，懷疑政府根本無心救人，才會這麼敷衍了事。

蕭綸公煮好早餐，寇尹及天青雷先後起床，順便向他們分享這則消息。寇尹即時高興鼓掌：「國家終於肯出手，我們有救了！」

「如果真的要救，出動軍隊比較快。」天青雷早於起床時，已經在平板閱讀過相關報導，卻未見喜色：「馮子健並非超能力者，將案件指派給警方而不是軍隊，意味軍方無法突破衛星的封鎖衝來救人。何況電視台仍然轉播這邊畫面，恐怕表示他們無力擊退駭客。」

寇尹道：「我就不信馮子健那邊的駭客如此厲害。國家級駭客群空而出，奪回衛星控制權只是時間問題。再者不是還有超級英雄嗎？馮子健再如何本事，終究普通人，豈是他們的對手？」

蕭綸公擺手安撫道：「交由警方接手，應該是程序上的問題。如果只是救幾位人質，相信警方的特種部隊足以解決。甚至此乃暗渡陳倉，在檯面上瞞過馮子健，私下另有安排，亦不足為奇。」

「任誰都知道馮子健就是幕後黑手，之所以能將我們困在此處，無非就是靠宇宙軌道上那臺大殺傷力的衛星武器。一旦取回控制權，就不構成任何阻礙或威脅。」天青雷覺得蕭綸公所言亦有道理，行軍以詭祕為先，將一切都向公眾坦白說明，豈非讓躲藏在暗處的罪犯及早準備嗎？

寇尹心存希望道：「既然如今警方已經發聲，估量調查組很快就會想辦法聯絡我們吧。」

此時虞杰剛至，插口道：「與外行人不同，警察擁有豐富調查經驗，說不定能發現我們未曾為意的線索。然而日防夜防家賊難防。不解決內鬼X，說不定在警方趕來前，我們都會死光。」

蕭綸公緊握雙拳道：「外界正努力拯救我們，我們更不應輕易放棄求生。」

天青雷點頭，寇尹更拍掌讚賞。蕭綸公再嘗試叩賈氏父子的房門，可惜仍然未見回心轉意。

至於「文月瑠衣」的身分，一夜過去，網友仍未有所發現。

飯後天青雷動議，眾人上三樓調查喬農屍體。虞杰率先拒絕：「我們不是專業人士，隨便亂動屍體，破壞案發現場？你能保證查出甚麼？萬一連累日後警察無法蒐證，豈非罪大惡極？」

寂尹反駁道：「難道我們就甚麼都不做，等警方上門嗎？」

天青雷不悅起來：「正正因為警方無法即時上門，所以我們才需要靠自己。通過調查死者，至少可以獲得一部分表面證據，甚至摸清楚X的身分。」

「別以為看得多推理小說，就能當名偵探好不好？你真的以為自己是福爾摩斯嗎？你們想玩偵探遊戲就繼續吧，我恕不奉陪。」虞杰拒絕幫忙，目送三人上樓後，到廚房沖一杯咖啡。偷瞄一下飯廳及客廳的監控鏡頭，算準角度讓背部朝向鏡頭，偷偷將刀具架中一柄刀抽出來藏在身上。然後若無其事的端起咖啡，回房鎖好門。冷靜地坐於書桌前，打開手機翻看監控影片。如同事前精心計算，確定兩臺鏡頭都無法捕捉到偷藏刀具的過程，始如釋重負，從容取出隨身攜帶的英文小說翻看。

其餘三人處身二樓，雖然都是希望揭穿X的真身與殺人詭計，但目的卻截然不同：蕭綸公由始至終拒不相信X在他們當中，希望通過揭穿犯人，告慰死者在天之靈，以及讓賈勝龍父子放下嫌隙。相比起來天青雷則比較複雜：在公認定X在他們當中，不儘快揪出來，所有人都會被殺；在私成功解決案件且生還離開，屆時定必成為全國熱聞，無疑是最好最強大的免費宣傳。甚至能夠將經歷改篇成小說，聯合制片人拍攝成電影，保證是一條龍穩賺不賠的買賣。

危機，有危就有機。天青雷決不能死在此處，更算好利用這次意外揚名立萬，更上一層樓。

二樓的景觀，與昨天殊為不同者，就是蕭綸公與喬農在樹椏間開闢的窄路。

蕭綸公上下打量寇尹的身材後道：「我和天青雷應該沒問題，你……可以嗎？」

寇尹苦惱地捏捏肚子道：「總有地方用得上吧。」

天青雷和蕭綸公一前一後慢慢低頭側腰，鑽入狹窄的樹道。寇尹嘗試幾次都無法擠進來，只好留在外面看守。二人踏著蹣跚的腳步來到走廊末端，寒風自牆上破洞颼颼狂吹，凜人刺骨，同時迎來明朗的晨光，讓視線豁然開朗。喬農仍舊臥在一邊，四周有幾隻蒼蠅爭嚣，天青雷揚手撥開，重新近距離審視。死去超過十五至十六小時，身體僵硬，雙眼圓瞪凸出，牙關緊咬，似有一股怨憤從口中爆出，典型死不瞑目之貌。

天青雷將自己手機交到蕭綸公手上，拜託他在旁邊幫忙錄影。既作為紀錄，又可同步在個人專頁上實況。他慢慢脫去死者衣物，初步觀察發現脖子上留下注目的黑青色絞痕，深陷進皮肉。除此以外屍體表面再無明顯傷痕。絞痕與四周樹藤的紋路一致。估計X就地取材，拿樹藤直接套在喬農脖子將他勒死。

兇手是如何接近他？如何在天青雷趕到前消失呢？犯人不是取道樓梯，便是從那堵破牆逃走。

天青雷冒頭俯視外面，視野非常良好。在強烈的陽光照耀下，清楚看見下面茂密的草地。

「蕭前輩，你之前與喬農有否留意過這堵破牆？」

蕭綸公凝望那堵牆壁回想道：「當時我們挖至此處，目睹洞外的美景時，不免沉醉一番。」

天青雷小心翼翼將上半身俯撐出洞外打量，青灰色的青磚鋪成牆身，無任何凹進去的裂縫或凸出來的隙縫，亦不見攀附的痕跡。回身慎重檢查現場環境，無搏鬥痕跡，亦無可疑血跡。他只能認為兇手暗中偷襲，一擊得手。所以死者沒有反抗，從頭至尾只發出一聲慘呼。

天青雷思索賈氏一家三口或虞杰，他們有如此本領嗎？

蕭綸公作為最後接觸喬農的人，天青雷再三詳問他案發前的經歷。

「當時我們挑些軟的木椏削斷，輪流接力慢慢開闢出一條路。途中見到廊上左側有三道門，但無法推開。」

與昨天蕭綸公所言雷同，天青雷回想途中確實經過三道門，不過他一心打算先調查喬農死因，故此未嘗靠近細看。

「門柄無法轉動，好像從內部鎖死。無論如何推拉，都無法動其分毫。我們只好放棄，繼續沿走廊深處開鑿。後來的事就如同之前提及，在此飽覽牆外風光時，見太陽快將下山，見此處無燈光照明，入黑後勢難以工作，不如先回樓下稍息，待明早再挖。喬農說美景當前想觀賞多一會，他稍晚後再下來。所以我才會先一步回來喝杯水，沒想到只是短短的一瞬間就……」

天青雷心想，X想要從破牆闖入，必需經過外面的草坪，再攀上牆壁。喬農既然在觀賞落日，視線正向破牆那邊，沒理由不會發現。換句話說，X想悄悄靠近再暗殺，只能選擇其他位置下手。不是從一樓經樓梯走上來，不是從二樓破牆竄上來，難道還有其他地方可供出入嗎？

天青雷別頭，望向轉角後的走廊。前面同樣布滿樹幹，而且有一截樓頂整幅坍塌，砸覆於路上。樹木與碎片早就緊緊纏成一體，結實牢固。天青雷嘗試探身入去，遺憾無法尋得半分空隙。

蕭綸公順著天青雷的視線望過去，昨夜光線不足，尚瞧不清楚。如今仰頭上望，屋外是茂盛的樹蔭，細葉疏漏處透來絲絲陽光，為走廊注入勃勃的生命力。究竟是日久失修引致意外，抑或是樹幹生長過程中硬生生擠破屋頂，已經無從考證。

「說不定X是從這邊屋頂缺口爬進來，我爬上去望望。」

「萬事小心。」

如果是摸黑從此處闖入，確實有可能在不動聲息間接近喬農。為證實自己的想法，天青雷手腳並用，嘗試攀爬上去。才爬不到幾步，快將從屋內穿出屋頂時，前方的樹枝上竟然有一個顯眼的鳥巢。天青雷皺眉認真打量，入面有一頭碩大的雀鳥對他怒目而視，旁邊有一頭鳥似欲撲上來，稍稍靠近就拍翅嘶叫。天青雷生怕牠撲臉啄來，只得退後回去。

蕭綸公聽到鳥兒不尋常啼叫，連忙詢問狀況。天青雷灰頭灰臉敗興而歸，向蕭綸公描述明細。蕭綸公也嘗試走上去，果真有兩頭大鳥在眼前發出警戒的叫聲，活像要啄食所有靠近鳥巢的入侵者。

「看樣子是守巢孵鳥。」

「守巢孵鳥？」

「聽說過某些品種的雀鳥在繁殖期時，雄鳥堅守巢外看護，雌鳥留在巢內孵化，日夜守著牠們的蛋，正合那兩頭鳥的情況。」

天青雷初次聽聞，即時用平板上網搜索，果真覓得相關資料。

假如X從外面翻過屋頂悄悄潛入，絕對會驚動那兩頭鳥，像剛才那樣扯起嗓子呼喚。喬農聽聞鳥啼，自然及早注意，豈容X靠近偷襲？

仔細回想，昨天只聽得喬農一聲慘呼，待他們登上二樓以至自己走到喬農身邊其間，均未聞鳥啼之聲，那末豈不是充分證明X沒有從這兒出入嗎？推理再度碰壁，天青雷憤怒地掐住拳頭，砸在牆身上：「究竟X是如何接近喬農，而且殺人後揚長離去？」

「早知如此我不應該下樓……」蕭綸公悔恨地道，天青雷安慰他：「別說這樣的話。犯人有心埋伏，總會逮到下手的機會。」

天青雷不得不再次注意走廊沿途上的三道房門：「會不會X一直待在那邊的房間內，趁你們分開後，迅速靠近喬農並勒死他？事後只需要在我們聞聲趕來前，迅速逃回房內，便順利匿藏起來。」

蕭綸公搖頭道：「在我們鑿路前，房門外澈底被樹枝堵塞，根本無路可以進出。若然按照你的說法，X豈非預知我們會在二樓削木開道，提前躲進去嗎？他不怕困死在房間內嗎？」

天青雷強辯道：「也許房間內可能有其他出入口，而X就一直匿藏於此，所以我們無人發現。」

蕭綸公臉色依然有點難看，似乎對喬農之死無法釋懷，認為是自己的責任。

「蕭前輩，不是你的錯。那怕你們不鑿路，不落單，他依然會另想辦法偷走出來殺人。何況最初也是我一力主張要調查二樓……帳也該算到我頭上。」

蕭綸公別過臉，黯然點頭，也不知道有沒有聽進去。天青雷轉而趨近最接近的那間房，憑蠻力衝撞幾次才成功撞開房門。破門後灰塵揚起，糊了一臉，嗆得一愣一愣的，說話都磕磕絆絆的：「嘩……咳咳咳……好大塵……咳咳咳……」

背後的蕭綸公同樣嗆得難受，他亮起手機的電筒，往房內照明。二人赫見八塊檀木牌位，孤零零地豎在房間中央。天青雷舉手在牆壁搜索，房間未有裝設照明系統。在手機電筒照明下，越是盯著牌位，越發手足冰冷。

二人冒著膽子慢慢靠前，腳步聲於耳窩內迴盪。當走到牌位面前，始得知各牌位前均有一座香爐，中間殘留有三根燒盡的香根。牌位上書此間八人的真實姓名：齊瑜寧、讓復生、寇逸明、唐疾、賈勝龍、馬巧茹、劉煒融及賈曉帆。

從左至右，從長至幼，一目了然。天青雷內心的恐懼一掃而空，取而代之的是無盡的憤怒，差點想一掌掃平所有牌位。蕭綸公平同樣受到不小的震撼，良久才回神問：「似乎不見有人匿藏在此。」

天青雷無比冷靜，取回手機，將電筒朝向地面照看。地面布滿塵埃，除他們身後那行足印以外，便未見有第三者活動的痕跡。蕭綸公檢查房門，竟然是實心防火木門。上面的不鏽鋼鎖頭新穎，顯然是新近裝設，與一樓房門裝設的古老銅製鎖頭大異。天青雷繞牆走一圈，窗戶均被木板牢牢封死，難怪透不進半絲光線。四面牆壁堅固，無密室，更無暗道。除牌位以外，便空無他物。

「只有三支冰冷的香根，香灰整齊，估計在插上三支香後，就關上房門置之不管。」天青雷推測道，循例想拍照紀錄。不過房間光線不足，拍出來的畫面都黑漆漆，根本看不到丁點細節。

同樣費好一番功夫才破開下一道房門，累得天青雷肩膀叫痛，揚手掃開臉前的塵埃。此處仍然沒有照明，蕭綸公亦取出自己手機，兩束電筒光源射去深處。窗戶同遭封死，格局大小與鄰室如出一轍，七塊牌位詭異地豎立在中央。二人隱約猜出是甚麼一回事，即時踏前去瞧個明白。牌位同樣從長至幼，銘刻著過往數年馮子健殺死的七位作家的姓名。

「婁士昌……孫冰紓……還有最近的尚無菜……」天青雷默默念著他們的名字，文學圈子說大不大說小不小，全部都曾與自己往來相識，又或略有聽聞。蕭綸公倏地張大嘴巴，久久未能合上：「原來如此……原來如此……不管是之前七位死者，抑或是我們之中七人，全部都是龍江文學大賞小說組的評審！」

天青雷不解，蕭綸公解釋道：「如果我沒有記錯，你是第十五屆才加入小說組評審。」

「沒錯，那是二零零八年的事。」

「龍江文學大賞小說組草創伊始，我、喬農及寇尹就擔任評審，至今從未退出。至於其餘評審，歷來均有增減變動。在你和虞杰加入前，就是婁士昌及孫冰紓任評審。」

「真的？」

「我記憶不會有錯，如不相信，可以叫龍江出版社取回當年的評審會議紀錄。」

天青雷深信蕭綸公不會無緣無故欺騙自己，然而這番說法卻有致命的矛盾：「蕭前輩之言尚有不妥之處，兩個房間合共十五個牌位，其中曉帆並非評審，怎麼會名列其中呢？」

蕭綸公臉色凝重，沉思好久後遙頭：「會不會是馮子健一時錯手，順便將他抓過來呢？」

「曉帆曾提及他們一家三口遇襲經過，若然馮子健的目標只有小說組評審，那麼當場扑昏後，隨便將賈曉帆棄之不管即可，何必再抓他呢？既然於事前設好靈牌，肯定也是預定目標之一。」

天青雷言之成理，蕭綸公一時之間亦想不到合理的解釋。

「不過蕭前輩這番發現未必有錯，假如曉帆是特例，是八人中的『異常』，豈非證明其可疑嗎？」天青雷憶起虞杰亦嘗提出過懷疑賈氏一家三口的論點，確實目前為止判定他們是X，大抵能夠解釋兩宗兇案的謎團：馬巧茹裝作服毒自殺，父子掩護妻子「假死」，然後三人躲過其他五人監視，自由行動犯案殺人。彷彿發現新大陸，嘗試向蕭綸公解釋他的「賈氏一家為X」的看法，卻遭到對方否定：「馮子健故意擺出牌位，會不會是陷阱？或許他想誘導我們懷疑賈曉帆。」

「是不是陷阱很難說，我們再檢查看看吧。」天青雷心中成見已生，認定自己的看法不會有錯，就只是缺乏足夠的證據。二人檢查房間各處，地面厚厚的塵埃上，同樣只有他們的足印。至於牌位前不再是香爐，而是各自擺著一片ＤＶＤ的透明膠盒。蕭綸公隨便拾起其中一盒，見到ＤＶＤ上面只是留有死者的姓名。

「樓下客廳的電視櫃內有沒有ＤＶＤ播放機？」

天青雷沒有印象，只能搖頭。自進來此處後，大家不是刷手機就是滑平板。何況他們最初嘗試啟動電視機，可是無法接收訊號，只有一片雪花，也就沒有再用過電視。

「我不認為馮子健會無緣無故留下這些物品，說不定和那份《荷塘樓殺人案》稿件，同樣埋有線索。」

蕭綸公將七片ＤＶＤ盒捧在手掌上，打算抱到樓下大廳後，想辦法用電視機觀看。至於天青雷卻憋了一肚子火，心中益發壓抑。原以為Ｘ躲藏在房間內，豈料前後兩間都撲了個空。面對最後一道房門，未等及蕭綸公趕來，先一步躁進撞上去。豈料這道房門比之前兩道更要牢固，「碰碰碰」數響過後猶未能撞開，害天青雷滿頭大汗，肩膀紅腫。

「嘩嘩嘩，搞甚麼？」寇尹還留在樓梯口，看見天青雷不斷撞門，遂靠近樹道外往內詢問情況。

「Ｘ一定在入面！」天青雷瞪著眼，叫寇尹去廚房拿些工具砸門。寇尹從未見過對方擺出如此恐怖的表情，嚇得唯唯諾諾，即時轉身下樓。別墅內並無五金工具，寇尹只好在廚房找來一柄豬肉刀，胖乎乎的身體從一樓跑回來，氣喘如牛地伸手遞進樹道內。天青雷一手搶去，刀柄末端代替鎚子，刀尖代替銼子，狠狠打壞鎖頭及鎖框。

萬萬料不到，此道房門乃雙鎖頭設計，比之前所有房間都更嚴密。天青雷既驚且喜，保安如此嚴密，肯定內有乾坤！他慎重地掏出手機，慢慢推門後往內照射。光源四散，卻未見有任何人影。

天青雷衝入房內不斷扭頭，可惜結果並未隨個人意願而任意改變。倒是蕭綸公旁觀者清，發現牆壁上有一個按鈕，思疑是不是電燈開關，便以ＤＶＤ盒代手指按下去。眨眼間一枚小燈泡高懸頭上，照得一室通明。

「只有這個房間有電燈嗎？」蕭綸公若有所思，倏地道：「天青雷，你望望那邊地面。」

房間正中央地面，置有一個格外礙眼的紙盒。天青雷皺起眉頭，不知道葫蘆裏賣甚麼藥。他蹲下細看，紙盒為長方形的紅色錦盒。外層鏽有紅色絲料，正面左右各有一行字，合曰：

韞櫝藏金於塵跡

萬世前程僅咫尺

「這副對聯是甚麼意思？」天青雷不諳古文，甚至有好幾隻字都不會唸，更別說瞭解其意。蕭綸公曉明曰：「這不是仗聯，只是一組句子，語出《幽閨記》：『酒家眠，權休息，韞櫝藏珠隱塵跡，萬裏前程在咫尺』。將名貴的珠寶藏在木匣子中，待價而沽，有懷才待用或懷才隱退之意。」

天青雷打開錦盒，居然是一條鑰匙，以及一部ＤＶＤ播放機。電線、火牛及遙控器等配件，整齊鋪在其中。蕭綸公奇問道：「莫非馮子健想讓我們用它來播放ＤＶＤ嗎？」

天青雷無法接受：「多此一舉，一開始放在客廳不好嗎？為何要特意收藏起來？還有這條鑰匙，到底是哪道門呢？」

蕭綸公「哦」的醒覺道：「莫非是地下那間書房的房門鑰匙？」

天青雷急欲求知真相，即時將鑰匙交給留在外面的寇尹，諭其至書房測試。不多時寇尹回來，證明蕭綸公猜中。

「為何將書房鑰匙收藏在此？」天青雷在房內依然找不到密室或祕道，無從發現X的身影，焦慮地踱步：「如同一樓那間上鎖的書房，二樓這三間房亦然，顯然馮子健並不希望我們這麼快入手某些物品？說不定按照他本來的設想，我們從階梯步上二樓，應該先進入這處取得ＤＶＤ，然後往深處走，依次是死去的七位作家牌位，最後是我們八人的牌位。莫非那樣的排列，其中藏有深意？」

當搜索完二樓三個房間後，謎團不減反增。天青雷不是名偵探，縱然抓破頭顱，亦未能想到箇中緣由。

蕭綸公問：「三間房間俱搜查完，根本不見半個人影，果然根本就沒有X。」

天青雷大口大口地吸氣，勉強讓自己頭腦冷靜下來。蕭綸公感受到對方心情不好，只好轉而問：「復生的屍首該如何處理？」

「我們之中無人擁有處理屍體的經驗及知識，貿然搬動更恐會破壞現場，倒不如等警方到場後再接手調查。」

穿過樹椏回到樓梯前，寇尹即時詢問調查結果。天青雷臉色十分難看，興沖沖衝去二樓案發現場，不僅無法找到關於X的線索，甚至空手而歸，簡直白費功夫。蕭綸公向寇尹簡述發現，頓時教他啞口無言，同樣猜不透現場種種布置的玄機。

寇尹發現蕭綸公手中那七片ＤＶＤ，知道來源後，自然萬分好奇內容，連忙催促早點播放。天青雷不容自己空手而還，更執意要從ＤＶＤ內挖出線索。他抱起錦盒衝去客廳，依說明書為ＤＶＤ播放機接好電源及駁上電視機後，順利啟動電源。

此時蕭綸公方意識到另一個問題：「這兒的水電到底自何處供應？」天青雷答道：「網友好像查詢過水務局和電力局，可是毫無回音。」寇尹擺手道：「別管那麼多，快看看ＤＶＤ中究竟有何乾坤。」

七片ＤＶＤ分別標記上之前七位被馮子健殺死的作家名字，寇尹第一眼便抽出最初遇害的斐民賀博士那片，插進ＤＶＤ播放機內。

幕間四

「今天的風很舒服呢。」

「風哪有感覺啊。」

公元二零零四年五月一日，文月瑠衣迎來十二歲的生日。

論年齡，我比她年長一歲，然而我能夠為她做到甚麼事呢？為陪伴在她身邊，我持續躲在窗外，向護士偷學各種臨床護理技巧。一旦文月瑠衣突然病發時，我可以第一時間施加急救。

然而這是治標不治本，只有根除疾病，才能讓她獲得真正的自由與快樂。所以我偷偷潛入青苗醫院內的圖書館，瘋狂閱讀大堆醫學用書，包括且不限於醫術、藥物、治病經驗、臨床實驗甚至研究論文等。遺憾太多艱深罕字看不懂，只好一邊看一邊查醫學字典，吃力地塞進腦袋內。十分耕耘，不等同有十分的成果。即使如此努力，卻仍然毫無回報。那怕本人老是說「不介意」「無所謂」，可是我很介意，有所謂。

她絕不應該困禁在這張病床，渡過十二歲的生日。那怕是孤兒院的孩子，生日都比她過得熱鬧。

憑自己的本事還治不好她的病，但至少希望帶她到外面廣袤的世界，真正仰望同一片藍天白雲。

青苗醫院東翼的天台有一間舊倉庫，不知緣由罕有人至。隨便拿兩條鐵絲，憑之前學習鎖頭構造的知識，輕鬆解鎖推開。倉庫內一堆口罩、紙巾，甚至醫療帳本。翻看幾份資料，全部是公元一九七一年之前的檔案。

公元一九七一年，發生過甚麼事？調查圖書館藏的醫院年鑑，方知當年正是院方動工擴建西翼及孤兒院。也許因為工事而搬上東翼天台的倉庫，然後一直擺放至今吧。

「子健，你想帶我去哪兒？」

這天上午，我算準醫院人流最少，無醫護人員巡房的時段，匆匆將文月瑠衣抱在雙臂內，悄悄離開病房。這幾年文月瑠衣病情反覆，漸漸加重，再也無法用雙腳立在地面。出入不是臥在病床上，就是坐在輪椅上。她右手緊緊握住點滴支架，幽幽舉頭問：「莫非是私奔？」

我差點腳下一滑：「妳腦子有病嗎？」

文月瑠衣兩邊嘴角向上一斜，露出一排整整齊齊潔白無垢的牙齒，雙頰梨渦煞是醉人：「那些愛情小說都是這樣寫，當男主角抱起女主角，一塊兒逃到無人知曉的地方，從此便過上幸福的生活。」

為使文月瑠衣更容易學習中文，我便拿些閱讀教材給她觀看。最初是普通的報章雜誌，後來是各類小說。敢情是看太多，誤信那些虛構的故事為真。

「現實中如果真的發生那樣的事，不用幾個月男女主角一定會分手。」

「誒？為甚麼？」

「人類都是很膚淺的生物，男女會互相迷戀對方，十有八九是外在因素。比方說男的貪圖女的美色，女的沉醉男的事業。一旦二人私奔至他處，轉換環境，外在條件亦隨之改變。最簡單的是男方喪失原有的事業，新工作不夠體面，賺不夠薪水供養女方，不免惹來嫌惡。」

「但女的不是喜歡男的嗎？既然決定與他共渡餘生，不是早就有心理準備，接納這些改變嗎？」

「有心理準備是一回事，實際面對是另一回事。貧賤夫妻百事哀，人是先填飽肚子，才有本錢追求愛情。」

「哪本書上說的？」

「是孤兒院的孩子親身經歷。」我頓一頓，打量文月瑠衣的俏臉，見她一臉疑惑，續道：「你記得千禧年前後席捲全球的金融海嘯嗎？」

「好像聽過。」

「曾經享受窮奢極侈的生活，卻在那幾年間破產。無法回頭過苦日子，心理上不能接受轉變。要麼摟住孩子一同自殺，要麼夫妻因為錢銀而爭執離婚。倖存的孩子，就此送進院內。」

孤兒院孩子來自五湖四海，可謂見證社會眾生百態的地方：有父母雙亡、父母離異、無父無母、犯事鬥毆、社福保護……總之走進來的理由千奇百怪，背後總有一段動人的故事。而我總是很喜歡聽他們的故事，那怕構成的元素差不多，故事發展千篇一律，但就是百聽不厭。因為他們的故事總是存在溫度，譜寫出我所不知道的世界，與書本上冷冰虛構的文章截然不同。

「『有情飲水飽』，只是騙孩子的說話。事實上光是飲水，早晚會餓死。女人很快就會埋怨男人撐不起家庭，男人亦厭惡女人日夜在耳邊嘮叨。」

「總覺得子健的思想真灰暗。」

「要你管。」

活在溫室中的鮮花，永遠無法理解外面路上那株野草，為何不裝扮得更加可愛漂亮。

「子健還未告訴我，現在究竟要去哪兒。」

當我們對話時，腳步從未停止，一步步登向天台處。懷中的少女身材嬌小迷你，那副纖弱的手腳好比易碎品，柔若無骨、輕如鴻毛。教我慎重地抱緊，未敢有半分大意。

「帶妳去一處好地方。」

我個人認為，那是文月瑠衣應當喜歡的地方。趁今天她精神還不錯時，我及早抱她離開病房。

終於登上天台，外面的陽光刺目，文月瑠衣下意識地舉起素白的柔荑於額前，雙眼一眨不眨地呆看著那片碧青的蒼穹。

「今天正是好天氣，所以想抱妳上來一起觀看。」

開天台倉庫的門，推出一輛陳舊的輪椅，將文月瑠衣放下來，連忙問：「坐得舒適嗎？」

「有點兒硬。」

「始終是舊東西，只能讓瑠衣委屈一下。」

文月瑠衣衝破那方寸的病房，頭一回仰望湛藍遼闊的天空。彷彿敞亮心緒，讓瞳孔吞噬永不褪去的碧藍色。在這裏不會有稠密的空調吹送，不會有細微的塵粒隨光線旋轉。她悠久閉目享受徐徐暖風，右手五指緊緊握牢點滴支架：「謝謝。」

「我……我只能做到這麼多。」

那怕走了那麼長的路，終究還是在醫院內，才說不上是真正的自由。遠方曾經嵯峨黛綠的群山與蓊鬱蔭翳的樹林，早已經被拔天的高樓取而代之。一層疊一層，莊嚴有序，將醫院包圍在中心。萬家窗戶，全部俯瞰過來。那怕極力仰頭，仍然感覺焗促難耐。

文月瑠衣不曾知曉我內心真正的想法，仍然報上那副讓人憐惜的笑容：「為何天空是藍色呢？」

「誒……我不知道。」知道就是知道，不知道就是不知道，這不是甚麼丟臉的事。我才不像孤兒院那些老師，面對孩子的提問，那怕不知道，卻因為要維持尊嚴，便胡亂扯些至錯誤的答案。

「我之後找到答案後再告訴妳。」

文月瑠衣「嗯」的應聲，左手握住點滴支架的力度些微放鬆。

「總有一個居高臨下的地方，城市的天空底下就是那個城市。」

「瑠衣說甚麼？」

「是一首詩人的詩。」

我有點愕然，不曾記得甚麼時候，將詩集夾給文月瑠衣。她閉起雙眼，右手五指揚直，像雛鳥離巢，緩緩展向天空：

總有一個居高臨下的地方
城市的天空底下就是那個城市
此刻晴朗的天氣最宜觀景
留待風雨飄飛的日子
你便可以名正言順的懷念天邊的彩虹

為甚麼總是藍天白雲
但不能錯過這個上午了

對最高建築物不停的讚美
評彈那些低矮的民居是不恰當的
城市上的天空就是那個天空

空靈惟美的嗓音傳入耳內，明明沒有配樂，其朗讀的節奏卻帶著某種傷感，撼動心坎。

「那是誰的詩？」

「不告訴你。」

「有需要如此神祕嗎？」

文月瑠衣向我展顏一笑：「那是以前唸過的詩，因物觸情，隨興之所至，便朗誦出來了。」

「以前唸過的詩？真虧你能記入腦。」

「也不是甚麼困難的事嘛。」

敢情是過去捧給她看的某本詩集中的某首詩吧，擁有過目不忘的本領真讓人嚮往。換作是我，必須花不少功夫塞進腦內，勤加複習才能長久地保存。那怕是上課的老師，亦只道文月瑠衣記憶力比較好，頭腦明晰聰穎罷了。惟一認識且往來的同齡玩伴也只有我，缺乏比較的對象下，她壓根兒不曾察知自己具有無與倫比的記憶力。

文月瑠衣尚幼，一旦被成年人發現她有此與眾不同的本領，沒準會調去其他醫院，進行更多的診療與檢查。屆時我必會永遠失去她……

彷佛只殘餘一種氣味隨風飄散
回過頭來衹看到蒼然孤獨的樹影

悅耳的嗓音再次於耳窩內悠揚繞盪，拉回我的思緒。

「另一首詩？」

「嗯。」

「那首詩叫甚麼名字？誰作的？」

文月瑠衣可愛地摀住臉，羞澀笑道：「不告訴你。」

現在是公元二零零四年五月一日上午十一時廿一分，在七年五個月廿五天又四小時後，我才知道那首詩叫甚麼名字，以及是誰作的。同時我與文月瑠衣的人生亦澈底改變。

第伍回　引狼作證誠為禍

與虎謀猷便是痴

蕭綸公

喬農

寇尹

虞杰

賈勝龍

馬巧茹

天青雷

賈曉帆

ＤＶＤ開始播放，畫面最先顯示一堵陰暗的磚牆，前面正中間有一個男人全身五花大綁在椅子上，拚命掙扎。無奈身上繩索束得牢固，嘴巴更被塞入抹布，只能可憐無助地「嗚嗚」搖動。

蕭綸公即時認出畫面中人：「斐民賀博士？」

按目前警方說法，他是馮子健連續殺人事件的首位遇害者。二零一二年於江門發現屍體後，最初只視為普通的謀殺案處理。直至第三位死者妻士昌起，警方始高度重視，將前後數宗案件連繫在一起，指明犯人為馮子健，同時發布全國通緝令。時光匆匆，眨眼間四年已過，竟然會在電視機中得睹故人，蕭綸公及寂尹心房一懸，各懷滋味。

畫面中有人背向鏡頭，慢慢靠近斐民賀，將他嘴巴中的抹布拔走。此刻他毫無博士應有的風度，如同莽漢般向眼前人傾盤吐出一堆粗鄙的閩南話。雖然髮型不同，惟從其扭轉的右半邊臉孔，在座三人仍然即時認出他正正是馮子健。

「賽連木！你到底是誰？為何囚禁我在此處？」

馮子健冷冷地盯向對方，好一會斐民賀才留意到鏡頭，急急轉而以國語問：「你想要錢對不對？多少錢？我立即叫家人支付！」

馮子健以帶著南方口調的國語不留情面地答道：「你似乎搞錯了，我抓你來才不是為錢。」

「不是為錢？哪為了甚麼？」

馮子健踱步，繞至斐民賀背後，右手按在他的肩膀處道：「替天行道。」

「替天行道？你頭殼壞掉嗎？哪家精神病院逃出來的？」斐民賀只道對方是不明來歷的犯人，毫不膽怯，眼神輕蔑，不斷噴髒話罵人。然而蕭綸公、寇尹及天青雷臉色甚為難看，在他們的印象中斐民賀是一位學養甚好的博士，從不曾說過半句粗言鄙語。故此目睹螢幕中的斐民賀，總有格格不入的異感。甚至有一瞬間幻想這影片是偽造的，那位斐民賀是他人臨時假扮的。

「啪」的一聲，馮子健甩手摑一巴掌，幾乎將斐民賀的脖子歪向奇怪的方向。

「現在是我問你，不是你問我。」

斐民賀脖子一時未能扭回來，叫聲甚為淒厲痛苦。透過電視機的立體聲喇叭，彷彿親歷其境，鏗鏘有力，連帶沙發上三人均心驚肉跳。

「直到二零零六年退休前，你都是擔任南京大學校長，對吧？」

「哼，這些事有誰不知？在我英明的領導下，南京大學晉身成為國家一級學府，成就斐然。」

當提到自身履歷成就時，斐民賀即時雙目發亮，擺顯威風，急急吐言炫耀。馮子健無喜無悲，意味深長地問：「哪方面的成就呢？願聞其詳。」

貌似斐民賀聽不出話中帶刺，點頭自豪地道：「世界排名上升，廁身全球一流學府之列。藉此羅致擅長捐獻，令院校設施多年來得以持續發展，擁有更多資源弘揚研究、學術、教育等等。」

乍聽上去感覺普通，然而行內人都明白，上面所言匯聚多少成就。歷史源遠流長的百年學府，曾經盛產不少文理兼通、學貿中西的名人，不過這些成就在現代化社會中已經毫無吸引力可言。對普羅大眾而言，只知道南京大學的畢業生找不到好工作，討不到好薪水，不具市場競爭力。無法吸引新生入學，收入不足，無法聘請好的師資，不能支撐各方面研究，便開始走往下坡。

斐民賀接任南京大學校長後，施展種種神乎奇技的手段，不出十年就改革成功，令它起死回生。他放棄本來的學術風氣，削弱傳統的文史哲學系，同時新增實用的經濟及商業學系，專注培養出賺錢人才。同時引入商場的營運結算概念，將教授研究教學及學生成績按量計算。從此南京大學不再是老學究的象牙塔聚居地，不再講授老掉牙的國學，而是專心訓練學生社會的實用技能，讓他們畢業後覓得好工作。部分更身居政商界高位，掙大錢揚大名。

將百年學府變成菜市場，將教育當成生意，視教育學生為投資股票般講求回報率。自由學風、莊嚴地位和神聖使命根本不值一錢。對此教育界很多老前輩多有不滿，喬農更在專欄數度仗義執言，持續炮轟「大學商業化」政策。後來斐民賀受龍江出版社社長紀春筠邀請成為大賞小說組評審委員，喬農更加在評審會議上多番質難，最終他在第十四屆工作完成後就退出。

縱然受外界持續炮轟，斐民賀本人卻對於這番成就甚感自豪，多次在公開場合肯定自己的功績。諷刺地大部分家長及學生支持這種改變，無形中鼓勵其他學府改變政策，一切向錢看。

「任內做的好事，都記得一清二楚嗎？」

「這個當然！既然你知道我是誰，還敢出手？」

「正正因為知道你是斐民賀，我才要出手。」

「嘿，我與喬興華總警司是老朋友。要修！識趣的快快放了我！」

遭受辱罵後，馮子健轉身離開畫面，走到攝錄鏡頭後面：「斐校長任內做的好事真多呢。」

斐民賀甚為執著敬稱，在椅子上吆喝道：「我已經卸任啦，叫我斐博士。」

不知道鏡頭後馮子健在搞甚麼，總之傳出一陣淫穢不雅的聲浪。斐民賀頓時像活見鬼，瞬間臉色劇變，露出驚駭欲死的神情：「你你你……怎麼可能有這段影片？」

「這是斐博士你任內的政績之一，我當要好好瞻仰一番。」

「不……不是我……我沒有做過……」

「居然忘記自己舉辦的活動，難不成你頭殼壞掉嗎？」

馮子健將筆電捧出來，走到鏡頭前，將螢幕對準斐民賀。同時現學現賣，用剛才聽到的髒話原璧歸趙。筆電發出種種吵雜淫穢的聲音，令三人想入非非，疑惑影片到底是啥內容。斐民賀開始氣急敗壞，語無倫次道：「妖秀！大顆呆！賣見效！我我我甚麼都不知道！這些事和我沒有關係！」

馮子健渾身散發出一股陰沉的氣息，持續冷眼望向斐民賀。

「怎怎怎麼樣了？我就說你別含血噴人……」

馮子健慢慢抽身退後，身體往右扭轉一百八十度，讓筆電螢幕對準攝錄機。這下子三人終於瞧得清楚，原來筆電正播放一場亂交派對的影片。年青男女穿著貼身衣物，甚至脫至一絲不掛，狂野地大肆胡鬧。酒瓶互碰，興奮至極下破壞房間內的桌椅。間隙中更見有人吸毒打針、撒尿拉屎。更甚者男女摟在一起，做出最原始最放縱自我的行為。影片帶來強大的衝擊，以至天青雷都渾然忘記按下暫停鍵。

別墅內客廳的監視鏡頭似乎是有心調整過距離與角度，全國觀眾均同時目睹電視機畫面上映不堪入目的場面，更有好事之徒留意到寇尹腹部豐厚的脂肪不住在衣服底下顫動，與身邊另外愣住不動的二人形成鮮明對比。如果眼睛雪亮些的，還能辨識出影片內出現的好幾位年青人，無一不是某幾戶上市公司的公子千金。他們均出身南京大學，曾領取總統頒發的全國傑出青年獎，登上頭條，蕭綸辦過無數講座，很快就被人逐個點相。影片背景的牆壁上明晃晃掛著「明德堂」三字的牌扁，蕭綸公的眉心皺成一條線，他百分百肯定影片拍攝地點，絕對是南京大學馬豪風大樓的明德堂。

「喂！你有聽到我說話嗎？」斐民賀搞不懂馮子健將筆電螢幕轉向鏡頭展示的理由，猶在張口大吵大鬧，遺憾如同跳樑小丑，不僅未能轉移觀眾目光，更暴露他猙獰粗鄙的一面。

馮子健轉身，筆電再次遞至對方面前：「這場上流亂交派對，是你安排的嗎？」

「北七！我都說我甚麼都不知道！影片一定是偽造的！全部都是假的！」

「這是公元二千年那一屆，在明德堂搞的派對，你居然這麼快便忘記得一乾二淨？」

斐民賀聞言後歇斯底里，高聲謾罵道：「南京大學可是國家一等一重點學府，學生怎麼可能會做出那樣的事呢？這全是假的！」

「其實我還有好幾段，你想看九七年那屆嗎？」

「你……你……」

「公元一九九七年那屆更真精彩呢，直接在崇恩大禮堂內狂歡，而且你和當時的文化建設委員會會長許松蔭握手，左擁右抱好幾位女學生。需要我找許會長求證嗎？」

斐民賀霎時臉色蒼白得像是死人，額上不住滲汗，拚盡全力搖頭：「不，你聽錯了……我我我……你在含血噴人！偽造影片污衊我和南京大學！」

望至此處，蕭綸公搖首嘆息。旁觀者清，誰是誰非，心中有數。斐民賀越是努力狡辯，拒絕承認影片內容，只會越加難看。馮子健語帶嘲難道：「堂堂百年名校，變成官商子弟的色情娛樂場所，簡直是前無古人，創世界之最。」

斐民賀猶想狡辯：「這是誹謗！你在污辱南京大學的名譽，我要發律師信控告你……」

驟然間馮子健一刀捅向他的左肩，白刀子進紅刀子出。血液涔涔湧出，一聲撕心裂肺的淒厲痛呼，聽者毛骨悚然：「天網恢恢，疏而不漏，你到底想否認到何時呢？」

右肩胛骨的血液如同奔騰的浪潮湧現，所有人內心不禁抖顫一下，由衷感到害怕。寇尹嚇得冷汗透背，蕭綸公喃喃道：「瘋子……馮子健真的是非常危險的瘋子……」

斐民賀無法忍耐住肉體的劇痛，高級知識分子的形象蕩然無存，如同一團爛泥般呻吟，露出既悔且恨的表情：「你……你是如何得到那些影片的？」

「若非你先搞出這些『德政』，諒我扭盡六壬都不可能憑空揑造出來啊。」馮子健反唇道，小刀一直在對方眼前晃動：「為何一毛不拔的富商，忽然不再吝嗇，踴躍向南京大學捐款？政府和商家特別開後門，專門聘請貴校畢業生入仕？人是利己的生物，政治家和商人亦不例外，絕不會插手沒有利益的事。如果只有一兩個尚可說是個別例子，但所有高官富商爭先恐後熱心教育事業，卻單獨扶持南京大學一所，殆史無先例。只要沿現金流動的方向順藤摸瓜，很快就發現這些不道德的交易。」

「別開玩笑好嗎？那些影片……那些影片……」

「閣下大學的系統保安太差勁，很簡單就能駭進去呢。不過歸根究柢，都是你自作自受，怨不得別人。」馮子健若無其事地說話間，突然再往對方左大腿上送來一刀，電視機的喇叭再度傳出淒厲的絕叫：「竟然動普通學生的主意，將女生當成商品賣給富豪？堂堂百年大學，讓你變成官商的妓院？當中有些女生不願意，你就強行灌春藥給她們吃。事後還威脅她們，真是枉為人師！」

「我沒有……做過那些事……全部都是你偽造的……」

「為求證真偽，我可是一一上門訪問過她們……」馮子健情緒激昂，高聲呼道：「你可曾知道有多少女生身心受創，至今更患上精神病，要定期服藥？」
三人全神貫注留心電視機，被馮子健那番強力的斥責語氣感染，內心五味雜陳。然而馮子健的說話尚未講完，突然有人衝上來關掉電視，始將他們從惡夢中拉出來。
「虞杰？你幹嘛！為甚麼無緣無故關掉電視機？」
向來冷靜沉著的虞杰，此刻居然焦躁不安。他兩眼游離，既望望几上那疊ＤＶＤ，又抬頭望望監視鏡頭，向三人怒問：「這些ＤＶＤ到底從何而來？為何不事先告訴我？」
「為何要告訴你？還有你這是甚麼態度？」天青雷遭對方不問是非情由當面嗆白，頓時氣上心頭反唇相譏。明明是自己拒絕協力調查，如今有何顏面要求他們匯報調查進度？把自己當甚麼人？
虞杰雙拳掐得緊，稍稍警覺自己過火，姑且收斂怒容：「你們都不看手機嗎？」
三人感覺事不單純，即時掏出手機，發現收到數則警方發來的新訊息及電郵。因為昨天慘受新通知轟炸，他們不約而同將手機設成靜音，以致沒有提醒鈴聲。
警方自昨天起便嘗試與囚在別墅內的八位作家尋求聯絡，由於八人的手機無法撥出與接入通話，故此只能另謀他法。像天青雷這些新世代作家，可以直接在個人專頁上發訊息；至於蕭綸公及寇尹這些老作家，則只能通過出版社取得聯絡電郵地址，再寄發電郵。
無論是訊息抑或是電郵，警方均隆重以對，未敢怠忽。最初得體說明他們乃負責這次案件的獨立調查組，希望與之錄取證供。奈何眾人均未曾於第一時間注意到，以致久候未讀，更無回音。及後警方注意到蕭綸公、寇尹及天青雷從二樓捧來大疊ＤＶＤ播放時，亦透過監控鏡頭向全國直播。基於各種理由，第一時間請求中止播放。幸而虞杰適時檢查手機，首度與警方取得聯繫。之後便如前情所述，虞杰第一時間衝出來關掉電視機，阻截影片播放。

天青雷眼角一瞄餘下六片ＤＶＤ，然後問道：「警方不是常常說證據不足嗎？調查陷入瓶頸嗎？ＤＶＤ內明顯是馮子健的犯罪證據，為何避而不看？難道他們就不想知道七位作家是如何遇害嗎？」

虞杰聳聳肩：「你們都忘記自己處身在監視鏡頭底下嗎？若然繼續播放，影片內那些血腥暴力的場面都會同步轉播，豈非讓全國所有人都見到？」

寇尹抱怨道：「即使如此，也不必這麼緊張。那怕第一片ＤＶＤ開首那段過於血腥，但不排除後面會是其他內容啊，豈可這麼早下定斷？」

天青雷瞪向虞杰，厲聲道：「果然你是知道甚麼內情吧？連看都未看過，憑甚麼斷定影片內容都是血腥暴力呢？」

蕭綸公點頭：「沒錯，說得好像事先就知道ＤＶＤ的內容，而且有意圖想隱瞞某些事，才強制打斷播放。再者警方態度也過於奇怪，相比我們的安全，反而更在意ＤＶＤ，會不會本末倒置？」

虞杰勉強恢復一貫的笑容，沒事兒地道：「我想你們直接詢問警方比較好。」

留下滿腹疑竇，虞杰匆匆轉身急步逃向書房處，不容他們再三追問。

寇尹雙手抱在胸前道：「聽你們這樣分析，果然很可疑呢。」

突如其來一番波折，ＤＶＤ播放遭受中止，興致全消。不過既然警方主動找上門，那麼只能優先與他們聯絡。八人不知道自己囚禁在別墅其間，外面社會已經鬧得天翻地覆。雖然大眾齊聲謾罵警方不作為不辦事，可是事實上早在記者發布會之前，警方高層便開展連場會議。最後基於各方面的理由，將案件歸納於馮子健連續殺人事件內，委託張衡領導的獨立調查組，從速解決是次事件。

縱使警方一直均有錄下轉播的畫面，但為求法庭承認，仍必需循正式程序與受害人錄取證供，以備呈堂之用。如今警方既無法親赴現場，證人亦未能離開別墅，兼且現場有鏡頭監視，為求安全及保密，囑咐他們選擇不受監聽的地點受訪。同時考慮網絡安全，特別設置一條加密的VoIP通道建立視像通話，而且有專責成員監視數據封包，防止對話外洩。

賈氏父子早就將房間內監視鏡頭拆下來，以窗簾遮蓋窗戶，成為安全的密室。連別墅內眾人都不曉得他們在做甚麼事，毋怕外人得睹，得以安心留在房內；至於虞杰並未有回自己的房內，反而第一時間佔領書房，更將一邊的書櫃拉過來塞住房門，禁止第三者內進。

其餘三人晚了一步，別看寇尹身材胖乎乎，反應卻最敏捷，第一時間霸佔洗手間；天青雷退而求其次，衝上二樓反鎖於第一間有電燈照明的房內；蕭綸公最晚，待得閱明電郵後，已經選無可選。雖然二樓尚餘兩間房，但都擺上靈牌，兼密封無光，教人忌憚不安，故此選擇留在自己房內。

警方根據早前賈曉帆提及的監視鏡頭型號，於官方網站找到產品說明書。蕭綸公將桌子及椅子疊在床上當墊腳，在警方手把手指示下拔除鏡頭背後的網絡線，確定不受外界監視下才錄取證供。

於警方與作家錄取證供其間，觀眾無法從於電視機上看到他們的身影。部分人由衷祈望作家平安無事，亦有人不太樂觀，持續於網上炮轟警方用人不當，要求陣前易將，撤走組長張衡。另外一批人通過電腦擷取及分析剛才流出的ＤＶＤ畫面，堅信那是斐民賀死前最後的錄像。對於馮子健暗示南京大學強迫女學生為權貴賣淫等內幕，感到無比震撼。一石激起千重浪，各處討論區均展開激烈辯論。雖然大多數人認為此事荒謬絕倫，卻有一部分南京大學校友匿名附和，提出種種新的理據。例如他們提及每年某些晚上學校會實施宵禁，有大量護衛員駐守於校舍內，禁止一般學生自由出入；有人表示家中的姐妹正是受害者，轉發派對上受輪暴的經歷，惹來大量點擊及討論。

現實世界也許沒有天才偵探，卻處處充滿惡意。到底事實是否如此，單憑一段影片甚至一篇自稱真人真事的留言根本無法證明。信者恒信，不信者恒不信，縱使吵到變成人身攻擊，真理卻越辯越黑，衍生出無數陰謀論。其中有人提出，馮子健知悉作家犯罪的祕密，故此私下處刑殺害。而警方亦因為掩飾真相，維護既得利益者，才拒絕公開調查進展。這種說法漸漸蔓延開去，群眾回想事件始末，以及是次實況轉播，開始對警方一直以來的說法有所懷疑。此時別墅中人自然未曾知曉網上世界這番風起雲湧，警方更無暇出來分辯應對。

與網絡上吃瓜群眾不同，警方不會憑主觀想法信口雌黃，妄下毫無根據的臆測，凡事只講求真憑實據。關於眾人於宴後被擄，至別墅內醒來，以及接連的兇殺案，各人的供詞大致沒有明顯出入，或與早前的錄影片段犯駁。接下來是涉及個人私隱的問題，各警員視乎目標的情緒與心理狀況，嘗試切入探問。毫無疑問警方最為關注，當然是首位死者馬巧茹。當他們直接向賈氏父子詢問時，賈勝龍表示妻子確實被殺，為證明無訛，願意配合法醫透過手機鏡頭遙距檢查。

「警察先生，希望你能明察秋毫，還巧茹一個公道！」視像中賈勝龍如同處身深淵吶喊，一字一句鑽入紀錄者心坎處：「就算只有曉帆一人也好……你也要救他出去！」

「爸爸，別說那麼不吉利的話。」

「聽爸爸的話，那怕只有你一人，都要活著離開這處。」

「不行！要走，大家一起走！」

父子一同嚎哭呼喊，央求警方儘早緝拿犯人。在警方好言安慰下，才穩住悲痛及彷徨。及後聽到法醫說有需要脫去死者全身衣服時，賈勝龍猶豫半晌才狠心應允。

「拜託警方抓出真兇，繩之以法！」

「放心，這是我們份內事。」

法醫透過手機鏡頭，逐寸逐寸檢查清楚。其間賈勝龍不僅要俯身貼近巧茹屍身，忍耐濃郁欲嘔的異味，連私處都要撐開來檢查。即使感到屈辱，父子依然抑制心情，遵照法醫遙距指示。

「無任何表面傷痕，肌肉開始輕微硬化，就初步觀察，不排除中毒身亡。」聽罷對方初步結論，賈勝龍急問道：「能夠看出巧茹是身中甚麼毒嗎？」

「死者身上屍斑呈粉紅，臉上有紫紺，恐怕是高濃度的氰化物。至於是NaCN、KCN、HCN、LiCN抑或是RbCN，恐怕需要進一步化驗。」

由於情況特殊，法醫亦是首次透過鏡頭遙距驗屍。只憑肉眼及賈氏父子代為接觸，無科學儀器協助分析，未敢妄下判斷。賈氏父子聽不懂專門術語，於是法醫嘗試用比較簡單淺白的用語說明：「最常見的多數是NaCN，亦即是氰化鈉，它必須進入胃部與胃酸結合才會產生化學反應，釋出氰基離子，然後致人於死。保守估計有50mg……不，只需25mg都足以致命，只差在毒發時間快慢。」

賈勝龍未有第一時間保存那支玻璃小瓶，無疑是一大失誤。縱然現在取回來，已經無法保證是否維持原狀。法醫只能根據目前事實分析道：「份量多，可以短至一至兩分鐘即死；份量少，亦只要十數分鐘。根據監視鏡頭，死者離開廚房至發現其屍體為止，相距接近十五分鐘。為求慎重，需要解剖屍體檢查內臟，看看有否其他致命原因，以及對體內殘留成分進行化驗，方能作論。」

至於是自願服毒，抑或是在他人強迫下服毒，現階段不便猜測。惟一可以肯定，馬巧茹確實死亡，絕非偽裝或假扮。當驗屍完畢後，接下來便需要檢查死者手機，以便瞭解她臨終前究竟接收到甚麼訊息。賈勝龍即時臉露難色，那怕警方再三聲明所有證供及調查內容決不外洩，仍是拒絕合作。

負責紀錄的警察注意到賈勝龍情緒開始激動，嘗試婉言勸解。他堅稱X絕對混在其餘四人中。在警方找到X之前，父子都會反鎖於房內自保。賈曉帆亦在旁邊強調他們除去如廁外未曾離開房間，決非殺死喬農的兇手。

面對證人拒不合作，警方只能表示無奈。關於喬農之死，警方重點向蕭綸公及天青雷求證。

蕭綸公作為死者最後接觸之人，所陳述之證供，與早前向天青雷陳言一致。他認為兇手是趁自己到樓下，喬農獨留在二樓時下手。對於老朋友遇害，感到十分難受，甚至仍在自責；另外天青雷作為案發後最先抵達現場的人，亦積極向警方合作，將昨夜所見所聞一五一十具明。同時將昨夜及今早於現場拍攝的照片及錄製的影片，全部寄送至獨立調查組的郵箱。

法醫及鑑證官反覆檢查內容，尚認為不夠全面，拜託天青雷透過手機鏡頭協助他們蒐集證據。天青雷二話不說即時同意，步出房間穿過樹道抵達現場。

鑑證官借助鏡頭觀察現場後，不住搖頭道：「距離凶案快將超過十二小時，無確切封鎖，不能保證有否第三者於事後破壞現場。若能親赴該處，以敝組人員的經驗及儀器，說不定能挖出更多蛛絲馬跡。」

接著法醫指示天青雷逐一脫去喬農的衣服，同樣將死者全身上下看一遍：「表面無其他傷痕，僅發現脖子上有被勒的痕跡，初步判斷很有可能被絞殺。觀察絞痕，與附近的樹藤相近。假如犯人直接扯來樹藤圈在死者脖子上將其絞殺，那麼上面必然殘留人體皮屑組織，當然這也得抽取化驗。」

「三位證人都明確表示聽到死者的呼叫聲，犯人有沒有可能先弄昏死者，然後再絞殺？」

「致人昏倒的方法不外乎鈍器砸擊、窒息或服下化學藥劑。假如是前二者，死者的頭部及嘴部均會有額外的磨擦及損傷等痕跡，可惜未曾於屍身上發現吻合或類近的痕跡。如果是受化學品襲擊致昏，便需要更詳細的物理化驗，以及解剖鑑定。」

「第一位死者馬巧茹是毒殺，第二位死者讓復生是絞殺，兩者之間並無任何共通性。究竟兇手殺人有否先後次序，尚是未知之數。」

聽著法醫及鑑證官你一言我一語不斷討論，對於他們龜毛地對小事諸多置喙，天青雷顯得不耐煩起來：「賈氏一家就是兇手X！他們最可疑了，你們還不快點調查他們！」

對面負責取證的警員仍然維持中立的態度：「劉先生，請冷靜點。對於閣下主張賈氏一家三口合謀殺人，我們會紀錄在案。至於是否屬實，容後蒐集線索，詳細調查。」

天青雷一愣，隨即憤然道：「已經有兩個人被殺，你們還不快點行動？」

「警方辦案，自有一套既定程序。」

對方不徐不急的態度，讓天青雷非常窩火。如今他們處在生死邊緣，隨時會再有人遇害，豈可墨守成規：「程序？現在是非常時候！究竟要查多久？再不快點X隨時會殺死第三個人！」

錄取口供時天青雷語氣極為焦急煩躁，與平日螢幕前迥異。警員一邊勸解，一邊依然故我按章工作。尋問工作持續進行，然而當問及最初附於被褥上的信件時，六人一律左支右吾。任憑警方如何旁敲側擊，他們要麼閉嘴不談，要麼顧左右而言他。像是早有協定，合謀演出拙劣的戲碼。調查組組長張衡持續在旁邊監視，注意到六位證人拒絕合作，毅然主動介入。鏡頭隨即轉駁至張衡處，只見他危襟正坐，雙目炯炯有神地向所有人自我介紹後，立刻步入正題。

「此刻警方正在盡全力拯救你們的性命，為此必須澈底弄清楚案情。」與外界描述的「廢物」截然不同，黝黑的膚色配上滿臉濃密的鬍渣，讓張衡看上去頗為老成穩重。他那對眼睛似是疾射出電光，以威脅般的口吻向鏡頭後六位作家道：「若然拒絕坦白交代，我們亦很難辦。」

張衡的耳機及麥克風是特別設定，可以同時向全部人發送聲音，也可以鎖定只向其中一方傳話。六人卻只能單方面向張衡說話，而聽不到也看不到其他人的發言。其中蕭綸公及天青雷顯然有所動搖。他們表情上細微變化，無法逃過張衡的金精火眼：「你們積極合作，對警方調查大有裨益。我們保證雙方交談的內容絕對保密，不會向外洩露。」

「你憑甚麼保證？」賈勝龍忽然插口問，張衡道：「外面負責本調查組的人員都是多年跟著我辦事的自己人，絕對安心信賴。」

「就算是父母兄弟，都可以出賣，絕對信任是不存在的。」寇尹勉強咧嘴道。

「言下之意，你們懷疑我們警方嗎？」

「不……我不是那個意思……」寇尹慌張搖頭，張衡似乎不是太在意。他的眼神左顧右盼，十指相叉，雙手大拇指相互追隨繞圈。蕭綸公感覺不對勁，輕聲問：「張總督察？」

「你們對真相一無所知……」張衡好像作出某種決心，向眾人問道：「你們不好奇嗎？為何我負責馮子健的案件經年，即使未能破案，依然免受上級懲罰。這次更獲得點名，全權負責這宗案件？」

賈曉帆理所當然暗忖「官官相衛」，張衡神祕兮兮地道：「接下來所說的事，是機密中的機密，未曾向普羅大眾公開。事實上馮子健每次犯案後，都會向警方寄出一片DVD。」

蕭綸公、寇尹及天青雷不約而同聯想到他們發現的DVD。

「莫非……我們剛才發現的DVD……」

張衡平白曉暢交代道：「實際上馮子健每次犯罪，將目標擄走後，一邊向對方展示其『罪證』，一邊向受害者嚴刑審問。當受害者澈底坦白所有罪行後，便將之殺死。從迫供至處刑的過程，都完整無缺錄下來，再燒錄成DVD寄給警方。所以那些DVD，我們全部都看過。最初我們認為影片內提出的證據全是捏造，但經過深入調查卻發現全部屬實。甚至死者家屬施壓，希望我們銷毀DVD。基於法理程序上，DVD屬於辦案證物，只能答允不予公開。」

「果然如此……」天青雷呢喃道，他萬萬想不到，中間居然如此曲折離奇的隱情。

蕭綸公道：「這就是你們持續隱瞞，不敢向外界公布的真相？」

張衡道：「作為案件的證物，警方當然能夠以保密理由不對外公開。披露調查進度，勢必涉及諸位死者生前不為人知的祕密。有些人的罪行一旦曝光，牽連甚廣，影響過大，故此我們不得不同意家屬要求，既不追究，亦不發布。」

這就是數年來警方一直隱瞞的真相：那怕面對公眾排山倒海的輿論壓力，警方高層依然指派給張衡及其領導的調查組負責，不欲轉交他人跟進。畢竟案件背後牽扯廣且深，知道的人越少越好。

蕭綸公嘆氣道：「馮子健真正企圖，恐怕不僅是單單殺死我們。如果警方沒有阻止，我們便會將這七片DVD都看完，理所當然全國觀眾同樣透過鏡頭一併觀賞，各位死者的罪行亦一併洩露。」

天青雷恍然大悟：「因為警方持續將收到的DVD扣留，不曾公開，所以他便想方設法，驅使我們的好奇心，通過實況轉播出去。」

寇尹拍心口道：「難怪你們這麼緊張……不過我們也不可能真的七片都播出去啦，也許連第一片都未看完便悶壞了，嘿嘿嘿。」

雖然他人在笑，可是鏡頭對面的警察都沒有笑。寇尹討了個沒趣，識相撤去笑聲。

張衡道：「根據馮子健過往的犯罪習慣，他出手的目標，全部都是認定為『有罪』的作家，而非偶然挑選。於下手之前，必先聲明其罪行，再強迫招認。之所以在事後將DVD寄給我們，估計是想借我們的手證明他的所作所為，昭示大義。非常遺憾，警方未有遂其所願。也許他才會改為借用你們的手，試圖讓影片轉發出去。」

虞杰道：「明顯馮子健自我主張太強烈，深信只有自己所做的事才正確。為伸張所謂『正義』，不惜胡亂違法殺人，昭示大義，滿足他的自尊心。」

蕭綸公搖頭，仍然有不明白的地方：「我聽聞馮子健這次動作甚大，駭進衛星，控制中央電視台所有頻道。既然做到這地步，為何不直接通過大氣電波轉播DVD，反而要一番曲折，透過我們去轉播呢？如非我們調查二樓，根本無可能發現那些DVD；就算發現了，也不一定會播放；那怕我們真的播放，亦未必順序甚至全部都播放一遍。如同現在這樣，你們警方必然介入，阻止我們播放。這樣子豈非捨易取難，棄近取遠嗎？」

張衡眼神浮動，其他人只能從鏡頭中見到他神色怪異，卻無從知道他在想甚麼。

蕭綸公罕有地動氣，一字一句質問警方：「打從一開始，馮子健的行動就充滿種種矛盾：明明要殺死我們，卻沒有即時下手；困在深山別墅內，卻特別提供互聯網服務，不使我們求救無門；希望將七片ＤＶＤ的內容曝光，卻不是直接在電視台播放，更鎖在難以抵達的二樓房間內？馮子健的想法真的那麼簡單嗎？你們會否過於輕視他？有否漏掉甚麼線索？」

張衡重重吁一口氣，悄悄向部下打出手勢，示意切換為全頻傳話：「這些我們自會想辦法調查。倒是你們幾人，為何拒絕披露信函上的內容？集體隱瞞某些關鍵線索，才更加讓我們為難。」

縱然張衡在用詞上極度小心，但賈勝龍卻即時頑固抗議，反應激烈起來：「痴線！荒謬！我們一家三口行得正企得正，哪兒有不可告人的祕密？你在誣衊我們是犯罪者嗎？」

張衡皺眉，奈何此步至關重要，不可能避而不問，惟有嘗試勸言道：「雖然不願承認，但馮子健決非濫殺無辜的人，下手前必會舉明目標人物的罪狀及罪證。我們懷疑諸位最初從被褥上取得的信函，乃非常關鍵的證物，可否坦白披露呢？」

那怕說話再如何宛委，可是賈勝龍硬是不聽，偏執地道：「才沒有收過甚麼信件！你們警方都是豬嗎？我們是受害者，馮子健是殺人犯！應該緝捕他歸案，而不是審問我們，怎麼顛倒過來？」

張衡切換頻道，只向賈勝龍規勸：「希望賈先生冷靜一下。這不是審問，單純出於調查需要……」

賈曉帆在旁邊祈求道：「我們已經積極配合警方錄取證供。至於某些人的無稽之談，一概不需回答。總之你們快點破案，救我們出去就行！如果辦不到，便叫超級英雄過來！」

「這個有難度，因為目前本案並未涉及任何超能力犯罪的跡象，按程序上他們是無權插手，那是越俎代庖……」

賈勝龍拒絕再聽張衡空洞的門面話，早一步中斷視像通話。張衡扶額搖首，看見賈氏過激的反應，要說沒有心虛理虧才騙人。蕭綸公不知賈氏已退出通話，朗聲問：「假使我們願意表明信件內容，警方會如何處理？」

張衡再三保證道：「依照規矩，我們定必保密。馮子健決非泛泛之輩，我們經年與他交手，深知他的厲害，絕對是高智慧的犯罪者。別墅內諸位願意配合，才能作出更全面支援。」

虞杰輕按額頭：「外面情況很糟糕嗎？」

張衡原本只想單獨答覆虞杰，但仔細思量，還是向眾人坦白，面向全頻道發言：「實不相瞞，事發後廣東省即時派軍趕往羅浮山，同時封鎖別墅附近一帶的山嶺。至昨晚為止曾試圖潛入登山，無奈以失敗告終。」

天青雷聽罷，憶及昨夜持續的炮火聲，再問：「為何無法登山呢？諒對方只有一臺衛星監控，軍方不可能沒有反偵查的手段。再者不能反駭進那臺衛星，奪回控制權嗎？」

張衡臉露難色，似乎欲言又止，蕭綸公問：「軍方為何無法登山呢？以馮子健及其同夥之流，終究是雞鳴狗盜之輩，豈可與國家正規力量抗衡？再者軍方不能行動，那麼不能派出超級英雄嗎？」

四人各自提出類似的質難，望見張衡每每想說話又咽了回去，糾結多時最後才吐出：「好吧，我將目前為止的情況和盤托出。」

寇尹逗留在洗手間頗長時間，不耐煩起來：「有屁快放！」

「馮子健揚言控制一臺人造衛星，自外太空向地面精準發射電粒子束，決非打誑。那是蘇聯製作的新型衛星武器，無論是精度及威力，都比美國開發中的試驗品來得更強。」

「蘇聯的衛星武器？開玩笑吧？」天青雷難以置信，可惜軍事評論家賈勝龍不在，不然也許能發表些意見。虞杰同樣搖頭道：「美國的科技向來不是都領先世界嗎？甚麼時候讓蘇聯超前了？而且更早達到投入實戰的程度？」

「軍方拒絕與警方分享情報，我只能托軍中相熟的人打聽。目前無論是我國抑或美蘇都傾巢而出，企圖搶奪衛星的控制權。不過三大國全軍盡墨，在網絡戰爭中誰也佔不了便宜。」

整件事聽上去是如此離奇，令眾人一時呻吟。

「協助馮子健的駭客本領非同小可，同時面對三大國家的頂尖駭客連番攻擊，不僅防守得滴水不漏，持續穩定直播之餘，更有餘力抽身反擊三大國，癱瘓我方的網絡。我軍有專家估計，衛星上面恐怕有人直接操作，否則單靠地面網絡遙控操作，反應不可能那麼快。」

虞杰碎碎唸道：「既然是蘇聯的人造衛星，上面自必然是蘇聯的人，怎麼可能願意協助馮子健這瘋子呢？套用他們的說法，那不是背叛黨和國家呢？即使是叛黨叛國，按道理亦應投靠美國，豈會與罪犯聯手，同時與全球鼎立的三大國作對？衛星上面的人為何作出如此不智的選擇……」

天青雷另有想法：「我國軍隊無法突破衛星的封鎖，寸步難行。雖然軍事範疇非我所長，但軍方總不可能沒有反衛星偵查之類的手段或裝備吧？」

「並非只有軌道上的衛星，地面同樣有敵人阻撓。」張衡索性一五一十全抛出來：「方才我提過，軍隊早於昨夜嘗試摸黑迂迴攻山，然而在山腳就被不明敵人截擊，死傷甚眾，大敗而逃。」

寇尹怪問：「不明敵人？別墅外面還有甚麼人？」

「詳情我亦不清楚，聽朋友私下透露，是一位身披銀灰色盔甲的人。刀槍不入，還擁有大量強力武器，單人就可以接連掃蕩所有部隊。」

「有沒有這麼誇張？超級英雄嗎？」

「現在軍方封鎖所有情報，拒絕與警方共享，我托人事亦只能挖得這麼多。但合理懷疑馮子健已經勾結國際恐怖分子，才會獲得如此充足的人力物力支援。當然這樣子亦合理說明，為何他這次與之前七次的行動迥異，卻又非常純熟，必定有他人從旁輔助。」

蕭綸公思疑問：「外國勢力介入？幕後黑手是哪方大台？」

寇尹無法接受：「為何國際恐怖分子願意協助馮子健？對方接受了甚麼好處才出手？馮子健真的能夠支付他們看得起的報酬嗎？」

虞杰道：「空穴來風，未必無因。估計馮子健確實受外國勢力支持，搞不好是最新的軍事兵器之類，才敢公然與軍隊抗衡。據我所知，恐怖分子早就擁有各種高科技大殺傷力武器，更有異能者滲和其中。而美國亦積極研究軍事技術，甚至以異能者為假想敵，希望單兵擁有摧毀一個師團以至與超級英雄匹敵。這麼想來，也許馮子健從恐怖分子手中取得某些厲害的兵器，又或僱用異能者當打手，也不是甚麼奇怪的事。」

寇尹嘩然：「僅僅為將我們孤立在這棟別墅內，就先後駭入人造衛星、在全國進行實況轉播、準備好與軍隊正面對碰的戰力？使出這麼多手段，成本划不來啊。」

蕭綸公道：「單單為殺死我們八人而準備那麼多，馮子健鐵定另有企圖，不如想像般簡單。」

天青雷抿著嘴，此時才質問道：「到底馮子健是如何辦得到呢？國家的情報部門都廢掉了嗎？動腦子想想就知道這說法非常有問題！」

原以為只需想辦法避開衛星炮便能逃出去，萬萬料不到別墅外還有一位疑似擁有強大力量的異能者看守，看來逃走的希望非常渺茫。虞杰發現情況越來越惡劣，一貫淡定的神情終於漸漸扭曲：「沒可能……軍方會不會搞錯，杯弓蛇影？」

寇尹倒是抱怨道：「軍隊他媽的太廢吧？一個人都搞不定？我納的稅都去哪了？」

「敵方組織周詳，決非泛泛之輩。昨夜羅浮山大戰，往往能料敵先機及早打擊，所以軍方懷疑對方駭客能竊取通信。」張衡解釋完畢，壓低聲音道：「目前軍方仍屯駐在山腳，打算更易系統密碼及加密線路，說不定今晚會再有行動。」

眾人五味雜陳，張衡所說的話過於離奇，要花費一段時間才能消化。

「太奇怪了！如果對方那麼厲害，不是應該派遣超級英雄行動嗎？國際聯盟的捍衛者呢？他們還未有出動嗎？」

「只要我國軍方不介定事件涉及異能，又或自身能力無法處理需要救援，縱然是捍衛者，以至我國的超級英雄，都無權僭越干涉，壞了制度法規。」

天青雷疾聲道：「那僅限於官方的超級英雄罷了，民間的不受制度制肘，難道都不願來嗎？抑或軍方只顧自己臉子，不准他們過來？」

蕭綸公感覺有點過火：「正因為是民間的超級英雄，更不受任何拘束，隨個人心情喜好行事。豈能任意呼之即來揮之即去？這樣子未免有失莊重。」

軍隊無力，警方無能，連超級英雄都毫無音訊，三重打擊下，大家臉上浮現陰霾。張衡身為警察，從一開始就沒有打算依賴超級英雄，沉聲震懾道：「千萬別用常理衡量馮子健：與其說他是殺人犯，不如說是屠殺犯。我至今仍無法忘記，兩年前親自指揮五十位特殊部隊隊員，將他重重包圍。在山上交戰一天一夜，他依然能夠順利逃走，更重手擊斃好幾位警察！」

寇尹慌張問：「張總督察……你剛才所言，是否屬實？」

「你覺得我像是會開玩笑的人嗎？」

「可是五十位特種部隊成員，也打不過一個馮子健？莫非他也有超能力？」

張衡交握雙手支在下巴道：「說出來可能非常荒謬，他確確實實是普通人。面對馮子健這位窮凶極惡的屠殺犯，千萬不要抱著僥倖的心情。若然你們不願完全信任我們警方，只會耽誤救援行動。」

假如馮子健是異能者，張衡便不用如此煩惱，案件必定被傳聞中專責處理超常事件的第卅六組介入搶走，哪輪得到他領導調查？如今話說得明白，又陳明利害因由，姑且將通話交回下屬，繼續由他們負責一對一聯絡。作家會視若無睹？抑或如常淡定？還是慷慨自首？

過去親自處理七位遇害作家的案件，張衡深明馮子健決非無的放矢，他必然有充足的證據證明目標的罪行，才會向對方出手。也就是說，別墅內八位作家，確實隱瞞自己的罪行。最初馮子健說只要他們公開坦白自己的罪行就可以安全釋放，但張衡長年見盡人性真偽。市井粗人每多本性直率，反而讀書人有錢人負心虛偽。人越是有名氣，越是愛惜自己羽翼。尤其這次居然搞全國直播，豈有人願意在全國觀眾面前伏首認罪，教自己前程盡毀身敗名裂？

身為警察，張衡認為人有沒有罪，都是由法庭來判決，而不是由某人執行私刑來解決。妄圖利用法律以外的手段來伸張自己的正義，只會令更多問題接踵而至。自詡為「天誅」，不就是自視為上帝嗎？張衡決不會承認這是正義！不管用任何方法，都要將馮子健抓補歸案，一雪多年的恥辱。

「我不知道應該如何說……」虞杰面對負責錄取證供的警員，蹙眉歪頭，神情苦惱，陰沉道：「馮子健簡直是無理取罵，他在信中指斥我是牆頭草，在不同報章發表不同意見及立場的文章，認為我毫無原則及立場，是文人之恥。真是好笑，現在是廿一世紀，每個人都有言論自由。一介殺人犯竟然有如此落伍的思想，委實令人痛心……」

警員筆錄至此亦未免皺眉，虞杰囉囉嗦嗦，不外乎為自己辯白。所述的內容亦人盡皆知，算不上是祕密，很難想像馮子健會視為罪證。遺憾他的信件早就燒成灰燼，死無對症。

「……馮子健應該具有偏執型人格障礙，片面認為自己絕對正確，一意孤行是非不分……」

那張嘴如滔滔江水連綿不絕，都是一家之言，無證物無證據。警察平生見盡無數罪犯，誰人是心虛多言，誰人是故意扯謊，大抵心中有數。縱使認為虞杰有意隱瞞某些事，但出於既定程序下，只能如實提筆紀錄。虞杰發現對方態度冷淡，毫無仰慕之意，頓時感到不悅。想他是天下聞名的大才子，區區一位小警員竟然不識好歹不加奉迎，簡直是不給臉子，漸漸擺起架子。最後問及認為誰是X時，虞杰冷哼道：「調查兇手是你們的職責，還是說我可以取代你，領你的薪水做你的工作嗎？」

相比起來寇尹不擺架子，與警察聊天的氣氛好比朋友般融洽。然而一旦觸及信函，臉色頓時萬分難看，仍舊守口如瓶。警方詢問為何他將信紙澈底吞下肚時，寇尹臉紅耳赤，極力申辯信件屬於個人私隱，無需要向警方交代。警方無奈下只好尊重其意願，轉而打探他對於X的看法。

「除非犯人會輕功水上飄，踏雪無痕，不然就是會飛天遁地！沒準對方也是超能力者甚至外星人。超級英雄應該快點出動，拯救我們。」寇尹語作驚人，當然警方不可能信以為真。輕功、忍術、超能力者雖然存在，但目前為止並無實質證據證明有異能者參與案件。警員低頭默默紀錄證供，寇尹為吸引他的注意，不住擺動雙手誇張道：「從別墅外攀登至二樓，神不知鬼不覺下暗殺復生？你們信嗎？我不信。為何我們不反過來想想，是『第一發現者』就是『兇手』呢？」

「第一發現者……莫非你指劉煒融先生是兇手？」

「全中，老子益發不信任天青雷，搞不好那小子就是X。」

賈勝龍懷疑其餘五人是X，天青雷懷疑賈氏三口是X，寇尹懷疑天青雷是X，有夠複雜的「三角關係」。

「從復生在二樓遇害呼叫，到我們趕赴現場……不，正確而言是天青雷一個人抵達現場。究竟他做過甚麼事，只有他自己才知道。」寇尹在手機鏡頭前口沫橫飛，幾滴唾液濺上螢幕上：「你們都知道文月瑠衣《荷塘樓殺人案》那部小說嗎？書中八位角色全部都自辯不是兇手，在沒有第九人下，意味有人在說謊，那人必然就是兇手。如今我們的情況亦差不多，有人企圖欺騙其他人，好使自己不會成為嫌疑犯。」

「寇先生，可否將你的想法慢慢從頭說明一遍？」寇尹說話時最愛東拉西扯，漫無重心。不似天青雷層層推論鉅細說明，間中滲入天馬行空的想法，令負責的警員無法疏理邏輯。

「明明大家都是差不多時間醒過來，共同處身陌生的環境中，彷徨不安時，只有天青雷非常冷靜，主動領導大家集體行動。無論是逃走、調查、推理……不知不覺間大家都聽從他的決定。假如他就是X，自然可以誘導我們往錯誤的方向行動，最終不得所獲，反而遂其所願逐一被殺。」寇尹自信滿滿，比劃手指說明道：「無論是賈太太，抑或是復生，天青雷都是第一發現者！未免過於巧合！推理小說不是常常見到類似的橋段嗎？恐怕他搶先趕到現場，殺人後偽裝成發現者。故此我們如何努力，都不可能找到X逃走的證據。」

然而警員眉心一挑，發現寇尹的推論存在致命的矛盾：「若然是陳先生上樓後才行兇，為何在此之前讓先生會高聲呼叫呢？」

寇尹腦袋一愣，結結巴巴好一會，才想到如何圓話：「也許是他遇上其他麻煩吧……」

警方反覆問：「你肯定當時真的聽到死者呼叫聲？」

「當然！你以為我是聾子嗎？」

幕間五

這幾天文月瑠衣持續高燒不退，由於不斷出汗，醫護人員不斷替她抹身更衣。又準備一些湯水與蔬果，扶起她慢慢餵食。我除去躲在窗台外靜靜窺伺，那怕一直努力學習，模仿護士的打針與抽血技術、分辨醫生究竟用哪款藥物與成分，但在關鍵時刻，仍然只能袖手旁觀。

迅速回到地面，從醫院正門離開，走到附近的圖書館。看課外書，比看課堂上的書更有趣。更重要的是，我想知道當日文月瑠衣朗誦的詩句，究竟出自何方。

彷佛只殘餘一種氣味隨風飄散
回過頭來祇看到蒼然孤獨的樹影

明明不曾瞭解詩句的意思，卻有一種難言的憂鬱，持續擾亂心緒。

文月瑠衣能夠接觸的書本、刊物及報章，幾乎都是我偷帶過去，或是問醫護人員借取。我將孤兒院與醫院圖書館的書都翻過，遺憾一無所獲。後來想想詩句不一定記在詩集上，也有可能是報章的副刊。以文月瑠衣過目不忘的記憶力，恐怕難以鎖定出處。

我不像文月瑠衣那樣擁有天才的記憶力，惟有下苦工將勤補拙。翻看附近公共圖書館全部詩集，仍然未能尋獲目標。我並未氣餒，連文學評論、論文期刊都看一遍。搞不好會從他人的引文評述中，抓到一鱗半甲。無奈直至今天，還是毫無發現。

偶然經過報章閱覽區，發現今天好幾份報刊頭版，均報導日本的倉科集團收購重山合資會社全數股份，改組為重山重工。

日本電纜企業兼併　倉科全資收購重山

七月廿二日，日本倉科集團宣布全股收購重山合資會社，同時改組為重山重工。新公司註冊資本六億日元，十月開始運作。

重山合資會社主營電線電纜製造業，其產品廣泛應用於能源、交通、通信、運輸以及石油化工等基礎性產業。倉科集團表示，通過合併改組，於未來可望解決重山合資會社既有的結構性矛盾、產能嚴重過剩，以及去庫存化壓力等問題。

財經界高度重視是次交易，認為倉科集團本身具有雄厚的運輸產業經驗，配合重山合資會社的電線電纜產品及附件研發、製造、安裝工程等業務，有助其進一步發展船舶行業，以及鞏固物流傳播行業等各範疇的配套。

……

我默默提起其中一份《成功日報》，視線卻是聚焦在角落處，文月高丸的剪影。事前行內一致看好的文月基金居然敗退，成為財經界津津樂道的奇事。

日本七大財閥家族，分別為本田、涼宮、倉科、柳井、三木、瀧崎、文月。與前六家不同，文月家並非實體工業出身，而是戰後靠投資炒賣股票、土地及樓宇，營運基金致富。如今第二代社長文月高丸深明缺乏實體商業支撐，終究令家族事業根基不穩，所以持續收購不少公司。這次更野心勃勃，試圖吞併重山合資會社，插手電線電纜製造業。

於整個產業鏈中，電線電纜製造業可謂各基礎性產業的重心。正如報導提及，涉及的應用相當廣泛。從數月前傳言文月基金欲入股注資重山合資會社時，市場上充斥一片利好消息。豈料月餘前倉科集團半路殺出，更後來居上，快速達成交易，引來眾人嘩然。經過這次收購，奠定倉科家在日本國內的製造業龍頭地位，以及擴充營運業務，一洗自金融危機後的頹勢，股價穩步上揚，引導日本股票市場持續向好。勝者為王，所有鎂光燈只聚焦在倉科集團身上。至於努力數月最終一無所獲的文月基金，便不受傳媒待見，無進一步追訪。

文月高丸乃文月瑠衣之父，女兒一切日常生活及醫療開支，全數由文月高丸於本地營運的基金支付。錢給得很充裕，甚至多到可以分一部分給我。然而最為重要的至親之人，卻從不曾現身。有時間搞收購戰，卻無暇探望親生女兒一眼。難道他不知道自己的女兒每天與病魔交戰，過著何等痛苦的日子嗎？長期丟棄在國外城市的醫院不聞不問不尋不見，莫非心中從不記掛親生骨肉嗎？

「爸爸一定是很忙，才會無法抽時間探望我。」

「長期患病，身體那麼差，一定會給親人帶來很多麻煩。」

每當我說文月高丸的不是時，文月瑠衣總會想方設法維護父親，替他說盡好話。

「留在醫院不是很好嗎？萬一有任何突發事件，都能夠即時召來醫護人員急救。」

「既然如此，留在日本國內的醫院，不也是一樣嗎？」

「爸爸他既然是如此有名的人，可能他害怕記者找上門，打擾我養病吧。」

我本來想嚴辭呵責，然而想到遺棄自己的父母，也就無法說出任何言語。天底下有不是之父母，他們根本不該稱之為父母。說白點，不就只是有定期金錢供養的孤兒嗎？父親在生，與死別無異，與我有何分別？遭受這樣的待遇，不是應該仇恨父親嗎？為何仍然可以展露出那樣的笑容？

狠狠盯住報章頭版上文月高丸的照片，如果有機會逮住本尊，我一定會質問他究竟有否視文月瑠衣為親女兒。

仔細想想，無論是治好文月瑠衣，抑或是當面質問文月高丸，我同樣辦不到。

「果然我最討厭我自己了。」

我早就明白，自己只是一個毫無力量的普通人。然而仍然不願放棄思考，究竟我能夠辦到甚麼事。

第陸回　身逐簪裾誓不寤
罪書簡牘揭因由

「我是共產黨黨員。」蕭綸公露出了恍惚的表情，思量一番後，始大方坦言「真相」，螢幕對面筆錄的警員乍聞此言，頓時嚇得手心顫抖，筆杆掉落。倒是本人處之泰然，耐心等待對方拾回筆枝。

「此話……此話當真？」

「埋藏多年無人知道的祕密，馮子健倒是隨便就在信件內揭露，我也是無法接受。」

調查組內刮起新一輪風波，負責取證的警員驚嚇過後，待回神時冒昧地詢問詳情。

蕭綸公思緒回到往昔，悠悠緩氣沉聲道：「當年國共持續對峙下，共產黨成功攻入北平……呃，今天已經改名叫Beijing，宣布成立新的中華民國。由於國民黨軍隊據守長江，共產黨一直無法揮軍南下，戰況持續膠著。後來上面的領導就想到讓間諜混入難民團南逃而來，伺機裏應外合。當時我獲指派這個任務，成功取得國民身分證定居下來。根據領導指示，在國民政府這邊成立紅色背景的組織及企業，然後煽動工農分子，從內部分裂顛覆國民政府。」

老警員深恐蕭綸公是否一時神志不清，再三詢問：「齊先生，你所說的都是事實嗎？」

「絕無虛言。」

當年歷史，老一輩的警員切身體會，蕭綸公隨便說幾句，萬般回憶湧上心頭；年青的警員只是從教科書上瞭解過當年的事，自然沒有太大的感覺。張衡意識到事不尋常，迅速趕去加入視像對話問：「連年戒嚴令下，國內的共黨分子不是早就全部肅清嗎？」

「世界上沒有一個組織可以隻手遮天，必會有漏網之魚。」蕭綸公的聲音頗為蒼涼，張衡不解問：「就算今天戒嚴令已廢，但你方才這番證詞，不怕惹禍上身嗎？」

蕭綸公反過來質問張衡道：「你們不是保證過，我們的證供會保密嗎？再者我有機會離開這鬼地方後，才有權談處刑與否的問題吧。」

對方為之一愣，未嘗料及蕭綸公乃共產黨員。居然會牽連上共產黨，這可是無比敏感，量調查小組亦未必能夠作主。

「我以為能夠將這個祕密帶進棺材，沒想到馮子健輕鬆挖出來。如果他不是共產黨的人，亦必然是神通廣大之輩。我出身共產黨，他們有多大的本事，有多麼恐怖，有甚麼手段，自然一清二楚。」

張衡覺得茲事體大，按既定程序，必須向政治局通報。然而事前答應過眾作家保守祕密，不禁左右為難：「齊先生的意思是，犯人可能與共產組織有聯繫？」

蕭綸公點首，張衡雙肩沉重：「可惡的馮子健……莫非案件背後是蘇聯策劃？」

若然本案真是有共產黨插手，不可能不通報政治局。一旦政治局的人參上一腳，恐怕平添更多麻煩。當張衡陷入混亂與焦躁時，蕭綸公同樣恍神。對他而言，回憶盡是不能忘卻的歷史，同時亦是血淋淋的歷史。曾經合作抗日的國共兩黨，於二戰結束後即時展開內戰。最後國民政府據守長江以南範圍，喪失大片河山。自一九四九年伊始，為防範赤色勢力滲透，國民政府與外國組成聯盟圍堵蘇聯，持續執行戒嚴至一九六九年。

最初諜報機關只在有人檢舉告發下才行動，後來破獲幾個共產黨背景的組織，依據有關名冊將關連者全數拘捕。慢慢發展成主動蒐集證據，稍有牽連者即誣衊成匪諜。恐怖的氣氛漸漸擴大，最終甚至變成不需要證據，警隊能在莫須有的理由下任意逮捕無辜國民入獄，肆意酷刑屈打成招，甚至不需理由下迅速處以死刑。

今天的教科書，寧可編織虛假美好的故事或索性避而不談，亦不願意提及這一段慘烈的鬥爭。在那種政治氣氛下，民眾日常行動都受鄰里監視，連一言一行都得自肅自禁。堂堂六千年的文明古國，縱使皇帝已經倒台，但極權依然陰魂不散，人民生活與封健時代沒有分別。奉行民主的國家，卻實行獨裁統治，行一言堂之策。罔顧基本人權，無任何言論自由。直到一九六四年因為大學生發起的愛國民主運動，牽起整個社會排山倒海的聲音。民間自發向政府抗爭，無數學生在軍警掃射的子彈中流血，犧牲寶貴的性命後，終於成功消融極權，解除戒嚴，讓國家真正實行民主開放。然而一度摧殘過傷痕，不管日後如何粉飾補償，永遠都會留下除不去的疤痕。

在少數親近體制的學者眼中，嚴厲的戒嚴卻有助國民政府穩定和諧，成功圍堵赤色份子，防止南中國染紅。一番狂風掃落葉後，共產黨在國內的勢力幾乎連根拔除，無力裏應外合推翻國民政府，以及煽動民眾叛亂。

「會不會組織有人出賣你，將你的身分洩露出去？」

蕭綸公乃鼎鼎大名的新派武俠小說家開山之祖，社會上名譽地位非比尋常。若然當年有共產黨人指出他的身分，早就身敗名裂入獄處死。能夠隱瞞自己身分來歷，持續平靜生活至今，決非偶然的幸運。埋藏這麼多年的祕密，居然有人糾出來。要是從此處展開調查，沒準可以摸清楚馮子健背後的協助者或支援組織。

「沒可能，因為知道我背景身分的人早就死去。」

「早就死去？此話何解？」

「共產黨內部是非常嚴密同時又互相分離矛盾：黨內有黨，派系林立，連自己的黨員都毫無信任可言。黨員各自分別隸屬不同的領導，彼此沒有從屬關係。我的上頭是陳庭芝，在一九五三年因為交通意外逝世。想來因為死得早，才幸運避過後來政府軍警幾次雷厲風行的掃蕩，不需在牢中受虐。只是苦了我，失去惟一的聯絡人，不知道上哪兒找其他同志。既無法聯絡組織，亦無人下命令，恐怕早被遺忘了。諷刺的是塞翁失馬，在社會上憑自力找到一個位置安頓。之後幾番風雨，反而得以置身事外，不受政府懷疑。」

小說發展講求邏輯，但現實卻往往毫無邏輯。蕭綸公親身明證，現實比小說更離奇。

「之後的事就如同大家所知道的，在戒嚴下言論及創作都受管制，在報章上隨便寫的武俠小說意外地成為少數得以自由發揮的地方，就此晉身為一代名家。」

人生真箇一命二運三風水，時也命也，很多事都是命運注定的。

「剛才閣下一字一句，我們都進行錄音及筆錄。由於事態超出預期，我不得不通呈有關單位處理。至於會不會追究，則要留待之後再決定。」權衡輕重後，張衡還是決定向政治局報告。警察終究是按指示辦事，他才不想因為一時自作主張而被上頭秋後算帳，連累自己的事業與地位。在政府內一切都要按照規矩辦事，少做少錯，不做不錯。

「沒問題，你們做的事很正確。」

「說起來……冒昧一問，你認為誰是X？」

無論是哪位作家，最後均會追問這一道問題。

「我認為根本就不存在X。」蕭綸公的回答，與其他人殊為不同：「X其實就是馮子健。」

「何出此言？」

「馮子健最初故意高調張揚X的存在，明顯是『此地無銀三百兩』。這種從內部植入猜疑，妨礙我們團結，導致自己人矛盾對立的手段，我見識不少。」

最後是天青雷，自事件發生後他積極調查，提供非常詳細的證供。尤其是將別墅內部及案發相關的照片全數寄來，令調查組更加充分瞭解現場情況。負責的年青警員貌似是天青雷書迷，錄取證供其間難免興奮：「如非最初劉老師指揮若定，維繫八人，我想此刻定然群龍無首，狀況只會更亂。」

「請別誤會，我並非首領。倉卒間陷入危機，必須要有人統領，所以我才站出來。何況如你所見，現在早就分崩離析，各家自掃門前雪。人都是短視的，只看見自己跟前方寸，而置大局於不管。」

「天青雷老師請別洩氣，至少寇尹及蕭綸公都願意留在你身邊。」

「蕭前輩溫柔敦厚，但寇尹未必是好人，他那張笑臉底下究竟隱藏甚麼詭計，連我都猜不透。」

警員亦喜歡看寇尹的科幻小說，聽到自己喜歡的作者批評另一位作者，登時感覺有點尷尬。於是閒話少說，轉而詢問那封信函。豈料天青雷反應激烈，霎時像換成另一個人。他眼神閃爍，雙手漫無目的揮動，語氣稍重起來：「沒有！我才看不見有信！」

頓一頓之後，他稍微冷靜，再次道：「我再次重申，我沒有收到任何信件。」

「可是……」

天青雷毫無退讓之意：「根據法律，我有權保持沉默。區區幾張廢紙，我不覺得有何重要。總之賈氏一家必然是X，你們快點逮捕他們！」

無論警方如何解說，更有法醫保證馬巧茹已死，天青雷依然不願相信。由於拒絕交代信函內容，最後只能不歡而散，中斷通話。

各人供詞逐一完成，全部交付至張衡手中過目。目前生還的六人中，除蕭綸公及虞杰外，其他四人仍然不願與警方攜手合作，坦誠披露信函。不知道馮子健以甚麼罪證要脅他們，警方亦無法反過來推斷馮子健接下來的行動。

長年目睹不少案件，見識過不少罪犯，無疑馮子健最獨特。他從未曾提出過任何報酬，擄走受害者後亦未曾向家屬勒索。不為名不為利不為財，單純自居「正義判官」，摧殘受害者至認罪處死為止。他是那種最單純最純粹的殺人犯，沒有任何退讓或轉圜餘地，故此才令人恐懼。

按他的標準稱量，人人皆有罪，為何只是針對作家呢？這次殺人直播事件亦毫不例外，馮子健決不可能為八人留下一絲生路。名成利就的作家寧願將自己的罪行帶入棺材，也不欲開口承認，使之成為永遠的祕密。

相比作家的態度，馮子健更令張衡頭痛。連續犯罪者必有其既定模式，因為行之有效，風險低效率高，做生不如做熟。要他突然改用另一種模式犯案，因為無法稱量當中的可行性，會否發生意外或不可控制的狀況，必然諸多抗拒。即使圖謀改變，也只會逐小慢慢改變。這次卻一口氣網羅八人，還搞出電視直播衛星攻擊等等，手法與之前大相逕庭，甚至超出一般人的能力範圍。顯然非一人之力可成，種種跡象顯示有組織有人才在背後撐腰。警方早就作出最壞的打算，認為馮子健有可能與國際犯罪組織結合，才敢將事件鬧這麼大。

調查組內的心理學家進言：「長期困在密封空間，承受被殺的危機，猜疑身邊人，必然令精神緊張，導致腎上腺系統失靈。我怕受害者心緒焦慮，煩躁不寧，腦海總想不快事，導致矛盾激化，容易發生爭執。再這樣下去，犯人不必動手，受害者先一步瘋掉，亦不無可能。」

事態朝向最惡劣的方向發展，在無可挽回前，張衡即時聯絡上頭，希望提出跨部門合作，以最高姿態解決危機。不然八人死盡，馮子健再次達成完美犯罪，政府及警方威信必蕩然無存。

至於別墅這邊，則迎來第二度落日。賈氏父子頑固地足不出房；虞杰對事態漠不關心；天青雷變得心浮氣躁，屢次在別墅內走動，總是想發掘出更多線索。然而就算將地板連根拔起，都沒有進一步的突破；蕭綸公用心煮出來的晚飯，亦無人有心情享用。

「爸爸……」

「放心吧，房門已經用兩堆雜物塞死，就算是天青雷都不可能撞開。」賈勝龍雙目通血，神態亢奮，嗓音漸粗，看上去頗為嚇人：「不用怕！只要我們能活到最後，就是贏家！」

馬巧茹身體早就涼透，再也不會醒過來。賈曉帆拿起母親的手機，輸入密碼解鎖後，重複打量最後收到的好幾條訊息：

【我就是*X*。】

【我知道你們一家三口所犯的罪行。】

【即使將信件藏起來都無用，我手上有《雪峰一劍》及《透天玄機》的複印稿，隨時可

以向外公開。】

【如果不想讓當年所犯的罪行即時曝光，立即取去附圖這個小瓶子。】

【打開廚房左上角的吊櫃，它位處下格最前靠右的位置。】

【那瓶是毒藥，趁現在不引起其他七人注意下，一個人走去樓梯底服毒自殺。】

【如有不從，我即時在網上將賈曉帆做過的好事公諸天下，教你們身敗名裂。】

賈曉帆焦慮地道：「居然有《雪峰一劍》及《透天玄機》的複印稿，他肯定是認識文月瑠衣！」

賈勝龍撫摸貼身收藏在衣服下的信函，拳頭掐出血，狠狠地瞪目道：「一切都是陰謀！打從一開始馮子健真正想對付的目標，其實就只有我們！」

賈勝龍早就注意到，馮子健一直以來下手的目標皆曾經擔任龍江文學大賞小說組的評審委員，所以一家人出入時都多加戒備，沒想到最終還是栽跟頭。之前他想不通馮子健殺人的理由，直到見到署名「文月瑠衣」的小說稿，頓時明白連串殺人事件背後，一切都是他們一家種下的因。

此事得從賈曉帆出道時說起，他十七歲在報刊上撰寫專欄，十八歲出書，是近年中國文學界出道年齡最早的作家。有如此風光的成就，絕非擁有百年難得一見的文筆，亦非千年難得一遇的文采，單純是靠父母及運氣庇蔭。其母身兼《重光日報》的總編輯，某年該報副刊一位作家突然急病逝世，其負責的專欄開天窗，急需尋找新作家供稿。馬巧茹走訪好幾位知名作家，無奈他們均稿約纏身，未能應允。後來賈曉帆不知從何處打聽到，大膽毛遂自薦。

馬巧茹認為以其文筆，根本不足以勝任報章專欄連載。自己兒子平日寫出來的文章，已經不能用「馬馬虎虎」去形容。主張「我手寫我口」，通篇運用大量粵語方言口語，胡亂用標點符號斷句，甚至夾雜一堆網上流行的「火星文」「顏文字」。除去「慘不忍睹」外，再也想不到其他形容詞。然而賈勝龍卻認為難得孩子滿腔熱忱，應該給予機會才對。禁不住兒子三番四次死纏爛打，一時心軟才運用職權在副刊上開後門，讓他擁有一格小地盤。

原本以為專欄開始後，他會受讀者嚴厲批評，知難而退。豈料世界變了，不堪入目的爛文字居然有市場，贏得年青讀者歡心與支持。報館見反應良好，允許他寫下去，自此以專欄作家出道，順勢出版散文集及小說。

掛著「十七歲前出書」的年青作家名銜，加之有父母輩於出版界中搭起人脈，憑他滿紙拙劣膚淺俗陋之作品，居然能一躍成為暢銷書榜作家，以及年青人最喜愛的作家之一。後來更引得無數年青人模仿，網絡上大肆創作夾雜方言口語及網絡表情文字的文章，蔚為潮流。

成功來得太簡單，賈曉帆完全不知道何謂「懷才不遇」，不屑其他寒窗苦書多年仍未成名的作家，認為自己的成就是理所當然，益發囂張起來。因為覺得寫稿太麻煩，習慣練精學懶下，自作聰明地籌組私人寫作團。他挑選一批忠實書迷，自己動一張嘴，拋出一個構思，內文全由他們執筆，最後再掛上自己的筆名賣出去。無需費神動腦動筆，坐享其成賺稿費。賈勝龍與馬巧茹萬萬料不到，自己的孩子過度自滿自信自大下，終於鑄成大錯。

賈曉帆《弒神記》乃抄襲文月瑠衣的小說《雪峰一劍》及《透天玄機》。

馮子健在信上，毫不留情戳穿賈氏一家隱瞞至今的祕密。文月瑠衣到底是何許人呢？《雪峰一劍》及《透天玄機》兩部小說又是從何而來？整件事的因由，不得不先從龍江文學大賞提起。

龍江文學大賞，由龍江出版社主辦，為全國數一數二具歷史性及權威性的文學比賽。自一九八零年起首屆堂皇展開，及後凡兩年一屆，至本年已經舉辦至第十八屆。其間組別屢有更替，目前基本以小說組、散文組、新詩組、近體詩組、論文組五組別為主。

正正因為歷史悠久名聲響亮，大賞逐漸打造出名聲與利益，蘊含巨大的價值。歷屆獲獎者每每於文壇平步青雲，成為明日之星。同時尊評審為老師，規行矩步，一手帶一手，累結成一門環環相扣龐大無比的人際網絡關係鏈。

從來文壇是分階級分派別，講究左中右。其中鬥爭之殘酷，外人不足以言喻。少數參加者往往洞悉這項「遊戲規則」，直接向評審委員打好關係。而每位評審都渴望動用個人權力，將某些指定的稿件拔至決選，無異「造王」。那怕作品無標明參賽者名字，但只需事前知道標題及故事內容，不難對號入座尋出指定稿件。

每位評審都希望推薦自己的人獲獎，可是決選名額只有十個，由眾評審瓜分，僧多粥少，無論如何都不可能皆大歡喜。在某些評審把持下，獲獎不再靠文筆好壞、或作品技巧高低、或故事內容優劣，而是講究參賽者本身的背景、來歷、後台與靠山。得獎者全是內定，評選毫無公平公正可言。

比如第十五屆時，南京大學文史系教授，鼎鼎大名的國學大師孫乾恩以《九房》參賽。論國學修養及文字功夫絕對冠絕全屆，然而辭藻華麗但過度堆砌，劇情前後不連貫，連基本的故事架構都不通順。換著是其他作者，根本過不了初選。可是他是國學大師，下面的學子學孫多如繁星。倘若無法獲得首獎，他隨便煽動學生及朋友，統一戰線攻訐大賞的公正性，必然招來極大麻煩。結果該屆萬不得已，將首獎頒發給他。

毫無來歷的文月瑠衣，曾於二零零六年的第十四屆及二零零八年的第十五屆先後投稿《雪峰一劍》及《透天玄機》兩部小說參賽，初不入初選，後止步複選。無法進入決選的作品，按照慣例隨同其他落選作銷毀。然而馬巧茹罕有地違反規定，偷偷將她的稿件帶回家。

比賽從來不是客觀，作品不會得到公正的評價。評審委員中，向來以喬農及寇尹兩位老前輩霸佔最多名額，指名贈予自己的朋友及學生。像馬巧茹這些在文壇地位比較低的晚輩，在會中並無多大發言權，更不可能反對老前輩的意見。

「既然你這麼欣賞她，直接聯絡本人簽約出版吧。」賈勝龍對妻子的力薦不感興趣，那怕匆匆翻過文月瑠衣的小說，認可作品的品質。但作者只是毫無名氣的新人，斷定推出之後決不可能暢銷。

出版社發行作品後，尚需安排書店上架銷售。基於空間及營業額，書店往往只在當眼處擺放暢銷書。無名氣無話題的冷門作品，最終只會堆在書架上，甚至因為上架費問題而深埋在倉庫中，過後退還出版社。那怕小說寫得再好，從不曾在讀者眼前曝光，賣不出去賺不了錢就毫無意義。倘若業績不理想甚至賠本，必然影響出版社對馬巧茹工作能力的評價。

「根據大賞規定，落選者個人資料及稿件，無論是手寫稿抑或是電子檔案，均需全部銷毀。若然妳這位評審拿著地址主動找上門，一旦被人發現且追究起來，該如何解釋箇中緣由？為何比賽過後仍然留參賽者的稿件及聯絡資料？」

馬巧茹向來公私分明，被丈夫一番說理，只好等下屆時，找機會靠內部點名舉薦上去獲獎。然而第十六屆文月瑠衣並無投稿參賽，馬巧茹終究按捺不住，長年編輯經驗告訴她決不可放過這塊和氏璧。最怕肥水流入別人田，被其他出版社簽訂合同搶走，必然是巨大的損失。故此依據參賽表格上的個人資料，僱用全國最大的天眼偵探社調查對方的情報。

作為信譽昭著的天眼偵探社，也得花上一個月才呈來詳實報告：文月瑠衣早於二零一零年死亡。先天性心臟節律不整、血小板過低及隱性心臟病等等幾種頑疾。自出生後長期住院，無法正常活動行走，需要長期臥床，服用藥物及接受手術。

當初看參賽表格時，她留下的地址是青苗醫院附屬孤兒院，起初還以為是孤兒，沒想到是醫院的長期病患者。能住在頭等單人病房，接受高昂的藥方及化療，顯然身家非富則貴。偵探順藤摸瓜查出她的父親正正是亞洲知名投資家文月高丸。賈氏父妻錯愕以對，豈會想過她背後來頭這麼大。

文月高丸，貴為日本七大財閥世家之一，文月基金第二代社長，其大名響徹全球金融財經界，被喻為「東方畢菲特」。基金業務遍及全球，中國這邊同樣設有業務及投資。文月瑠衣竟然是他的女兒？從未聽文月高丸本人向外界提過這件事啊！

賈勝龍質疑是否在開玩笑。偵探社的職員再三以公司名義保證，內容全部屬實。他們不知用甚麼方法，連住院的付費紀錄都能翻出來。帳面資料及證據都清楚寫明，文月瑠衣的日常支出與住院診療費用，全由文月高丸轄下的私人基金支付。二零一零年逝世後，基金的負責人主動接洽院方，祕密將她的骨灰運回日本下葬。

賈勝龍狠狠道：「嗤，早知道她是文月高丸的女兒，應該立即綁回來簽約！大富商女兒，更是末期絕症病人，絕對引發話題！何愁賣不出書？」

當賈氏夫妻關注文月瑠衣時，文壇正爆發一場新的大戰。事緣知名的文學評論家、南京大學社會學院研究所研究員趙逸足博士在《全國作家報》上刊登〈流行小說六大痼疾〉，猛烈炮轟目前市場上一堆年青作家的暢銷小說。文中指出該批小說以大量口語及時下網絡流行用語堆砌，行文粗鄙，缺乏修辭，水準低下。由於銷量甚巨，作者夜狼自大，無意讓作品更進一步；出版社更為盈利而大力催生及扶植千篇一律的作品，毫不理會文化教育的義務，壓縮純文學空間，以至近廿年都再難以誕生偉大的文學家。

趙逸足本身就是在文壇具有相當影響力的評論家，論文常常見刊於國內外權威性的刊物上。適時某大學文史系老教授賀御章，花五年時間寫出來的《雪山行》，被喻為有力角逐國際文學大獎的創作，銷量反倒及不上他的學生M.D. KEN隨便一個月完稿出版的《你的女人，我的累人》。薄薄的一本粉色書，加點煽情的圖片，文字放得大大，行距隔得遠遠，四面留多些空白，整本書連五千字都沒有，輕鬆登上暢銷書榜首。連同他本年內寫的另外五部小說，都穩居暢銷榜上。版稅收得爽，簽名會辦完再辦，還上電視當節目主持人，自居為「新世代第二才子」。既暗中與虞杰較量，又與數名影視圈知名女星傳出緋聞，讓自己屢次登上八卦新聞報導，爭取見報宣傳。

文壇年青一輩醜聞不絕，再加上〈流行小說六大痼疾〉，雙管齊下加重火藥，一時風頭甚烈。這一發威力非同小可，如同在沉寂的文壇中投入一顆烈性炸彈，死傷無數。槍打出頭鳥，賈曉帆身為當中表表者，幾乎抨擊至體無完膚，狠言他國文沒學好就跑出來寫小說獻醜。老一輩作家內心舉腳認同，在報章專欄中鼎力支持，煽風點火，連番數落至不堪入目。

賈曉帆人生向來一帆風順，任何事都如願以償。讀書考試隨便唸便合格，想要談戀愛的一開聲便有女學生主動獻媚。想當作家也一樣，叫母親打開後門便一步登天。未嘗經受挫折，更無法接受他人批評。賈曉帆嚥不下這口氣，糾集其他同樣受批評的流行作者及年青書迷猛烈反抗。

正是「方以類聚，物以群分」，毫無人生歷練的年青人，文字水平同樣粗鄙無度，理所當然不是身經百戰舌戰千家經綸滿腹的趙博士對手，徒然落得慘敗。傳統媒體都由老作家把持，公信力及覆蓋面比網絡更發達，擁有報刊專欄地盤的新世代作家畢竟是少數，網上聲音再浩大都無法接觸到非網絡用戶。年青一輩縱大力反擊，其言論只能流於網絡上。支持者附議留言點讚再多，亦無助於逆轉社會輿論走向。長期持續處於劣勢下，漸漸達到公審甚至處刑的地步。

賈曉帆尋思反擊之法，想起母親幾番讚譽的文月瑠衣，霎時心生歪念。反正作者已死，挪來「參考」又何妨？遂將兩部小說的內文東抄一句西裁一段，中間再隨便連在一起，便成功「完成」一部全新的小說。他更先斬後奏，繞過父母私自與龍江出版社編輯聯絡，偷偷簽訂出版合同。只要將這部新作冠上自己的名字出版，屆時便可以澈底封住趙逸足那張討厭的嘴巴。

賈曉帆在商業出版及網絡輿論上有小聰明，開始策劃反擊。待一切米已成炊後率先在網上高調留言，自稱「不是寫不出好小說，而是不屑去寫」，並表示將會發表一部正統文學作品，證明自己絕非趙逸足所批評般一無是處。

紙當然包不住火，只要母親過目，一眼就識穿是抄襲作。東窗事發後，馬巧茹氣得想打死兒子。

「過去大賞的審稿編輯同樣有讀過文月瑠衣的稿件，難道你以為他們看不出嗎？」

賈勝龍攔在妻子面前，一力維護兒子：「巧茹，你搞糊塗嗎？每屆小說組接收全國以至海外數百份來稿，你認為有誰能過目不忘，記得歷屆全部稿件的內容？何況審稿編輯怎麼可能有時間認真細看？他們只是核對參賽者名字有否在預定入圍名單上，又或隨便翻開首幾頁讀讀，便裁定稿件的生死。就算真的有人跳出來指控，參賽稿早就銷毀，作者本人都死去，上哪找證據呢？」

「可是……」

「與其讓稿件封塵，不如合理地運用。作家賺取名聲與稅金，出版社發大財，讀者得以一睹這部優秀的作品，不正是三贏方案嗎？」

「這是詭辯！」

「難道任由外面的人小瞧自己的孩子嗎？你知道姓趙的老頭說話有多難聽？」

「他說的是事實啊！即使文月兩篇小說的世界觀一樣，人物有關連，但憑曉帆那種水平如何駕馭？你以為趙博士是三歲孩童嗎？就算小說的字句瑰麗優美，但篇幅之間落差如此大，更別說中間曉帆自己添筆的段落，內看人一看就會發現問題。」

「這些倒很簡單，由我們幫手斧正不就行？拜託，這些幾乎是業界常識。你看看寇尹，欽點自己的人奪獎，在得獎作出版前幫忙潤色補正，年年如是。我們兩人出手，絕對可以改得更理想。一要曉帆只這部新小說出版，必然令外面那些批評者失去反擊點，不攻自破。」

「就算真的成功，那之後呢？你上哪找更多優秀的作品讓曉帆抄？」

「只要這本文筆優秀與劇情精湛的小說面世，證明曉帆的文筆絕非趙博士所批評的不堪入目，就能杜絕悠悠之口。你也不看看作協會長紀春筠，她只不過是寫了一部《少女心事》，就此揚名立萬，成為文壇名人。那怕她之後再無新作，亦無損其文壇地位。你應該明白，文月的小說，絕對具有同等的實力。」

賈勝龍此話一針見血，使馬巧茹的信念開始動搖。賈曉帆趁機道：「媽，沒問題的！我只是想狠狠扇那些嘲笑我的雜碎一巴掌。何況這不算抄，是資源循環再用。那個天青雷不也是常常去舊書攤搜刮民國早年技擊小說，挑沒知名度作家的稿件抄進自己的作品內啊！他可以抄，我都能抄。」

賈勝龍稱許道：「說得好！在出版界，這些都不是特別奇怪的事。」

馬巧茹本身就是編輯，當然知道天下文章一大抄，只差在抄得高明與否。不忍心拂逆丈夫與兒子，終究心軟點頭。一家三口合力脩潤稿件，讓《弒神記》順利出版。正如賈勝龍預期，《弒神記》令文壇對賈曉帆刮目相看。文學評論家都對新作讚不絕口，趙逸足都不得不承認，賈曉帆有能力寫出兼具文學性與閱讀性的深度作品，婉轉收回抨擊他的評論。得到知名人士護航，作品銷量更上一層樓。全國書店均擺在當眼處，爾後更成為年度出版大賞受賞作。

賈氏父妻猶存幾分心虛，低調應對各方恭賀；賈曉帆倒是意氣風發，彷彿一切全是自己的功勞。他糾集讀者反攻之前抨擊他的人，在網上揭起另一場風雨，自是別話。

事隔數年，當事人快將忘記這件事時，馮子健那封白紙黑字的信件，卻無情地揭破瘡疤。一旦祕密外洩，就算賈曉帆獲救，亦前途盡毀，在文壇失去立足之地，他的作品頓變廢紙。賈勝龍只有盡最大努力極力掩飾，保守這項比性命更重要的祕密。

「網上謠傳馮子健是青苗醫院附屬孤兒院長大……為何我想不到呢？」賈勝龍責備自己愚蠢，為何沒有想到像文月瑠衣那樣的重症患者，能夠書寫十數萬字的長篇小說且寄出去，肯定有他人協力完成：「馮子健定必與文月有密切關係，不然他怎麼可能有文月未曾發表過的原稿？而且他肯定知道《弒神記》是抄襲的作品！」

「很多作家都在抄，又不是只有我一人，有何問題？僅僅因為這些理由就要殺死我？怎麼可能有如此不講道理的人呢？」事不關己時肆意說風涼話，大難臨頭時卻嚇得雙腿酸軟，一個勁將罪責怪諸他人身上。賈曉帆六神無主，徒然動一張薄薄的嘴巴自辯：「反正是無藉藉名的作者，難得我將她的小說發揚光大，變成暢銷大作，不應該心存感激嗎？」

賈勝龍心煩氣躁，居然一巴掌摑向賈曉帆的左臉頰上：「虧你還有臉說！你知道文月瑠衣是誰嗎？她是文月高丸的千金！假如讓她出書，掛上她父親的大名，保證比你暢銷百倍甚至千倍！」

全球知名的大富豪千金，抱著絕症執筆寫作，光是操作這兩個賣點，已經讓出版社穩賺不賠。生金蛋的雞兒飛走了，一堆狗屎又潑過來。始作俑者是自己的親兒子，不可能撒手不管。賈勝龍心中煩悶，按捺不住胸中的怒意。賈曉帆嚇一跳，出於恐懼而不敢應聲。賈勝龍索性站起身，在窄小的房間內來回踱步分析道：「依我看馮子健不僅因為抄襲而出手，也許還有其他理由……說不準他發現大賞黑箱作業，獎項都是造馬，才會遷怒於我們身上。沒錯！『替天行道』！所以才會脅迫評審認罪……只不過拿不到獎就亂殺人，簡直是神經病。」

賈曉帆摸著火辣辣的臉頰問：「假如醜聞曝光，龍江文學大賞的名聲及公信力都會受到致命打擊。為何還有人願意協助他？」

賈勝龍冷眼道：「很簡單啊！這背後一定有骯髒的交易！十有八九事成之後，馮子健不會追究X的罪行，還願意保存其性命及名譽，平安無事離開。」

賈曉帆恍然大悟：「莫非誰能在這件事中得益，誰就是X？」

賈勝龍點頭分析道：「喬農及寇尹是『大戶』，每屆霸佔最多名額，甚至指名者必須奪得三甲之位。過去其他被殺害的評審中亦曾動用特權，瓜分決選名額，大家沆瀣一氣蛇鼠一窩，各有賺頭，故此素來相安無事。文月的事一旦曝光，外界必定追究歷屆大賞的評審過程。說不準有人對長期固化的利益不滿，意圖借馮子健以下犯上，重新分配權力，奪取文壇的話語權。」

「將喬農和寇尹拉下檯，然後自己上位嗎？」

「嘿嘿嘿，很合理的推斷！看樣子之前死去的七人只是障眼法，真正目的是一口氣抓住八人，在電視機上直播真人秀，試圖令我們聲譽盡毀，萬劫不復！」

「那麼說……八人中誰最可疑？」

賈勝龍雙手抱在胸前，沉思半晌後道：「蕭綸公、虞杰和天青雷吧。」

賈曉帆傻眼，此三人不就是外面倖存者嗎？賈勝龍分析道：「我擔任歷屆評審，記得很清楚，他們三人從未曾插手瓜分獎項。蕭綸公是文壇老前輩，與喬農及寇尹乃長年的老朋友，從首屆起便任小說組評審。如果看不過眼，私下勸阻則可，更無理由留待至現在才行動。」

賈曉帆無心細聽父親長篇累贅：「那麼其他兩人呢？」

「虞杰和天青雷都是近數屆才加入的新評審，說不定是對大賞名次造馬，內心看不過去，不便正面撕破，又或掙不到好處，才與馮子健合謀。借此一舉將礙事的人殺死，誣陷前輩於不義，事後以倖存者身分離開，加添自己的名聲，不無可能。」

賈曉帆抗辯道：「不可能是天青雷，我們是朋友，他不可能做出這種事。」

賈勝龍睨視兒子道：「畫虎畫皮難畫骨，知人口臉不知心。你可知否天青雷為摧谷自己發行的《武俠紀元》，使出甚麼陰招迫害沉默成，害他黯然結束《武俠江湖》？」

「沉默成？誰？」賈曉帆隱約聽過這個名字，霎時間想不起來。賈勝龍手指指往門外，隱然伸向大廳處的天青雷：「你居然不認識他？和毛蕭中同時代出道的武俠小說家，後來創辦《武俠江湖》月刊，是我國歷史最悠久的武俠小說雜誌。那傢伙手段陰險毒辣，只因為一山不容二虎，就狠心聯同出版社及發行商從中作梗，摧毀一份武俠文學雜誌，可謂一絕！」

「這是兩碼子事吧？不代表他就是X！何況你多半是聽人說，沒有證據。」

賈勝龍白了一眼：「那麼寇尹呢？整天掛著一張皮笑肉不笑的陰險臉，你會相信他是好人嗎？那胖子裝作人畜無害，背後不知道坑死多少人！」

賈曉帆啞口無言，一時之間不懂反應。

「其實我認為虞杰最可疑。」

「虞才子？」

「他向來和喬農等老作家不和，雙方屢次在專欄中借故諷刺文壇荒謬的內幕。想當年虞杰受主辦方龍江出版社邀請，加入成為第十五屆小說組的評審。豈料會議中與喬農勢成水火，一言不合就發生爭執。後來喬農更帶頭動議，要除去虞杰的評審資格。蕭綸公等中立派幾番勸言，均無補於事，最後完成該屆評審後就退出。十有八九他懷恨在心，才會勾結馮子健搞事。」

「鼻屎大的動機，汪洋般的殺意，爸爸會不會有點武斷？」

「那麼你說說看，誰比較可疑？」

賈曉帆茫無頭緒，賈勝龍道：「算了，不管誰是兇手，只要他無法闖進來，堅守到救援上門，我們便能夠活下來。」

且說虞杰此時留在房中，淺呻一口咖啡，挺直腰骨閱讀小說。縱使身陷險境，依然保持一貫優雅的姿態。手中捧著珍．奧斯汀的《傲慢與偏見》，泛黃的書頁、捲曲的邊角及起皺紋的封皮，正是沾染歲月磨礪過的滄桑證明。這本英文書不是新版，而是留學英國時購買，至今快將四十歲之齡。

虞杰有一個習慣，出門時定必於書架上挑一本書挾著走，這次出席聖誕聚會亦不例外。舊日時光彷佛是撲簌簌般翻動的書頁，沉澱下來的歲月泛上心頭。電視觀眾當然不知道，他的精神並不在書本中。他向警方撒謊，不敢將信上內容如實告之。

閣下身為永銘財務背後真正的大老闆，設計誘惑青年從事金融詐騙活動，同時握住證據，要脅他們聽從指令替各大官商洗黑錢。另外如果是年青少女，就用藥將她們推上床，再拍攝裸照威脅保守祕密。

正如信上所言，最初為賺快錢，虞杰聯同幾位有勢力的朋友創立永銘財務。藉由效法美國華爾街大鱷行之經年的老手段，以高昂的薪金吸引年青人入職。誘騙他們出售有問題的基金產品，欺騙顧客，在背後偽造文件，購買不合理的金融產品等等。由於有問題的文件上所有簽署留名的經手人都是青年職員，一旦發生任何投訴或糾紛，可以合法地將責任完全推卸在年青人身上；甚至將文件扣起，作為犯罪證據的把柄，威脅他們聽話。

專業的律師提供法律顧問及準備法律文件，持續安全地合法生財，生意漸漸擴充至中國大部分一二線城市，更與各地高官富商合作。虞杰憑自己的聰明才智，結合國內的政經界人脈，不斷為有需要的客戶漂白黑錢，過程運作暢順，青出於藍，澈底本土化隱密化。那怕警方上門調查，法理上只能控告年青職員不誠實銷售金融產品，始終未能正面控告公司任何罪名。

透過合作伙伴在幕前營運，虞杰本人退居幕後，坐享高額分紅。連警方都不曾知曉，緣何馮子健會掌握，更在信函內附上好幾則交易的對象、日期時間與金額？難不成公司中出了一位叛徒？

縱使張衡申明決不會洩露諸位招認的供詞，可是他壓根兒無法相信警察。別說是警察，以至江湖上的朋友，甚至是交易的客戶。那怕嘴巴說得再漂亮，都有可能背叛他。

古云千年道行一朝喪，虞杰營役大半生，多方鑽營人事關係，才獲得今天的地位、名聲、財富，豈可輕易割捨斷離。若然將信上內容如實批露，要麼被警方轉交予相關部門處理，要麼被江湖中人追殺至天涯海角。

「一切都是馮子健的錯，好端端的無事生非！居然學人充英雄行正義，他腦子有問題嗎？以為自己是超級英雄嗎？」

虞杰越想越忿忿不平，完美的生涯規劃竟然被一粒老鼠屎搞得亂七八糟。一方面想早點離開這鬼地方，一方面亦怕馮子健繩之於法，會在警方面前將他的罪行糾出來。內心波瀾不平，只能強行留在書桌前，緊緊握住書本，感受它的柔軟度，才能夠鎮定下來。

「我可是掌握很多祕密，組織不可能捨棄我……估計遲早會派人來救我……」

幕間六

「不如嘗試寫小說吧？」某天風和日麗的早上，文月瑠衣罕有地主動提議。在牆角處依著圖書館借來的《陳式太極拳譜》練拳的我起先是一愣，緩緩收起馬步，走到她面前輕輕一掌切在頭上。

「哎唷……」

「冷不防的說甚麼話啊！」

文月瑠衣充滿幹勁宣言道：「我、決定要寫小說！」

尚有三個月便迎來十四歲生日的少女，彷彿時間不曾流逝，無論是臉蛋抑或是身材，仍然維持在數年前的樣子。取而代之的是我越來越高，身體變得健壯，從男孩成長為男人。

「我想投稿參加這個比賽。」文月瑠衣鼓起雙頰，氣呼呼地道：「人家是認真的！」

隨著少女成長，院方對她的照顧與服務亦慢慢變化。例如在房間內裝設電視機、允許觀賞某些電影、獲准添購一定的課外讀物及報刊，甚至是女生的日用品與衣物。當然所有費用，全部由其父親的基金支付。上星期還特別聘請專業理髮師上門，修剪一頭充滿青春氣息的長髮。配搭上素白的連身裙及藍色毛外套，益發出落得嬌媚可人。然而燦若玫瑰的少女，根深植在這張病床上。惟有「離開醫院」及「面見父親」這兩項要求，永遠都無法實現。

「理由是甚麼？」玩笑至此為止，我認真傾聽平生第一摯友的請求。文月瑠衣嬌柔無力的雙手攤開面前的報紙，上面居然是文月高丸的消息。對方重本成立出版社，專營外國翻譯書籍及雜誌。

「假如我寫的小說意外暢銷，父親便不得不簽約翻譯，屆時就必定要過來見我啦。」

這是哪兒來的奇想啊！中間是不是跳過太多步驟？「身為大老闆怎麼可能會親自上門簽約？」

「就算是派下屬過來都沒問題，至少父親知道，我一切平安。」身為親女兒，惟一祈求的，竟然是如此卑微的願望。我不忍水潑冷水，沉默片刻後道：「寫小說很困難的。」

「沒問題！我這幾年看很多，自問有一定火候。」

「看得多不代表會寫，就算會寫也不一定暢銷。無名氣的作品，令尊的出版社也不會理睬。」

文月瑠衣掩嘴偷笑，神祕兮兮地抽出一本文學期刊，翻開至某頁：「如果是參加這個比賽而且獲獎呢？」

「龍江文學大賞？那個全國最具知名度，歷史最悠久的文學比賽？」

「嗯。萬一得獎出書，至少能在世界上，留下我曾經存在過的證明。」

只有入選三甲，才能夠出版。我久聞這個知名的文學比賽，歷屆參加者眾，不認為文月瑠衣有本事贏得三甲。不過我嘴唇緊閉，靜靜待在文月瑠衣旁邊。

「那怕不是三甲，只要晉身決選，亦可以出席頒獎禮，接受傳媒採訪。屆時父親同樣能夠見到我的樣子，知道我的消息……如果連父親都能看見就更好……見到我的書，至少可以告訴他，我活得很好。」

文月瑠衣的聲線越來越低，幾不可聞。我輕輕按住她顫抖的手。很脆弱，很嬌柔。只要我有心，隨時可以即時捏碎。彈指間想到一百個反對的理由，我卻勉強擠出一個支持的理由。

「嗯，瑠衣你常常看那麼多小說，一定能想出很棒的故事。」

面對眼前的少女，我無法說出任何打擊她自信心的說話。假如讓我穿梭時空，回到公元二零零六年二月十日，我一定會……

「加油吧。無論何時，我都會支持妳。」

我一定會賭上所有，成全她所有心願。
那怕這是死亡之路，也會陪她走下去。

第柒回　求生豈堪瞻魏闕
問釁端可造浮屠

向警方坦白一切後，蕭綸公卸下壓抑在心底的包袱，整個人輕鬆許多。稍事休憩後，準備動身將監視鏡頭恢復原狀，方發現自己忘記問警察如何裝回去。老人家不懂得新科技，先前是通過手機按警察指示拆下鏡頭防止竊聽，如今想裝回去卻乏人幫忙。正自煩惱時，有人在外面叩門。蕭綸公隨手拉開，寇尹在門前彷徨不安問：「瑜寧，可以借步說說話嗎？」

蕭綸公毫無懷疑，側身讓道：「請進。」

寇尹倒是左右打量，確定無人後，還是小心翼翼朝房內天花板舉頭偷望。見角落處的鏡頭拆除，始寬心邁步進房：「幸好你拆掉了。」

「有必要如此緊張嗎？」

寇尹豎起右手食指在嘴前，小聲道：「我、你及復生相識大半輩子，如今喬農早一步走了，此間惟有你可以信任。若果你不幫忙，我便死定了。」

「有話慢慢說。」蕭綸公將房門鎖上，二人分別坐在床沿及椅上，寇尹猶閃爍其辭：「方才你……有向警方交代信件上的事嗎？」

蕭綸公點頭，寇尹表情怪異，雙目圓睜。

「沒事兒，都是陳年往事。反正我已經一把年紀，積壓在心中很久，說出來正好解脫一樁心事。」

「你不怕嗎？」

「怕甚麼？」

「秋後算帳啊！警察……警察怎麼可信？他們都是有牌的黑社會！」

蕭綸公淡然處之：「事到如今還需要執著這些事嗎？」

「我不行……我做不到……那不是我的錯……」寇尹不住搖頭，一反平常嬉皮笑臉，呢喃道：「瑜寧，我們還是快快逃走吧！」

「只要步出門，衛星即時當頭照射。張總督察亦明言，外面更有不明來歷的人看守，滴水不漏。你教教我，怎樣逃出去？」

「我想過了，趁黑從二樓破牆處跳出去，也許能瞞天過海……那邊無監控鏡頭，馮子健肯定不會留意到的……」

「我不認為這是好方法，聽聞現在的人造衛星，裝備有各種監視系統，即使漆黑一片下都能打探得一清二楚。何況你忘記外面的那位穿盔甲的恐怖分子嗎？逸明，欲速則不達。不如乖乖與警方合作，商量有否更好的安排。」

「瑜寧，警察靠得住，母豬會上樹。他們有本事，早就救出我們啦。」無論如何蕭綸公勸阻，都無法改逆寇尹心中的成見。他擺動雙手，企圖加強說服力，那怕這些手勢根本毫無意義：「我在洗手間的通風口窺伺過，別墅與後面的森林相距不遠，中間又無人埋伏。粗略估計急步疾跑，可望在半分鐘內跑進去。即使是狙擊槍，在數千米外發射，亦要數分鐘才命中，更別說宇宙上的射擊。從照準地面，瞄準同時修正誤差，再穿過大氣層射落，定必需要不少時間。哪有可能一照面就射中？」

見到蕭綸公稍有猶豫，寇尹加緊說服道：「最初我們從正門離開，馮子健早從監視鏡頭中目擊一切，自然能及早準備發射。可是二樓無監視，晚上趁黑出發，待發現我們逃走，已經慢上半步。

只要逃進樹林，靠樹蔭掩護，量馮子健亦奈何不了我們。」

「那麼外面的恐怖分子呢？」

「從張總督察的話中，大抵知道軍隊之所以失敗，主因是通信洩露，被人提前針對打擊，才無功而還。我們人數少，只要不洩露行蹤，縱然對方是異能者，亦難以發現。」

蕭綸公經過漫長的思考後回答道：「等一會，不是不可行，但是你應該穿不過二樓的樹椏吧？」

寇尹拍拍肚皮，臉上堆著橫肉：「所以才要拜託瑜寧，將二樓的路鑿得更闊。」

蕭綸公即時皺起眉頭，會不會太強人所難？然而從警方口風判斷，外面一時三刻都無法救援，的確要考慮最壞情況，準備逃生之法：「好吧，大體理解了。我向其他人說明……」

「等等等等！」寇尹匆匆扯住正欲站起身的蕭綸公袖口：「這件事千萬別向其他人說！」

「為甚麼？」

「我肯定你絕對不是X，可是其他人呢？我無法相信他們。」

「我們當中決不會有殺人犯。」蕭綸公眼神澄澈，儼然有一股浩然之氣：「全部都是馮子健故弄玄虛，分化我們，企圖使大家在鏡頭前自曝其醜。別忘記我們真正的敵人是馮子健！怎麼能因為一點矛盾而內訌對立？」

寇尹抿嘴，重申一遍自己的立場：「天青雷絕對有可疑！恐怕一直以來都是他自編自導，將我們耍得團團轉。」

雖然不同意寇尹，但蕭綸公仍願意耐心聆聽：「無論如何，我依然認為X絕對是不存在的。」

「從以前就是這樣，你認為是對的，就會堅持下去。」寇尹還記得，以前邀請過蕭綸公及毛艮到府上作客，特別展示花園內栽植的大麻，更款待大家試用。當時毛艮搖首拒絕，蕭綸公更義正詞嚴教訓他，力陳吸食大麻的害處。

蕭綸公摸摸鼻子：「很不幸，我堅持的事往往是對的。」

「對不起，向來別的事都聽你，但這次真的不行。」寇尹焦慮之情洋溢臉上：「我決不想死在這處！我……儘管鄙視吧！不是每個人都像瑜寧你坦蕩蕩……」

「生物都有求生意志，人亦不例外，這絕非甚麼羞恥之事。」蕭綸公無意挖人瘡疤，惟有閉目輕嘆：「冷靜點，我是自願向警方坦白信上的罪行；你透露與否，亦是個人自由。說穿了整件事的罪魁禍首，應該是馮子健才對。」

「對！說的正是！一切都是馮子健的錯！」

蕭綸公長嘆一聲：「可是我們很多人極不明智，有些人只顧找X，有些人只圖自保……唉，最終就是這樣各走各路。果然敵人永遠只存在於內部，而不是外部。人活著不僅是為了自己，亦要為其他人。要走，就讓大家一起走。不過若然你想走，也可以自個兒先出發，我不會阻撓。」

寇尹有點慚愧，他聽出蕭綸公的弦外之音。

蕭綸公肯定地拍拍他的肩膀：「我始終認為你這決定非常危險，應當慎重考慮。」

「我怕再三猶豫，下一位死的就是自己。」寇尹感動萬分，可是他主意已決，不便拂逆蕭綸公：「我問過警方，軍隊就在這處山頭下紮營佈防，只要跑到那兒就安全了。」

蕭綸公見力勸不果，只好盡力而為支持對方：「之前天青雷闖入時，已經強行撞斷一部分枝椏。接下來只要沿道加寬，修削兩邊枝條，應該勉強可以在明晚完成……等等，你有多少行李？」

寇尹總算有點自知之明，未敢將難度往上提升，留難蕭綸公：「行李都留下來，保命要緊。」

「但紙包不住火，別人總會察覺我們在二樓鑿道。」

「沒問題，我想到好藉口。」蕭綸公聽罷寇尹耳邊低語，低首沉吟時，寇尹再湊前道：「事不宜遲，瑜寧先上二樓動工，晚餐由我負責。」

「你真會挑輕鬆的活。」蕭綸公苦著一張臉道，寇尹勉強扯起嬉笑：「如果你也跟我一道走更好。」

蕭綸公只覺寇尹想法太樂觀：「不用再說了，我不會丟下其他人。」

士急馬行田，趁太陽未下山，二人急急從廚房挑選合用的工具，隨即登上二樓。寇尹體型過胖，只能從後輔助照明，由蕭綸公在前面慢慢開道。即使是鋒利的刀刃，在連串砍劈下，刃口已變得稍鈍。蕭綸公只得靠蠻力破開樹枝，逐條剁斷掰開。寇尹見他如此賣力，汗水盡沾衣裳，由衷感激。看見蕭綸公的體能不輸年青人，早知如此平日保持鍛鍊，至少讓自己可以逃得快一點。

「既是老朋友，如今更吳越同舟，自當互相照應。」蕭綸公扳倒一條椏枝，拐向背遞給寇尹：「再逗留下去，恐怕夜長夢多。如果你成功逃出去，也許會為大家帶來希望，多少能燃起生存的意志。」

匆匆快將狙近六時，寇尹先回樓下準備晚餐，并再三叮囑蕭綸公萬事小心。為安全起見，約定隔一段時間以手機互報平安。話分兩頭，且說躲在房間內的天青雷猶未感到安心，老是疑心X會隨時行刺。瞄到外面樹梢疏影，隨風搖曳，都疑心有人靠近，惶恐下拉上窗簾，始終無法冷靜。

「現在我反鎖在房內，在監視鏡頭前面，全國千千萬萬的觀眾都望著，諒賈氏一家也不敢光明正大闖進來行兇。」

在房內胡思亂想，漫無目的在平板瀏覽網絡。各大小討論區均有網友熱絡討論案件，Youtube亦有轉播鏡頭畫面。當他發現蕭綸公房間鏡頭沒有運作，而寇尹也不在房內一段時間，頓時疑心生暗鬼：「可惡，那兩個『老屎忽』，為何要自作主張跑到鏡頭觀察不到的地方？是否想做些不為人知的祕密勾當？」

他越想越緊張，為掌握二人行蹤，匆匆在各大討論區及Facebook追看網友討論，得知蕭綸公在警方錄取證供時拆去鏡頭，至今未曾安裝回去。後來寇尹入房找他，沒多久蕭綸公陪他一同出房。二人先步上二樓，至傍晚時寇尹下樓，自個兒在廚房煮飯。

「方才寇尹神態鬼祟入房找蕭綸公，一定面談些要緊的事……可惡，他們在策劃甚麼呢？蕭綸公房間的鏡頭何時才裝回去？警方也盡是做多餘的事，為何教他拆走鏡頭？」

適時收到讀者傳來訊息，他們在外面持續調查，從別墅的建築風格及牆身推斷，歲齡至少有一甲子以上。水電設施應該是當年鋪設，花少許功夫翻新即可使用。至於為何會提供水電，雖然曾向水電公司查詢，卻未獲回覆。網絡卻與水電不同，一甲子之前不可能存在，必定是新近修葺時鋪設。天青雷想起賈曉帆提及過，全屋的鏡頭都經由有線連接到路由器，再傳輸送出外。必然有人統一整理，再通過大氣電波向全國發送。由於網絡上每臺電腦都有獨立的ＩＰ位置，理論上只需反查其位置，便能鎖定馮子健及其同夥的藏身之處。

別墅內人鬼神不分，無法判斷誰是內鬼下，屏幕後面的網友反而更加值得信賴。何況他的讀者早就聚在自己的專頁上群起討論案情，何不物盡其用？天青雷頓時豁然開朗，不禁讚嘆自己明智：「只要能反查出馮子健的位置，通知警察搗破據點，屆時自是天大的功勞，而我的名聲亦會更上一層樓。」

天青雷立即聯絡好幾位熟悉電腦技術的讀者，拜託他們協助自己調查別墅內的網絡。他們先要天青雷將別墅的平面圖傳去，又指示下載某個ＡＰＰ，量度別墅內各處Wi-Fi訊號強弱，再發送紀錄檔。天青雷提著手機，繞別墅一樓行一圈。順便路經飯廳，向寇尹打探蕭綸公在樓上忙甚麼活。

寇尹端出事前早就想好的藉口：「哦，沒甚麼。雖然你們說明過二樓房間的情況，可是我想還是想親身去一趟呢。可是身肥腰粗鑽不進去，只好拜託瑜寧幫忙擴闊一下。」

「真的？」

「難得見到有人在靈牌上刻下自己的名字，不親身參拜一下怎麼行？」寇尹擠眉插眼，說出異想天開的點子。天青雷心想對方向來就是這副調子，未有冒起疑心。橫豎寇尹煮好晚飯，也就先吃飽再說。

蕭綸公從二樓步下，滿身黏附草葉碎屑，先去浴室洗澡後再用餐；虞杰自顧自吃飽，隨即轉身回房。天青雷一邊吃飯，一邊豎起手機與讀者打字對話，不讓對面的寇尹見到內容。

【網絡是a/n，頻率是2.4GHz。】

【Modulation 16QAM，FEC code rate 3/4。】

【OFDM Symbol Time 4us, Minimum Sensitivity around -120 dBm.】

望見幾位讀者如同唸咒語般，群組內滿屏看不懂的文字，天青雷登時舉手投降。

【依老師處身的別墅大小，一般路由器根本不可能完全覆蓋。從Wi-Fi的峰值速率及強弱推算，肯定有加裝無線中繼器。】

【我們可以通過別墅各處接收的狀況，反過來推斷出至少有兩個中繼器，以及其大概位置。】

【a/n行雙頻，但別墅內只提供2.4GHz連接。我懷疑懷疑5GHz是預留作傳輸監視畫面。】

【Signal-to-noise ratio非常穩定，顯然Signal Quality質素不差。】

幾位科技專才不出三句便拋來一堆陌生名詞，天青雷忽然覺得自己變成文盲，半隻字都聽不懂。他要求眾人說中文，不過他們異口同聲表示無能為力。所唸所讀的技術書學術書都是外國出版，全是英文書，根本沒有翻譯，更遑論中文譯名。

【這些專門的技術書買的人少，看的人更少，除我們工作及進修需要外就沒有人會看。】

【沒銷量，出版社沒錢賺。別說翻譯，連代理都沒有，我都是從美國Amazon訂的。】

【我唸數十年都是英文，我都不知道中文到底怎樣唸。】

天青雷不想聽他人牢騷，不耐煩的叫他們直接說結果。眾讀者認為數據機及中繼器都鋪設在假天花板上，在平面圖上標注大略位置。

「果然還是要檢查頭頂上的假天花嗎？」天青雷很早就懷疑假天花上面藏有甚麼，然而究竟如何才能偷渡上去呢？回到房內參考賈曉帆及蕭綸公，將桌椅疊在床上當立足點。雙腳站上去的瞬間，感覺足下重心不穩，心中不禁一懸。雙手高舉能觸及假天花，意外地假天花板乃鋁質及纖維材質組合，緊密咬合密封。任憑十隻手指如何推拍，依然無縫可插。他凝望角落那個鏡頭，心想接下來需要祕密調查，不能讓行動外洩，決定先想辦法除掉攝像鏡頭。

在讀者指示下拆除鏡頭，嘗試從缺口探手進去揭起板子。勉強踮高腳尖，整個人搖搖欲墜，根本無法施力。天青雷心想這樣子不是辦法，他必須要多一件物品當台階墊高身體。房內的木櫃太重，光憑他一個人搬不上床去。別墅內亦無梯子，無法穩妥攀高。他信步出房，左思右度，一對眼睛老是漫不經心地偷瞄各處，最終發現一堆棄置在角落的紙箱。那是原本盛載速食杯麵的紙箱，先前賈勝龍不問理由全部搜刮後，隨便丟在一邊。蕭綸公好心摺合整齊，暫時疊在客廳角落處。天青雷腦中靈光一閃，心中甚喜，即時雙手熊抱，全數分批搬回房間內。

將紙箱以三角形式摺曲堆疊，就能承受數倍以上的壓力，形成穩固的高臺。這是以前唸書時學習的知識，沒想到此時會派上用場。隨後將書桌疊在木床上，再加上紙高臺後，終於可以輕鬆安全站在高處。整條臂膀可以伸進裝設鏡頭的洞內，強行撕去黏在假天花板背後的防水膠條，拆開其中一塊方板。只不過做了這點事，天青雷便告手臂酸痛。與讀者議定明早再調查決定，先倒頭大睡。

另一邊蕭綸公飯後重上二樓，月華無法穿透漏入走廊，眼前伸手不見五指。喬農不在下，只剩下他一人有能力鑿道。他嘗試用手機亮起電筒照明，亦僅僅可以讓視線觸及三步以內。面對如此惡劣的環境，蕭綸公惟有放棄，等翌晨再行開鑿。

是夜外面依舊隱約聽到隆隆的炮火聲，蕭綸公思緒良多。平臥於床上，望向一片黑暗的窗戶外，只見到數盞明星。整座天庭猶如處在深海底下，永遠觸不到邊。疲倦的身體匆匆入眠，翌朝早上五時起床，繼續馬不停啼動工。

「瑜寧，你這麼早就拚命？」寇尹瞇起眼睛爬上二樓，眼角還舔著一粒斗大的眼屎。蕭綸公回身望望手錶，轉瞬已狙七時，退出來道：「今天已經是廿九日星期一，再不多時就是二零一五年，你也不想在這處地方過年吧？」
寇尹頓時醒神，臉色鐵青道：「當然不想！我我我先去做早飯，瑜寧你加油努力！」
隨著紅日冉冉高昇，驅走別墅四周雲霧，天青雷及虞杰先後起床盥洗。明明是患難與共的同伴，卻互不相讓的在洗手間前爭執一番。幸得蕭綸公及寇尹趕來勸架，姑且平息下來。接下來的早飯氣氛依然惡劣，四人跡近沒有交流。寇尹更巴不得其他人快點離開，好使蕭綸公趕快鑿路。
天青雷心不在焉，心思都在天花板上。待得吃飽回房，登時抖擻精神，如同昨天那樣將桌子及紙高臺疊上床。穩如泰山下登上頂端，緩緩攀爬上假天花板上面。身體伏下，確定有足夠的承重能力後，始開啟手機與讀者進行視像通話。置身於無垠黑暗領域，他不得不借助手機電筒照明。人未曾朝前方爬行，渾身上下連同口鼻都是塵埃，嗆得他不停咳嗽。
「老師，請將鏡頭左右轉動，讓我們觀察一下。」
天青雷戴好藍牙耳機，依照讀者指示開始探勘。手機鏡頭從左至右慢慢旋動，不一會便有所發現，指示天青雷依連接鏡頭的網線探路。路上同時鋪有連接各房間的電線管及空調氣喉，不得不小心翼翼爬行，儘量不發出聲響，以免驚動下面的人。可惜塵埃處處，行三步咳數響，甚至有灰塵飛入眼睛，好生狼狽。不多時爬至一臺細小的黑色盒子面前，上面有數點綠色與黃色的燈光持續閃爍。
「沒錯，果然是集線器。」
「虧我以為是交換機。」
「別墅合共有十二組鏡頭，按常規應該是主路由器接駁集線器，擴展埠口，然後再接駁無線中繼器及鏡頭，才是最大活用網絡頻寬。」

「十二組鏡頭，加八位用戶接駁Wi-Fi，我不覺得需要動用交換機的程度吧？一般資料連結層足夠應付，而且架設及維護亦十分便利。」

天青雷不欲讀者抛出一堆自已聽不懂的名詞，插口打斷：「之後還要調查甚麼？」

「機身一定有連接網線，將鏡頭拉近些，讓我們仔細看看。」

「對了，順便查看交換機的型號。」

天青雷抓起集線器，在底部發現型號及產品序號。

「是去年底碩華出品的WFH-756。」

「在官網查詢機身S/N號碼，發現未曾註冊保養。」

「全數十個埠口已佔用七個，數據線埋在假天花的集線槽中，去除一組是連接主路由器外，餘下估計是連接各處鏡頭及無線中繼器。」

「如我所料，網線延伸連接著鏡頭及無線中繼器，其中一條應該是接駁去主路由器吧？」

天青雷不耐煩打斷問道：「那麼我應該如何找到那部主路由器呢？」

「最簡單不就是沿著網絡線路逐條檢查嗎？」

「有筆記本電腦會比較簡單，可惜老師現在沒有，只得用老方法。」

天青雷即時反白眼，這麼蠢的點子他當然知道，就是想問有沒有更輕鬆點的辦法。忍受惡劣的環境，追蹤每一條網絡線，在假天花上不斷爬行，同時在平板上繪畫草圖，全部都要親力親為，教他內心叫苦連天。

網絡線幾乎與走廊並行，當來到書房、浴室及洗手間對開的走廊，便沒有複雜的分支，一直平鋪至樓梯處，然後再延至兩廳。

「老師，我們大致瞭解網絡配置了。」只待天青雷視察完畢，讀者在手機中通知他道：「主路由器配置在客廳中央上方，埠口分出去連接飯廳及大門兩處鏡頭，以及集線器。集線器延長至樓梯，再分接去飯廳及樓梯前的鏡頭，以及無線中繼器……」

「你們不能直接在平面圖上標注嗎？」天青雷長時間逗留在悶熱的天花板上，不僅全身沾上灰塵，更汗流浹背，早已焦躁難耐。加之不斷聽著幾位電腦專才唸著陌生的名詞，腦袋轉速跟不上，一時頭腦發熱，不禁洩出怒言。眾人大嚇一跳，他們認識天青雷經年，從不曾得知過對方有這樣的一面。彷彿觸犯逆鱗，頓時噤若寒蟬。天青雷心知自己連日來情緒不穩定，即時婉言道歉。但是隔閡已成，無復之前緊密暢言的氣氛。

「天青雷老師，我們已經應你的要求，在平面圖上加入標示。這處是主路由器，再通過集線器擴充，一直延長至房間的走廊上。兩邊再接上無線中繼器強化Wi-Fi的訊號，以及直線接駁鏡頭……請你過目。」

「我只想知道，能否反查出馮子健的位置。」

「從主路由器上的ＬＡＮ光纖接口是一直向大門外延伸……很奇怪，我不知道哪間網絡服務供應商會在森山野嶺上鋪設光纖網絡。」

「市區早就完善鋪設實體光纖網絡，然而最近數年農村才加快覆蓋達百分之八十。光纖網絡速度快且穩定，但鋪設費用不菲。大部分都由國家補貼，加之攤分去用戶身上，才能夠抵上成本及維護費。問題是大多數半山別墅，除非用戶主動申請，付上高昂費用鋪線，不然只能靠無線網絡。」

「數年前我曾替某條農村進行過相關工程。首先因為是無線收發，速度不會太快，8MB左右的網線，連接強力的無線路由器，再接上大功率的高架定向天線，大抵有三公里左右的信號範圍，調整往城市方向無線收發，這樣就完成一半。再之後各家各戶裝設大功率無線路由器及全向天線，便能享用穩定的網絡服務。」

「在城市用手機上網，直接連上訊號站，立即通過地下的網絡傳訊，速度最快；在農村只能先由全向天線收發，集中到一臺高架天線，再射向城市方的訊號站接收。」

「即使近數年農村已經有實體網絡覆蓋，但這類無線上網方案依然受歡迎，尤其是位處丘陵地帶的村落，配合固有的無線電話發射站，施工速度比較快，可以作為臨時應急用。但因為速度很慢，而且節省成本，所以不會選擇最優質的網線。」

「光纖線直接入戶，而且是1000MB光纖線，上下載流量穩定在800Mbps，難怪足夠支撐十二部監視鏡頭的高清數據傳輸，以及八位用戶的智能裝置暢順上網。天呀，單看數據，完全是一線大城市的商業用戶的配置啊。稍微二三線的鄉村市鎮，都只有100Mbps上下。之前我就覺得可疑，為何能維持全天候直播，以及眾位老師流暢視像對話，果然有高速穩定的實體光纖網絡。」

「農村的無線區域網可以私人架設，但實體光纖線路卻一定要由相關的互聯網供應商負責，私人不可能擁有。」

「夠了……大概明白了。」天青雷無意再聽複雜難懂理論，大抵明白幕後黑手的勢力比他想像中更厲害。水電可能是過去鋪設，重新開通即可使用；與恐怖分子勾結，利用地形優勢及衛星高空支援，守住山頭密不透風亦非奇事；可是網絡配置輪不到其他人做主，倘無網絡供應商的配合，而且花費人力鋪設實體網絡線纜到深山一座別墅，根本辦不到。馮子健居然有如此本事，到底他是何方神聖？僅僅為殺死他們八人而勞師動眾，會不會小題大造？

由於無法追查光纖線路通往室外何處，天青雷只得放棄調查。臨別前讀者勸諫他減少使用電子裝置。他們認為別墅的網絡是馮子健事前設置，連線未必安全。有人更大膽猜測，作家的手機早已植入木馬，一舉一動都有可能受到監控。甚至乎監控鏡頭畫面亦有可能後製處理，畫面有可能造假。

天青雷從未想過如此深入的問題，感謝讀者後中斷通話，慢慢往自己房間爬回頭。若然連監視畫面都可能造假，即是說從一開始仰賴影片提供的所謂「證據」「不在場證明」都不能夠相信。

「說起來虞杰一直在房間內看書，從未離開過座位，幾乎沒有改變過姿勢，莫不成是假的畫面？」

天青雷心想如今人在假天花板上，趁機偷窺一下也很合理。他說服自己這是調查後，憑網線引導，爬到虞杰房間上面。無奈這處找不到半絲空隙，他不敢強行拆開假天花板，惟有打退堂鼓。

虞杰這邊不行，那麼賈氏一家那邊呢？既然認定賈氏一家是X，如果能趁此時逮住實證，正好將他們就地正法。主意既定，遂轉而來到賈氏房間上面。由於賈曉帆早已拆去監視鏡頭，所以假天花板處留下一個缺口。天青雷悄悄用左眼探視。受視角所限，只能俯見賈曉帆坐在床上吃速食杯麵，身邊還有遺下很多塑膠空碗。即使房間暖氣大開，依然掩不住陣陣腐敗臭味。

近來路經賈氏房門外，總會傳來微弱的異味。如今伏在洞邊，更是濃郁不絕地飄進鼻孔，差點就嘔吐大作。天青雷右手掩著嘴巴，一口氣窒在咽喉，勉強才堵住胃部倒流湧出的污物。

「生要見人死要見屍，警方說賈太太真的被殺，就讓我看看是真抑或是假。」恐防對方發現，又怕異味攻鼻，天青雷不敢伏得太低。一旦被人發現躲在假天花板上，即使如實相告，亦未必取信於人，倒增添嫌疑。

每人的房間各有兩張床，賈曉帆既在這邊，那麼賈勝龍及馬巧茹理當在對面。

「爸，目前只有虞杰留在鏡頭前，其他人全部都不知去向。」賈曉帆緊盯電腦螢幕，然後報告道：「蕭綸公和寇尹在早餐後步上二樓，天青雷昨夜已將鏡頭拆掉，如今不知道他在房間內搗弄甚麼。」

「即是說他現在有可能不在房間內嗎？鬼鬼祟祟的，肯定又打算殺人。」

縱然賈勝龍的聲音不似之前響亮，但天青雷聞之尚且心顫，無意識下將左半邊臉縮回去。

賈曉帆顫抖問：「爸，我們會不會死？」

賈勝龍話中頗有倦意，恐怕精神早就消耗得七七八八：「功夫達人？哼！天青雷那廝有本事就正面衝進來，大不了一拍兩散，我正好為巧茹報仇。就算我拚了自己的老命，都會保護你。」

「可是殺人……會坐牢的……」

「傻瓜！這叫自衛還擊，不會問罪的。」

天青雷聞言晴天霹靂，霎時氣上心頭，旋即疑惑不安：「他們竟然懷疑我是兇手？賈太太真的死去嗎？難道我的推理有誤？若然他們不是X，那麼誰才是X？」

此時賈勝龍又問：「現在網上討論甚麼？有沒有新進展？」

「有傳媒詢問過國際聯盟，會不會派捍衛者前來中國救人。那邊回覆是認為我國政府有能力處理，所以不打算出手。」

「很合理啊，國聯的超級英雄又不是很閒。這次事件鬧再大，都不是跨國性的大危機，他們沒理由輕易侵犯我國的軍政及治安權。」

「然後……然後……」賈曉帆欲言又止，怯聲道：「有好事之徒開賭盤，不光賭誰是X，還賭下一位死者是誰。」

「可惡！他們還有人性嗎？圍觀吃瓜都算了，居然如此歹毒詛咒？」

「不，我覺得網友只是一時好玩才……」

「好玩？看熱鬧不嫌事大？他媽的當成真人秀娛樂節目嗎？」賈勝龍猶可咆哮，只是聲線中乾：「他們不知道電視機中是真實發生中的案件嗎？我們真的會被人殺死啊！」

賈曉帆忍不住道：「爸，我看不如向警察和盤托出『那件事』吧。不然他們再查下去，都不可能知道馮子健真正的目的。」

「絕對不可！官字兩個口，他們絕對會秋後算帳！莫非你想名譽掃地，變成人人喊打的過街老鼠嗎？只要絕口不提，堅持自己是清白無辜，在司法制度保護下，他們也不能對我們做任何事。」

天青雷當然希望他們順便自曝隱瞞的祕密，可是父子再沒有談論下去，各自傳出呵欠之聲，困倦地臥於同一張床上淺眠。久候多時，確定二人真的睡覺下，才敢大膽地將眼睛擠近洞口，視線終於捕捉到臥在另一張床上的馬巧茹。對方身體浮現屍斑，毫無活人的氣息。致人欲嘔的異味，不是食物，而是自屍體發出。事實出乎意料之外，天青雷皺起眉心，躡手躡腳倒退離開。他不得不接受馬巧茹確實死亡，絕非賈氏父子串通演出。

「那怕賈太太真的死亡，也不代表賈氏父子清白。也許是借刀殺人，甚至賈勝龍作為丈夫欺騙妻子，誘使她自殺，然後偽裝成被害者……賈曉帆口中的『那件事』到底是甚麼事？馮子健真正目的是甚麼？難道賈氏父子確實知道某些關鍵的祕密？可是如果是我搞錯了……難道犯人是虞杰嗎？想想看亦有可能！那傢伙在最初時就屢次搞破壞，煽動我們鬧分歧……」謎團不減反增，教天青雷躁動難安，漸漸疑鄰竊斧，將矛盾指向虞杰。他匍匐身姿爬回房去，徐徐踏著紙箱回到地面。渾身黏滿黑塵與汗漿，極為難受，不得不第一時間衝去浴室，好好用熱水沖刷全身。

望望手機，上面顯示今天為十二月廿九日，快將迎來二零一五年。原本預定的行程全部推遲，外面的親朋好友以及書迷依然從網絡傳來鼓勵及支持，可是實際上徒勞無功。如同泥牛入海，空蕩蕩的毫無著落，無助改善狀況。完全不知道馮子健在葫蘆中賣甚麼藥，教他氣餒不已。萬一揪不出X，至少得為自己打算，想辦法逃出這別墅。由最初意志高昂決心抓獲犯人，為自己爭取名譽與讚賞，到如今居然萌生放棄心態，在不知不覺間變得畏縮保守。

至於蕭綸公及寇尹，則在二樓用自己的方法搜查證據。

「牌位上的字非常漂亮，而且筆跡統一，肯定是出於同一人之手。」

「說起字跡筆法，明顯和《荷塘樓殺人案》原稿上的字體不同，像我的原名『寇逸明』，對照原稿上的『逸』字和『明』字，筆劃都有顯見的分別。」

雖然一方是硬筆，一方是毛筆，但筆順手跡，是不會因為書寫工具而改變。不是打印而是親筆書寫，亦非文月瑠衣的筆跡。若然馮子健親手寫上去，倒還只是秀一秀書法；若否，另外找人代書，亦必為至受信任之人。比方說蕭綸公本名「齊瑜寧」，幾乎婦孺皆知。起草靈牌者若是收到這樣的訂單，豈不會引起疑心？

「說起來這個『明』字，頗有米芾的風貌。」
「米芾？」
蕭綸公言簡意骸，沒有刻意顯露才學，卻處處透露本人深厚超卓的識見：「北宋書法家，筆法獨特，極具個人風格，尤其是以行書知名於世。牌位上面的字筆觸堅實，下筆渾厚卻又留有餘力，火候老到，絕對是出自上乘的書法家之手。其中有幾隻字如『公』、『杰』、『劉』及『融』等，俱有米芾之風。這幾筆渾轉，腕力及勾劃如一，想來全國能達此水平者幾稀，至少我只能數出十人。」
「即使如此又能推論出甚麼？難道犯人能寫得一手好字？抑或是某書法家是共犯？」
「確實沒有用處，但亦不能放過任何微小的線索，我姑且將這個發現告訴警察吧。至少能夠找筆跡專家，鑑定看看是誰的字。」蕭綸公取出手機拍攝數張照片後，彈指間就傳到警方那邊。牌位上再無可研究之處，二人轉而盯向窗戶，嘗試合力拆開封死窗戶的木板。
「沒有工具，很費力啊。」寇尹早已萌芽逃走之意，自然無心調查。蕭綸公亦不勉強，一個人「砰砰嘭嘭」的搗弄好一會，尚無法撼動木板分毫。見房間內再無異物，只得放棄退回走廊。樓上角落處盡是堆積的殘枝，樹道變得更為寬闊，茂盛的綠葉卻遮蔽不住喬農屍體傳來陣陣難聞的臭氣。
寇尹問：「喬農的屍體真的不用管嗎？再放下去恐怕會孳生蛆蟲。」
蕭綸公無可奈何道：「別墅內根本無保存屍體的空間，何況警方都說要儘量保持現場狀況，那麼我們更不應亂動。」
那怕現在別墅內的六人各懷鬼胎，可是蕭綸公仍然堅持己見，在午飯時間將自己在二樓的新發現向同席三人公開。天青雷雖然在假天花板上獲得新情報，但想到說出來恐怕遭人質疑他爬上去有不軌企圖。為免越描越黑，所以不願提出來。至於虞杰則報以一抹嘲笑：「那樣能說明甚麼呢？如今根本不需要書法家揮毫，只要從他們的作品中臨摹，再用雷射雕刻技術，就可以將字刻在牌位上。拜託別注意這些瑣碎的小事，浪費時間。」

「不用如此說話吧？」寇尹被對方潑一盆冷水，心有不甘，即時反擊。虞杰無意撤回言論：「你們總該聽過『歧路亡羊』吧？將心思花在這些毫無意義的地方上，有甚麼用處？能夠揪出X的真實身分嗎？可以讓我們擺脫現在的困境嗎？調查是警察的工作，行外人還是停手吧。」

寇尹嘴巴張開，話到喉頭還是吞回肚。天青雷同樣覺得蕭綸公的發現沒有抓到重點，到底是誰製作牌位，顯然不是甚麼要緊的線索。繼而想到自己吃力調查假天花板及網絡，又是否對案情有幫助？

獲得的線索越來越多，但是哪些是有用？哪些是關鍵？身為外行人的他們，完全不會分辨。到最後惟有告之警方，由他們集中分析及處理。然而如果聯絡警方，又害怕再被追問信函的事，不禁稍微心生抗拒。

自從喬農死後，X再無行動。對方一天不犯案，沒有死者，也就不會留下新的線索。可是大家心知肚明，X決不可能停手，對方可能在下一秒再度殺人。當然也祈求第三位犧牲者不會是自己，而是其他人。

幕間七

熟稔地扳開窗戶，一骨碌溜進病房內。外面的寒氣無恥捲入，我即時關緊窗戶，不致令室溫下降。角落處新添置的陶瓷暖風機，為我吹送源源不絕的暖氣。脫去廉價且不保溫的外套，走到病床邊，低首俯視睡美人。為撰寫《雪峰一劍》，文月瑠衣可謂拚上了自己的性命。

「早安唷，瑠衣，你還在睡嗎？」

我輕撫她額上的秀髮，隨著身體發熱，陣陣體香滲透，揮發在空氣中。

龍江文學大賞接受手寫稿及電子檔案，遺憾醫護人員不批准文月瑠衣買筆記簿型電腦，我又不會模仿筆跡，只能在旁邊望著她咬住嘴唇，右手一字一句慢慢雕在五百格的原稿紙上。

她的身體本來就很弱，手也不夠氣力執筆。縱然早於去年二月起動筆，進度仍然非常緩慢。花了一段時間才初步釐定故事大綱，然後為搜集資料，我馬不停蹄走訪圖書館。最後為趕上二零零六年底十二月底的截稿期限，居然瞞住我持續好幾個月犧牲睡眠時間，夜不閉目提燈揮筆。雖然最終趕及將整疊厚厚的原稿紙包裝妥當後寄出參賽，不過累壞身子，自此持續發高燒，時醒時昏。醫護人員嘗試過無數方法，都無法解決。我看看時鐘，確定現在不會有醫護人員巡邏，不過為安全起見，依然將房門鎖上。

「好了，讓我們繼續吧。」

推起文月瑠衣，挺直腰骨，脫去上衣。順勢解開胸罩背扣，長年缺乏日光滋潤，背部的肌膚白得像精緻的瓷器。

「誰幫你穿胸圍的？扣帶都沒調好！罩杯也是亂套的！肩帶也歪了！」

明明身材像小孩子，上圍卻正常發育，難道營養分配錯誤嗎？還有那些女護士居然不會正確穿戴胸罩，她們真日是女人嗎？我深吸一口氣，右手五指併攏成掌，指尖對準她的背上，敏銳地點下去。從圖書館找到好幾本講解點穴治病強身的書籍，不管三七廿一全部背進腦內，然後回來全數投入在文月瑠衣身上。冷靜且不徐不疾，運用陰柔勁力，依書準確地從頸椎而下，點按背上各個穴位：大椎穴、大杼穴、肩井穴、風門穴、天宗穴、肺俞穴、神堂穴、譩譆穴……最後按壓右前胸外上方的中府穴時，感覺到她的身體傳來微弱的震動。

「瑠衣，你醒啦？」

「唔……啊……」

「且慢，先不要說話。」

「嗯……子健……」

我掩飾興奮若狂的心情，用毛巾為文月瑠衣抹乾淨背上的汗水，再溫柔地穿好內衣及上衣，臥回床上，再蓋好被子。一切都要小心，輕拿輕放，不得為她的身體添加多餘的傷痕。

「……今天是幾月幾日。」

我坐在床邊，握住她的右手，終於切實感受到自己的努力沒有徒勞。

「二月廿八日。」

「……時間好像過得好快……」

我遲疑半晌，隨後才說：「瑠衣，有一個壞消息想告訴你。」

「うん、何？」

「龍江文學大賞小說組複選名單公布了。」

「うん」

「……抱歉呢，瑠衣的小說……未能通過初選……」

我已經從頭至尾，又從尾至頭，來來回來反覆掃視複選名單好幾遍。

「そう…なんですね…」那一抹微笑中，有稍稍的一瞬間，流露出失落與悲慟的心情。明明是如此不甘心，可是當事人仍然挺下來：「上には上があるというから、油断してはいけない。」

天外有天，人外有人嘛。雖然本人不介意，可是我不甘心。

「……不過……還有下一屆……不是嗎？」

「對，兩年後，第十五屆。」

「還有兩年時間，我們再寫一篇更好的。」我扭頭望向窗外，不敢問她的身體能否撐到下一屆。

「本來……我就不覺得自己能夠寫出好作品呢。可是……我還是想……寫下去……」這次換成文月瑠衣握住我的手。那五隻手指，拼命想將我的手掌捏住：「子健……願意再陪我……寫下去嗎？」

我凝視她的雙眸，她的雙眸亦映照著我。我知道她在想甚麼，她也知道我知道她在想甚麼。只是為寫一部小說便將身體搞得破爛不堪，居然想再寫多一部，她是不是瘋了。

「……子健。」

「嗯，有甚麼要求，儘管吩咐。」

面對她拚上性命都想實現的願望，身為她惟一的朋友，怎麼能夠拒絕呢。

「上次的原稿紙……還有剩嗎？」

「當然有！我都藏在天台的舊倉庫內。」

不是為名，不是為利。如同呼吸那麼純粹，文月瑠衣執著往「死」的道路出發，僅僅為燃盡人生而寫作的意志，教我迷戀不已。

第捌回　賈蕭斷魂寄山嶽
雷杰讎眼傳海涯

公元二零一四年十二月卅日，別墅內瀰漫灰冷的色調。天青雷起床盥洗吃早飯，闊大的飯桌上僅餘下三人，隨口問道：「寇尹呢？未起床嗎？」

「他已經離開了。」蕭綸公淡然回答，天青雷及虞杰好半晌才醒覺話中意思。虞杰雙目發亮，右手緊緊掐住筷子，焦急地追問：「寇尹已經離開？他如何離開？何時離開？」

「跟我來。」老人家似乎早有準備，放下碗筷，帶領他們走上三樓。天青雷及虞杰互相提防下踏上階梯，待抵達二樓時，虞杰第一時間注意到樹椏間的通道擴闊，心中豁然明白。待蕭綸公將寇尹的計劃和盤托出後，天青雷聞之多少錯愕。他哪會想到寇尹這老頑童也會使詐，來一招暗渡陳倉，悄悄瞞住所有人在夜間逃之夭夭。

虞杰嘗試冷靜分析問道：「即是說過去兩天，你們都在這處擴闊通道？」

「實際上早於昨天中午已經完成，不過寇尹故意等到夜深時分才逃走。」

「昨晚是初八，月缺星稀，加之烏雲濃密。假如衛星再度發炮，沒理由我們沒有察覺，看樣子真的成功溜掉了。不過憑他那副體型，在山澗奔逃，未免太吃體力吧？那怕順利逃出此處，能否躲開那位神祕盔甲人的追殺，順利下山與軍方會合，尚是疑問。」

天青雷亦心存疑忌：「貿然逃走，會否過於冒進？無地圖無食水，他的體能撐得住嗎？」

「我亦有勸過，但他聽不進去。之所以隱瞞至今，亦是為保障寇尹安全。那怕馮子健現在知悉，亦不可能再追上去。」

寇尹此番逃走，決非無謀之舉。事前瞞騙別墅內所有人以至螢幕前全國觀眾，昨天晚上如常上床睡覺，事前無收拾過任何私人物品。至深夜偷偷摸黑出房，與蕭綸公會合。蕭綸公將房間內的窗簾布拆下來撕成條狀，繫成長索從二樓破牆處垂落，讓寇尹緩緩貼著牆壁滑落地面。天青雷聽罷始末，感到萬分震驚。他亦想過逃走，奈何僅止於「想」，不似寇尹付諸行動，故此心中既羨慕又妒嫉。

虞杰怨恨道：「寇尹簡直衝動無謀，而且自私自利。嘴上說得好聽，逃出去後再聯絡我們，事實是八仙過海，一走了之。他能否得救，和我們處境會否改善，並無直接關係。要是萬一事機不密，讓馮子健知道有此漏洞，一怒之下改變主意殺光我們，他能承擔得起這個責任嗎？」

「寇尹決非這種人……」

「蕭前輩，你知道現在的人造衛星有多先進？能夠精確地從太空俯瞰地面每一個人，連頭上有多少條頭髮都可以仔細數算。寇尹不會天真的以為趁黑逃入森林中就能隱藏身影？若然普通的門外漢赤手空拳下都可以突破，未免太小瞧現代化專業的軍備了。」虞杰一通數落，簡直不將寇尹當人。那怕面對強而有力的斥責，蕭綸公依然為維護朋友而反駁：「縱使如此寇尹亦沒有錯，他是下定決心孤注一擲，賭上自己的未來。再者你不能樂觀點吧？一旦寇尹親自證明能夠成功逃走，大家必定會樂觀起來，重燃求生意志，正是有利無弊！」

虞杰嘴巴像抹了滑油似的合不攏關，連番斥責道：「他成功逃走，不代表我都可以啊，中間並無必然的邏輯關係。中國人就是喜歡報喜不報憂，專揀好聽的說，對不利的問題或潛在危機一帶而過。現在我是大發善心，替你們分析利弊，正反立論，乃西方實事求事的良好態度。」

蕭綸公口才不及虞杰，不欲再分辯下去：「『蘇州過後無艇搭』，你們快快準備收拾行李。只要等到寇尹報平安，我們齊齊從此處逃走。」

虞杰沉思起來，手托下巴問：「綸公，所謂的『我們』，該不會包括賈氏父子吧？」

「當然。」

天青雷質疑道：「五個人？其中還有人可能是X？你覺得真的沒問題嗎？」

「我說過很多遍，X根本不存在……」

天青雷都想逃走，可是與懷疑是X的人一同上路，天曉得會否在中途遭人背刺：「總而言之，我無法信任他們。再者寇尹是否順利逃出生天？若然他未報告平安，我們亦不宜貿然逃走。」

虞杰兀自激動反對：「馮子健在監視畫面中見不到人，肯定知悉寇尹逃走的事。對方有所戒備，我們不可能故技重施。」

三人無法取得共識，恰好警方同時聯絡他們。蕭綸公一時歡喜，以為寇尹順利逃出去。可惜警方單純是按程序公事公辦，拜託他們進入喬農的房間，檢查死者的遺留物，臨時作一個紀錄。根據監視器紀錄，自他死後再無人進出，故此完整維持生前的狀況。喬農的房門並無鎖上，三人信步推門，只見一切配備與原初無異，惟有他的手提包孤單地置在矮櫃上。天青雷拉開來翻找，除去紙巾、卡片盒、鋼筆、鑰匙及筆記本等雜物外，就無多餘的東西。

「手機……手機好像還在屍體上……啊——」

突如其來一聲大叫，蕭綸公急問：「有發現嗎？」

「不，沒甚麼。」

天青雷突然醒起，喬農的信或許仍藏在屍身上。乍然閃現的想法轟擊腦海，心中波瀾激盪起伏。之前協助警察檢查喬農的屍體時，因為心生畏懼而未敢有所踰越。隨便在褲袋內挖出手機及錢包後，便再無進一步摸索。如今房間內尋之不見，恐怕仍然於屍體上貼身收藏。

X既為馮子健的同夥，當然不會遭殃，他的信很可能與眾不同。理論上只要在最開始時大家攤開自己的信，誰是誰非自然一清二楚。然而眾人對自己的祕密多有忌諱，豈會輕易抖出來呢？如此簡單的方法，終究未能實行。不過喬農既逝，那麼偷偷取走他的信函，理應無礙。

虞杰專心翻閱喬農留在桌面上的筆記本，雖然疑惑天青雷為何大呼小叫，不過一時間也猜不透他的心思，只好繼續低頭研究。筆記本上只有以潦草字體抄寫的日程及雜項，無特別可疑之處。另外抽屜中空空如也，看樣子喬農並未將多餘的物品收進去。

蕭綸公翻起被褥及床單，俱無發現。

眾人拍攝照片紀錄，最後向警方作口頭報告。警方顯然沒有懷抱多少希望，循例接收三人的口頭報告及相片紀錄，便歸檔處理。再無別事後，蕭綸公與虞杰各有思量，分別回房。天青雷趁機迅速竄上二樓，見喬農屍體尚在原位。越是靠近，屍臭越是致人欲嘔。死亡時間已經超過兩天多，顏面腫脹呈黑、雙眼突出、口唇變厚，臉頰上更出現微量腐敗水泡，昆蟲滋生。這處無任何監控鏡頭，天青雷確定無第三者偷窺下，呢喃「老前輩有怪莫怪」，小心翼翼將手探入對方身上。所有口袋以至鞋襪都翻過了，仍未見信函。

天青雷心想是不是有人捷足先登時，意外於外套背後摸到一些異物。翻出來認真揉搓，內縫居然有一個暗格。他緊張萬分抽出一封白色信函，格式如同蕭綸公及自己那封，同樣由電腦打印出來。他驚喜地抽出信紙一眼掠過，頓時恍然大悟。

喬農那封信，意外解開一段文壇祕史。且說當年國民政府為防範國內共產黨分子顛覆，實施高壓戒嚴，制壓各類集會及思想，同時鼓勵檢舉與告發。一時密告成風，首當其衝是無數與政府意見相左的文人學者，遭受誣蔑為共產黨地下黨員，即時拘捕入獄甚至處刑。

閣下援引政治力量，對付文壇上與自己意見相左之輩，將他們一一拉下馬。掃除所有敵人，讓自己成為今天中國文壇散文及新詩之巨擘。

當年中國近體詩學會的主要骨幹馮汝珍、周十三、鄭板舟等人反對喬農所提倡的現代新詩運動，不多時政府機關便收到匿名者告發他們二戰時與共產黨黨員私通的情報，迅速被特務機關抓入牢，在數年內被殺；孫述恩反對喬農在散文寫作上的觀點，旋即有匿名者指控對方作品中有多處思想與共產黨的馬克思主義吻合，在牢中遭獄警打斷右手；沈從樂抨擊喬農的文學理論，竟然被匿名者抹上傾共的罪名，處死後家屬連屍首都見不到……信函白紙黑字，詳列出諸位受害者，以及誣陷的手段及罪名。天青雷渾身發抖，信上所載之事非同小可。一旦外洩，勢必改寫整個中國近現代文學史！

「道理上說不通，就動用政治上的手段解決對手。枉他生前常常說甚麼『文學歸文學，政治歸政治』，豈料他最喜歡將兩者拉在一起。」

自戒嚴令取消後，喬農仍樂此不彼與人筆戰，動不動就駁斥他不同意的評論及觀點，看來是江山易改，稟性難移。天青雷心忖茲事體大，思疑多時，終究將信函原封不動塞回喬農衣袋內。萬一將來警方檢查屍體時發現信函不見了，追究起來，自己無端惹禍上身，便得不償失。

「姑勿論信上罪證孰真孰假，但屍體確實是喬農，並無掉包。如果喬農是X，馮子健亦不需威脅他，更不可能留下此封信函。」當知悉前輩不為人知的一面後，對方生前建立的威嚴自然瓦解消弭，佝僂寒慘地瑟縮於牆角。天青雷扭頭打量屍體，輕蔑地哼一聲。想喬農生前與天鬥與地鬥，贏得多場論戰，扳倒大量敵人，還是免不了一死。隨後又想到自己，更加不想面對這樣的下場。

惟一慶幸的是確定喬農乃被害者，總算有一丁點突破。然而其他人尚不願公開。想從信函作突破點，依然無法通行。天青雷記得八人中賈勝龍和蕭綸公同樣沒有毀去信函，前者肯定不會讓他查看；至於蕭前輩思想耿直，或許有商量餘地。然而挖空心思，都想不到有何好的藉口，總不能直接敲門問老人家取信函吧？

返回自己房間，眼神注視床下底。廿七日早上醒來，於床褥中發現那封信後，第一時間撕碎乾淨。碎片如雪花灑落，然後用腳匆匆踢到床下底去。想想那封信留下來始終是大患，即使撕成碎片，還是有機會被人併回原狀。於是匍匐於地面，右手伸進床底，左手抄起平板，將所有碎片盛起來。如何澈底摧毀所有紙碎，連渣都不留下來，永久無法復原呢？天青雷彷徨地捧著平板，擬往廚房爐頭引火燃燒。

「天青雷，你在搞甚麼？」

「蕭前輩？」

蕭綸公從未曾見過如此慌張的天青雷，他竭力想掩藏平板，無奈稍稍斜傾，紙碎便散落地上。

「你……蕭前輩……為何在此？」

「是時候準備煮午飯了。」

蕭綸公見滿地紙碎，蹲下來幫忙收拾時，天青雷大喝制止，堅持獨自撿回。

「那些是甚麼東西？」

「不……就只是些垃圾……」

「是那封信吧。」

天青雷全身顫抖，肢體僵硬。

「蕭前輩你在說甚麼……」

「我知道唷，那是馮子健給你的信吧。不用瞞了，因為我有，寇尹也有，大家都有。任誰翻看影片，都清楚見到我們八人全部都收到。」

竟然大方地在鏡頭前承認信函確實存在？天青雷欲再強辯，卻尋不到半句有力的話語，所有詞彙都無法逆轉事實。

「蕭前輩……那個……」

「放心吧，我已經向警方表白一切了。」

「甚麼？」

蕭綸公平心靜氣道：「雖說不明白你有何顧慮，可是我覺得坦承一切才是頂天立地的大丈夫。」

「沒可能……你騙我……你又不是我，你明白甚麼？」天青雷不願相信蕭綸公會輕易將自己的祕密暴露出去，反指向對方喝道：「一定是因為你的祕密無足輕重，才會說得如此輕鬆！」

蕭綸公呆然半晌，從衣袋中抽出一封信，塞進天青雷手中。

「這是……」

蕭綸公兩眼正視天青雷道：「這封就是我的信，上面寫有我隱瞞多年的祕密。」踏破鐵鞋無覓處，得來全不費功夫。天青雷生怕蕭綸公改變主意，急急拆閱。與自己及喬農那封同樣由電腦打印出來，理所當然上面所載之事，悉數為天青雷知曉。如同一大盆冷水傾覆於頭上，他拎著信紙，久久無言，好半晌才恢復理智問道：「蕭前輩，上面所載之事……」

「全部屬實。」

望向蕭綸公輕描淡寫地點頭，天青雷倒抽一口氣：「你不怕我將你這項黑材料暴露出去嗎？」

「反正我已經向警方及寇尹坦白承認，也不差在多一個人知道。」

居然公開承認自己是共產黨派來的間諜？這不是能隨便開的玩笑！一個搞不好，可是會判死刑。

「根深不怕風搖動，樹正何愁月影斜。做人但求問心無愧，則何足懼哉？」

天青雷居然懷疑蕭綸公，不禁自慚形穢。信函原璧歸趙，鄭重向老人家道歉。假如對方真的是X，隨便編一個罪狀即可，決不會拿這些事惹火燒身。

「世事真是玄妙呢，喬前輩當年冤枉那麼多人是共產黨員，反而至死都不知道身邊有一位如假包換的真正共產黨員，可笑可笑。」天青雷打死都不會將這句話從心底中說出口。出於賠罪，他主動幫忙掌勺，同時在蕭綸公協助下，偷偷燒毀自己的信。二人很快便完成五人份的午飯，可惜房間內的賈氏父子依舊毫不領情，依舊一聲不響鎖在房內。

下午一時，三人老樣子在飯桌上低頭用餐，蕭綸公嘗試重提逃走之議。這次天青雷鼎力附議，惟虞杰依然一副與己無關的態度。

「虞杰也就算了，賈曉帆算甚麼意思？就算他爸反對，也不需要同一陣線吧？難道二人打算逗留在此，與別墅同生共死？」

之前偶爾還會碰見他們溜出房去洗手間，今日卻殊無動靜。天青雷感覺不對勁，難道父子二人打算連大小二便都在房內解決嗎？還是說他們就是X，因為寇尹逃走，所以準備策劃更大的殺人計劃嗎？

天青雷上網翻看走廊的監視鏡頭影片。從昨天晚上九時許他回房睡覺起開始，以兩倍速播放。最先是深夜十時半左右，走廊的監視鏡頭攝得賈氏父子的房間推開。透過房內及洗手間的燈光映照，清楚可辨賈勝龍及賈曉帆輪流前去洗手間。然後是十二時七分，依稀可辨一個肥胖的身影從寇尹房間走出來，與蕭綸公房間內的人會合，雙方在黑暗中摸索前往樓梯登上二樓。沿途其他鏡頭亦拍攝到兩個身影移動，至十二時四十分疑似蕭綸公的人影獨自下樓回房，隨後便無人出來。

「蕭綸公說幫助寇尹逃走，果真所言非虛。」

由於蕭綸公的房間內鏡頭已拆除，無法觀察，推斷應該入睡。之後走廊再無人現身，慢慢迎來晨曦的光明。

「就算鏡頭尚在，恐怕也是甚麼都拍不到吧。」由於晚上無光照明，結果除去靠窗處可辨之外，其他部分均一片漆黑。反倒是虞杰有先見之明，夜不關燈，長亮至明早，才能清晰見到他睡在床上。

看看手機，已屆下午三時許。賈氏房內仍然無半點聲音，甚至不曾有人進出。天青雷感覺事有蹊蹺，決定再次爬上假天花板，靜靜移至賈氏房間上面窺伺狀況。那怕隔著假天花板，那陣致人不適的異味撲臉，天青雷即時掏出手帕掩住口鼻。他們房中塞太多垃圾，而且與死屍共處，真虧他們還可以住下來。正想從監視鏡頭的缺口偷窺時，豈料該處已經封起來。

「難不成他們發現有人在假天花板上偷窺？」他用手機照明，發現洞口上面疊起塑膠板，更以膠紙緊密黏合。天青雷迅速察覺不妥，如果是賈氏父子發現缺口並封閉，理應將塑膠板覆於假天花板下，豈會在上面遮蓋黏合？

除非是有人像他那樣爬到假天花上面，否則不可能辦得到。瞬間惶恐不安，急急調頭爬回自己房間後跳下來，再跑到賈氏房門前猛叩，卻無半絲回應。

一番猛烈的叫喊，驚動午睡中的蕭綸公及虞杰。虞杰對於天青雷的滋擾惹事甚為反感，質問緣由。正是有理說不清，天青雷總不能直言自己在假天花板上發現賈氏房內有問題吧？急中智生，匆匆撒謊說賈氏父子終日閉門不出，覺得有可疑，所以嘗試催促他們現身。蕭綸公回想今天確實不曾見過二人。在門外再三詢問不果，只好支持天青雷武力破門。

天青雷扎馬側靠，硬撼房門數下，終於成功撞破房門。強烈的寒氣與腐敗的惡臭洶湧撲鼻而來，差點讓三人嘔吐大作。原本寬敞乾淨的房間，早就變成垃圾堆填區，滿地堆積吃完的速食杯麵及木筷子。垃圾的酸臭味混和腐屍的臭味，迫近至生人難耐的程度。三人呼吸困難，心頭作惡欲嘔，覺頭目暈眩，不得不先退出房外，讓口腔呼吸清新空氣。

「天呀，這處臭氣薰天，他們兩父子這幾天怎樣住下來？」蕭綸公不住搖頭，俄而發現空調的紅外線遙控器置於矮櫃上，便抓起來啟動抽氣功能。待室內濃烈的味道淡化，三人才能再次踏進去。

賈勝龍、馬巧茹及賈曉帆依然睡在床上，散發出與別不同的詭異感。心底湧出一股令人發毛的恐怖感，持續纏身揮之不去。天青雷步步為營靠近，右手食指緩緩伸向賈曉帆鼻孔上。蕭綸公亦嘗試探視賈勝龍的鼻息，與天青雷交換眼神，非常遺憾地父子同告身亡。

「好端端的怎麼會死去？」蕭綸公難過地問，一直雙手抱在胸前站在門口的虞杰暗笑道：「很簡單：人被殺，自然就得死。」

「虧你還笑得出來，現在賈家三口都喪命了，X再次成功殺人啊！」

虞杰聳肩微笑：「馮子健早就說過，他會殺光我們，一個都不留。你該不會天真幻想，他會在中途收手吧？賈氏父子的死亡，至少證明反鎖在房中並不代表安全。難道你們沒有留意嗎？這是典型的密室殺人事件啊。」

房門鎖上，門栓扣上，室內的空調徐徐吹送冷風，惟獨房內的人全部死光，別墅內僅存的三位活人都在房外。只存在於推理小說中的密室殺人事件，居然在眼前發生，到底犯人是如何辦到呢？

蕭綸公強忍悲傷道：「先報知警方，交由他們來調查吧。」

警方一直監視電視台的實況畫面，早就見到三人破門入房。至於房中發生何事，由於無鏡頭觀察，只得等待他們報告。幸好不用太久，天青雷便主動聯絡張衡，告之賈氏父子死亡的消息。

「給我立即調查，賈氏父子最後一次步出房間的時間。」

張衡吩咐手下即時翻看走廊的監控鏡頭。他則與天青雷進行視像通話，對案發現場及屍身進行遙距的視像檢查。在法醫的指示下，蕭綸公手持手機，天青雷脫去屍體衣服，逐寸檢查表面，尋不到半點明顯傷痕。對此法醫表示死者可能是中毒，有需要進行解剖，才能獲知詳細死因。天青雷試圖故技重施，趁驗屍脫衣之便，嘗試搜索賈氏一家藏起來的信函。豈料父子脫個精光，都未有發現。

本來視像驗屍只是權宜之舉，所以對於結果不抱期望。張衡更為在意的是監視鏡頭，究竟拍到甚麼畫面。下屬遍查錄影片段，確定二人最後一次露臉為昨夜晚上十時半至十時卅七分，父子輪流上洗手間。之後再無步出房門半步，亦無人進入他們房間。

犯人是如何殺人呢？如何辦到密室殺人的把戲？警方未能親自到現場取證，自然原地踏步，只好照程序向僅存的三位生還者錄取證供。

蕭綸公仍舊選擇自己的房間，虞杰還是書房，天青雷是二樓房間內。三人的地點，與初次錄取證供時相同，然而事態與心境迴異。

虞杰表示昨晚他一直留在房內看書，十時前已經睡覺。即使是入睡，依然燈光長亮，清楚見到他在床上安眠。有房間內的監控鏡頭作證，充分的不在場證明，第一時間撇清嫌疑。

蕭綸公將昨夜送別寇尹的過程具明，亦聲明之後一直在房間內睡覺。然而無第三方證明，警方只好錄之存疑。

天青雷一直在房間內睡覺，無奈鏡頭只拍到大片黑壓壓的畫面，影像不夠清晰，無法作為證據參考。

「你為何會拍響賈氏一家的房門？」

一次是巧合，兩次是意外，那麼三次呢？無論是最初的馬巧茹，再到喬農，以至今次的賈氏父子，天青雷均是第一發現人。天青雷注意到張衡明顯帶著懷疑的目光質問，心想若果將他在假天花板上的行為告明，會否惹來更大的疑忌？

別墅的假天花板不僅是收納網絡路由器與網線、空調氣管及雪種喉等，更能夠無障礙出入別墅一樓各房間的隱蔽平台。倘若草率披露，所謂的「密室」便不再是「密室」，與此同時自己亦成為最大嫌疑犯。。

「因為他們父子整天都不曾步出房間，而且傳出異味，我擔心他們有不測，便破門入房。」

「可是根據齊先生與唐先生的證詞，早於數天前房間已經有異味傳出。他們都認為是賈太太的屍臭味，所以未有為意。為何只有你察覺是賈勝龍父子遭遇不測呢？」

「這個……」

「何況早上你曾經好幾次經過賈氏父子的房門前，為何那時沒有為意，而是下午才從自己房間衝出來破門？莫非是閣下房間那邊最先嗅到異味？而且事發前你數度拆去鏡頭，後來才安裝回去，中間發生過甚麼事？」

天青雷想說「是」，可是最後無法說出口。他的房間確實鄰接賈氏，但根本嗅不到異味。得益於持續運作的空調，不斷替換空氣，才不致讓腐臭氣味大量傳至房外。

「就算賈氏父子真的意外被殺，也得再過三四天，才會散發出更濃烈的腐屍氣味。閣下是出於甚麼理由，從而提早在房外發現？」

按照指引，警方執法時必須中立不偏頗。對某些人抱有特定的成見，採錄供詞時進行誘導，都是違規行為。可是張衡如今已經顧不得那麼多，案件越鬧越大，市民大眾對警察抱怨日盛，偏偏主導權被軍方奪走，作家極力欺瞞不願合作。那怕去信國際聯盟中國分部，央求超級英雄介入，依然遭受冷處理。迫於無奈之下，只能士急馬行田。

連串事件下來，天青雷的行動至為可疑。每次有人死亡後，他都是第一發現者，而且面對警方更非常熱心提供很多線索。張衡不得不懷疑，他是否自編自導自演殺人戲碼，然後向警方提交對自己有利的情報。

「劉先生，無論是昨天及今天，你都曾經遮蓋監控鏡頭一段時間。雖然之後都恢復完好，但在封掉後，你做過甚麼事呢？倘若再不老實，我們很難相信閣下的供詞。」

天青雷晴天霹靂，枉自己付出那麼多，盡心盡力，萬萬料不到警方反過來懷疑他。這時他想起蕭綸公，連自己是共產黨黨員的身分都敢直認不諱。相比之下，自己明明沒有殺人卻前怕虎後怕狼，被對方當成殺人犯步步進迫，簡直是沒用的孬種！

「我行得正企得正，怕誰乎？張總督察，明人不說暗話，我就老實向你交代了。昨天我封掉監控鏡頭後，便爬上假天花板去。」

「你爬上去？當真？」

天青雷恐怕失實的指控會損害他努力耕耘數十載所建立的專業形象及聲譽，迫不得已下只好老實交代自己用紙箱砌出高臺，再爬上假天花板潛行調查之事。他用實際行動證明，那怕從內側鎖好房門，外人依然有辦法在不破壞門鎖下自由出入，也就是說別墅內不存在真正的「密室」。

為洗脫嫌疑，天青雷更主動奉上早前調查別墅內網絡狀況的報告，再三堅稱他絕非X。張衡臉有慍色，差點破口大罵。如斯重要的情報，怎麼不及早向警方交代。天青雷持續留神平板中張衡的眸子，擔心警方鍥而不捨持續追問下去，隨時又牽起信函的問題。於他而言一切都可以交代，惟獨信函決不可洩露半句。幸好張衡乍聞假天花板的事後便轉移注意，吩咐天青雷再度爬上去，提著手機同步轉播，讓警方可以觀察上面的環境。天青雷微妙鬆一口氣，義不容辭鼎力準備。從自己房間起，一直拍攝至賈氏房間上面的缺口處。張衡留神觀察，辨識出有人在原本裝設監視鏡頭的缺口上疊起數塊板，再用厚膠帶密封。天青雷堅稱昨天過來時並無封口，可以從此缺口窺視房間內情況。

「那塊塑膠板及膠帶從何處來？」

「不知道，我調查別墅時，從未見過這些物品。」

假定天青雷沒有說謊，真的不是他所為，便是有另一個人動手。即使如此，單純封上假天花板上一個缺口，又代表甚麼呢？

張衡背後各個警察即時提出無數見解，最先有人主張犯人透過缺口噴入有毒氣體，然後密封。房間浸滿毒氣，趁賈氏父子睡夢中無聲無息間死於非命。可是這方法大有問題，先不說填滿整個房間所需要的毒氣總面積，也不考慮如何將運載毒氣及噴出毒氣的裝置搬上假天花板等等。更重要的是當天青雷等三人發現死者時，除去表示異味攻心，呼吸困難外，並無感受不適。

根據證詞，發現屍體時房間內的空調持續運作。即是說室內氣體一直有抽送更換。想填入毒氣進行毒殺的效果肯定大打折扣，甚至根本辦不到。

另外有警員提出新假設，犯人揭開假天花後跳落房間，殺人再離去。當然很快就被駁倒，因為別墅樓底甚高，天青雷亦得靠木桌及自製紙高臺疊上床當墊腳才攀得上。那末犯人在殺人後，怎生不依賴任何臺階或墊腳物，引體上昇溜走？拉住布帶攀爬？自備長梯？從缺口遠距離射殺？現場統統找不到相關的證物。那怕警方思索出好幾種手段，卻未有一種可以自圓其說，完美解釋賈氏父子離奇死亡之謎。明明解開密室之謎，反而惹來更多疑團，令警方陷入困惑之中。

突如其來發現屍體，擾攘一個下午，又到晚飯時間。此時別墅內的生者，只餘下飯桌上三個人。事態急轉直下，蕭綸公等不及寇尹報平安。他力勸同桌二人冰釋前嫌，有何恩怨都等逃到外面再說。虞杰頑固拒絕，他反指天青雷就是X，是殺人兇手，決不願與對方一同出發。

「現在才知道你居然偷偷爬上假天花板，意味可以隨時潛進來殺人！就算鎖上房門都沒有用！太可怕了，會不會今夜睡覺時被你捅一刀？」

天青雷心情甚為煩躁，聽到虞杰有的放矢，登時憤懣大喝，反過來指斥對方才是真兇：「我怎麼可能會幹出那種事？之所以爬上假天花板，完全是為調查所需！我看你才最可疑吧，眼前見到死人還幸災樂禍，恐怕人都是你殺的！」

「這是毫無理由的偏見。從現實角度考慮，你孔武有力，又有習武，應該很簡單就能勝任殺人的工作才對。」

「笑話，你得罪人多，才最有殺人的嫌疑。」

虞杰對指控滿不在乎，整理衣領道：「對不起，監控鏡頭可以證明我有完美的不在場證據。」天青雷一掌拍在飯桌上：「事到如今還自賣自誇，嘔心死了。鏡頭畫面有機會造假，根本不能取信。沒準馮子健在外面幫你調用假的畫面，掩飾你離房殺人的事實！」

兩邊意見相左，肆意誹謗另一人為殺人兇手。蕭綸公勸解無果，不歡而散。枉他事先準備好五人份的米大餅，預定作為逃亡路上的乾糧，如今統統白費掉了。更憂心的是，方才詢問警方，他們尚未收到寇尹成功逃走的消息。究竟他如今人在何方，是否遇上生命危險，一概毫不知情。

別墅內活人越來越少，死人越來越多，濃厚的死亡氣氛浸透於每一片磚瓦，沉積在所有人的身邊。蕭綸公盡全力做好多事，可惜往往未如預期。明知道這樣子會全員遇害，卻又無法力挽狂瀾。

那種令人悔恨的弱小與無力感，使他身心俱疲，容顏更添憔悴。

「算了，做人但求問心無愧即可。」

電視機實況轉播的畫面，於晚上九時卅一分，放映蕭綸公回房，成為是夜最後一位進房的人。虞杰活像一具機械人，堅持飯後沖一杯香咖啡，讓氤氳的香氣點點滴滴浸潤在身體，品味書中流金歲月。

天青雷澈夜難眠，在床上輾轉反側。他曾考慮摸黑潛入賈氏房間，偷偷翻找信函，以確定他們是否真的受馮子健威脅。旋而轉念想到X也許隱伏在外面，貿然再出去也許會遇害。再者警方開始不太信任自己。為免加深嫌疑，以及保障性命，索性打開電燈，坐在床上堅持不寐。

如是者夜盡天明，無論是別墅內的生還者、電視機前的觀眾、山下駐扎的軍隊，以及調查組的警方，都迎來公元二零一四年最後一天。

越來越多市民對案件發展感到絕望，甚至有網友打趣說作家要在別墅慶祝跨年。少數狂熱的推理迷，以及作家的支持者朝夕不倦地追蹤別墅內最新情況，繼續在各大討論區發表長篇大論，頭頭是道地分析案情。遇見歧見或異議者，一言不合就隔空筆戰，鬥過你死我活。至於更多數的民眾對事件的關注及熱情減退，由最初擔心憂慮，慢慢化成嬉笑怒罵，變成茶餘飯後的話題，。

二零一四年十二月卅一日，天青雷睡眠不足，雙眼布滿血絲。撐起身後第一件事是取出平板瀏覽網上討論區收集情報，明顯感覺到網友參與的熱度下降，專頁人流量亦漸漸回歸平常。如今他再也不再奢求點閱率、讚好及人氣，而是希望逃離這處鬼地方。

「還是再與蕭前輩談談吧。」

繼續待在別墅中，嗅著屍體飄逸的氣味，面對可能會殺死自己的人，他無法再冷靜的思考。

閣下根本不會武功，只是人為操作的行銷形象，欺騙讀者的手段。

很多人都認為他武功高強，自來到別墅後，投予無數的信賴及責任，將他壓迫至透不過氣。其實一切都是假的，自己根本不是甚麼武功高手。

打從最初出道時，武俠小說早已息微，連出版社都不看好他的作品。為營銷所需，他便將自己塑造成習武之人，建立「真正懂武術的武俠小說家」的KOL形象。與過去不會武術的武俠小說家切割，標識成一個獨立無二的個人品牌。為維持這個形象，他積極參演各類電視節目，與一部分江湖門派密議，在鏡頭前造假演出。隨後膽子越來越大，與全國武術總會舞弊營私，偽造賽果。若然祕密洩漏，他大半生辛苦營造出來的成就及地位，將於彈指間毀於一旦。

盥洗後來到大廳，四周靜悄悄得過於可怕。往常都是蕭綸公最早起床做運動及準備早飯，如今卻不見熟悉的身影。走到廚房轉一圈，爐頭冰冷，只有數包封好的米大餅晾在桌面。天青雷心想是不是老人家未曾起床，於是叩門叫喚。豈料不斷重敲，都無任何動靜。天青雷不由自主聯想及昨午賈氏房間的狀況，覺得事有蹊蹺，懼怕蕭綸公同樣遭到毒手，急急撞向房門。

虞杰被連串「嘭嘭嘭」的巨大撞門聲驚醒出房，見到天青雷非常粗野地瘋狂撞門，頓時眉頭緊蹙，攢眉苦臉質問他在搞甚麼。天青雷只道蕭綸公恐怕已遭不測，企圖破門入房一探究竟。虞杰似乎不大緊張，雙手抱在胸前，站在旁邊看戲。

「也許綸公不在房內。」

「我已經找遍整座別墅，都不見他的蹤影。」

「可能他昨晚都逃出去呢。」

「蕭前輩從來不是那樣的人！他說好不會拋下我們逃走的！你別以小人之心度君子之腹！」

天青雷不想浪費唇舌，費盡九牛二虎之力終於將門鎖撞毀。推開房門，就見到蕭綸公臥在床上，胸膛上刀柄直豎，被褥上汨汨沫滿涼血。顫抖間將手指探向蕭綸公的鼻孔前，完全感受不到半絲氣息。事實上刀刃沒入胸膛，筆直地插入右胸的肋骨間，穿透心臟，肯定必死無疑。

蕭綸公的遺容甚為安詳，彷彿無一絲痛苦，於美夢中不知不覺間遇害，就此與世長辭。天青雷決不會認錯，凶器正是廚房內其中一柄刀。他急急舉頭打量四周，蕭綸公私人物品不多，除去地上的背包外，就只有桌面的錢包與手機。

虞杰待在門外，看見的蕭綸公屍體，表情無甚訝異。見天青雷負氣轉身，及時攔在房門前：

「你想去哪？」

「不干你事。」

「明明發現屍體，為何不報警？」

天青雷按捺不住，咆哮道：「報警有何用？還不是循例叫我們協助拍攝現場狀況，調查死者遺體，錄取證詞，然後就啥都幫不上忙！」

虞杰叫道：「真虧你裝得若無其事啊，殺人兇手。」

「你說甚麼？」

「這處只餘下你我二人，誰是犯人，相信大家一目了然。」虞杰一邊說，一邊退出房外，處身走廊的監視鏡頭下：「所以最後目標就是我嗎？X？」

天青雷羞惱道：「我絕對沒有殺人，才不可能是X！」

虞杰如同審問般直盯向天青雷，帶點涼薄的語氣道：「真是巧合呢，蕭綸公遇害現場，同樣是密室啊。想想看，別墅內除去你以外，還有誰會爬上假天花板上，潛進別人房內殺人？」

天青雷怒不可遏：「我有何理由要殺死蕭前輩？」

「難不成他好端端的會自殺嗎？別忘記昨夜他老人家還叫大家一起逃跑，連作為路上乾糧的米大餅都造好，怎麼可能會突然自殺？若然不是自殺，那麼又是誰殺死他？」

「總之我絕對沒有殺人！」

「夠了，你想愚弄所有人到甚麼時候？現在只餘下你我二人，為何不大方點承認自己就是X？」

「沒做過的事，我是絕不會承認的！」

虞杰聽罷此言，臉上閃過一絲狡笑：「嘿嘿嘿，沒做過，所以不承認。天青雷，真虧你有臉說這番話呢。明明不會武功，還不是四處吹噓自己會武功嗎？」

天青雷大吃一驚，臉紅耳赤，心虛狡辯道：「你……你沒證沒據的別含血噴人！」

虞杰以飽滿感情的聲線述說個人的推理心得：「若要人不知，除非己莫為。你那些三流把戲，騙騙無知青少年還可以，卻騙不了我呢。打從一開始我就覺得奇怪，為何自詡武功高超的天青雷，竟然輕易落入犯人手中？最初你說自己是被犯人從背後偷襲，有心人算無心人，不幸中招，尚可以接受。但之後數度破門，你都表現差勁，無力無勁，完全不似是習武之人。甚至論力氣體能，蕭綸公及喬農都要比你好。所以我開始懷疑，你說自己懂武功，根本是打誑。」

面對虞杰指責，天青雷心臟劇烈跳動，久久不能言語。因為指控屬實，才令他無法反駁。

「所以我連日來問認識的人，他們挑明你根本不會武功。無論是電視節目上的武功表演，抑或參加全國武術大賽，都是有人在背後打點關照，弄虛造假。」

「荒謬，隨隨便便捏造不實言論，就可以肆意毀謗嗎？」

虞杰痛快揭穿天青雷的真面目道：「怎麼？戳中痛腳嗎？他還說你筆下的武打招式，全是直接抄襲舊小說及舊拳譜劍譜；出席公開場合，事前與大會溝通妥當，耍出平時準備好的數招套路；參加武術比賽，花錢造馬操控賽果……哎呀，真是辛苦呢。這個年代書本要暢銷，不再是靠優秀的文筆，而是靠包裝宣傳推廣。你以ＫＯＬ身分操縱及炒熱輿論，刻意計算市場導向，建立個人品牌形象。說穿了，全都是騙人的公關技巧。這次案件亦不例外，你偽裝成受害者混進來。利用大家對你的信任及依賴，一步步謀害所有人……」

「住口！休得放屁！」

「我放屁？好呀，那麼你敢即場在此耍一套拳法出來嗎？」虞杰指指走廊角落的監視鏡頭，天青雷全身發抖，忌諱道：「憑甚麼我要聽你的話？」

天青雷當然能耍，但來來去去就只有數招不中看也不中用的花拳鏽腿。以虞杰此刻心思，決不會允許自己耍數招後就住手。一旦自己接不上，又或胡亂揮拳，被內行人識穿，無疑自曝底細。

虞杰從最初就與其他七人保持距離，永遠置身在最後冷眼旁觀，對於所有人的動靜表情神貌，都瞧得一清二楚。恰如馮子健最初宣言，別墅內八人當中肯定只有人是X。虞杰從心理學角度出發，對方敢作出這番宣言，絕對有其自信。所以他從未考慮尋找X，而是思考怎樣活下來。

在任何災難中，最大的敵人永遠都是身邊人。不是死在兇手手上，而是死在身邊人的猜疑與愚昧下。故此他萬分小心，永遠在監控鏡頭前活動。那怕睡覺都不關燈，無時無刻都確保自己擁有不在場證明，避免招來任何嫌疑。如今剩最後二人時，他可以肯定，另一人必然是X。虞杰嘴巴夠狠辣，以滔滔不絕之勢先拔頭籌，在鏡頭前氣勢力壓天青雷：「你就像《And Then There Were None》中的法官Lawrence John Wargrave，置身於領導者的位置，巧妙掌控所有人，依照劇本起舞。倘無記錯，不論是馬巧茹、喬農、賈氏父子，以至現在蕭綸公，你都是首位發現者……」

「難道你想說，第一位發現屍體的人就必定是兇手？」

虞杰攤手，透過肢體語言增加說服力：「不是必定，而是很大嫌疑。以馬巧茹為例，你發現她之後，可以即時強灌她喝毒藥，待死亡後再揚聲叫我們過去。」

「說話真的不用帶腦子嗎？從馬巧茹失蹤，到發現屍體為止，如此短促的時間內，我怎麼能躲過其餘六人的目光，做出如此誇張的行動？」

「呵呵，那個只是個人大膽假設罷了，不需要太認真。」

「別拿死人來開玩笑！」

「接下來才是認真的分析，事實上第一次的殺人事件很簡單。你只需要在我們七人專注討論時，神不知鬼不覺下在手機上發出威脅馬巧茹的訊息，指示她自殺即可。雖然我不知道威脅的內容，但必然是令她必須依言自殺。作為馮子健的同伙，理所當然知道我們七人的祕密，所以這點不難想像。」

「哼，一派胡言，無中生有。就這一點而言，你同樣能發出訊息。」

「關於這一點，因為手機無法解鎖。等警方到場後破解，屆時自然水落石出。」虞杰不作深究，迅速跳轉道：「那麼第二次呢？喬農死後，同樣是你第一個抵達現場。」

「當他遇害時，我和寇尹身在地下飯廳，有其他二人及鏡頭作證，緣何分身殺人？」

「對哦，你們三人同時上樓。可是最終只有你一人，走到屍體所在的位置。不是嗎？」天青雷無法否認，虞杰趁對方思路未接得上，繼續加快唸道：「我大膽假設，當時喬農根本未死。你明知二樓樹徑太窄，寇尹太肥決計進不去，便使計從後絆倒蕭綸公，令自己成為惟一一位能抵達現場的人。無第三者目擊，無監視鏡頭下，輕鬆絞殺喬農，再詐稱發現他的屍體。」

「你的論點壓根兒說不通！不要忘記，我們是先聽到喬農發出慘呼，然後才主動跑上去。如果是我跑上去後再殺死喬農，為何他遇害時沒有再發出呼救聲？倒不如問，為何在此之前，突然會高聲呼叫？」

虞杰撥起前額頭髮，專心抓緊大方向，接連陳述自己的推理道：「喬農為何會高聲呼叫，並不是重點。你們聽到聲音，至多證明彼時他尚未死亡。真正的問題是，為何在你抵達他的所在後會死亡。」

「不要迴避我的質問！」

「哼，我就在回答你的質問啊。莫非智力太低，聽不懂人話？」

「你——」

「結合警方初步判斷，箇中謎團不難猜測。當你趕至喬農身邊時，由於是認識的人，對方自然掉以輕心。你趁機借用附近的藤蔓勒緊他的脖子。這樣子喬農縱然想呼聲都辦不到，就此被你粗暴絞殺。因為你就是犯人，自然四周找不到犯人逃走的蹤跡。最後向警方提供證詞時，捏造出對自己有利的供詞，便不會遭受嫌疑，甚至誘騙警方往錯誤的方向偵查！」現場辯論，逞口舌之爭，絕對是虞杰專長。不用一瞬間，天青雷已經落於下風，瞠目結舌無法說出半句話。虞杰感覺到鏡頭後萬千視線匯聚於自己身上，登時飄飄然。情緒萬分昂揚，談鋒竟厲，百無禁忌地指向天青雷道：「沒準寇尹也是你的同夥呢！所謂逃走，恐怕只是配合你，在外面當『第九人』自由行動——」

聽到對方越說越離譜，天青雷大喝一聲，怒目迫近道：「你才是X！從一開始就不斷挑釁鬧事，導致我們七人無法團結一致。正因為大家分開，沒有及早逃走，才讓你有機可乘逐個殺掉。」

「哎呀，明明是你們不喜歡一起行動，怎麼能夠反過來怪罪於我頭上？何況別墅內四周都有鏡頭監視，你以為落單就能下手嗎？有沒有這麼容易？不要忘記，我一直都有充足的不在場證明！」

天青雷振臂，欲將聲音傳達至全國觀眾面前：「最開始你有一句話倒是說得沒錯：哪會有兇手布置出對自己不利的行兇環境？最初我以為鏡頭能夠保護我們，但這是錯覺。擅長電腦的讀者警告，我們的手機都可能植入監視木馬，而且鏡頭畫面也許有可能遭到修改後再轉發出去。也就是說從電視機上見到的畫面，未必是真實的！」

「所以你想說監控畫面是偽造？證據呢？」

「一直關在房內，老是喝咖啡看書，怎麼可能連動作都幾乎沒有改變？敢情是馮子健偽造的畫面，掩飾你溜出去殺人的行動，雙方配合製造假的不在場證明。所以每次發現屍體時，你永遠表現平靜，處變不驚，因為人就是你殺的！」

「嘿，別將你自己做的事嫁禍在我身上！只有你用紙箱疊成高臺，常常鑽到假天花板上偷偷摸摸行動。自由出入所有人的房間，當然很方便就能夠殺人啊！」

二人各不相讓，針鋒相對，一番醜陋的爭辯就此展開。諷刺地這是不少觀眾連日來至為期待的戲碼，頓時一傳十十傳百，熱烈討論誰是誰非。

【悶場幾天，終於有高潮啦。】

【誰才是X呢？天青雷抑或是虞杰？買定離手！】

【打啊打啊，X想殺人滅口啦，大家千萬不要錯過最精彩的一刻啊。】

【喂，買一賠四，我賭天青雷就是兇手！】

【寇尹完全失去蹤影，那傢伙才是犯人吧？】

【劇情峰迴路轉，真是驚喜連連！】

【嘿嘿嘿，我最期待的畫面終於出現了。】

幕間八

公元二零零九年五月一日早上，我偷偷潛入孤兒院的職員室，在其中一部電腦上打開龍江文學大賞的官方網站。網頁準時於早上九時更新，發布本屆小說組、散文組、新詩組、近體詩組、論文組五個組別的決選名單。第一時間點擊超連結，跳轉至小說組那頁。與初選名單不同，決選名單內只餘下五十多本，競逐三甲之位。《透天玄機》僥倖通過初選，卻於複選刷落。

「能夠通過初選，不正是大有進步嗎？」

及早將消息告之當事人後，面容憔悴的文月瑠衣，聲音變得蒼白，不再像過去那麼嘹亮。

「也許下次便入圍決選呢……」

「入圍都沒有用，你的目標應該是三甲……不，是首獎。」

翻看歷屆頒獎禮以及報導，惟有冠軍才受重視，獲得傳媒採訪，龍江出版社投入大量資源催谷造勢，有個人簽名會及發布會，甚至歷屆頒獎禮均獲邀出席。亞、季軍尚好，至少可以陪跑見報。其他嘛，全部都是炮灰，堆在三甲下面當墊腳石，無人問津的背景板。如同煉蠱那樣，參賽作品不知數千，最終榮耀只會降臨至一人身上，餘下全部均埋葬於深淵中，永世不得超生。

參加文學比賽就像賭徒，賭本就是自己的時間及青春。今次不行，還有下次。下次不行，還有下下次。甚至多線投資，同時參加好幾個比賽。可是文月瑠衣根本沒有那麼多資本，別說下一屆了，她連有沒有辦法再活多一天都成疑問。

所謂的努力就能成功，是這個社會共同建構的謊言。許多人非常努力，卻依舊無法達成他們的夢想。他們的人生亦毫無任何意義，最終泯然眾人，被海浪拍死在沙灘上。

「想要讓世伯知道妳的消息，其實不需要參加那個比賽，更不用強迫自己爭取獎項。」

那些持續照顧文月瑠衣的基金會職員，必然有向文月高丸匯報她的狀況。文月瑠衣能否與父親見面，其主動權全在文月高丸那邊。憑甚麼要這邊極力爭取，甚至犧牲精神與健康，追求那勝算渺茫的賭局？

「不要。」

「瑠衣。」

「我啊……除去寫小說以外……就甚麼都辦不到……」文月瑠衣極為倔強，露出堅毅不屈的眼神。無法離開醫院，長期臥在小小的病床上，與病魔抗戰，早就養成她誓不低頭的個性。無法吃某些食物，尚可以忍受；化療吃藥手術很辛苦，咬緊牙關挺過去便行。向來對很多事都是「無所謂」，惟有寫小說，她第一次寸步不讓。那是完全付出所有的決心，連生命都願意燃盡的決志。

突然我狠狠扯開被褥，文月瑠衣嚇一跳，想側身轉過去另一邊，卻被我先一步抓起她的左手手臂。文月瑠衣神態駭然，攥著左手成拳狀。無奈我閱覽各家武學書籍時，知道按食指中指根部的骨縫，可使拳頭鬆開。只消扣一隻手指頭，便教她不得不攤開五指。一灘濃稠的血不偏不倚又不流動的凝結於手掌心，如同燦爛的桃花，散發出陣陣瑰麗迷人的艷色。

「你我相識多少年？你以為我甚麼都不知道嗎？」

文月瑠衣的隱藏手法過於拙劣，那怕如何掩藏，我依然能從外面起伏曲線，丈量她的身體。持續不自然地將右手捲曲，與左手握抱成環，不斷磨動手指，豈不招人疑竇？

最初單純為保護文月瑠衣而自行借書習武，沒想到會牢記各家招式，意外融會貫通。漸漸注意人體的身材、肢體、行動等細節，觀察事物的眼光與感受亦與過去截然不同。

「右手。」

文月瑠衣猶想藏起來，可是眼珠子偷偷張看我，最後還是遞上來。那隻右手乾淨素白，不沾半點飛花。我厲眼一掃文月瑠衣全身，即時拉開床頭旁邊的抽屜。最上第一格的抽屜內，放置一疊原稿紙及一支藍色原珠筆。最上那頁原稿紙，點滴落下數道朱紅。

「給我解釋一下。」

文月瑠衣是右撇子，左手長期插住點滴，不方便活動。如果吐血，第一時間應當是用右手掩嘴。然而現在卻是左手手心一片殷紅，究竟出於甚麼情況，她不得不用左手掩嘴，堵塞口腔中湧出的血？

人在病床上，能夠做的事不多。而其中只有少數，可以迫使她無法用右手掩嘴的，也就只有那幾項。我向來都是於固定時段過來，今天因為想及早通知結果而提前打擾。倉猝變故下，她未能事前清洗左手，惟有藏在被褥下。那麼答案非常明顯：文月瑠衣正聚精會神寫稿件，右手持筆書寫，才不得不用左手掩嘴。可是手指是有隙縫的，所以還是漏滴到原稿紙上。

「子健欺負人。」

輕鬆推理出真相，還抓出確鑿的罪證。文月瑠衣避無可避，只好使出女人最強武器：流眼淚。遺憾地對手是毫無人性的我，絲毫不為所動。

「是何時的事？」

眼淚瞬即消失，少女嘟囔小嘴道：「不，也是最近的事……」

我鬆開她的手，走到床頭前，直接拿起病人的報告板。每天醫生定時巡邏檢查後，必會在上面撰寫摘要，以便向值班護士交代病人的情況。理所當然，上面都是潦草勁疾的專業英文術語。

「上星期已經開始嗎？為何要瞞住我？」

文月瑠衣悶悶不樂低下頭，一副默認受罪的樣子，反倒教我於心不忍。

「若然你知道了，一定會阻止我繼續寫下去。」

「要阻止的話，早於第一天就阻止了。」

直至現在，我仍然不曾後悔。

人的出生，就是等待死亡。無論貧富，不分優劣，殊途同歸。惟一的分別，只是中間的過程。

「只要是瑠衣想做的事，我都會儘自己所能協助你達成。」

與我這樣的人不同，文月瑠衣的人生，一定要活得比我更精彩。

今年年底前，我便要離開孤兒院了。然而她卻不得不留在這處，繼續無了期的徒刑。不能讓她在有限的人生中，留下半點遺憾。那怕爛透了的我，也能從她身上，尋找到生存的意義。

第玖回　罪孽未隨流水去
倫常偏藉游鱗來

虞杰不屑吵下去，急欲聯絡張衡處置時，天青雷抓住其右臂，誓不容他借故逃逸。

「鬆手！」

「你想去哪兒？」

「和你沒有關係！」

未搞清楚來龍去脈之前，天青雷都得要虞杰留在原地。

「那兩個人這麼凶，難不成真的想開戰嗎？」

「頭兒，再這樣下去非常不妙！」

「唏，可是我們又不能去現場，怎樣阻止？」

調查組那邊，眾多警察同樣聚集在電視機前，密切關注案情發展。偏偏他們無法進去現場，處處受到掣肘，光瞪眼徒焦急，愛莫能助。

「聯絡到二人嗎？」

「還不行，兩邊都沒有回應。」

「混帳，他們都沒有留意手機嗎？」

最麻煩的是別墅無法接收訊號，不能直接撥電話，只可以透過網絡傳送訊息。天青雷與虞杰糾纏，腦袋被怒火沖昏，渾然不覺褲袋中的手機發出聲響；虞杰的手機留在房內充電，也沒有攜帶在身。當衝突漸漸劇烈，有一方失去理智，隨時於糾纏間錯手殺人，便鑄造無可挽回的過錯。天青雷猶如出籠猛獸，竟然一拳揍在虞杰的臉上。眼見天青雷終於出手，觀眾大表興奮，警方深感無奈。

「你打我？」

虞杰自負走廊有監視鏡頭，天青雷多少會有所顧忌。然而他渾然忘記，人的精神非常脆弱。受囿於死亡的恐懼而無救援，長期擔驚受怕下，精神無可避免地持續處於高度緊張之中，心底已經產生一種急促感。如今再被虞杰言語刺激，蕭綸公不再在旁邊緩和衝突，最後一根理智的弦線終於崩斷。揍出第一拳，接下來如暴洪爆發，霎時壓向對方，兇狠無比的再送出第二拳。

「瘋子打人啊！救命呀！」

天青雷確實不會武功，但他的拳頭還是有點硬，纏鬥起來時仍然佔上風。

虞杰亦絕非毫無準備，他向來只信任自己，不信任任何人，甚至對整座別墅疑神疑鬼，沒有任何安全感。故此他借沖咖啡之便，偷偷從廚房取走一柄小刀，常時藏在腰間。如今事態危急，他認定天青雷打算殺人滅口，遂掏出來晃向天青雷道：「你千萬別亂動！」

天青雷盛怒之下，只消一巴掌就將虞杰手上的小刀拍飛。左手依然沒有鬆開揪著虞杰衣領的手，第五拳再掄上去。

虞杰慘呼，左手捂在臉上，嘴角溢血。右手拚命推開對方，可惜力氣不夠，甩不開來。天青雷一拳接一拳搗下去，嘴裏碎碎唸叨：「老是妨礙我的行動！永遠跟我對著幹！我說每一句話你都頂嘴！每個觀點都反駁！這算甚麼意思？以為自己高高在上？很本事嗎？還不是被馮子健陰了，困在這處，有何本事裝腔顯擺？誰叫你丫的那麼囂張！好啊，終於露出本來臉目，想用刀刺殺我？……」

天不從人願，張衡最為擔心的事終究發生了。最荒謬的是，這幕胡鬧的劇情正在全國直播上演，亦經由網絡傳遍世界，讓所有人都親睹作家不為人知的一面。

天青雷出拳又快又狠，無情勁力兇猛無比，叫虞杰痛的齜牙咧嘴。可是拳擊的姿勢不正確，既浪費體力，又傷了筋骨。連續十數發暴拳掄下來，登時雙拳腫痛，手肘一陣酸麻，疲累襲體。虞杰癱在地上，人頭慘成豬頭。天青雷驟然醒起殺人是犯法的，在最後一刻拉住拳頭。他奮鬥十數年，決不能因為殺人而惹上官非，蒙上半點污名。

「沒事的沒事的，他拔刀想刺我，這是正當的自衛還擊……」天青雷為自己行為強辯，反過來指著他罵道：「我倒不打死你，等警方來到之後，在法庭上正式判你的罪！」

虞杰全身疼痛，視野模糊。心知拳腳不敵，決定走為上計。此時他步履不穩，一手按住牆壁，跌跌撞撞逃回房間，鎖牢房門以求自保。天青雷腕部劇痛，雙臂難提，無暇分心追截。趕到虞杰房門外，不斷用腳蹬門。虞杰誓不出門，背部堵住房門，緊急向張衡聯絡求救。

張衡收到報案，奈何他只能轉介同事安撫，除此以外警方甚麼都做不到。

天青雷踢不破房門，一番發洩後開始膽怯。然而望見地面那柄刀，繼續說服自己是自衛反擊，先發制人壓向殺人犯，才不算是犯罪。呢喃間走到洗手間清潔雙手，涮去血污，再用冷水沖刷臉頰，慢慢恢復理智。從褲袋中掏出手機，才留意到大量未讀訊息，其中有警方發來的視像通話請求。二話不說即時聯絡，欲向他們報告虞杰的嫌疑。

這次負責與天青雷聯絡的是一位年青女警，依然與之前那些警察一樣，帶著一成不變的官方口吻，循例查問蕭綸公死亡的細節，以及二人爭執打架的詳情。天青雷忍無可忍，向查問的警員大喝：「叫張總督察過來！身為國家公民，現在遭受死亡的威脅，你們居然只會打官腔？一個勁的問長問短？老子每年交很多版稅，可是你們完全沒有履行保護市民的職責！壓根兒幫不上忙！」

「劉先生，請冷靜一下……」

「冷靜？你們看不見虞杰那廝想拔刀殺死我嗎？證據確鑿，虞杰就是兇手！該死的，快點來抓他！快點救我出去啦！別再隔在螢幕另一邊問些搔不到癢處的問題！」

天青雷之前願意與警方合作，一來要維持良好形象，二來相信危機只是暫時，很快就會獲救。然而警方一直冷漠應對，再到蕭綸公之死，以及虞杰公然刺殺他，壓垮最後的希望。那怕生命危在旦夕，但警方仍然循程序錄證詞，焉會不動氣？焉會不感到絕望？他不欲再聽警方冷漠且毫無意義的廢話，憤怒地掛斷通話。此時縱然後悔不聽蕭綸公的說話，亦於事無補。

「不對……現在還未晚……絕對來得及……」

匆匆跑回房間，隨便收拾行裝，再將蕭綸公準備的米大餅及飲用水都塞在背囊中。

「你想走？」虞杰臉上依然青一塊紫一塊，正想往廚房用水煮蛋揉臉，剛好碰上天青雷逃亡。

在天青雷眼中，他的笑容簡直嘔心至極點。只要聽到虞杰的愉悅聲，便感到渾身發毛。那不是祝賀，亦不是期盼，更不帶半點仇恨。虞杰就像忠誠的喜劇演員，揮手永別天青雷。既然肯定虞杰就是X，他當然不會笨得與對方逗留在同一處地方。即使外面再危險，也比兇手身邊更安全。反正警方一時半刻都不會趕過來救人，還是逃跑出去，生存機會比較大。

「再見……永不相見！」

「好呀，一路慢行。」

天青雷衝上二樓，矮身鑽過樹椏，來到喬農屍體身邊。一條用窗簾布束成的長布帶，仍然繫在破牆處，筆直垂在外牆。

舉頭仰望天空，左右打量四周，確定安全後，第一時間沿布帶滑落地面。不知道相隔多少天，他終於再次腳踏在濕軟清香的大地上，而非別墅的冰冷瓷磚。趁衛星未發射前，迅速繞回別墅正門那邊，往反方向逃走。經過門前的大陷坑，不由自主憶及當天罩下來的熾烈光束，心底猶有餘悸。

天青雷恐懼自己突然死於非命，三不五時抬頭仰望碧空，腳步更趨急促。慶幸走了十多分鐘，都無遇上任何異狀，成功穿入森林深處，獲得林蔭的庇佑。事到如今才發現，原來逃出別墅外根本不會受到任何懲罰。最初威脅他們的攻擊，原來只是華麗誇張的騙局。即使真有其事，也許僅有一發而矣。從最初在他們的心中留下難以磨滅的恐怖印象，令八人放棄逃走，像家畜般甘心待在別墅內，逐一遇害。此時他悔不當初，為何不聽蕭綸公與喬農所言一齊逃出去。

進入茂密的叢林中依然不敢大意，持續拔腿亡命奔跑。視野內尋不到半個人，靜寂無聲，頭頂幾乎被茂盛的枝葉遮住，處處透露著陰森恐怖的氣息。長年缺乏鍛鍊的身體，很快就雙腿發軟，急促地喘著粗氣，不得不由奔跑轉為緩步。

很少人真正理解大森林的可怕：不管走了多久，甚至走到死亡，都是差不多的景色。一望無際的樹木，樹木以外都是樹木，卻不見半個人。如同錯置於無盡的異空間，樹木都是拔天的柱樑，架起一座黑綠穹頂。不知不覺間不辨東南西北，濃郁的氧氣致人窒息難耐。

理論上別墅必定有一條可供汽車行駛的路徑連接山腳，不然馮子健如何將八人運上山？天青雷沿途四下打量，卻不曾見過。

手上無地圖，無指南針。自己捨棄寬闊平坦的路徑，也不願走險要的道路，故意選擇僻靜且簡單的路線。一陣陣陰氣拂臉，本能地往周圍一看，並未發現其他人。潛意識主宰身體，拚命告訴他離開別墅越遠越好。沒多久他發現前面有一輛白色的小型貨車。於原始樹林中發現極為罕有而熟悉的文明物，簡直是顛倒錯置的景象，完全不合理不自然。可是長年居住在都市的天青雷而言，卻因為目睹親切而熟悉的人工物而興奮起來。

「上天總算待我不薄，嘿嘿嘿……」天青雷本能下欣喜若狂，彷彿遭遇海難時發現一塊浮木般，未曾意識到一臺小型貨車停泊在森林中是何等詭異且不合理。連跳帶跑盲目地衝上去，正擬與貨車旁邊安坐的人打招呼時，霎時整個人墜入冰窟窿中，露出畏怯的眼神。

即使想轉身逃走，才發現人困身疲，雙腿酸痛，已經走不動了。

「嗨，你終於到了。」

萬萬料不到，馮子健泰然地安坐在小型貨車旁邊的塑膠椅子上，向天青雷打招呼。

「你怎麼會會會在這處？」

竟然會在此時此地，碰上最不想見到的人，上天對天青雷開的玩笑未免過分惡劣。

「別墅南方左右兩邊坡道塌陷難行，甚至達幾十米高的沖溝，所以『那位魔女』說你既然往南方起行，十有八九會從這邊比較平緩的地方穿過。一旦路經此地，看見這部貨車時，必然產生希望，認為能找人呼救而主動靠近。」

天青雷啞口無言，因為馮子健完全說中。好一招「請君入甕」，馮子健以逸待勞，更於此地架設攝錄鏡頭。通過小型貨車上的器材，同步轉發至全國，取替原本變成雪花的中央電視台頻道。

有人發現自天青雷逃出別墅後，其中幾個黑白閃爍雪花雜訊的頻道居然換上新畫面，赫然可見馮子健在森林中設置鏡頭。一傳十十傳百，張衡自然收到風聲。在電視機中目睹馮子健，令全體警察坐立不安。萬事準備完畢後，他像一位與世無爭的鄉郊叟人，悠閒於林蔭下休憩，享受早晨時光，完全搞不懂他有何企圖。

正因為他甚麼都沒有做，反而勾起眾人關注與好奇。張衡更嚴陣以待，那怕警方啥也辦不到，亦不得不密切留神，想搞清楚對方有何企圖。

此時虞杰仍待在別墅那邊，收到警察通知，猜想對方是不是在路上等待殺死天青雷。警方不以為然，因為天青雷是臨時起意逃出去，事前毫無準備及計劃。馮子健不是先知，怎麼可能知道他的逃亡路線呢？即使事前在目標身上留下跟蹤器，也得及早動身追上去，而不是施施然伸懶腰打呵欠。

警方亦想通知天青雷，奈何他已經離開別墅。山中無Wi-Fi，手機又接收不到訊號，真正叫天不應叫地不聞，完全失去聯絡方法。直到在電視機的螢光幕上目睹天青雷現身，無不啞言以對。

未卜先知，預早在此地守候，不偏不倚的等天青雷自投羅網。網友開始大呼「孔明再世」「孔明的陷阱」「真不愧是孔明大人」，對馮子健頂禮膜拜。

無人在意馮子健口中「魔女」二字，大抵只是視為某人的暱稱或代號。然而張衡與馮子健多番交手，決不會錯過他任何一個小動作及一句說話。

張衡心想：「『那位魔女』……莫非是指他的同夥嗎？」

天青雷面對附近架設的鏡頭，慌張質問道：「你這算是甚麼意思？」

「當然是阻止你逃走。」馮子健站起身來，明明只是一個廿多歲的小伙子，卻露出一副比成年人更深沉的表情。光是站起身，便散發出壓倒天青雷的氣勢：「一天不向世人公開承認自己的罪行，一天都不准離開，全部都給我死在這處吧。」

「荒謬！死的人應該是你！殺人犯！」

「全國觀眾都在等待你自首，請坦白從寬，說出事實，叩頭認錯謝罪。」

難不成馮子健這瘋子，將這處現場發生的一切同步直播？在鏡頭前公開承認罪狀，無疑從社會的根本性上抹殺自己，毀掉長年辛勞建立出來的名聲與地位。一旦蒙上污點，他的小說頓時變成廢紙，被出版社及書局倒過來追討損失，甚至被江湖中人追究他在比賽中造假的罪行。

天青雷堅決保持自己虛偽的形象與謊言，寧死也不願招認真相：「我沒有說謊！我沒有罪！你含血噴人！」

奢想不斷重複謊言一百遍，假的都會變成真。遺憾汗水於額上斗大不止冒出，瞳孔不停東張西望，紅透了的耳朵，均出賣了他心虛的事實。

「你不是自詡自己會武功嗎？那麼你願意和我打一場嗎？如果你打贏我，立即讓你逃出去。」

馮子健突然提出旁人認為極具誘惑力的條件，然而天青雷心知肚明，自己絲毫不懂武功。對方故意四周設立鏡頭，提出公開比武，明擺存心要在廣大觀眾面前拆穿其西洋鏡。

「殺人兇手怎麼可能言而有信？我不會附和你的要求！」

「現在你有資格和我談條件嗎？我是開門見山說明規則，你要麼接受，要麼轉身滾回別墅去。」

馮子健神色峻冷，投來冰冷的視線，連天青雷都感覺得到他遍身散發出無形而濃烈的殺意，不由自主退後一步。內心忌憚間，厲聲喝問道：「你我素無冤仇，怎麼要來殺我們？」

精心布置殺人實況，戳破他們不為人知的祕密，誓要置眾人於死地。深懷如此汪洋般的仇恨，必然有與其相符的動機及理由。然而天青雷敲破腦袋都想不到，為何他們會招惹上這位連續殺人犯。無論是蕭綸公隱瞞自己是共產黨黨員的身分，喬晨挪用政治力量誣衊迫害文壇上的反對者，抑或是他向外謊稱自己是武術高手，均犯不著馮子健代為出頭伸張公義。

馮子健抿著嘴唇，眼中閃過一道嘲諷：「替天行道，何錯之有？」

「你是瘋子嗎？在逞英雄嗎？」

「既然上天不收掉你們，那麼就由我出手解決，就是這麼簡單。」

明明就是天青雷筆下武俠小說中主角常常掛在口邊的台詞，如今卻在殺人犯的口中說出來，聽上去倍感荒謬絕倫。

「我雙腿酸軟，無法發力。」

「沒問題，讓你休息一會，等腿好了再比試。」

「這幾天都沒有好吃的，雙拳無力。」

「我車上有食物，足夠你吃飽撐死幾次。」

「我其實不擅長空手搏擊……」

「之前雜誌訪談時你提及自小鑽研菲律賓魔杖，所以我幫你準備好了。」

馮子健從貨車上取來某物，隨手抛向天青雷，一對菲律賓魔杖就擲到面前。天青雷認得清楚，正是他珍藏在家中的魔杖，頓時驚駭萬分：「這不是我的杖嗎？你是怎麼偷來的？」

「當然是親自上門拿來的。」

馮子健說得好像是隨便到便利店買汽水般簡單，令天青雷無言以對。電視機前的好事之徒早就不耐煩起來，紛紛問候天青雷的母親，又或破口大罵婆婆媽媽的不像男人，吆喝快點動手不要動口。

所有男生小時候都有看過李小龍的功夫電影，也曾聽聞不少超級英雄的報導，天青雷亦不例外。發現自己沒有異能，當不成超級英雄，便退而求其次，要成為武術高手。曾幾何時他也有過真摯的功夫夢，小時候更有幸遠赴東南亞，拜師學習過菲律賓魔杖。

奈何隨功夫電影日漸息微，無人再願意聘請新的功夫影星。即使出資拍攝功夫電影，還是只起用已經成名的舊影星。比方說武打巨星張兆恆，那怕不再年青，仍然是各大影片炙手可熱的男主角。新人入行途絕，意味天青雷無法實現武打明星之路。

功夫練得再好，也不能幫助他學習考試取高分，也不能升讀一流大學，更不可能賺錢生財。現代社會，讀書考試才是惟一生存之道。不知何時開始，他拋棄童年不切實際的白日夢，隨波逐流埋首勤奮念書升學，融入現代社會成為一粒模範傑出的齒輪。至於寫武俠小說，純粹因緣際會，未想過意外走紅。為求在市道中突圍而出，他撒謊自稱習武，標榜與眾不同，將曾經鍾愛的「武術」淪落成銷客賣書騙錢的幌子。至於這兩支魔杖單純擺在家中當作裝飾品，至多待傳媒訪問或公開表演時才拿出來，裝裝樣子揮舞數招。今天再睹，千愁萬緒，復上眉間，又添煩憂。

天青雷感覺到每一臺鏡頭背後，都有無數的眼睛盯住。走，是死；和，是死；逃，是死；戰，也是死。他全身顫抖，慢慢彎腰，左右各執起一根魔杖。回憶初心，擺起架勢面對馮子健。面對兩手空空的馮子健，即使手中有兵器，亦毫無安心之感。

「正手有棍尾，警戒式……就是馬步稍差。你身高一米九，腿長八十八釐米，如果左腳挪後半寸會比較好。」

居然一眼照臉就知道敵人身高腿長，更反過來指導下盤姿勢，到底是自信？自滿？抑或是自傲？

如果馮子健掏出手槍，那麼他只有棄權投降。

「你……不用武器嗎？」

「啊，對對，差點忘記了。」

馮子健匆忙間解除腰帶，從背後卸下一柄短刀，連同刀鞘小心翼翼珍而重之置在椅子上，隨後才回到天青雷面前。兩手空空，垂手而立，餘裕從容道：「閣下準備好之後，隨時都可以上。」

「我……我需要熱身。」

「剛才的長跑還不夠嗎？誒，隨你的便。」

萬策皆盡，退無可退。心跳加速，雙手總是無法牢牢握住兵器。

常言一寸長，一寸強。手上這兩根菲律賓魔杖以鋼材精製，長七十釐米，直徑長二點五釐米。隨便施一點力度砸在人體關節上，保證令敵人劇痛難當。那怕只是普通一揮，亦足以制服手無寸鐵之徒。天青雷說服自己冷靜以對，嘗試尋找馮子健的破綻。

張衡在電視機前大喝：「笨蛋！別出手！」

他的部下要麼憂心，要麼閉眼不看。長期在前線與馮子健對抗，他們非常清楚馮子健的實力。方才解下的那柄刀，乃是其愛用兵器，Cold Steel出品的1917 Frontier Bowie Knife。說出來可能令人難以置信，但馮子健就是憑這柄刀，將圍捕他的特種部隊殺至片甲不留。

那是將近兩年前，馮子健犯下第三宗命案後。張衡意外獲悉對方正打算從廣西省翻山越至廣東省，遂設計在途上埋伏，以圖截擊捕獲目標。豈料馮子健靠地形及自製的裝備，以迅雷不及掩耳之勢切入埋身戰鬥。只要被他拉近距離，那怕手上有槍都無甚用處，一刀一個輕鬆地取其要害。

在敵人殺死自己之前，先一步殺死敵人，那麼自己就不會被殺。每一刀都比子彈更快，每一劍都比閃電更迅速。刀刃劃過之處，斬筋切膜，斷手裂腳，不知多少警察就此喪命，或是變成殘廢。

警方不是未曾見過殺人犯，但要麼是仔細思量布局謀殺目標，要麼隨便手持一具武器胡亂行兇。然而馮子健是與其他人截然不同的，他的殺人技藝完美無暇，能放能收，已臻化境。那場追捕戰中，警方損兵折將，一敗塗地。上層知悉後大為震驚，有人甚至懷疑他接受過外國的特務訓練，請求國家特務局派出專業的特工解決他。

半年之後，特務局突然以「這是警方負責的案件」為由，急急退出。雖然詳情不太清楚，但張衡私下打聽，原來那些所謂國家精英特工同樣成為馮子健的手下敗將。局方上層為掩飾失態，才會主動放棄任務。

每一次挑戰之後，馮子健皆會進化，實力變得更強，行蹤越加隱祕。到第五宗命案後，除非他主動現身，否則警方再也無法得知他的去向。

對敵人一無所知的天青雷，趁眼前人雙眼一時飄開看風景，猛地突進。他險中求穩，腳踏三角步，進入馮子健左側打擊，上步旋身一棍斜劈向敵人左手肘，務求先廢其左手。甚至想好下一招，連接退步轉身再反劈，守中帶攻，壓制對手反擊。

看似必死無疑的馮子健，只是使出一招。電視機前的觀眾，如果動態視力好一點的，就會見到他左臂一晃，然後天青雷右手掃上去的鋼製魔杖就崩裂成數段。

天青雷一聲慘呼，整個人彈飛倒退，撞上六七步外的樹幹上，傳來清脆的骨折聲。他整條右臂以不自然的角度朝外扳彎，肌肉下滲出大片紫紅。整張臉扭曲痛叫，觀眾不由得感同身受，彷彿自己的右臂亦撕裂斷掉。不用一個眨眼的功夫，就莫名奇妙而且極為難看的輸掉了

究竟在那一眨眼之間，發生甚麼事呢？網友後來以慢鏡頭重播那一彈指的瞬間，發現其中奧妙，不由得令人嘆為觀止，甘拜下風。

只見馮子健全身紋風不動，左肩放鬆，左臂輕抬。左掌迅速迎上揮來的魔杖，然後五指突然屈曲成虎拳，內旋臂直前猛插。拳杖相交，勁力就如龍捲風鑽翻，貫注棍身後再直通穿透入天青雷的右臂。魔杖即時斷裂散飛，人亦澈底倒飛出去。

雖然與認知的有些微出入，但還是有習武之人辨認出那是寸勁，而且相當老練。

【打得好，夠爺們。】

【這才是真功夫大師傅。】

【市井浮沉之輩，好多伏虎藏龍，不過未能際會風雲，飛黃騰達耳。】

【平常不是自誇武功有多高，竟然一招就敗下陣來（笑）】

【（右）虛假的武術家（左）真正的武術家。】

【借問哪兒可以拜師？】

【安西教練，我想練真正的功夫。】

【全國武術總會在哪？快快出來面對！你們的比賽是造馬嗎？】

【自九十年代「殺人拳」二馬友離開中土後，中國武術界幾乎是人材凋零，很快被滿州、朝鮮和日本比下去了。】

張衡無助地搖頭，他早知道戰鬥的結果，卻無力阻止。馮子健之所以放下刀，不是禮讓對手，而是削弱自己，避免一招殺死天青雷。在張衡眼中，這是超然的傲慢。電視機螢幕上，馮子健冷冷睨視天青雷，低聲吟道：「同樣是菲律賓魔棍，和之前交手的職業殺手相比，你根本是連渣滓都不如。」

天青雷額上滲汗，右臂痛不欲生，只能像瘋子那樣在草地上打滾，將綠坡染污成夕紅。

「你……你……我決不會放過你……」

馮子健沒有理會他，轉身離開。

「等等……我可是知道X到底是誰！」

馮子健皺起眉頭，天青雷道：「你說過，只要說出誰是X就可以離開。」

「好吧，說來聽聽。」

「X就是虞杰！」

「理由呢？」

「還需要理由嗎？只餘下我們二人，我決不可能是X，那麼他當然是X！」

馮子健意外地張開嘴巴，呆滯半天後才回神：「好好好，你說的很好，可惜答錯了。」

天青雷就似爬動的蟲子般難看，狠狠盯向馮子健：「無恥之徒！你根本言而無信！我已經指出誰是X，你卻無視自己的承諾，不願意放我離開！」

「因為你答錯了嘛。」馮子健頗為煩惱，他早就決定要將全部八人殺清光後，才公開X的身分：「單憑活到最後就指對方是X，太武斷了。我要的是慎密周詳的推理，至少具備邏輯性的分析理據，而不是訴諸情感的指控。」

「你……呀……」天青雷打算將自己的推理說出來，奈何右手劇痛難當，無法暢順組織思維。馮子健尚有話想說，忽然按下掛在右耳窩上的藍牙耳機，側頭小聲應答，緊張地返回貨車，在後車廂攤開一張大地圖。

「軍方兵分三路，東南、東北和西面……優先解決西面，然後是東南及東北……好的，我盡力而為……竟然動用達姆彈？軍方看來急得要藥石亂投了……沒問題，我這邊收拾完後再趕過去。保持聯絡。」

說話斷斷續續，才隱約聽到一句半句，便掛斷通話。

「對不起，有點緊要事，我要先行一步。」馮子健收拾器材，拆走鏡頭，實況畫面至此中斷。之後的說話，只有天青雷聽到：「軍隊組織大規模的攻勢，派出整整一個師的部隊，分三條路線搞突擊，我不得不趕去將他們驅逐掉。」

他到底在說甚麼？軍隊要攻上山？一個人想扛住三條路？

「難不成……你……」

天青雷憶起張衡曾經提及，軍方屢次攻山，均被一位穿著銀灰色盔甲的神祕人物擊潰。

「放心吧，我絕對會將他們全數攔截，決不允許任何一人越過來拯救你這人渣。」

那怕面對千軍萬馬，馮子健連眉毛都沒有皺過半條。換作普通人說這番話，天青雷覺得對方一定是瘋子。然而馮子健說出口，卻隱含無比的自信與實力。

「對了，別打算逃走。『那位魔女』能夠完全監控你的一舉一動，別妄想能夠跳出她的五指山。早死早著早超生，祝君好運。」

縱使再次提到「魔女」之詞，遺憾天青雷無心細聽，痛楚充斥腦髓，只能淒慘地掙扎，拖住報廢的右手臂在地上爬行。馮子健低吟一句「應有此報」，收拾完畢後就發動引擎，絕塵而去。

潛意識中併發出頑強的求生意志，天青雷匍匐於泥巴及雜草上，僅靠左臂膀爬行。鮮血汩汩溢出，在地面遺下長長的血痕。不多時右腿不聽使喚，左手腕和腰部亦失去知覺，喉嚨排出呻吟聲。最終動彈不得，靠近樹樁下停歇一會兒，清晰地感受到生命正在一點一滴地流逝。

「不要停下來啊……」

淚水漸漸模糊視線，自己何曾受過如此非人的苦難呢？

按常理，如今不是應該陪著朋友歡慶歲晚，恭迎新年嗎？

不知何解，他突然想起《武俠江湖》的主編沉默成。

曾幾何時，沉默成也是武俠小說的作家。雖然名聲及不上毛蕭申，但好歹在廣州佔有一席之地。無數作品改編為廣播劇及電影，在上世紀五十年代名成利就，所到之處極受側目。無人料及武俠小說的狂熱很快就退消，出版社不再印行那些銷量平平的小說。市場上最好賣的永遠只有毛蕭申的作品，其他人無法佔一席之地。那怕沉默成不斷為作品引入更多變革，亦難起沉屙。

儘管他的作品曾經迷倒多少讀者，獲得多少掌聲，均如夜空中掠過的流星，不免一閃而逝，未能永恆不朽長期輝煌。過去的作品無人借閱，形同冷宮內獨守空幃的妃嬪，悉數長眠於圖書館架上。那怕長年虧蝕下，沉默成仍堅持自己的興趣及熱誠，不斷揮霍積蓄與兒子合力經營武俠小說雜誌，追尋他那個永遠不可能實現的武俠夢。

天青雷背後有金主支持，可以請大批人合編一份雜誌。受人錢財，替人消災。辨不出成績，自己便有麻煩。偏生沉默成卻不願主動退位讓賢，更霸佔各報攤的通路。一山不容二虎，既然有人不識時務，偏生與自己作對，他不得不使些手段。要求出版社及發行商出面，向經銷商施加壓力：誰敢銷售《武俠江湖》，就不准賣他的小說。

一位是只會閉門埋首編書，沒人氣沒成績的過氣作家；一位是如日中天，新作永遠銷售一空的人氣作家。經銷商位處下游，毫無選擇權下，只得默默下架《武俠江湖》，迫使沉默成黯然離場。沒想到十年河東十年河西，自己今天竟然英名盡喪。醜態百出之餘，更將客死山中，比沉默成之際遇更不堪，情不自禁哭出來。他之所以力爭上遊，爭取名聲，就是不甘平淡，決志成名。

出名要趁早呀！來得太晚的話，快樂也不那麼痛快。

張愛玲《傳奇》序文「再版的話」中這一句話，深深影響很多人，其中亦包括天青雷。

越早成名越好，自己所享受的待遇也越好。以儲蓄作比喻，十歲時將富爸爸贈送的十萬紅封包存進銀行，與人至中年捱生熬死才囤夠十萬積蓄存入銀行，收益獲利絕對差天共地；以科舉作比喻，十多歲中舉後就可以有漫長的時間結交鄉紳、參與地方事務、在官場建立勢力；反之像范進老來中舉，已經日薄西山，連當小吏的機會都沒有。

年青時成名出書，往後就有更多時間在更優渥的生活中寫更多小說，甚至有時間慢慢修改作品，於文壇成就更傑出；反之年老成名，半隻腳已經伸入棺材，滿腔懷抱再偉大的作品都沒有時間及精力完成，便駕鶴歸西。

天青雷最恐懼的，莫過於自己的作品悄無聲息地被時代的洪流覆沒。他不願步上過氣作家的後塵，淪落為無藉藉名的普通人。

日光和暖溫煦，可是身體冰冷，奄奄一息的屍體，最終死不瞑目，憤怒與不甘的眼神凝望遠方。

＊＊＊＊＊

虞杰終於能夠一人獨享整座別墅。

開放式的廚房變成吧檯，櫃內一箱箱酒都抽出來。懂酒之人如果看見，必然訝異無比，又同時痛心。每一支名貴的美酒，居然只供他一人自酌自灌，簡直暴殄天物。

電磁爐上烤著牛肉塊、豬肉塊及雞肉塊，混和適量的黑胡椒粉、鹽粒與白酒，正氣勢磅礴地騰昇出大量香噴噴的味道。即使肉汁橫流，口腔內豐腴酥香，再佐以上好之酒，都無法排解憂愁。

踏入公元二零一五年的第三天，他仍然囚禁於別墅內，與死者作伴。一如他預料，打從最初開始，馮子健就沒有打算放過任何一個人。

天青雷逃出去，結果在電視機螢幕上公開處刑，遭一拳打死。這下子所有人都知曉，天青雷根本不會武功。輿論登時炸了鍋，龍江出版社及國家武術總會負責人等都出來解畫。那怕他們竭力發言堅持「天青雷會武功」，可是再無人願意相信。

火勢一發不可收拾，對於聚之以利的小人而言，哪有同生共死赴黃泉之志，紛紛發聲明割蓆避難。最先是有人於互聯網上匿名爆料，矛頭對準龍江出版社及國家武術總會，以高壓手段脅迫各路門派配合天青雷做假。隨後佛山蔡李佛拳、淮陰劍法、陳式太極拳等宗師不約而同召開記者會，力陳國家武術總會如何壓迫他們，內部行政混亂，還有龍江出版社強迫他們陪天青雷演戲，對招時要留手，更要造馬被打倒。

「馮子健這個人……不，馮子健背後的人，太恐怖了……」

虞杰旁觀者清，理解來龍去脈，才倍感絕望。

馮子健明明有本事殺死他們，卻偏偏囚禁起來，明目張膽說明X混在他們八中人，還搞實況直播真人秀。蕭綸公曾經拋出類似的疑問，現在虞杰終於搞懂。一切都是精心計算，務求令他們以最屈辱的方式死亡。

人的潛意識中積極求生，得知找出X就有得救的希望，便無論如何都會依賴它。那怕所謂的希望毫無事實根據，甚至是虛無不存在，都會痴心想抓住它。虞杰以為自己很聰明，不屑與愚人走在一起，所以他拒絕融入其他七人。現在倒好，死剩他一人，孤零零地等待永遠都不會來的救援。

那怕真的有救援，平安離開，他都會死於非命。如同張衡所言，馮子健下手的對象，全部都是認定「有罪」之人。警方對他起疑心，事後調查時，絕對會千方百計追根究柢他的祕密。

低調平安，順風順水，方可駛得萬年船。馮子健這一著太狠毒，輕鬆將他推至風浪尖口處。警察調查時順藤摸瓜，遲早會發現他與永銘財務的關係。

永銘財務背後投資者、合作人與客戶絕對不可能允許這樣的事情發生。注重大局，維護全體利益。一旦發現自己會威脅他們時，絕對會先下手為強，殺人滅口以保障安全。證據就是直至現在，他們都沒有與自己聯絡。他不想死，可是輪不到自己決定。

【汝妻子吾自養之汝勿慮也】

手機突然收到這條由不明號碼發出的訊息，虞杰的瞳孔急劇縮小。要來的，始終都要來。以前他認定自己是精英，絕不會像那些笨蛋犯上低級錯誤而被組織處決，所以從來沒有想過他也會迎來這樣的下場。虞杰懼怕發訊的男人，更畏怯他身邊那位女人。雖然只見過幾次面，可是她的一顰一笑，都充滿令他著迷的魔性。不分時間，無分遠近。她只需要閉目聚神，雙手合十，朱唇叫喚某人的姓名，對方即時心臟衰竭猝死。

這個世界上有少數人擁有超越科學常識的異能者，國際聯盟就以他們為中心，組建出捍衛者，以超級英雄之名維繫世界和平。當然也有一批高手隱沒於人間，利用異常的力量暗中主宰世界。那位女士則選擇活在社會的裏側，用她那可怕的超能力治理整個組織。

自己曾經與那位女士接觸過，在她的眸子中，凡人如同螻蟻，命如紙薄，一撕即碎。迷迷糊糊間，突然胸口劇痛。全身神經似是被人用力揪住，冷汗直冒。無法呼吸，悶痛持續，沒多久就眼球凸出，整個人摔落椅子。身體蜷曲，就此氣絕而亡。

手機脫手，掉落地上。明明無人操作，螢幕卻不斷閃動，運行不明的ＡＰＰ，執行格式化。

＊＊＊＊＊

公元二零一五年一月三日，深夜十一時十分，虞杰不明原因死亡。

馮子健在電視機中宣布直播結束，將頻道交還予中央電視台。隨後收拾妥當，就此揮一揮衣袖，自羅浮山憑空消失。只留下八具屍體，以及充滿種種未解之謎的別墅。

幕間九

「總有一個居高臨下的地方，城市的天空底下就是那個城市。」

我心中輕唸，眼珠子在書架前飛掠，企盼重遇那截詩句。

文月瑠衣於去年五月四日終於撒手西去，離開這個不完美的世界，獨遺下我一人待在地獄中。也許預料自己快將死亡，所以文月瑠衣更加拚命下筆，祈求趕及於二零一零年底，將第三部小說投出參賽。不單止趁日間無人時取出稿紙寫作，甚至夜間也挑起小燈寫個不停。身體本來就非常虛弱，加上長期透支精力，缺乏睡眠與休息下，終於接連吐血，令整張原稿紙及床單染成紅色。

有好一段時間，她被醫生強制推進深切治療部，連我都無法入內探望她。只要病情稍微好轉，恢復體力，送回原本的病房後，又再繼續瘋狂寫稿。枯槁的身體，越是廢寢忘食全神貫注地寫，越是煥發無與倫比的意志，讓我不忍心打斷。

「為何要寫得那麼急？」

「因為，覺得自己時間無多了。」

「瑠衣……」

「就算我擱筆不寫，都一樣會死。」文月瑠衣取下呼吸器，挺起胸脯道：「人不能不負責任，這些作品就像我的孩子般，無論如何必須要寫完，給他們一個結局。」

從去年三月開始，文月瑠衣的病情便時好時壞，好幾星期均需要長時間戴上呼吸輔助器，不得不取消學業。馮子健往往扶起手臂，支撐她的右腕，一筆一劃慢慢將文字雕在原稿紙上。

「如果爸爸能讀到我的作品……那樣就好了……請你告訴他，女兒我……好想見到他……叫他一聲爸爸……」

臨終之前，我終於見到文月瑠衣哭了，亦聽到她一直埋藏起來的真心話。

「白痴啊……要說……都是妳自己親自去說啊！」

當文月瑠衣逝世後，屍體由文月基金那邊派人接走，我連她最後一面都見不到。至於她的遺作，最終仍然未趕及完成結局。相比那些骨灰，擁在手中溫熱的稿紙，才是真正繼承她的精神之物。

「哪有人臨終前拜託別人幫忙報恩的……」

雖然不甘心，可是房婉萍真的實現了文月瑠衣其中一個願望，帶她踏出醫院，離開那侷促的空間，仰望真正的藍天白雲。

「果然有錢就能為所欲為啊。」

去日本找文月高丸，狠狠揍他一拳；又或者自資出版，將文月瑠衣的遺稿印刷成書。

「有甚麼方法能賺到錢呢。」

離開孤兒院後，持續利用零碎時間兼職賺錢維生。當餘閒時，便光明正大入院探望文月瑠衣。

文月瑠衣離去後，忘我地用工作麻痺自己，形如行屍般渡過每一天。就此無藉藉名地步向死亡，於歷史長河中不留下半點痕跡。一年多過去，仍然無法忘記她。每夜擁著遺稿，痛恨自己成為這個城市中的垃圾，支撐它嘔心地活下去。如果連我都死去了，文月瑠衣就真正永久消失。

直到那一天，注定是某種緣份。偶然路過書店，見到人山人海。不知道是甚麼力量的牽引下，好奇進去打量。原來是賈曉帆的新書《弒神記》出版，眾多書迷翹首以待，紛紛趕來書店購書，恨不得成為首位讀畢之人。向來對賈曉帆的作品毫無興趣，擬舉步離開時，仰頭看見天空，不由自主憶起文月瑠衣曾經唸過的詩句：「總有一個居高臨下的地方，城市的天空底下就是那個城市。」

我仍未找到，那天她在醫院天台上吟唱的詩句，究竟是出自何處。萬古如一般靛藍的天空，奈何仰望的人已經不在。腳步一百八十度扭轉，再度嘗試尋覓那一首詩，了卻心中的遺憾。

書店內的角落，只有兩排書架放置詩集，左右清冷無人，與店門前的新書熱銷區形成兩個不同的世界。從左至右，由上而下，第一本開始翻起。一片片、一葉葉，一紙紙飛過去，無數文字於眼前掠去，卻勾不動半點波瀾。不知道翻到多少本之後，我遺忘時間與空間時，那一截殘影，霎時牽動我的胸口。

總有一個居高臨下的地方
城市的天空底下就是那個城市

匆匆往回頭翻頁，終於找到了。

總有一個居高臨下的地方
城市的天空底下就是那個城市
此刻晴朗的天氣最宜觀景
留待風雨飄飛的日子
你便可以名正言順的懷念天邊的彩虹

為甚麼總是藍天白雲
但不能錯過這個上午了
對最高的建築物不停的讚美
評彈那些低矮的民居卻是不恰當的
城市上的天空就是那個天空

闔上書本，詩集名叫《天空之城》，作者為秀實。詩題為〈吉隆坡與你〉第三節〈你登上電視塔〉。

一陣愁緒襲人而來，再次回憶起與文月瑠衣共處的情景。我們未曾去過吉隆坡，更沒有登過比醫院天台更高的建築物。不過詩中的感情，卻同樣傳遞進心坎深處。強忍著酸楚與惆悵，認真仔細地從頭再讀一遍。然而當揭到那首詩時，心情失控，掩卷哭出來。

拭去淚水，攜著詩集，跟隨人龍排隊結帳。前後都是挾著一本甚至數本《弒神記》，自己顯得格格不入。一名少女路過身邊時不小心摔倒，手中三本《弒神記》都掉落地面。我跪下來替她撿拾，她見到我手上不是拿著《弒神記》，竟然反過來熱情推銷。

「難以置信！你居然不看賈曉帆的小說？簡直是人生一大損失！」聽到對方將賈曉帆誇讚至天上有地下無，開始懷疑她認識的賈曉帆與我所知道的是不是同一個人。唯唯諾諾間，連排在前面的少女都塞一本《弒神記》過來，好讓我試讀幾頁。

那怕毫無興趣，也不能直接批評他人的喜好。沒有調查就沒有發言權，做人不能抱有成見，也許這本小說真是有出色之處。我慢慢翻開內文第一頁，從第一行開始閱讀。

「怎麼樣？是不是很精彩？想不到賈老師都能寫出這麼高水平的文字，實在太厲害了。」

「沒錯，今年年度的國家圖書獎，肯定佔一席之位。」

「搞不好可以問鼎諾貝爾文學獎呢。」

兩耳不住傳來少女輕快的笑聲，可是我完全聽不進去。

飛快跳頁揭過後，將書本還給前面的少女，然後伸手於書店正門當眼處拿起一本《弒神記》。

「我都說啦，你看完後一定喜歡上賈老師的小說。」

她們似乎沒有在意我的眉宇間蘊含無盡的憤怒。

結帳後離開書店，回到家中，仔細從頭至尾再讀一遍。又從抽屜中取出文月瑠衣的遺作，除去《荷塘樓殺人案》外，《雪峰一劍》與《透天玄機》都珍而重之，好好用透明塑膠袋封好。即使後兩部只是影印的稿件，卻是盛載文月瑠衣的生命軌跡，證明她曾經存在於世的證據。

陪伴在文月瑠衣身邊，目睹她一手捂著滲血的嘴，一手勉強提筆寫下來的文字。小說中的一字一句，都是二人合力的成果，亦是她存留在世上最後的遺物。

為何《弒神記》劇情發展與人物關係幾乎一模一樣，甚至大部分段落都是照《雪峰一劍》和《透天玄機》的原文搬過去？除《荷塘樓殺人案》因故未曾投出外，前面兩部均只曾參賽龍江文學大賞，除此以外不曾於人前公開。大會不是聲明所有參賽稿件都於賽後銷毀嗎？為何會變成賈曉帆的新作？

文月瑠衣與自己親手栽培的孩子，被賈曉帆徹底被侵吞篡奪，連榮譽及讚美都歸在他身上，無疑將她犧牲性命凝聚的心血結晶與存在於世的證明全部埋葬於黑暗中。

「賈曉帆……不，甚至是龍江文學大賞小說組，都有必要澈底調查清楚。」

第拾回　六載蒹葭疑夢寐
三杯苦物入風埃

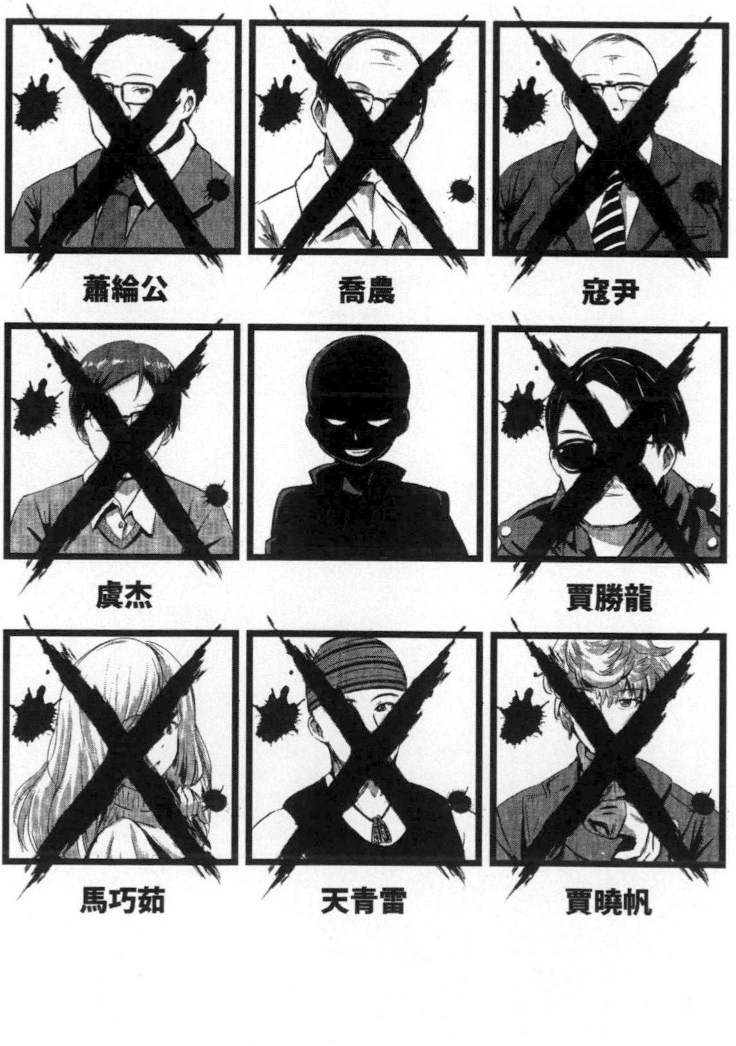

當田青島醒來，臂膀下意識伸去床鋪另一邊，卻沒有摸到東西，空空如也。此番心情可引詩云：

轉缺霜輪化上弦　相思幾許夢魂眠
朝來枕上游絲淚　掎摭情詩盡自憐

起床、盥洗、煮早餐……記憶中每一處全部都帶有奏的身姿。

「我叫奏（カナデ）──『全知』之魔女，奏。」

七年前尚是瀕臨被刷落的小小見習督察，貧困地住在狹窄的劏房時，她就像一塵不染的仙女，親自展開熱烈的追求。

「從千年前起，我已經喜歡上你。」

「不論轉生幾多次，你變成甚麼人，我都一直在尋找你。」

「あなたの傍に、いつまでも。」

十六歲的金髮碧眼美少女，歷劫千年光陰，只為冀求與他相聚一刻的奇蹟。受惠魔女「全知」的權能，任何謎題與詭計，都毫無祕密可言。藉由她暗中相助，自己才能屢破奇案，在警界平步青雲。時至如今擢升至總督察，受民眾擁戴為「神探」，一切全是奏的功勞。

看似是甜蜜的戀人，戀情亦非一帆風順。田青島視對方為女神，隱然感到自己配不起她。看似千依百順溫柔倒貼的奏，有時獨斷獨行，也做過令自己無法接受的事。前上司胡莫新遇害後，因為理念與想法不同，二人曾經一度鬧僵，但最後還是和好如初復合。

然而去年九月左右，奏連一句說話都沒有留下便人間蒸發不知所蹤。七年前她驀然現身，七年後亦驀然消失。霎時人間蒸發，不留下半點痕跡。田青島感到彷徨，反覆質問自己，究竟是不是做錯了甚麼事，惹得美人生氣。奈何無人回答，令他好一段時間失魂落魄，連工作都走神。

轉捩點是去年十二月卅一日，那場羅浮山殺人直播事件中，馮子健與天青雷在山林中對決時，不意間提及「那位魔女」四字。登時晴天霹靂，激動得難以自持。

對方口中的「那位魔女」，會不會就是奏？就算不是奏，是否她的同伴呢？對方會否認識奏呢？田青島重燃希望，再次抖擻精神，關注羅浮山案件的最新進展。無奈案件不屬於自己的管轄範圍，從職權上根本無從過問。幸而天公似乎聆聽他的祈求，沒多久就收到廣東省第三營特殊部隊隊長郭紹基的來電，轉介他與南京市總局治安部刑事偵查組第一組組長的總督察張衡認識，希望他動身北上赴廣州，協助調查羅浮山命案。

擅長使用「掛槍術」的郭紹基，年青時是廣東省知名的超級英雄，過去因緣際會而與他結識。這次亦因為他牽頭，讓自己得以參與那場史無前例大案件的調查工作。

全國頭號通緝犯馮子健在羅浮山策動驚天動地的殺人直播，無論是螢幕中作家逐一遇害，抑或是螢幕外作家醜聞不斷曝光，無一不是震撼全國。那怕直播結束，過去三個月，餘波仍然未了。各大報章傳媒依然聚焦於此案中，整個社會上下都深受影響。

事後軍隊及警方先後趕抵別墅，只能發現六具屍首；又於林中不遠處，分別尋獲兩具屍首，合共八人全數確認遇害身亡。主謀馮子健及其黨羽則全數去如黃鶴，連半絲影子都找不到。從電視上的報導可以見到死者家屬哭得肝腸寸斷，一部分書迷無法接受作家就此離開的事實。大批人不願相信電視機上揭發的真相，視之為抹黑誣蔑，在網上力排眾議維護逝去作家的名聲。

調查工作展開至今，警方依然未能取得實質性進展，遭受民眾極為嚴厲的批判，連帶張衡日夜都被人問候娘親及祖宗十八代。為挽回市民的信心，才不得不大張旗鼓，徵召田青島加入調查組。畢竟「神探」名聲響亮，風評及實績比張衡好，又得傳媒歡心，至少能阻止輿論持續惡化。

當張衡發出邀請時，田青島想也不想就即時同意，千里奔赴加入馮子健調查組。仔細想想，馮子健一直逍遙法外，甚至搞出這宗震驚全球犯罪史的殺人實況，無論是警方至軍隊都奈何不了他，簡直超乎想像，無異是人力無法成就的奇蹟。若然他身邊有魔女協力，行使不可思議的權能，那麼一切不合理都變得可以接受。畢竟過去七年，自己就多次親身體會過魔女的奇蹟。

到埗後率先與張衡會面，向小組眾成員打招呼，隨即馬不停蹄趕往羅浮山上犯罪現場的別墅進行實地觀察。同時獲得授權，並名正言順閱覽羅浮山案件所有情報。

田青島以自己的方法，一步步追逐奏的腳步。

是日星期天，他決定足不出戶，留在張衡安排的臨時宿舍，一邊喝咖啡，一邊認真閱讀所有調查報告。之前或多或少都從傳媒報導中知悉馮子健的種種傳聞，現在得窺調查組內部文件，方發現張衡居然隱瞞非常多內情。連串殺人案背後，全是馮子健執行私刑，而且幕後牽涉錯綜複雜的人事關係與利益。無怪乎上層一直讓張衡負責，不另假手他人，避免機密外洩。

田青島認同張衡的見解，馮子健絕對是極度罕見的高智慧罪犯。犯罪至今持續驚人進化。各種清除痕跡、故布疑陣、隱藏證據和擾亂搜查的手腕益發優秀，以至今天仍未曾被警方逮捕，更能夠解決尾隨的特務，證明其實力非凡。

自二零一二年起，馮子健開始針對龍江文學賞小說組第十四及十五屆作家下手。他行事布局精密周詳，對目標進行長期觀察，掌握行為模式及範圍，然後看準時機擄走。受害者囚禁在偏僻的地方，在對方面前展示證物，指控其不為人知的罪行。若果目標拒不認罪，則持續酷刑迫供，直到對方坦白一切，便執行私刑處死。殺人後清理現場，抹掉所有關鍵線索，並且找地方掩埋屍體。當處理完畢，才將死去的作家的埋屍位置，及其罪狀罪證連同DVD寄去當地警察局。警方亦往往於收到DVD之後才知悉罪案發生，未能及早救回被害者。

田青島耐心看完七片DVD，深深感受到馮子健的執念是何等可怕。他舉出的罪證，經張衡調查，確是真有其事。能夠將那麼多不為人知的祕密挖出來，其人能力與手段，絕對不容小覷。

比方說第三位死者婁士昌，他乃四川省最大的雲海出版社社長。長年欺壓新晉作家，不讓其冒頭威脅自己。其手段包括簽訂俗稱「賣身契」的不平等合約、禁止作者跳槽至其他出版社寫作、不斷退稿要求新人作者重寫，還有提出極為刁難的企劃提案折磨新人等等。由於婁士昌在文學界頗具知名度，人脈交際廣泛，好有幾位作者偷換筆名遠走他省出書，都無出版社敢簽約出版。張衡曾向死者家屬及相關人等詢問追查，但他們一致否認；反而受害的作者表示全屬事實，向警方痛陳自己的不幸經歷。由於一切都依照合同，並不構成犯法，即使眾多作者深惡痛絕，仍欲告無門。

又如第五位死者孫冰紓，自行成立創作公司，多年來一直鑽法律漏洞，巧立各種名目，協助不少作家及富商逃稅。張衡將有關證據轉交予稅務總局跟進，已經核實無訛，百分百屬於犯罪行為。時至今天死者家屬依然強烈否定馮子健的指控，認為全屬無稽之談。再者案情過於敏感，不少知名人士及企業牽連其中。若果傳出去，恐防滋生更多是非，添加更多麻煩，只好臨時壓下來。

比如另一位死者華子舟，乃前藝術發展局局長。任內故意向自己人以「資助」為名輸送利益，更藉詞「內容粗俗」「水準不符」，取消資助好幾份不擦他馬屁的文學刊物，前後涉款幾達八百多萬新民幣。前後兩屆共歷十年，令無數中小文學刊物因失去援助而中斷出版。

每一位被殺害的作家，背後均隱藏種種不為人知的醜惡，牽涉無數既得利益者及被剝削者。如果這些真相泄露，那麼必然會是一場震撼整個中外的大鬧劇。不獨是死者本人，以至社會上無數知名人士均會受到殃及，甚至澈底改寫當代文學史。上頭深明案情茲事體大，公開真相會牽連太廣，所以下令完全保密，調查組亦不能公開半點情報。非不為也，實不能也。

然而這次與前七次截然不同，犯案的手法大相徑庭。不僅一口氣處決八人、動用軍事衛星支援、駭入中央電視台進行直播，更有來歷不明的勢力支援抗衡軍隊等等。以至凶案結束後隨便棄置現場，絲毫不考慮抹除痕跡或掩藏屍體。事前無需要試驗，一舉圓滿成功，簡直是化不可能為可能。無怪乎張衡懷疑背後有外國犯罪組織支援，不無道理。

關於本案中八位遇害作家，依年齡排序，分別是：

‧蕭綸公，本名齊瑜寧，九十歲。全球華人知名的武俠小說家，融會傳統章回體小說及民初技擊小說，開創新派武俠小說。不僅提升武術文學的地位，更形成「蕭學」，引來無數文學家研究。

‧喬農，本名讓復生，八十五歲。文學作家，出版童話、散文、詩歌、小說逾百種。著作等身，獲獎多不勝數。早年全家移民加拿大，案發時回國。

‧寇尹，本名寇逸明，七十九歲。知名科幻小說家，好幾部以第一身視點冒險的科幻小說歷年暢銷，風行全球。

•虞杰，本名唐疾，五十八歲。自稱「中國第一才子」，兼通東西方文學，以撰寫時事評論，幽默諷刺的散文為主。

•賈勝龍，五十四歲。資深傳媒人、電影人。主要發表電影及電視劇本、長篇小說及中短篇小說、紀實文學體裁作品等，尤擅長軍事評論。

•馬巧茹，四十八歲。賈氏之妻，資深編輯，長期從事兒童讀物及小學語文教科書編撰工作。創作包括小說、散文、童話、詩歌及專欄文章。

•天青雷，原名劉煒融，卅五歲。自稱十五歲開始習武，以「真正習武的武俠小說家」為賣點，筆下強調打鬥套路的實寫感。

•賈曉帆，廿三歲。賈氏獨子，十六歲撰寫報章專欄，十七歲開始寫作出版青少年小說，喻為新世代的天才作家。

案發於去年十二月廿六日晚上，八人出席完廣東省全國作家協會聖誕聚會後，離開恆河大飯店時逐一被擄。當晚廣東省警方調派大批警力到場駐守會場附近，亦增加大量巡邏。即使如此還是一無所知下讓馮子健擄走八人，簡直丟臉至極。

事後張衡在現場附近搜集攝像鏡頭的監視片段。在讓復生死後，又與餘下六位作家錄取證供。根據六位作家的證詞，他們均是被人用硬物一擊砸頭昏倒，醒來後就處身在別墅。其中有五人被擄時有錄像證明，分別是在停車場的賈氏一家、便利店門外的齊瑜寧、以及在酒店大堂外候車的唐疾。從僅有的三段影片中，明確看見有一蒙面人突然閃出，往後腦一砸，擊昏後即時拖走，過程迅速而專業，亦與證人證詞一致。問題是三段影片中，行凶者裝束身高打扮相若，可以懷疑是同一人。然而三者下手時間相若，但地點差距甚遠，行凶者是如何在短時間內趕赴六處地點扑頭擄人？

警方實地模擬，僅靠一個人，不可能如案發般趕及在好幾處地方行動。只能認為有複數身材相近者打扮成同樣的外觀分頭行動。

至於讓復生、寇逸明、劉煒融三人則無影像佐證，無法確定被擄走的時間地點。

張衡非常執著向來獨來獨往的馮子健，究竟如何勾結外國勢力，從哪兒糾集同黨，甚至八人中誰是X。可是田青島卻沒有拘泥於此，他從另一個方向思考：馮子健怎生順利抓獲八位死者。

所有的選擇都合符邏輯，所有的結局都有宿因。

那怕奏不在身邊，她的說話依然迴繞在田青島的耳邊。面對此情此景，奏會如何解讀兇手，從案件細微的位置發現破綻與線索呢？仔細想來，奏從來不會直接說犯人是誰，而是不斷問田青島，犯人為何要這樣做。任何線索都可以造假，惟有動機決不會是假，其中就包含犯人真正的意圖。

他在電腦上打開恆河大飯點的地圖，根據調查報告，逐一標記八人被抓的位置。

過去馮子健會長期追蹤目標，確立其日常行動習慣後，算好時機始出手捉人。然而當晚八位作家出席聖誕聚會，這不是常規活動，甚至各人離開時間及行走方向都不盡相同。馮子健是如何確定各人的位置，同時避開巡邏的警察及四周監視鏡頭，達成最完美的犯罪呢？另外馮子健不是抓一個人，而是八個人。人越多越難管理，犯罪過程越複雜也越容易出錯，亦更容易洩露風聲。從實際犯罪經驗出發，馮子健應該構思風險更低，變數更少的計劃。

張衡猜想至少要派遣六組人，從與會前起開始跟蹤。該批人直至宴會結束前，亦需要埋伏在恆河大飯店附近監視。如果真的有這一批人，為何未有引起現場駐守警方注意？另外鑑證組的電腦專家分析過，從別墅那邊取回作家的手機，除去唐疾那部受物理性損毀，無法查驗外，其他七部都確定未有植入任何木馬或竊聽裝置。

從常識及事實情況考慮，馮子健亦不可能用手機跟蹤八位作家。他們之前一直各散東西，如喬農移居加拿大，案發當天才抵埗回國。下機後安排行李運去酒店，人則乘出租車直達恆河大飯店，其手機甚至沒有更換上國內使用的ＳＩＭ卡。諒馮子健再神通廣大，都不可能駭進尚未連上網絡的手機，或是有足夠時間拆開改裝手機。甚至像寇尹仍在用舊式功能手機，決不可能植入木馬或病毒。

至於無第三方證據證明被擄的讓復生、寇逸明、劉煒融三人可疑嗎？不對，田青島認為八人全部都好可疑。因為有第三方的證據，所以確信無誤，本身就非常不科學。那怕有現場錄影片段，證明遇襲被擄的五位作家，亦有可能事前與馮子件的人串通，在鏡頭前做戲，好使自己不會受警方起疑，剔除出嫌疑者名單。

假定八位作家證供為真，同樣存有矛盾。田青島無法理解馮子健為何執意要在警方看守最嚴密的恆河大假店附近一帶行動。八人在市中心被抓，隨後共載於同一車上。從市中心驅車上羅浮山，車程再慢亦只需三小時，最晚深夜二時前抵埗。然而直播在十二月廿七日早上六時開始，時間極度充裕。與其冒高風險，在警力重重封鎖線內抓人，倒不如等待目標歸途，離開至一定距離後才出手施襲。就技術及風險上，同樣不會誤時，而且效果更好，警方更難以追蹤線索。

就算真的捨易取難，正面挑戰警方權威，在眼皮底下擄人，憑馮子健過去七次犯罪的經驗，理應辦得更精明。偏偏抓人方面如此馬虎，留下如此明顯的線索，讓監控鏡頭捕捉到扑人時的經過？

根據別墅附近地面留下的車轍，得知是米其林２０５型硬輪胎。又分析馮子健與天青雷交手時背景的白色小型貨車，判明是TOYOTA HIACE小型貨車，編號KDH201R-SSMDY，屬EURO 5環保商用車輛。根據這些線索，一直翻看公路上監視鏡頭，明確發現同款車輛，曾於深夜十一時二分，一輛白色的TOYOTA HIACE行經鏡頭前，駛向羅浮山方向。

他們根據貨車車牌，將恆河大飯店至羅浮山沿途所有公路的監視鏡頭都調查，一共發現前後合十六組鏡頭，完整獲知其行駛過的路線，認為該貨車就是運載八位作家的涉案車輛。後來再追查下場，才發現車牌是假的。翻看紀錄，近三年來並無車主報失同款小型貨車，亦無可疑的出租紀錄。究竟這輛車從何處而來，仍無人知道。

紕漏處處，讓警方可以按圖索驥勾取情報，真的是那位思路縝密從不留痕的馮子健所為嗎？難道高智商會變低智商，忘記如何隱匿行蹤避過警察耳目的方法嗎？

整宗凶案有太多不合理的地方，與馮子健向來犯罪習慣不吻合。囚禁人質，搞殺人實況，隨便找一座廢宅或舊屋就成。事實上過去七宗案件，馮子健都是選擇最偏僻的地方悄悄動手。如非他主動寄上ＤＶＤ，警方連他何時殺人埋屍都不知道。這次明顯與過去迴異，花費一定金錢時間，為那座荒廢經年的別墅進行現代化改修。不單止舒適宜人，還有水電供應，充足的糧食，更配好網絡服務。僅僅作為一次性的殺人舞台，投資未免過於奢侈。那怕找遍世界犯罪史，亦聞所未聞。更重要的是各個環節中破綻百出，好像惟恐無人知道般。要說是模倣犯所為，又不可如此斷言。畢竟馮子健真的有參與本案，本尊好幾次現身。而且核心不變，仍然矢志揭穿作家的罪行，威脅他們認罪坦白，與往昔行為一脈相承。硬要給一個解釋，就是馮子健未必是主謀。案件從籌備到實行，已經換成另一批人，只是馮子健仍然有機會參與其中。至於能插手多少，便無法估算。

作為犯罪現場的別墅，必然要清楚其業權。警方萬萬料不到，它居然屬於中國近代知名小說家、散文家及詩人郁達夫。

郁達夫在二戰時化名趙廉流亡至蘇門答臘，戰後返國於廣東省定居。根據國家土地及物業局從古舊的紙本紀錄上，得知郁達夫於一九五二年購入土地後申請建屋，起名「不可云居」。其後在一九八零年去世，根據遺產分配予其在世的親屬，這棟別墅的業權指名交予其長兄一家的子女。對方無意接手，移民外國，就此一直空置至今。由於相距卅多年，中間更經歷戰亂戒嚴，連當局都遺失一切相關文件，故此無從得知業權人誰屬。且說「不可云居」之名，乃出自本人詩句：

跡似飛蓬人似雁　東門祖道又離群　秋風江上芙蓉落　舊壘巢邊燕子分
薄有狂才追杜牧　應無好夢到劉蕡　明朝去賦扶桑日　心事蒼茫不可云

卻說當年郁達夫空有一顆愛國心，豈料兩次外交官考試，即使才思文湧，筆下生輝，字字珠璣，依然名落孫山。當時的國民政府極度腐化，有權有勢的考生早已給主考官奉上厚禮，疏通關係，榜上有名者都是事前內定，考試只不過是門面功夫掩人耳目。當他知道這真相後五雷轟頂瞠目結舌，懷著憂傷悲憤的情感離開他所愛的祖國，同時書下此詩。

張衡連番質問電力局及水務局，當局只表示該單位早已申請相關服務，從未有欠帳，故此持續提供服務。但是當警方欲核查別墅的供電供水紀錄，兩局卻以客戶資料為由，拒絕提供。警方向法庭申請執行令，強制兩局提供相關情報，罕有地遭到拒絕。法庭認為只要單位戶主有繳付費用就應獲得服務，乃遵守合約的行為。倒過來要警方先證明戶主與罪犯有關係，否則不予准許。

別墅地底發掘出光纖電纜，一直蜿蜒拉至附近山嶺上一座韋思電訊的信號塔。張衡派人調查過韋思電訊，卻未有發現相關工程紀錄。對方更反過來控訴馮子健偷盜網絡，以及進行非法建設，要求警方從速處理。借由偷駁至網絡營運商的信號塔，將光纖從地下鋪設到別墅，提供高速頻寬。原理及技術十分簡單，但工程浩大，支出甚巨，馮子健憑何有財有力搞這宗工程？更何況真的有人偷駁網絡線，韋思電訊難道沒有發現可疑流量嗎？為何可以推說毫不知情？

幾家公私營機構冷淡以對，未有積極協助警方調查，令田青島感覺事不單純。

張衡領導的調查組，為調查別墅詳情，絲毫不錯過任何線索。他們慢慢縮窄調查範圍，查看最近五個月內廣東省各裝修公司有否接到相關工作，或是可疑的物資訂單。遺憾是無裝修公司承包過該別墅的工程，亦無獨立裝修師父接單，甚至擴展至附近省市亦告落空。全單位的家具及食物，到底從何而來，依然未有發現。調查至此再度陷入死胡同，成為一大謎團。

調查其間最大阻力，竟然來自於軍方。自案件結束後，該棟別墅最初由軍方接管。及後由上層協調下，始允許警方調查。由於事發後已經相隔一段時間，屍體保存情況惡劣。當警方抵達現場履勘時，八具屍體均高度腐敗，一堆蛆蟲飛蠅上下肆虐。

最早到達現場的軍方並非專業人士，毫無保存現場信息的概念，導致原本應該存在，有助調查的證據都破壞殆盡，增加警方取證難度。有些如沙發、木櫃、房門等，好明顯是軍方惡意破壞，環境亂七八糟。鑑證組手足使用指紋掃描器，光是在近大門的牆壁上隨便一掃，就收集到足足六十多筆指紋；一樓地面有軍鞋有皮鞋有布鞋甚至拖鞋，一堆不相干的足印隨便出入現場；二樓整株大樹慘遭砍斷，連讓復生的屍體都移去他處，衣衫不整。

身為警察，田青島感到萬分氣憤。案發現場一團糟，無法蒐集足夠的證據，甚至法庭不予承認證據可信，會是多麼恐怖的惡夢。那怕他們找出真相，拘捕真兇，都因為證據不足，而無法於法庭上將犯人檢控入罪。

通過指紋及掌紋活體掃描系統，尚有廿多組不明來歷的指紋充斥於現場。還有一堆足印、莫明來源的毛髮纖維、與亂七八糟的雜物等。被軍方瞎搞後，不少證物只能作廢，無法呈堂，教人扼腕。

即使面對最惡劣的犯罪現場，警方仍然依照既定程序封鎖及紀錄現場；鑑證組動用最新的勘查技術，巨細無遺地蒐集證據；法醫完整無缺地將屍體狀況紀錄、收拾、搬運，帶回去認真解剖。

案件得以順利調查，不是一個人的功勞，而是全體上下一心的成果。

此處不留人，自有留人處。既然有些證物毀於一旦，也就不宜再三留戀，而是積極發掘新的證據。田青島打開一個三維立體檔案，此乃張衡私人挪用從英國新購入的三維激光掃描儀，協助建立現場的三維繪圖。

隨著科技進步，警方用於辦案及鑑證的器材及工具亦越來越先進。田青島初入行時，對案發現場的紀錄，大抵依賴鑑證組的相片及平面圖。比較先進一點的，就是索取建築施工圖紙，也就是俗稱的CAD圖紙。如今已經由2D進化至3D，透過三維激光掃描儀，輕鬆將現場轉換成3D模型，彈指間重構犯罪現場。不過這具三維激光掃描儀尚在內部測試階段，未曾正式發配予全國各省市的警局。田青島乘這次刑偵，順便觀摩體驗一番。

通過三維的地圖，再次帶領他走進案發現場。田青島同時翻閱八人的驗屍報告，於腦內重構案情。

首位死者馬巧茹，死於一樓樓梯底下，結合實況畫面，判明死亡時間為十二月廿七日中午一時廿分至一時卅三分之間。由於之後屍身保存在賈氏房內，持續空調恆溫，保存狀況比較理想。法醫從胃部驗出高濃度的氰化物，確認是口服氰化物中毒而亡。警方在客廳地面搜獲疑似死者身亡時手執的玻璃小瓶，鑑證組的法理毒證組同樣驗出有氰化物的痕跡。但是瓶身遺留過多指紋，而且無法確定瓶內毒物是死者死亡前抑或死亡後留下，所以保留存疑。

其手機經過鑑證組的科學技術組破解後，發現死者死前收到來歷不明的威脅訊息，不排除當事人是受來訊者指示服毒自殺。至於發訊的號碼是普通的手機儲值卡號碼，警方同樣向有關的手機服務供應商查問，他們沒有紀錄誰人購入及啟用，亦無法追查發訊源頭。

第二位死者為讓復生，原死於二樓挨近破牆處。軍方先一步動用機械將周邊的樹木切割，警方趕來時，死者屍體早就凌亂歪斜，遭人不法移動，連衣服都撕去一片。

綜合早前齊瑜寧、寇逸明及劉煒融的證詞，以及飯廳的監視畫面，死亡時間約為十二月廿七日下午五時十八分至五時卅七分之間。由於其家人全部身在海外，只能通過網絡辨認屍體，以及請求龍江出版社的編輯辨識身分。

屍身保存狀況極度惡劣，內臟器官已經有大量寄生蟲活動，嚴重妨害解剖鑒證。除去脖子有絞痕外，全身再無明顯外傷，體內亦檢驗不到任何毒物，推測是遭受絞殺。警方於現場附近搜集的藤蔓，有部分附有死者的皮膚組織，確定兇手以藤蔓為兇器。

法理毒證組經過兩個多月加班，終於澈底分析現場採集到的所有毛髮、纖維、足印等痕跡。去除軍人及動物以外，其餘歸屬死者以及齊瑜寧、寇逸明及劉煒融。

第三位死者寇逸明的屍首是在遠離別墅外五百三十米的叢林邊緣內發現，倒臥在樹幹下。後腦杓有一處鈍器砸擊的傷，顱骨部分破裂。咽喉有割傷，氣管破裂。檢驗傷口痕跡，判定是後腦先受重擊，其力度應尚不足以致死，再遭割喉氣絕。死亡時間判斷為十二月廿九日深夜十時半至卅日深夜十二時半。死者身上除手機及錢包外別無長物，無財物損失。

雖然事隔數天，仍然可以從地面蒐集到死者的足印，從別墅一樓破牆處落地，再急步向死亡現場。令警方費解的是，屍體附近別無他人足印。如果是後腦受襲，犯人是如何接近並下手呢？預早埋伏、抑或偶然經過、還是尾隨行刺？接近後既然已經扑頭了，只要再輪多幾下即可殺死他，為何要更改凶器，使用銳物割頸？即使警方封山搜證月餘，至今尚未能發現施襲的鈍器及銳器。

進行初步的毒理化驗後，未檢測出體內殘留有任何毒物。對於其死亡有諸多不肯定，甚至屍體位置是否第一案發現場，尚存有不少爭議，故此報告未有作臨時結論。

第四、五位死者分別為賈勝龍與賈曉帆，二人屍體於其房內發現。其中賈勝龍與其妻同床，賈曉帆則臥於另一張床。解剖報告結論，父子同樣死於急性二氧化碳中毒。警方多番勘察現場，確定所有窗戶封死，門戶緊閉，研判是否人為釋出毒氣，以及氣體從何而來。房內未發現炭爐之類產生二氧化碳的源頭，胃內亦無殘留任何可疑藥錠，毒性只存在於血液中。天花板上堵密孔口的板塊，上面沒有任何指紋。初步懷疑他殺，死亡時間為十二月卅一日深夜二時至四時左右。然而毒氣究竟從何而來，卻殊無定論。

最後鑑證組的現場勘查組於偶爾間取得突破性進展，驗明別墅內的空調為南昌科技ＹＶＬ於公元二零一一年推出的ZEAH-AT0型號。它是依靠接駁在假天花板上的全熱交換器來回收及排出室內污濁空氣，同時引進新鮮空氣。然而當年發售後，意外發現在一定度數及模式下，內部系統會錯誤抽走氧氣改為釋出二氧化碳。趁未發生意外前，南昌科技先一步向全國緊急回收同時銷毀。

張衡認為犯人極有可能趁賈氏父子睡覺時，設置空調機為發生錯誤的度數及模式，然後將原本安裝監視鏡頭的缺口封堵，令房間澈底變成密封狀態。二氧化碳濃度增加，使房中人在睡夢中不知不覺下暴斃。事後只要將空調機恢復原樣，自然不會留下任何痕跡。

雖說如此，但依然存在若干問題，現場環境及周圍證供不吻合。房間內的空調是獨立控制，有適配的紅外線遙控器，並無網絡遠端遙控功能。警方嘗試拿其他房間的紅外線遙控器測試，無法對其操作，初步排除有人取用另一具遙控器偷偷操作。

賈氏房間空調的紅外線遙控器，一直置在櫃上。意味犯人必須進房後取來操作，才可以更改設定。經過化驗，上面只有賈氏一家及齊瑜寧的指紋。

為何會有齊瑜寧的指紋？調查組內部曾經配合錄影影片展開過討論，很可能是發現現場時，他曾經調整過空調，以便抽走房內濁氣。如果齊瑜寧是犯人，不可能會大意地在事後留下指紋。所以單憑遙控器上的指紋，仍然無法證明任何事。

後來又有人認為多次在假天花板上出入的劉煒融是兇手，然而賈氏房內兩張床上均有死者，他在入房行兇後又如何在屍身上疊起墊腳物攀回去？即使疊上了，又如何回收？於是又有警察提出，犯人用繩子之類繫在假天花板上，施行罪案後再攀回去。關於這一點，理論上有可能，實際上無法辦得到。警方與現場勘查組的成員多次於現場模擬測試，假天花板的承重力不高，如果繫繩於其上，不足以懸吊一位成年男子，支架會出現大幅度的彎曲。之後又有人異議，認為劉煒融如果是犯人，便不會主動提供假天花板的情報。

張衡認為假天花的情報，早晚會落入警方手上，有可能劉煒融事前主動申明，藉此避開嫌疑。當然他真的被馮子健殺死，很難說他是X。中立而論，單純證明密室殺人一說並不成立。

至於第六位死者齊瑜寧同樣死於自己房內，一刀穿心，當場氣絕。凶器是德國YOBAY出品的鋼製去骨刀（YOBAY Boning Knife）。這款品牌市面有售，正正是別墅內提供全套的刀具之一。

理論上在廚房取刀者必為兇手，不過究竟是誰取去，卻難以考究。警方連日翻看飯廳的監控影片，因為主視點是飯廳，旁及開放式廚房部分範圍，不能真切觀看全貌。只能確定除賈曉帆外，其他七人全部都有進去。更別說唐疾不知何時起偷偷藏有一柄在身上，在十二月卅一日曾經拔出來企圖刺向劉煒融。

凶器的柄上取得齊瑜寧、讓復生、寇逸明、劉煒融及唐疾的指紋。至於死亡時間，確定為十二月卅一日清晨三時至四時。死者沒有掙扎及反抗，估計是睡夢中被人一刺正中胸膛而斃命。

第七位死者劉煒融的屍體在離開別墅一千八百卅米外的樹林中發現，距離直播決鬥的地方相差四米，死亡時間為十二月卅一日早上十一時至十二時。驗屍報告倒是比較簡單，右下臂粉碎性骨折

（Comminuted Fracture），關節嚴重碎裂，右上臂更是複雜性骨折（Compound Fracture），骨頭尖端刺破皮膚。右半邊的肺部、肝臟及腹腔內出血，從而失血過多而導致休克及死亡。由於屍身無其他傷口，加上有雙方比武的實況轉播，明確斷定兇手就是馮子健。在一拳擊倒死者後沒有及時施救，又長時間爬行，加劇內傷出血而亡。

第八位死者唐疾倒臥於飯廳地板，死亡時間判明是一月三日晚上十時五分至十分，死因為心臟衰竭。在監控畫面中可見，他突然痛苦地張口呼吸，極為難受地揮手掙扎。最終那一口氣沒吸上來，人就倒在地上動也不動。

屍體眼眶凹陷，顴骨過度地隆起，死狀甚為難看。由於臨死前不斷灌酒，血液內酒精含量超標，不排除由於喝酒過量而影響心臟，死因無可疑。

反而最可疑的是他死後，根據當日直播畫面，可以清楚見到他的手機只是掉落在旁邊。可是警方進入現場後，發現已經被鈍物砸至稀爛，記憶體徹底損毀，同時有被高溫燒灼過的痕跡，完全無法復原。八人中只有他的手機受到蓄意破壞，似是有人事後故意為之。

雖然警方不知是誰動手，可是田青島肯定，不可能是馮子健，因為他根本沒有破壞手機的理由。手機可以說是保存使用者最多隱私的地方，比如警方就是透過破解馬巧茹的手機，終於知悉他們一家三口與文月瑠衣的關係。馮子健企圖揭發作家罪證，更加會想法子保留那部手機。

唐疾是最後死亡的人，也就是說有人在直播結束後進入現場，摧毀他的手機。不是馮子健，下一批有本事進入現場的，就是軍隊。越是細思，越是極恐。這宗案件，已不是單純的殺人案，更包含無數錯綜複雜的勢力。

最先政府並非想派遣軍隊上山營救，是軍部將領大言炎炎，主動爭功。豈料成事不足，幾乎搞垮軍部。不止丟臉，還失去威信。警方上層落井下石，趁軍方第一夜出醜後加急奪權，爭取由張衡的調查組介入。即使調查組出動，但軍方並無配合。在最初直播結束後，還打算阻撓警方進入現場蒐證。之後如同前面所言，搗亂現場處處，不知是故意還是無心之失。事件結束後，警方未調查完成，官場便謠傳隨時有人事大變動，大量軍官被拉下馬，至今仍然波譎雲詭。

調查期間水務局及電力局等等，之所以不與警方合作，恐怕也是由於背後有更強大的幕後黑手介入。最為詭異的是，廣東一帶的超級英雄在整宗事件中都束手旁觀，不約而同拒絕伸手救援。至於國際聯盟面對公眾質詢，亦僅是表示這是普通人的犯罪事件，支持中國自力解決，拒絕派遣中國分部的捍衛者支援。

案件背後有政治與軍事介入嗎？田青島絕非異想天開，也不是陰謀論者。若果這是田青島單方面的陰謀論，那麼人造衛星便是切切實實的陽謀論。皆因馮子健控制的軍方衛星武器，已經確定是蘇聯產物。表面上無國家公開承認衛星的擁有權，私下中美蘇三國卻卯足火力爭奪，企圖佔為己有，可惜無一能攻陷防火牆。讓人驚訝的是，馮子健方的駭客有本事抗衡國家級機關力量。無論是中國，甚至美蘇，都佔不到便宜。美國早於去年十二月卅一日退出網絡戰，蘇聯延至一月四日放棄。更神祕的是直播結束後，究竟衛星尚在太空，還是墜回地面回收，均無人知曉。

至今無論是軍方、警方及民間，都有很多人認為是外國犯罪組織介入。不然無法解釋，馮子健為何突然擁有高超的駭客與超強的軍事武器。

「外國犯罪組織介入」這陰謀論蠻「萬用」，任何事件都可以完美套進去。那和「放棄思考」

無疑，所以田青島未敢苟同。於是他的重點，轉移至文月瑠衣身上。既為已逝之人，從頭至尾只有一個名字與一份原稿，卻是整宗案件最不容忽視的人物。警方花費一段時日，循各方面不斷搜索，終於從九龍市的青苗醫院處查獲她的住院紀錄。

青苗醫院長期病患者，自五歲起進院，十八歲亦即是公元二零一零年卒。其醫療、病歷及服藥紀錄，清楚顯示每一筆費用均由文月基金中國分公司支付。既為同姓，又長期接受資助，免不了懷疑文月瑠衣與文月高丸的關係。當年入院時填報的資料，只有留下文月基金為聯絡人。警方試圖聯絡文月基金設立於本國的辦事處負責人，可惜對方以文月高丸不在國內，且有關單位不清楚為由，拒絕接受查問。

田青島對青苗醫院依稀有點印象，上網搜索，彈指間即有答案。去年九月三日早上，一位穿著醫生袍的男人自青苗醫院頂樓跳下，當場身亡。

雖然青苗醫院雖然位處九龍市內，但因為不屬於田青島管轄的官富鎮範圍內，故此他亦不太清楚後續詳情。料想與本案沒有甚麼關係，也就未有深入追究。

調查組早就知道馮子健是青苗孤兒院出身，當發現文月瑠衣乃青苗醫院病人，自必然順藤摸瓜，澈查二人的關係。院方提供的紀錄非常少，就只是知道馮子健於十八歲離院後，持續回去醫院探望文月瑠衣。事隔多年護士猶印象深刻，表示當年私下謠傳二人是情侶。

賈勝龍生前將信函收藏在房間的木製矮櫃後，警方搜出查驗，配合馬巧茹手機內的訊息，得知賈曉帆抄襲他人小說的祕密。隨即發出搜查令，赴賈氏府上調查，果真發現馬巧茹藏起文月瑠衣《雪峰一劍》及《透天玄機》兩份手寫稿。

稿紙上字跡經過鑑定，證實與別墅內的《荷塘樓殺人案》為同一人。同時發現文月瑠衣登記參加龍江文學大賞時填寫的個人資料，其中聯絡地址及電話卻是填報青苗孤兒院。按投稿參賽的時間，估計很早之前馮子健與文月瑠衣已經相識，而且有份協助寫作。二零一零年文月瑠衣卒，馮子健再無回去醫院，於九龍市持續零碎工作。直到二零一一年底突然辭去工作，然後銷聲匿跡人間蒸發。

二零一一年底《弒神記》出版，有理由相信馮子健發現賈曉帆抄襲文月瑠衣小說，爾後調查龍江文學大賞時意外發掘出種種內幕，才轉而「替天行動」。經過明查暗訪，證據充分後，二零一二年始正式行動，逐一殺害當年文月瑠衣投稿參賽時，曾任小說組評審的作家，並揭發他們的罪行。以眼還眼，嫉惡如仇。姑勿論正確與否，惟一可以肯定，馮子健真的很重視文月瑠衣。

事隔三個月，網上討論仍然火熱。最為醒目的，是有人持續放流馮子健過去七片處刑DVD影片，以及公開羅浮山別墅中八位死去的作家所有罪行證物證據。最初張衡試圖堵截，可是檔案主要都上載至外國網站，而且網民紛紛加入「和你貼」的行列，自動轉發及保存所有罪證。民心所趨，警方無法全部封鎖，最終舉手投降。

由於黑材料越挖越多，風向漸漸改變，無數人質疑龍江文學大賞幕後不可告人的交易，更讚揚馮子健是英雄。中國文壇遭受史無前例的大震蕩，龍江出版社社長兼全國作家協會會長紀春筠多番奔走，聯同受指責的作家現身辯駁，反擊網上不實指控。可惜越描越黑，醜態畢露。

莫非這就是馮子健想要的結果嗎？

也許馮子健曾經對警方抱有希望，信任執法者公平公正，才會在犯罪後寄出DVD。遺憾張衡選擇維護既得利益者，背棄警察原應維護之法紀及誠信。故此轉而將案件鬧至天下皆知，讓作家的罪證於光天化日之下披露，無人能夠再隻手遮天。

是非對錯，從來不是黑白分明。法律上無罪，不等同人情義理上無罪。田青島身為執法者，當然明白這個道理，亦努力恪守不懈。那怕作家真的犯罪，亦輪不到有人公報私仇。在文明社會中，一旦人人都主張違法達義，蔑視法律，必致天下大亂。馮子健根本不是英雄，而是暴民。如果認同他的犯罪行為，警方的立場就會變得尷尬，社會制度隨之蕩然無存。

田青島深信天網恢恢，疏而不失。他必須從攤在眼前的線索中，揪出馮子健的尾巴，揭穿犯罪的詭計。

所有的選擇都合符邏輯，所有的結局都有宿因。

八人中真的有X嗎？若有，X到底是誰？

萬籟俱靜的時刻，夜色寒深。田青島一邊喝咖啡，一邊站起身扭動腰身，同時透過玻璃窗俯瞰空無一人的街道風景，放空大腦。

他手中拿著一份薄薄的文件，張衡雖然有將二樓所有牌位取回去鑑定，檢驗出其材質及上面漆料的成分。至於產自何處，則無法追溯。張衡認為馮子健設立牌位，單純是製造恐怖氣氛，以及標明殺人目標，故此不予重視。然而田青島初睹上面的字跡，便震駭不已。他絕對不會認錯，那是奏的字跡。如願發現她的線索，不禁既驚且喜。如同最初的直覺，奏果真有參與這宗案件。倘若繼續追查下去，能否再度與她相逢呢？

旋而他考慮到應否將這線索告之張衡，大感左右為難。說來慚愧，身為「男朋友」，卻對這位「女朋友」的來歷背景毫不清楚，亦不知道怎生介紹這位與眾不同的「女朋友」。

「奏到底在哪兒呢？」

因緣睹字思人，陣陣回憶再度泛起，勾起無限愁緒。人人稱頌的神探，其實只是普通人。他相當清楚自己根本就配不上這麼高的評價，根本無法抬頭挺胸接受那樣的稱號，始終無法釋懷。

手中那杯咖啡一乾而盡，沖不淡對奏的思念。驟然間感覺有人在背後靠近他，以為情人回來，驀然回首，卻空無一人。田青島以為自己憶思成疾時，眼角掃往桌面，渾身如同觸電一樣呆住了意外地如同觸電一樣呆住。

原本疊滿各項報告的案上，突然冒出一片ＤＶＤ，以及一盒阿拉比卡（Arabica）咖啡豆。

「奏……奏！是妳嗎？」

田青島一時激動得難以自持，在虛空的房間叫喚奏的名字，可惜沒有任何回音。

阿拉比卡咖啡豆研磨出來的咖啡，凝在喉頭，溫潤微酸，苦甘而不澀。他永遠不會忘記，那是奏最初陪他一起喝的那口咖啡，早已深植融合在大腦內。

難道奏回來嗎？為何避而不見？

沒有得到期望的回答，田青島頹然回去案前，拿起那片ＤＶＤ。霎時眼睛瞪大，呼吸變得急促，靠身後的玻璃窗撐著搖搖晃晃的身子。

ＤＶＤ上的文字，赫然是「羅浮山別墅殺人紀錄」。

幕間十

從化驗所的信中得知，持續昏迷不醒的房宛萍並非人類，不能輕率送進醫院。但是亦不能撒手不顧，故此殺死蘭瑟後，便留在山洞中照顧她。

二零一四年九月廿日，馮子健束手無策時，「她」悄無聲息翩翩而至，從洞口凝視洞內。

「不是外星人啊，她是魔女。」

聞到有人聲傳來，馮子健匆匆彈起身，拔刀以對，指向一位金髮碧眼的外國美少女。

「魔女？」

馮子健持續聚神注意四周動靜，未嘗發現她的腳步聲，內心冒起危險警號。只見她挪起璧玉凝脂的左臂，空空如也的左手像變戲法的崩出一本厚皮精裝西洋古書，翻開唸道：「房宛萍只是由房兆麟隨便改的名字，她真正的身分是自公元二零五零年穿越回來，『溯迴』之魔女趙澄。」

馮子健聽不懂她的說話，只在意一個問題：「你究竟是甚麼人？」

「對不起，忘記自我介紹。」外表貌似十五六歲，如同染上一頭金髮的東洋人，穿著潮流而可愛的時裝，雙手微微抽起及膝格仔短裙低頭道：「我叫『全知』之魔女，奏（カナデ）。」

「『全知』……魔女？伽娜蒂？」

「叫我『奏』便可以了。」奏伸起纖幼的玉指，指向地上的房宛萍：「我是來找她的。」

馮子健執刀的右手掐得更緊，奏勸言道：「稍安無躁，我不是敵人。」

「也不代表是朋友。」

「按照原本歷史，我們會在未來成為並肩作戰的朋友。」奏未有邁步而入，逗留在原位問：

「你還記得澄提及她屢次遇害的『未來』嗎？」

馮子健眉毛一挑，他當然不曾忘記房苑萍向自己提及過那番荒誕無稽的經歷。

「你根據她的敘述，逐步抽絲剝繭，將房兆麟之死及房苑萍被殺的真相揭露，可惜最終命數難逃，未能扭轉她被殺死的『未來』。」

「你怎麼會這麼清楚？」馮子健從未將前事洩露予第三者，諒房苑萍更不會。

「每位魔女都有專屬的『權能』，簡單而言就像是超能力之類。而我的『權能』為『全知』——古往今來，連同已經消失的歷史——只要曾經發生、有所紀錄之事，都能夠查閱掌握。」奏揚起掌上那本磚塊般厚重、精緻且奢華的西洋古書，懸空浮起自動揭開：「甚至關於你和文月的事，我都知道得一清二楚。」

聽聞「文月」二字，馮子健頓時厲眼瞪向奏。如她所說自己能夠完全知曉所有事的話，真是有夠作弊的超能力。

「魔女？那麼你的掃帚在哪？」

奏一愣，忽爾彎眉淺笑：「那是世俗一般人認知的『魔女』，實際上我們並不是那樣子。概念上我們是脫離現世，超然於時間以外；物理上我們不僅不是人類，甚至不是生物。」

馮子健花數十秒，才勉強理解她話中的意思。奏提及「我們」，即是「魔女」不止一人；不是人類，正好解釋斯奈德醫學化驗所的ＤＮＡ鑑定報告奇怪結果。而房苑萍不斷在死亡後倒流回到過去，如此不可思議的超能力，確非凡人所能。

「如果知道，為何不早點來？你們魔女出手，不是能夠更簡單解決事件嗎？」馮子健並非怪罪於她，畢竟別人沒有義務趕來相助，自己亦從未考慮過找人求助。只是她如今現身，必然另有意圖。

「我只是『全知』，又不是『全能』。如果沒有明確目標或方向，並不會被動獲取情報。舉個例子，互聯網上資訊包羅萬有，但若不是在搜索引擎中輸入關鍵詞，便無法找到相關的資料。當我知道你們的事後，已經第一時間趕過來。」

這處奏故意隱瞞真相，事情的開端乃她的徒弟李國立領導的殺手集團，在殺死房宛萍的過程中遭遇變故。派出去的殺手離奇變成白骨，那怕李國立親睹現場遺物，都未能即時相信。當他撥電求助時，奏通過權能翻看事件始末，才驚覺案中有案，牽出幕後種種來龍去脈。

「開門見山，來做交易吧。」

馮子健就等著她說這番話，撤刀回鞘：「先坐下來再談吧。」

奏嫣然一笑，輕輕按著裙子正座道：「還是從頭說明吧……這個世界將會爆發第三次世界大戰，然後人類文明會走向滅亡。」

「九流科幻小說的題材嗎？」

「詳細內情非常複雜，簡單而言人類現在建立的文明，將會於二零五零年終結。」奏顯然知道馮子健必定來得及消化，決定明刀明槍不加掩飾直接說明：「人類意外製造出來的怪物俄里昂，迅速繁殖同時佔領地球。牠們不僅繁殖力強，現有大部分武器對牠們無效，而且能夠抵抗魔女的權能。無法有效根絕下，結果人類瀕臨滅絕邊緣。」

「所以你們想到穿梭時空，希望運用宛萍的超能力回到『現在』，試圖改變『未來』嗎？」

奏點頭肯定馮子健的推測：「未來的我所設計的時光機，原本預定回去二零零八年。先與當時的澄融合，再找我聯絡。然而過程中發生意外，導致她錯誤墮落至一九七二年。」

為何會選擇回去二零零八年？所謂的「意外」是何事？恐怕當中另有文章，不過馮子健沒有問。

「『世界』有其意志與法則，好比人體內白血球，自動抗擊外來『異物』。兩位『趙澄』不可能同時並存，必然遭受『修正』。原本一九七二年的澄削去權能，而二零五零年回來的澄失去意識陷入沉眠。幸好魔女本身就是有乖常理的存在，才不致澈底消除，已經是最幸運的結局。」

馮子健大約瞭解來龍去脈，求證問：「房宛萍是『未來』的趙澄？」

奏望望臥在身邊的趙澄，點頭道：「受世界修正的影響，『未來』的澄進入假死狀態，後來由房兆麟及其友人祕密收藏，同時從她身上獲得紀錄過去未來情報的電子書，通過它未卜先知，掌握先機，雙雙成為富豪。」

「電子書？」馮子健未曾聽聞，奏解釋道：「未來的我將當時的『歷史』紀錄下來，拜託澄一併帶回過去。因為意外而落在房兆麟手中，他便是憑書上的預言搶得先機發家致富。」

雖然多少在意「未來的電子書」，但感覺越問下去越複雜，當務之急乃優先解決房宛萍的問題：「好吧，假定你所說的全部屬實，那麼如何讓她醒來？」

「依照原本計劃，讓『現在』及『未來』兩位澄合二為一，根除『矛盾』。」

「聽上去不是甚麼難事。」

「『現在』的澄身處蘇聯境內，只餘下一個頭顱，被科學家進行各種殘虐的研究。」

輕輕一句話，馮子健的心就沉至谷底。如今長江以北大片河山，僅僅一河之隔，已成為蘇聯的領土。在鐵幕阻隔下，兩邊斷絕音訊，不相往來。

「一九八六年，趙澄被蘇聯軍方捕獲後，這十數年間持續進行非人道研究……不僅僅是她，還有好幾位魔女，都落入對方手中。借由研究魔女的權能，以及時光機內的資料，蘇聯的科技水平已經領先當今世界各國一個世代，以及擁有對抗魔女的力量。」

這番消息聞之好比網上流傳的陰謀論，馮子健未足輕信，奏無意詳敘，快速交代道：「隨著時日漸遠，與九龍市這邊的趙澄差異變大，終於在九十年代解除排斥，辨識為『這邊世界的生物』，漸漸恢復意識及重新成長。當時她退化成初生嬰孩，房兆麟一意孤行下領養回家，是為今天的房宛萍。其妻就此疑心丈夫外面有女人，視宛萍是野種，故此雙方一直對立不和。」

房宛萍曾向馮子健交代房府大半恩怨情仇，對箇中來龍去脈知之甚詳。之前他搞不懂房太太與房宛萍這對母女緣何成為不共戴天的仇人，如今終於理解背後竟有如此複雜離奇的內情。

「每一次被殺，就跳回過去，代表她的超能力恢復嗎？」

奏搖搖頭：「這邊的澄被『世界』視為獨立的個體，僅是當成『人』般自然成長。但她原本就是魔女，除著時日推移，潛藏在身體中的權能終究會慢慢恢復。魔女的肉身是不老不死，會被殺死，本身就是一種『矛盾』。死亡時竭盡全力掙扎，加促激發本身的潛能。換著一般的魔女……」

說話途中，奏從書中抽出數頁紙，掐成一團後迅速變成手槍，突然朝自己太陽穴轟一發。由於事發倉猝，縱馮子健撲前，亦來不及阻止。眼前金髮美人，霎時毀掉半邊頭顱，腦漿四溢倒在地上。槍響過後，強烈的耳鳴轟襲大腦，迴盪餘久不散。

神奇的事情發生了，轉瞬間奏頭部傷口的肌肉及骨頭增生復原。在濃郁的煙硝味中，她徐徐撐起身。除去披血污臉，半邊衣裳濺血外，其他一切如常。彷彿根本沒有中槍，剛才一切全是幻覺。她恢復如常道：「正常來說，即使受到任何傷害，甚至死亡，魔女都能澈底復癒。可是澄的權能有點特殊，無意識下呼應心聲，使她不斷回到過去重來一遍。」

馮子健關注的是別的地方：「有必要親身示範嗎？」

「若非親身經歷耳聞目睹，你絕不會百分百相信我。」

最初確實懷疑奏是否科幻小說作家，甚至是精神病患者，如同最初認為房宛萍的「預言」為胡鬧戲言。當下親眼目睹奏死而重生，不得不相信她所言：「拜託別再做出如此驚嚇之舉。」

奏輕按太陽穴笑道：「放心，人家不是被虐狂。縱然不老不死，但依然會痛。」

馮子健此刻真切理解，魔女真的不是人：「所謂不死，具體而言有沒有特別限制？像是心臟不能貫穿，又或燒成灰便無法復活？」

美人梨花雙靨解釋道：「單純就是『不死』，不是物理學上，而是屬於概念上。那怕變成分子，原子，都可以快速聚合重構肉體。如果要詳細解釋，那是比量子力學更複雜的學問，諒你也不會懂。」

假如真的變成分子都可以還原，簡直是違反現代物理學了。不過死後復活本身就已經不能用科學解釋，那麼再誇張都不再覺得奇怪。大體掌握來龍去脈，是時候回歸正題。

「夜長夢多，隨著澄的權能覺醒，如不儘早讓兩邊合為一體，恐怕會產生更多問題。」奏提議道：「我幫你報仇，從速殺光餘下八位作家！你幫我解決末日危機，順手救醒澄。」

居然將個人私仇與拯救末日危機拉上關係？

「交易內容似乎不大對等：報仇的事我早有計劃，一個人都行，根本毋庸幫忙。」

「敢問你打算殺到何時，才解決餘下八位目標？要是中間失敗，被警察逮捕入獄，豈非功虧一篢？何況當中還有一位，你根本找不到罪證，想用甚麼理由處置他？」奏湊前來直視馮子健，連身上的香芬都飄飄入鼻：「反之配合我的權能，執行我的計劃，保證他們會死得更難看，從此身敗名裂永不翻身遺臭萬年，比你現在不痛不癢的計劃更舒爽痛快。」

自言不老不死，擁有超能力的魔女，卻要親身過來普通人類談交易，尋求協助，未免可疑至極。

「蘇聯擁有對抗魔女的力量，我們毫無勝算。反之你們人類還可以反擊，這叫適才適所。」

「若然如此，找那些超級英雄啊超能力者啊不是更簡單省事嗎？」

「蘇聯同樣有培育超級英雄，真的拚起來，國際聯盟的捍衛者未必是他們的對手。」

超級英雄也是人，有強大有弱小，並非無敵之身。至少最近十數年，就有不少超級英雄遇害，慘死於敵人手中。只是自小聽著他們的風光戰績，很難想像他們落敗的情景。

「若然連那些超級英雄都解決不了，毫無力量的我更加不可能辦得到。」

「別妄自菲薄了。在原本的未來中，你也是鼎鼎大名的超級英雄一員呢。」

「我是超級英雄？別開玩笑了。」

奏搔頭道：「原本的第三次世界大戰中，你可是單人深入敵陣，暗殺數百位將領，成為聞風喪膽的劊子手。戰後原應視為戰犯處死，我可是一力擔保下留住性命，讓你將功贖罪，帶領人類對抗俄里昂大軍。」

馮子健倒不覺得自己有那麼本事，覺得奏只是隨便編個天花亂墜的話兒哄騙他。反而提及原本的未來時，多少有點在意。

「呵呵，那麼我就此成為萬人敬仰的超級英雄嗎？」

奏正色道：「不，你後來在一場戰役中為保護撤退的市民，死守戰線，結果葬身於俄里昂的腹中。」

馮子健起先一呆，繼而燦笑。明明是上門拉攏他，卻說出不討人歡心的說話，還真是不按常理出牌。

「那麼原本的時間線上，文月瑠衣活得如何？」

奏瞇起雙眼，竟然陷入無止盡的沉默。她不說話，馮子健亦不開口，兩人就這樣互相對視。

「現在還不能告訴你。」

「嗄？」

「時機未到，天機不可洩露。反正原本的歷史澈底消失，不留半點痕跡，何必那麼在意。」

馮子健相當在意，不過奏偏生不說，亦無可奈何。

「那麼閣下考慮如何？同意交易嗎？」

馮子健估量奏有求於己，稍稍大膽起來：「如果我堅持說『不要』呢？」

只因為文月瑠衣生前說過要回報房宛萍，出於仁義道德上無法棄之不顧，才守在房宛萍身邊。他不會反抗世界，也不想拯救世界。反正應當守護的人已經不再陪伴在側，最好放任其腐爛衰敗。

奏隱然窺伺著他的心思，巨乳在眼前激烈起伏，臉上表情越見複雜，連馮子健都捉摸不到她的想法。突然間置在旁邊的古書飛起，擲中馮子健額頭，剎那間電流貫頂。霎時如江河倒灌，奔騰翻湧。幕幕陌生而熟悉的「影像」在眼前閃現：既是自己親身經歷，卻又如路人旁觀。待稍稍恢復知覺時，他雙手死命按住頭顱，以防爆裂炸開。即使奏移開書本，強烈的暈眩與不適感依然一波接一浸反覆侵襲，只能捲曲身體在地面急劇喘氣。往事堆疊歷歷在目，一番衝擊後，全部都回想起來。誠如房宛萍所言，二人早就相識，更共同冒險調查凶案。前後三次相會，因為對方每次死亡均倒流時間，才會抹消一切痕跡，重置記憶。

正因為有過去的回憶，才交織出現在的思緒。有了痛楚，才會悲傷，眼角不由自主掉出淚珠。人的感情很玄妙，多餘的思緒會左右判斷。當真切知道自己與房宛萍幾番生死訣別，才扎起心頭傷痛之刺，久久未能平伏。房宛萍不是單純的恩人，而是與文月瑠衣同樣對他投予無比信任，僅存於此世上另一位最珍視自己的人。

誠然他有辦法可以殺死八位作家，然而卻無力使房宛萍恢復原狀。報仇而不能報恩，身上將背負著無法歸還的孽債。

「你不能說『不要』——澄的權能是我們最終保險，萬一這次人類仍然再逢末日，便不得不依賴她讀檔重來。無論如何，為人類未來存續，我絕對要拯救『房宛萍』。即使為此而化為魔鬼，步進地獄，都在所不辭。」奏飽含情感，向馮子健吶喊道：「你不也是一樣嗎？有為了某個人，那怕赴湯蹈火，甚至犧牲性命，都要成全一切的覺悟嗎？」

「就算那樣子……挽救人類未來……有甚麼意義？」

馮子健回首望向房宛萍，即使發生再多變故，她依然永遠沉睡。這一睡，究竟要睡多久呢？那樣子與死亡，有何分別？

「當然有意義……」奏附在他耳邊輕輕說了一句話，瞬間馮子健神色驟變，一波波悸動撼搖著他的意志，人即時彈起身：「妳沒有騙我嗎？」

「怎麼會騙你啊。」奏瞇著雙眼道：「那麼你的選擇如何呢？」

「只要是為了瑠衣……很好，你贏了。反正那些渾蛋，都是死不足惜的人渣。就讓我看看究竟有何奇策妙招，將那八個人渣全部殺光，一個都不留！」

【中場休息】

停一停，想一想。
閣下記得八位死者的姓名，以及他們背後隱藏的罪狀嗎？
閣下記得八位死者是如何被擄至別墅去？
閣下記得八位死者的死亡次序、時間及死因嗎？
閣下認為X真的存在嗎？
假如閣下是馮子健，要在八人中找一位對象合作，最有可能找誰呢？
奏提及馮子健尚有一人找不到罪證，「那個人」會是誰？
十二月廿六日那場聖誕聚會上，有否留意到「那個人」的蛛絲馬跡？
倘若前面的問題都能夠好好回答，恭喜閣下，已經無限接近真相了。
接下來就是解謎的劇情，將會源源本本揭開所有謎團。
準備好沒有？三、二、一，GO！

楔子

公元二零一四年十月八日，上午九時二十六分，廣東省海豐縣汕尾市某所近郊別墅，遠離繁華的市中心地帶，周圍群山秀峰環繞，景緻幽人。蕭綸公於晨曦間起床，案上研磨墨汁，提筆書寫上聯，好半晌下聯依然一片空白。

「金爐火虛香留篆……」

數天前收到一封奇怪的信，信內呈上這句上聯，同時表明於今天九時半上門拜訪。寄信者並未署名，只是在信內將自己往昔的祕密詳細書明，不由得心驚膽跳，坐立不安。原以為「那件事」會帶進棺材，竟然有人挖掘出來，難不成是共產黨的間諜嗎？為何現在才找上門？從何處掌握他的身分？蕭綸公搞不懂對方意圖，更不敢報警，導致連日來心緒難安。

九時半門鈴鳴響，別墅內只有自己一人，故此他擱下筆，離開書房，親自開門迎接。見門外有兩個人，男的年約廿歲，有點臉善，好像在哪兒見過面；女的年約十五六歲，金色秀麗的長髮，配上東方人的瓜子臉。身穿灰白色襯衫，搭上格紋鈕扣短裙，一副學園文青的氣息，無疑是令人一見傾心的氣質美人。

「我乃『全知』之魔女，奏。至於這位正是目前鼎鼎大名，全國頭號通緝犯馮子健。」

「哪有人會這樣子自我介紹？」

看上去像是搞笑藝人唱雙簧，可是聽到「馮子健」三字，蕭綸公絕對笑不出來，一瞬間無比震驚，然而很快便變得坦然：「原來我是第八位目標嗎？」

馮子健有一瞬間目露凶光，透出令人心寒的殺氣。奏揚手制止馮子健，微笑問道：「蕭先生可否容許我們入屋再詳談嗎？」

「好，請進。」對方既手握他的黑材料，而且親赴家門前，還能夠逃得掉嗎？
奏先進門，馮子健仍然一臉陰沉立在門外。
「怎麼樣？你不會現在才想反悔嗎？」馮子健沉默，奏撩起耳邊的金髮道：「要是沒有我，你永遠都不可能查到蕭先生的祕密，好歹應該感謝一下。」
馮子健「嗤」的一聲，邁步登入齊府。
「いい子ね」
蕭綸公感覺二人的關係有點不自然，不過仍然視為上賓，煎好香茶款待二人。
「嗯，是上等的凍頂烏龍。」
連喝都未喝就能說出茶葉的名堂，讓蕭綸公有點意外：「看來是識貨之人，請喝。」
奏婉拒面前那杯茶：「對不起，我不用。」
倒是馮子健不客氣，淺啜一口：「茶葉在冰箱中凍久一點，味道會揮發得更好。」
「現在還不夠嗎？」
「一般電熱水瓶沖的熱水，溫度太高，反而傷害茶葉本身的味道。建議換另一款可以調節溫度的，或用傳統的柴火燒水。」
恐怕自己造夢都想不到，竟然會平心氣和與全國頭號通緝犯討論品茗之道，頗合風雅。
「未知閣下上門找我，所為何事？」
馮子健抿著嘴不說話，奏發言道：「這次上門，希望蕭先生答允協助我們的殺人計劃。」
蕭綸公身體情不自禁地抖動，右手上那杯茶差點潑到地上，以為自己是不是幻聽。奏那頭金色長髮迷人地流垂在雙肩，兀自無視對方的神態，正舌粲蓮花道：「我們正在策劃一宗驚天動地前無古人名垂千古的凶殺案，為達到更完美的演出效果，希望閣下義助一臂之力。」

蕭綸公直盯向二人，姑且試探問道：「你們想殺誰？」

奏從手袋中遞來一份名單，列出八位作家的名字。除自己以外，其他七人都認識。即使長年獨居，亦有留意新聞報導，很早就注意到馮子健下手的對象，幾乎都是龍江文學大賞小說組的評審。所以很早就預感，終有一天他也會成為目標。如今比對列表，更是無庸置疑，全部都是第十四及十五兩屆小說組全體評審。不，應該說，其中一人並不是評審。蕭綸公指向名單上問：「為何連賈曉帆都列在上面？你不是只殺龍江文學大賞小說組的評審嗎？」

馮子健嚴肅問道：「敢問蕭綸公，你知道賈曉帆的《弒神記》是抄襲的作品嗎？」

「雖然聽人私下提過，卻沒法證實。」

蕭綸公深知出版界各種陋習，抄襲捉刀請槍換名之類手段，向來層出不窮。之前已經有不少人認為賈曉帆《弒神記》文句風格均與過往的作品差別甚大，且有斧鑿痕跡。起初以為賈氏夫妻愛子心切出手代筆，然而部分篇章之筆力，遠遠凌駕於賈氏三人的文字水平。不過這番謠傳終究沒有實證，也就止於猜想，無人敢正面提出來。

馮子健從背囊取出《弒神記》小說以及《雪峰一劍》、《透天玄機》兩大疊文稿，整齊推至蕭綸公面前：「賈曉帆的《弒神記》是抄襲文月瑠衣的《雪峰一劍》以及《透天玄機》。關於抄襲的地方，已經在書中用朱筆標明，蕭綸公自可以逐一比對。」

蕭綸公認真細閱，果然《弒神記》開首整篇都是將《雪峰一劍》內容挪過去，只是中間修改幾段。整本書幾乎超過百分之九十的內容，都可以在《雪峰一劍》及《透天玄機》兩份原稿中找到原文，每頁都有朱筆認真插入小字雙行，認真得令人乍舌。

「這兩部小說，曾經投稿參加第十四及十五兩屆龍江文學大賞。」

蕭綸公閉目默算，分別是二零零六及二零零八年：「我印象中未見過這兩部作品。」

「因為你們這些評審，永遠只會看內定獲獎的作品。」馮子健的眼神就像一把銳利的箭矢，猛然迸射出去，刺中要害，讓蕭綸公喘不過氣來。

「難怪……難怪……種瓜得瓜，種豆得豆。你是怨恨我們評審不公正嗎？我無意為自己辯護，但即使如此，亦罪不至死。」

「你知道文月瑠衣是如何寫出這兩部作品呢？她是懷著甚麼期盼完成這兩部作品？」馮子健全身關節「格格」作響，目露凶光，驚人的殺氣排山倒海湧來。奏連望都沒有望，手也沒有抬起，單單在旁邊發言：「子健！止まって！」

馮子健便深深吸一口氣，強行收斂心神，緩緩坐下來。親身感受憤怒的殺意撲面而至，讓蕭綸公回想昔日的自己，也曾像這位年青人滿腔怒火，抨擊一切不平等的現象，渴望改變這個社會。時間就像一把殺豬刀，他渾然忘記那段熱血沸騰的歲月。老人家不禁反思是何時開始隨波逐流，對身邊發生的不公不義之事，選擇默默啞忍，不作聲張，甚至毫無作為呢？

評審未曾看過參賽作品就此出局，然後更被評審的親屬抄襲，當成自己的作品據為己有……喬農及寇尹是甚麼時候開始變得庸俗膚淺惟利是圖？他們又是何時忘記當初波瀾壯闊的理想，不再是有志向上的文藝青年？三人創辦的文學比賽，怎麼會變得如此醜陋呢？

「瑠衣她一邊撐住病弱的身體，一邊忍受藥物的副作用，一筆一劃寫完整部小說。那怕喉頭吐血，明知死期將至，仍然一直寫一直寫……她只是希望自己在生時可以留下一點足跡，可以笑著向從未見過面的父親請安，證明自己活得很好……可是你們這些仆街，不僅抹去她的夢想，甚至連她的作品都竊取，據為己有！所以我決不會放過你們，全部都要殺光！一個都不留！」

起

馮子健盡量壓抑情緒，敘述文月瑠衣短短十八年的人生。日常各種瑣屑編織綴飾起哀怨苦情，在步向毀滅的過程中，構成令人憐憫與的悲劇。這齣悲劇沒有大團圓結局，而是以另一種形式，連鎖催生出新的悲劇。說話間漸漸沉醉於過去，撫思故人的倩影。他原以為自己是很冷靜的人，但面對蕭綸公時，再度展露出未成熟的一面。適時奏按下他的肩膀，示意換她說下去。

「如果將人類社會比喻成人體，子健就是變質的癌細胞。殺人這種才能，在和平的時代毫無用處；但生於亂世，就能完美發揮才華。」

人類稱量的「用」，永遠局限在功利實用的層面。對於拒絕遵守社會成規，不願附庸主流的馮子健而言，就此標籤為廢物。

馮子健很早就隱約意識到，自己有殺人的才能。凡是關於殺人的知識及技巧，幾乎毫不費勁快速掌握。第一次殺人時，意外地非常流暢上手，好像一切都了然於胸，呼吸般自然無忌。之後被警察追捕，與特務交手等等，每一次戰鬥後都能夠領悟更多本領，經磨練而成的智慧，令他變得更加成熟穩重，殺人更加得心應手。

「從小就有著與常人截然不同的思維，如同哲學家洞悉人生的真諦，對社會各項成規與制度深有不滿。那怕曾經任職於高級俱樂部，擔任最下層的員工，見盡有錢人放肆揮霍，身邊美女如雲的靡爛奢侈生活，依然沒有讓他產生反社會的人格，全因為他的生命中，讓文月佔據重要的一席。如果少年沒有遇上少女，也許會變成無可救藥的罪犯。」

「不，現在我已經是罪犯了。」

奏總是很認真，但不時會以調侃的語氣說著俳皮話兒。思維跳脫窠臼，連馮子健都追不上。

「文月彌補了子健，子健亦支撐住文月，可謂是偶然生成的最佳組合。因為文月，即使子健如何不滿社會，都不曾想過破壞它；因為子健，文月才能具有足夠的意志，突破生命的極限，持續奮鬥至十八歲才逝世。」

馮子健懊惱抓頭，明明是同一件事，但奏說出來卻脫變成庸俗不堪的愛情小說橋段，連他這位當事人都受不了。

「即使文月離去了，其精神仍然殘留在子健心中，制約他的人性不致崩塌。不過非常遺憾，有人主動作死，觸動逆鱗，才令最後維繫理智的拘束解除。」

「明明就是賈曉帆那廝的錯，別說得好像我的理智與邏輯不正常。」

賈曉帆明目張膽抄襲文月瑠衣的作品，改頭換臉出版為《弒神記》。雖然手上有《雪峰一劍》以及《透天玄機》影印稿，可是他深明單純向大眾公開真相，並不會有任何正面的回應。龍江文學大賞的紀錄，僅能證明曾經有兩部標題名為《雪峰一劍》與《透天玄機》的作品參賽，並不能證明自己手上的兩篇小說稿就是當年參賽作品。那怕他尋回原稿正本，都無法證明那是在《弒神記》成書前創作。更重要的是，龍江文學大賞是歷史悠久的比賽，背後主辦者更是全國出版業龍頭大佬龍江出版社。他們豈會允許有人散播負面不利的消息，必然準備無數藉口，端出揑造的證據，反過來誣衊他及文月瑠衣。

馮子健曾經在聚集無數富人娛樂的高級俱樂部工作，豎起耳朵聽聞無數八卦。太多人裝模作樣，口講一套做另一套。大財團大勢力，要揑死小市民，可謂易如反掌。諸如此類的事件，聽得太多，亦瞭解太多。他們背後有的是財力與權力，聘請最好的律師，操縱大部分傳媒，將黑的改為白，令原告變成被告，決不會讓大眾瞭解真相。

「總而言之，當產生疑問與不信任後，子健開始質疑龍江文學大賞，是否有不可告人的內幕。文月的稿件，怎生沒有在大賞完結後按程序銷毀，反而洩露至賈曉帆手中？最大嫌疑犯，當然是身為小說組評審的父母。於是他憑藉獨有的門路與手段，意外打探出各個評審不為人知的祕密。在名成利就活得恣意的背後，盡是埋藏令人齒冷的髒事。」

馮子健當然記得，那時自己即使找到大量罪證，但如何利用它們，卻殊無決定。且行且走下，第一步先嘗試抓一個人回來。斐民賀非常不幸，就此選中成為首位被害者。

面對馮子健囚禁與嚴厲迫問，斐民賀拒絕反省，更拋出種種謊言，企圖掩蓋罪行，甚至把它合理化合法化。馮子健生氣歸生氣，但想到單純殺死他，不僅難洩心頭之恨，亦便宜了對方。好人無好報，壞人長命富貴，難道這個世界已經不存在公義嗎？如果這個世界是沒有公義的話，那麼就由他實行公義！為死去的文月瑠衣昭示公正！

公元二零一二年，斐民賀神祕失蹤，及後警方收到神祕的ＤＶＤ，依照上面指示發現屍體。當時只判斷為普通的殺人案，交付南京市警察總局治安部第三隊重案組跟進。其時無人知道，斐民賀的死，只是連串事件的開端。殺死第一人，自然有第二人、第三人……馮子健陸續出手，從作家口中發掘更多文壇黑幕，以及評審內部荒謬的機制。當他知道文月瑠衣的小說，打從一開始根本沒有認真閱讀過，就被不知名的兼職編輯丟入垃圾桶時，他即時有一股衝動，想血洗龍江出版社。

最後他沒有下手，畢竟編輯只是打工，他們是公司的一枚齒輪，無從違逆上層決定的制度。仇恨不能指向錯誤的地方，他固執地殺死評審，因為他們才是真正決定賽果的人。

馮子健將一直帶在身上的所有證物，連同ＤＶＤ，逐一攤在桌面。蕭綸公無法肯定這是正確的事，也不能說是錯誤的事。世事非黑即白，在整場風波背後，每個人都有罪。馮子健亦不諱言，他明白自己所做的事是違法的。然而人生在世，有所為，有所不為，不能用道德法律去衡量。

「要是我像你那麼年青，也許會做同樣的事吧？」

馮子健口氣冰冷地道：「你不會的。不平則鳴的正義之心，不管是十七歲抑或七十歲，都不會改變。」

蕭綸公怔住，喟然嘆道：「嗯，也許是吧。」

年青時的自己，不也是對社會、國家及世界一腔熱血，希望變得更美好，而投身革命事業嗎？是甚麼時候開始，這把火焰冷下來呢？打從學懂「做人」，接受「社會的常識」，優先考慮自己，對眼前目睹的不公義事件不哼半聲，放任其滋長時，就已經失去譴責的資格。

蕭綸公早就敗在「現實」的面前，成為一位弱者。

「俠以武犯禁……沒想到會在你身上，看到我曾經想做而不敢做的事。」

「別以為你說這番話，我就會原諒你。」馮子健的拳頭，從進門至今，一直未有鬆開半分。

「確實你有怨恨我們的資格……光是能夠鼓起勇氣挺身而出，就值得欽敬。」

「我才沒有那麼偉大，畢竟自己所作所為，只是為瑠衣一人。」

「反正你們上門，就是想殺死我吧？既然如此，在死之前做一點有意義的事，亦算不枉此生。」以事論事，身為文學比賽的評審，在未完全閱畢所有參賽作品，就胡亂排出名次，根本是愧對且侮辱所有參賽者。蕭綸公直接面對罪孽，否定過往沉默忍讓，以至祈求後人創造全新的未來，毅然同意協助二人。

奏笑逐顏開，拍拍馮子健肩膀道：「我就說啦，蕭綸公明白事理，知道真相後一定會幫忙。」

馮子健冷哼一聲，心中依然耿耿於懷。餘下八位作家中，就只有蕭綸公完美無缺，尋不到半點罪證。如不是奏提供情報，恐怕他到死都查不出來。

奏將準備好的殺人計劃呈上，以文月瑠衣的推理小說《荷塘樓殺人案》為藍本，模仿作品內的情節，一次過將餘下八位目標殺光。不過惟一改動的，就是現場發生的事向全國實況轉播。

「警方存心偏袒作家，拒絕公布真相。既然如此，由我們這邊放膽行動，誓要鬧至滿城風雨，一發不可收拾。就算幕後勢力再如何頑固巨大，亦無法隻手遮天，令所有隱藏的罪惡都在青天白日下暴露無遺。」

馮子健確實能夠殺死所有目標，但面對雷打不動的魯缸，無疑像淺灘上浮萍忙不迭想撼動大樹，根本徒勞無功。他不得不依賴奏的力量，才能反客為主，扭轉整個局勢。

文月瑠衣用生命寫成的作品，被偷天換日變成他人的作品賺取稿費及名聲。倘若本人尚在生，以她善良安分的本性，決不願意自己的推理小說變成現實中殺人命案的模仿藍本。那怕自己在生時如何不幸，都不曾埋怨，或者討過半點好處。但是馮子健不同，他憋不過這口氣，執意為她出頭。

蕭綸公看罷，感慨良多：「你們打算顛覆整個社會嗎？」

「反正只是虛假的幻象，趁現在行有餘力時，早點解決掉，總比置之不管，繼續惡化比較好。人類社會不進行更大的變革，必然重蹈覆轍，再度發生第三次世界大戰。」

「第三次世界大戰？」

文月瑠衣淺笑道：「與馮子健不同，我的目光，可是放在百年……不，甚至千年之後的未來。只要是為人類的存續，那怕拚上自己的性命，亦在所不惜。」

打從一開始馮子健便覺得奏相當可疑：突如其來現身，主動領著他策劃整場案件，她能獲得甚麼好處？口口聲聲說為人類，似乎只是門面話。反而蕭綸公考慮的，是別的問題。

想當年五四之後，作家紛紛學習西方，寫新詩用標點，棄格律拋古文，其時老一輩的學究無不批評，認為時人這些追逐潮流的忘本行為，最終必會自毀。更激烈一點的人，還倡言這些毫無厚重感的新文學，廿年內必定斷絕。那時大部分印刷廠，甚至不知道何謂標點印刷。結果新文學繁榮不息，反倒舊文學快滅絕。

文學自有其生命力，從來不是由少數人關上門當老大哥來決定。如今出門交友聊天，不用再吟詩作舉，考試也不再需要寫四六文。時代巨輪會持續推進，那怕他死了，依然有後來者居上替補。那怕新人的路向目標與自己不同甚至相違，亦終會一步步扛著人類的文明延續繁衍。

惟有將累積沉澱之污髒嘔心腐朽之物盡數去除，把探問移轉下一個年代的人們，才能讓時代推進，於浴火中展現生機。

奏左手一揚，一本西洋古書懸浮在三人面前：「當然人家也不是惡魔，既然蕭先生願意幫忙，不收點報酬是不行的。」

承

蕭綸公依照奏的指示，挺身而出發聾振聵，呼籲廣東省分會會眾出席作協的聖誕聚會，登時一呼百應，連帶讓其餘七位目標主動現身。這一步至關緊要，尤其是人在國外的喬農，必須想辦法讓他回國。警方既然掌握馮子健潛伏於廣東省的消息，自然不敢掉以輕心。紀春筠亦要求警方當晚在飯店附近加強布防，一時陣容鼎盛，如臨大敵。

可惜他們挑錯了對手，面對擁有「全知」權能的奏，警方的一舉一動都瞭若指掌。上至各國核彈發射密碼，下至各國領導人尺寸大小，夜晚有多少情婦，射了幾多發，統統都不再是祕密。更別說恆河大飯店的監視鏡頭數量及視角，以至警方所有配置裝備及巡邏路線，全部都向馮子健及蕭綸公披露無遺。十二月廿六日當夜行動，何時何分於哪兒出手，都有非常精準的時間表。八位目標誰先誰後，一點兒都不重要。重要的是其中一部分人，尤其是蕭綸公必須要「留下線索」，讓附近的監控鏡頭拍到他遇襲被擄的過程。

最初馮子健無法理解：「為何特地留下線索，讓警察發現呢？」

「警察在調查時，非常依賴案發現場的監控鏡頭影片。認為只要影片不是偽造，就對映像內容深信不疑。試想想八位作家被擄的過程中，有人有影片佐證，有人卻沒有，換作是你有何想法？」

「你希望令警方先入為主，惑亂調查方向？」

奏揚手指向蕭綸公道：「蕭先生於聚會後離開飯店，然後被不明來歷的人扑昏拖走。事發時有監控鏡頭為證，加上本人證詞無矛盾，便構成完美的受害證據，最初階段自然不會懷疑他。」

蕭綸公覺得無問題，點頭同意。馮子健又問：「按照妳的情報，迴避所有監視鏡頭及警方巡邏，從指定的路線進出飯店附近，時間上真的趕得及抓走所有人嗎？」

「關於這點大可以放心，我已經準備好幫手。」

「幫手？」

「Hello!」

說曹操，曹操到。一位紫髮少女突然自蕭綸公身後跳出來，嚇得老人家心兒一突。

「孫大……不，奏大姐，妳吩咐我的事都辦妥了！」

光澤如黎明的紫蘭色長髮飄揚，百褶裙活力十足地揚起，行為舉止就像鄰家的孫女般可愛。

蕭綸公鎮定後問：「她是誰？」

少女擺動裙子，熱情舉手道：「我是『間隙』之魔女莉亞，幸會幸會。呃，蕭老師，可否在閣下的大作上簽名？」

莉亞手一抄，憑空抓出一堆蕭綸公創作的武俠小說，堆得比人還高。作者本人似乎見慣不怪，大方地一本接一本留下親筆簽名。馮子健記得奏之前提過會聯絡其他魔女過來幫忙，劈頭就問：「她就是那位好幫手？」

奏真摯笑道：「正是。」

「難不成她會瞬間轉移？」

奏提過魔女都有各自的權能，能夠毫無徵兆下憑空現身，憑空變出等身高的書本，直覺猜想對方的權能應該是瞬移之類。遺憾奏搖頭，莉亞自負道：「人家的權能比瞬間轉移還要強！」

奏從旁補充道：「從旁觀者而言好像是瞬間轉移，但實際上是兩種完全不同的能力。簡單來說，她能在任何地方劃出通往異空間的裂縫，通過裂縫可以收納任何物品，亦能在異空間內穿越去任何地方。」

「哦，即是速遞員。」馮子健用一句說話簡單總結。莉亞聞言即時向馮子健鬼吼，張牙舞爪，不過毫無威脅性，反而更添可愛。

「你就是那位馮子健嗎？人家是魔女，才不是『速遞員』！」。

「莉亞，叫妳辦的事，辦得怎樣了？」

「報告！孫大……奏大姐，進展順利！各款家具及食物都送抵別墅，目前正由楊家軍整頓布置。」奏輕輕一句說話，就讓莉亞服服貼貼，立正報告：「另外楊大姐托我傳話，挖掘地坑鋪網線的進展順利，預定明天就可以提供網絡服務。」

莉亞口中的「楊大姐」，乃「殤魂」之魔女楊排雲。之前奏曾經為二人引見過，颯颯英姿帥氣硬朗的中性美人。為人不苟言笑，話也說很少，無法從表情上讀懂她的想法。隨手一揮楊字旗，便召來一堆穿著宋代戰甲的兵馬，投入大量人力修葺羅浮山上的別墅，好使將來能夠供八位作家入住。

奏滿意點頭，在桌面上攤開一張地圖，標記飯店附近所有監視鏡頭的位置及視角，以及警方的布置與巡邏路線：「莉亞來得正好，順便向妳交代十二月廿六日當夜的工作。我已經拜托排雲安排一輛貨車，停泊在錦玉街這邊。馮子健與莉亞一組：馮子健負責出手砸人，將目標拖走；莉亞留在輕型貨車上，利用權能接送人質，再向目標施加安眠藥。至於蕭綸公，待我算好時間並通知後出來，配合馮子健在鏡頭前演出遇襲的戲碼……有沒有問題？」

馮子健插口問道：「莉亞的權能，最長移動距離有多少？」

莉亞驕傲答道：「只要我有印象的地方，都可以直接連繫。」

「那樣就奇怪了，為何不是直接將目標運送至別墅，而是先送上車，再駛去羅浮山？」
奏高興地鼓掌道：「不愧是未來的超級英雄，果然看穿這處有問題。」
馮子健一點兒也不高興：「你偏生要用貨車運送人質，難道不怕被公路上的鏡頭拍到嗎？」
奏坦率地道：「對哦，我就是想留下運送人質時的痕跡。若然用莉亞的能力一塊兒將八位作家送到別墅，日後警方立案調查時，他們的報告書該怎樣寫？」
「有需要擔心這些事嗎？異能者犯罪已非一朝一夕的事，警方亦有『第卅六組』專責處理超能力犯罪的案件。既然妳們魔女都會各項奇怪的權能，為何不更好地利用？」
奏大方解釋道：「沒錯，若然警方在調查時，發現案件存在太多無法解釋的謎團，疑似涉及超科學力量的犯罪，都會轉介往第卅六組跟進。然而問題就來了，若然讓他們介入，會惹來很多麻煩。」
蕭綸公亦不明白：「憑妳們魔女的權能，會鬥不過超級英雄嗎？」
莉亞急急分辯道：「怎麼可能啊！我們魔女只要動一根小指頭，那些超級英雄全部都要吃土！」
奏瞪眼向莉亞，吩咐她閉上嘴，然後道：「不是鬥不過，而是要令他們沒有藉口介入。也許你們不知道，第卅六組……不，整個國家幕後最高的統治者，並不是總統大人，而是排雲。」
一如所料，眼前一老一少盡皆傻眼。奏心想這番話衝擊太大，確實需要一定時間消化：「所謂總統大人，不過是排雲的扯線人偶。很早以前她就躲在幕後，管治這個國家。不過她並無惡意，反而說正正因為她鞠躬盡瘁，才令國家維持繁榮安定。」

「都是奏大姐不早點回來，重色輕友，害楊大姐快要過勞死了。」

「是是是，所以現在我不就好好努力補償嘛！」奏罕有地像懷春少女激動地臉紅，輕咳一聲後續道：「可是任憑她如何努力，都無力將匿藏在這個國家背後錯綜複雜的陰暗勢力掃除淨盡。他們警覺性甚高，日常防範極嚴，絕不輕易暴露形跡。雖然排雲直接控制第卌六組的超級英雄，但對方勢力深深植根在社會各階層，軍警上下都安插他們的人，內奸太多，所以好幾次打擊都無功而返。我們計劃利用這次殺人直播作為幌子，借勢從側處剪除羽翼，然後各個擊破，最後連根拔掉。」

蕭綸公腦子仍然跟不上，但馮子健卻有點釋懷，總算明白奏真正的意圖。

「為何現在才交代？」

「這個計劃太龐大，我只是準備好一個大方向。中間執行時的細節，具體的時間表，必須與排雲商量，才能一一敲定。更何況事關重大，越少人知道越好。隱瞞兩位，非常抱歉。」奏向馮子健深深一揖，對方並不介意：「我的目標只是殺死八位作家，為瑠衣報仇，順便揭發他們的醜聞。至於其他的事，與我無干。」

馮子健早就察覺，奏澈底騎劫他的殺人計劃。不過既然沒有影響自己的目標，那麼便不予聞問。

蕭綸公燃起熱情，詢問詳情，奏解明道：「如果案件驚動第卌六組，超級英雄出動，勢必惹來他們關注。所以我們必須好好包裝，在恰當的程度內遵從現實的限制，讓案件視為人力範疇以內達成的犯罪，繼續浪費時間及警力去調查。只要一天不定性為超能力犯罪，第卌六組就沒有權限介入，得以繼續暗渡陳倉，聲東擊西。全國所有人都認為這場殺人直播，單純是子健針對作家的復仇，引爆文壇黑幕。各方陰暗勢力自然掉以輕心，認為事態不會波及他們。即使有所注意，由於從頭至尾都是子健的個人行動，摸不透目的及背後的勢力下，亦不會輕舉妄動。之後火勢會進一步燒至軍警，下一步蔓延至政商界……當對方發現火勢一發不可收拾時，已經是遭祝融焚身，欲救無從。」

「這樣子真的是能夠讓國家變得更美好嗎？」

「當然！先安內後攘外，不儘快排除不穩定因素，只會重蹈覆轍，令國家再度陷入戰亂之中。」

「這樣子就能阻止第三次世界大戰？」

「哪有這麼簡單呢？不過至少可以讓這個國家……不，讓這個世界提早準備接踵而來的危機。」

棋盤對弈，雙方均不斷預測對手下一步的路數。能算十步者只是下等，能觀百步者為中等，能知千步者乃上等。奏卻是遠遠淩駕於其上，算到萬步開外。蕭綸公深深體會到，奏這位魔女是何等恐怖的人物。聽罷那浩瀚宏大的計劃後，年青時的熱血竟然湧出來，更加沒理由退出。

「當此之時，國家上下沉瀣一氣。如果妳的計劃能夠為國家帶來變革，讓國民獲得幸福，我願意肝腦塗地。即使身敗名裂，亦無怨無悔。」

奏向蕭綸公致以深深的敬意：「當羅浮山的殺人直播開始後，排雲會指示總統，最先誘導軍方出手。軍隊必然急攻近利，試圖攻上山，當然不可能是子健的對手，必然屢敗屢戰。軍方受挫後，再安排警察介入，煽動軍警對立，讓兩邊內鬨，互相掣肘。」

活上千年的魔女，腦袋構造真的與普通人不一樣。如此兵不血刃，就可以癱瘓政府的營救行動。

「不過更重要的是，既然是以文月的本格推理小說為藍本，當然得尊重原著。不使用任何權能、超能力或魔法，單純以詭計來達成不可能的犯罪，無法破解的事件，那樣才夠帥氣。」

馮子健終於忍不住吐道：「從一開始就召來大批魔女當從犯的妳才沒資格說這番話吧。」

「只要殺人直播的過程中沒有發生任何非科學的元素，那麼一切都沒有問題。因為不涉及超自然力量，所以超級英雄也找不到藉口介入……呃，也許有好管閒事之徒，只好拜托子健去解決了。」

「等等……從剛才就有點奇怪……為何發生任何問題，都是我一個人去解決？妳們呢？」莉亞道：「誒，你之前不是單挑警方特種部隊，還殺了三位追捕而來的特工嗎？」

馮子健氣惱道：「那時我可是非常狼狽呢。如不是平時自製一堆煙霧彈，腐蝕液體和炸彈，再加上依仗地形作掩體，早就被殺了。何況軍隊裝備精良，與獨行的特務及特種部隊是兩個層次。我沒有超能力，一個人怎麼能夠與他們抗衡？」

「放心吧，我早就吩咐亞加米拉加緊準備好祕密兵器。只要擁有它，區區軍隊根本不足為慮。」

「變幻」之魔女亞加米拉，馮子健至今仍只聞其名，未嘗見過本人。奏返回正題道：「警方調查拖延越長，幕後勢力越是麻木輕視，對我們越有利。為第卅六組提供更充裕的時間，引蛇出洞一網成擒。反之過早讓警方定性事件有超能力者參與，第卅六組甚至捍衛者不得不介入案件，他們便會心生警惕，提防國家抓到他們的尾巴。一旦對方認真躲起來，我們便無從入手，計劃也會失敗。」

「如此複雜的計劃，而且機會只有一次。妳怎麼有信心，一切都如妳掌握？」

奏一臉自信，按在她那對碩大的乳房上，挺直腰骨道：「我所擁有的『全知』權能，不僅能獲取天下所有情報，製造任何已存在的物品，吸收所有知識及技術。只要全力開動，還能夠建立一個模擬地球，運算出未來所有可能性。」

馮子健倒抽一口氣：「你是人形的量子電腦嗎？」

奏勾起嘴角，謙虛的道：「沒有那麼誇張啊，這招太花精力，隨時會燒掉大腦，所以不敢亂用。不過單純進行小規模的運算，還是辦得到。」

這位魔女知道自己輕描淡寫間說出何等讓人震驚的話嗎？幸虧這處沒有物理學家，不然即時抱她回家再挖出大腦研究。馮子健忽然有點明白，為何蘇聯想抓她們了。

奏仍舊掛著那張淡淡的淺笑，視線投落在莉亞身上：「何況真的有萬一，我都相信諸位姊妹，必定讓計劃順利進行。」

馮子健注意到，向來與憂慮無緣快活寫意的莉亞，意外露出凝重的臉色。

「這些魔女真是麻煩。」

只是臨時基於利害而合作，而且是非人的伙伴，馮子健不欲過於深入她們的世界。

「妳身為本計劃的總企劃，難道不用在現場指揮嗎？」聽到馮子健明顯的嘲諷，奏不以為忤，春蕙玉指如蘭花，宛如指針伸向天上：「屆時我會在宇宙，向你們下達指示。」

「宇宙？」「指示？」一老一少同時瞠目結舌，奏鬼靈精一笑：「在此之前我會動身往蘇聯境內，潛入即將發射的人造衛星，從內部駭進去奪取控制權。」

*****

十一月初，奏潛入蘇聯的火箭發射場，躲在一枚準備發射往太空的衛星，一同飛昇上宇宙。那枚衛星雖然有準備給太空人生活的設施，但在發射時並未預算安排太空人，故此無提供空氣及食物。不過魔女本身就無需吃喝呼吸都能生存，自然能夠在那邊如常行動。直至十二月廿六日晚上，從衛星內部駭進系統，取得系統控制權。通過衛星手機與馮子健等人保持聯絡，透過權能鎖定另外七位作家的位置及移動方向，以及判斷出手時機。何時何分何秒行動，怎樣行動，四周環境動靜等等，所有情報巨細無遺，讓馮子健感受到天羅地網毫無漏洞的支援。

再次慶幸奏不是敵人而是隊友，馮子健不禁為敵人默哀。

「下一位目標可以挑選虞杰……你們還未搞定嗎？」

「寇尹太肥啦！好重，走不快。」馮子健依照奏的提示，在距離飯店三條街外的馬路上出手偷襲，扑昏寇尹後倒拖回行人路上。此處四下無監控鏡頭，又正好無車輛駛過，才能順利行動。拖行時背後撕開一道隙縫，連接至白色TOYOTA HIACE小型貨車的車尾箱內。

「下一……嗚呀！好嘔心！」

「嘔心你個頭，將隙縫移近過來！」

「人家這邊也很忙啊！」莉亞左手還拿著麻醉藥的針筒，差點刺中自己大腿。揚手將隙縫往前，蕭綸公幫忙闢出空間，馮子健奮力一揪，成功將寇尹擲上去。莉亞手忙腳亂，翻找針頭。

「莉亞，快快送子健去飯店正門左邊的草棚內！」

奏原本算定的完美犯罪時間，因為關鍵的莉亞太慌張而擺烏龍，開始出現些微的差錯。此時駐守在飯店正門負責接待客人的服務員正好有事離開上洗手間，大堂的職員亦處理一群澳洲旅客的投訴而分身不暇，獨餘喬農留在候車處。

「服務員已經撒完尿去洗手，一輛出租車會在卅二秒後駛至！」

奏緊張地叫道，莉亞手一抖，隙縫前面換成漆黑的草叢。

「奏，給我指示！」

「直接跳出去，前進四步再向前扑過去。然後將人拖去右邊，直接穿過馬路到對面！」

奏才一發指令，馮子健便像離弦之矢躍出去。

「莉亞，隙縫改換成連接飯店正門前面候車處對出的消防栓後面，我之前標示的安全區域內。」

蕭綸公看不入眼，幫忙舉起手指，指向貼在車廂上的地圖，奏所指示的位置。如果馮子健倒回頭拖動虞杰，便會進入從洗手間回來崗位的服務員視線內；往前走時，即會與駛來的出租車相遇。前無去路，後有追兵，臨急間只好打橫拖去對面的消防栓處。馮子健見莉亞已張開隙縫，加之虞杰人瘦體輕，顧不了那麼多，在趕到消防栓旁直接將手中的男人像大型垃圾袋投擲出去。

「太亂來啦！」蕭綸公接住虞杰，莉亞及時關上隙縫，馮子健匆匆閃身到燈柱後。

服務員穿過草棚，回到他原本的崗位佇立。然後一輛出租車駛進來，停泊在飯店正門。正門內接待處，有經理親自出來安撫澳洲旅客，將他們引去旁邊的沙發招呼。一切都在奏的計算之內，前後只是差距兩秒，若然慢了半步，便功虧一簣。

「子健，有兩位警察從福寧街三段南面走過來，你現在先轉往祿爵街二段北移動。」

「收到。」馮子健若無其事地收起扑頭用的鐵棍，解除蒙面的口罩問道：「剛才沒問題嗎？」

「很好，監控鏡頭拍得蒙面大俠的英姿，過程很完美。」

莉亞太不靠譜，偏偏她卻是整個行動的關鍵人物，這才叫眾人提心吊膽，幸虧最後有驚無險。

「那位叫莉亞的魔女，事後可以揍她一頓嗎？」

如果按照計劃，他在馬路中心扑昏喬農，莉亞應該直接在背後開門扯上車，中間至少省了八至十秒。接著向虞傑出手時，便不致如此緊張，差點就壞了大事。

「雖然為人容易緊張，但莉亞是好女孩，心腸挺好，而且很重義氣。」

「好人通常沒好報。」

「所以她……也罷，我勸你別隨便揍她唷。萬一惹得她不爽，將你傳送去萬丈高空或外太空，你就必死無疑了。」

魔女的個性與權能真是形形色色，各有不同。

「還剩下天青雷和喬農。」

「他們兩人還未離開會場，而且和其他作家聊天，暫時無法動手。」奏通過耳機傳達指示道：「你在下一個街口等一會，我讓莉亞接你回車廂上。」

＊＊＊＊＊

順利捉走七人，穿過人跡罕至的崎嶇山路，駛至別墅前。經過楊排雲及莉亞的努力，別墅一樓修葺得新穎美觀，現代化家具齊全，更有充足的糧食，以及高速網絡。二樓則特別從歐洲邀來隱居多年的「蒼穹」之魔女愛麗娜及「萌芽」之魔女艾莉絲催促樹木生長，堵死全層。如果不是頂著破爛的二樓，以及失去自由，倒也是舒適的宜居之地。

馮子健搜去八人的通訊裝置，再逐一安置在房間內，理所當然蕭綸公亦扮作受害者進入房間睡覺。接下來就是等待十二月廿七日早上六時，奏挪用軍事衛星支援，駭劫中央電視台的頻道，將別墅內監視鏡頭畫面轉駁至全國觀眾面前。

捕禽時不能將四面都包圍，必會令所有獵物拚死反抗；所以網開三面，留下Wi-Fi上網，以及提示破關脫出的條件，不致澈底堵死作家求生的希望，才能讓他們在各自的本性與利益下內鬨分離。

蕭綸公就是X，只要繼續維持平常即可。已經替他換成最新款的智能手機，雙卡雙待，更能接收奏的衛星通信。透過分析別墅內所有人的行動及心理狀況，再安排殺人的先後順序。

「在鏡頭監視下，最初他們會痲痺大意，放鬆警惕。待時日一長，那怕如何專注造作，亦不可能沒日沒夜維持自己的假面具，從而讓最真實的一面暴露於觀眾面前。由於這邊動用衛星支援，除非他們強制全國人民不准看電視，否則警方也不能像以前那樣掩藏消息。『五色令人目盲；五音令人耳聾；五味令人口爽』，正因為可以連接上網，收看各地網友的留言，反而惑亂判斷。外行人始終是外行人，不會突然變成天才神探。人多聲音雜，更干擾他們的思考，妨礙推理。」

奏最先決定除去的人乃馬巧茹。

最初眾人受馮子健恐嚇下驚魂未定，尚未萌生激烈的抗爭心態，正是最好的威脅良機。趁她有一絲婦人之仁，願意為保全丈夫孩子的名譽時，先下手為強。

在廚房檢查食物時，蕭綸公看準機會，在最後一刻悄悄將那瓶毒物混在賈曉帆收拾中的那堆食物內，好使他們主動擺進吊櫃最外面的範圍。趁六人在飯桌上爭執時，偷偷通過手機上另一張SIM卡號啟用新的通信帳號，連上網絡後偽冒成第三者向馬巧茹發出訊息。

若然世人知道《弒神記》是抄襲的作品，馬巧茹竊取龍江文學大賞的參賽稿件，此兩件事傳出去，就算他們活著離開羅浮山，都不免毀掉名聲，甚至受輿論壓力追究責任。趁她相信馮子健會兌現諾言，不向丈夫及兒子下手時，乖乖聽從指示服毒自盡。

「何況八人當中，我覺得馬巧茹最無辜呢。橫豎也是死，就讓她輕鬆一點吧。」

在討論殺人的次序時，奏強烈要求先殺死馬巧茹，讓馮子健有點意外。

「才沒有那回事，全部都是人渣，死不足惜。」

「哎呀，如果她當年進取一點，說不定會登門造訪文月唷。」

「……世事才沒有如果。」

「從實際角度而言，不早點殺死她，必會引來エロ藍戰士亂入，搞亂我們的行動。」

變態戰隊エロ連者，頗為另類的超級英雄。正體、來路、出身皆不明，亦正亦邪，純粹只為欲念而戰鬥，為此屢次做盡卑鄙無恥下流賤格之事。無時無刻神出鬼沒亂入不同地方放肆胡鬧，一言不合隨時跳反去對面陣營，令黑白兩道非常頭痛。據傳其中的エロ藍戰士，最喜歡出沒於人妻身邊。八人中馬巧茹是已婚太太，而且頗有幾分姿色。不及早除去，便有機會讓那傢伙亂入。

「幸好餘下七人既沒有蘿莉又沒有帥哥，エロ紅和エロ黃都不會現身呢。」

「除去他們以外，還有沒有其他超級英雄會闖入搗亂？」

「官方的都談好不會介入，至於在野的嘛……如果他們敢逞英雄走上山，排雲和莉亞會去處理。」

奏還準備好幾套手段迫使馬巧茹自盡，幸好對方天真的很快妥協，沒有魚死網破反抗到底。怎生安排殺人次序，不致挑釁倖存者抗爭的意識，都是一門學問。對於「全知」的奏而言，這點根本不成問題。過去數年她隱沒在田青島背後，扶助他成長為最強的神探，自然亦是最強的犯罪者。

人在太空，一邊抵擋中、美、蘇三國的網絡攻擊，一邊自誇道：「果然人家還是當壞女人比較在行呢。」

第二位除去的是喬農，蕭綸公早就有覺悟要親手殺死自己的朋友。當時喬農在前，蕭綸公在後。看準他被破牆外的風景分神時，迅速扯起牆邊的藤蔓，活活勒死喬農。

蕭綸公年青時曾經參軍，無論在抗戰抑或是內戰其間，均殺過無數人。當然他南來之後絕口不提，所以無人知道這些經歷。那怕如今再度殺人，並無特別的感覺。確定喬農身亡，縱使情緒上帶點哀傷，仍裝作若無其事回去樓下喝水。之後只要等藏在二樓上的手機在指定時間播放男人高呼的聲音檔，便可以在天青雷及寇尹面前製造不在場證明。

不愧是最新款的智能手機，內建立體聲喇叭，音質極好，幾可亂真。

「人類對外界的觀察，往往先入為主。那怕是非常重要的事情，當面溝通話語，傳著傳著就會變質。更何況隔一層樓，連臉都見不到的叫聲呢？他們根本未曾聽過喬農全力高呼時的聲音，單純因為二樓只有喬農一人，叫聲又是從上面傳來，潛意識自動補正，判定他在呼叫。」

人的大腦很容易受到欺騙：見到長頭髮穿裙子的人影，先入為主視為女人；見到一男一女走進時鐘酒店，都會認為他們準備開房打炮。甚至錄取證詞時受警察有意誘導下，證人會偽造出連串記憶，提供虛假不實的證供。那是事實嗎？有得到證明嗎？只是觀察者想當然耳。

奏利用全新的智能手機最簡單的功能，製造出大腦錯覺詭計。前後相差只是數分鐘，那怕法醫將來驗屍，都不會發現漏洞，為蕭綸公締造完美的不在場證明。

＊＊＊＊

直播初啟時，軍隊即時出動攻山營救。遺憾是無論行動如何保密，通訊密鑰怎生改變，奏都能預先將他們的行動、裝備及路線傳達給守在外面的馮子健。

「你就是馮子健嗎？」

在十二月廿五日早上，馮子健巡視別墅作最後檢查時，莉亞帶著「變幻」之魔女亞加米拉現身。初睹其人，撥開褐色斗篷的頭罩後，露出八九歲之貌的嬌嫩臉容。白色瞳孔呈菱形，雙耳左右尖銳豎出，配上棕綠色帶光的長髮，以及全身泛起鱗光的皮膚，背後還拖延著一條尾巴。無論如何看，「她」都不像是人類。

「沒錯，我就是。閣下是……外星人嗎？」

亞加米拉仰頭觀察眼前的男人：「反應太鎮定了，不愧是奏看上的男人。」

「請別用那麼惹人誤會的說法，還有奏已經有男朋友。」

想想看傳聞有些超級英雄都是外星人，那麼魔女中也有外星人，好像也不是甚麼奇怪的事。

「這是奏叫我交給你的。」

馮子健接過對方遞來的手提箱，入面載著一塊質感奇異的銀色金屬方塊人工物。提在手中，頗有一定重量。一體化設計，外觀像一塊磚頭加上相機鏡頭，四邊切割稜角分明，充滿科技感的線條，細節及上色處亦打磨精緻。不過他還是先放回去，改為取出上面的說明書。

「鐵騎系統……ES-00？」

亞加米拉解說道：「這是依據奏提供的未來世界外骨骼裝甲兵器設計圖，進行一定程度修改後製造出來。由於最核心的流體引擎超出目前技術水平，那部分的元件只能靠奏單獨製造出來。至於其他像骨架、電路與武裝，則是通過實驗室改良仿製。最麻煩的是納米金屬粒子，就算知道製造方法，亦缺乏相關的儀器及技術，未能將成品質素大幅度提升，生產極為緩慢，所以才耽誤這麼久。」

好比知道坦克的製造方法，卻無能力生產極為細微的螺絲，自然難以完整組裝。想以二零一四年的科技再現二零五零年的科技，難度自然非常高。奏說過自己的權能可以完整再現所有物品，不過想來有極限，否則全部零件都變出來就行，無需像這樣子在實驗室中土炮鍊鋼東拼西湊。

「這就是未來的我所使用的裝備？」奏提及過原本的未來，馮子健就是使用這套裝甲在戰場上與敵人廝殺。莉亞如同發現新玩具的孩子，雙目閃閃生輝，摩拳擦掌道：「快快啟動測試一下。」

馮子健慎重問：「這東西有測試過嗎？」

「剛剛從實驗室拿過來，預設你就是首位著裝者，順便即場進行實戰測試。」

馮子健瞪大眼睛，這些魔女有夠亂來的。

後天殺人直播開始後，別墅附近一帶就會化為戰場。楊排雲等魔女在外面按兵不動，奏在宇宙傳遞情報，蕭綸公留在別墅內當內應，只餘他一人留在外面抵抗潮水湧來的軍隊。諒他再強都不可能單兵無雙。不過奏對這款未來兵器信心十足，姑且依說明書著裝實驗一下。

按照原世界線，至少於第三次世界大戰中才投入量產的鐵騎系統，如今提早十年面世。身為白老鼠，馮子健決定相信奏。將金屬方塊按在小腹前，左右兩邊延伸出金屬帶，牢扣在腰。按下第二粒鍵，腰帶上下噴湧出黑色的液體包覆全身。眨眼間液體固定變成厚重的銀灰色鑲白鎧甲，頭部蒼藍色的鏡片流趟閃爍的光芒。貼身無縫的鎧甲，各部位線條硬朗，輪廓流暢。

全覆式頭盔內的全視域畫面浮現出立體的操作介面，清楚展示一個三維雷達、AR辨識及系統各項資訊。內建眼球追蹤技術，能直接通過眼睛操作選單。由於功能非常繁瑣，邊看說明書邊學習，依照亞加米拉指示嘗試伸展手腳。十指開合，然後是舉手、踢腿、跑步、翻身等等。縱然外表看似纖巧輕盈，但盔甲重量及厚度仍然對身體有相當程度的妨礙，難以像素身下動作靈敏。

馮子健向亞加米拉回報體驗感受，她在平板上逐一抄摘，隨後拜託莉亞打開異空間，在那邊進行實戰測試。他已經不是頭一回光臨，但仍然不習慣四野茫茫，腳不踏實地的怪異感。

「莉亞，有沒有一些比較硬的物品試拳用？」

澄白的空間突然「咻」的飛來一塊比人還要大的石塊，沉重壓落三人旁邊。

「以前路過英格蘭時一時興起撿回來的石灰岩，這大小可以嗎？」

「很好，先試試普通揮拳打上去。」

「手指套上手屬指節，還能正常發動內勁嗎？」

「不知道啊，我又不會你們那些功夫。」

相當不負責任的開發者，教馮子健左右為難。

民國初年，中國習武之人在擂台上之所以輸給外國人，最大問題就是拳套。中國很多掌上功夫，都需要五指運勁。一旦照對方拳賽規定戴上厚厚的拳套後，原本精妙的拳掌指爪，全部無法施展，又不能如常發勁，結果紛紛敗北。如今他的十指、手背及手掌心均有金屬護甲包覆，萬一發動寸勁時，力量沒有穿透出去，而是直接從金屬盔甲內側往回彈，豈不是叫自己指骨盡碎？

明天就要實行計劃，絕不能發生任何三長兩短。亞如木立見馮子健久久不動，在背後補充道：

「鐵騎系統內建流移系統，會透過能量轉換，將自身發動的力量加倍。你隨便揮出一拳，都有兩三噸。」

一般職業拳擊手全力一拳，平均也就只有半噸。拳擊爆發至一噸，足以殺一頭牛。兩三噸，看數值少得可憐，但其實是很恐怖的概念。既然技術人員都這樣說了，姑且信任她吧。何況只要不是發動寸勁，單純普通的拳擊，應該不會有問題。

「砰」的一拳率先將石灰岩一角打崩，不僅破壞力驚人，而且完全不會承受反作用力。右手毫不疼痛，能正常活動，令馮子健大為驚訝。接下來嘗試全力出拳，他採開雙腳，腳掌抓緊地面，擺出二字鉗羊馬馬步。右手拳頭輕輕地握著，全身肌肉充分放鬆。腰馬不動，沉肩墜肘，目視岩石，猛地出拳。不需要打直手臂，而是斜上四十五度遞出去，如同軟鞭貼上石面。

「噗」的巨響，灰石飄散，一拳打爆石灰岩三分一的面積，缺去大片角落。

「調出系統紀錄，查看鎧甲的受損情況以及能量數值。」

馮子健眼球瞄向立體的視像介面，好久仍未能完善掌握。

「全身無損害，著裝者身體正常，最高拳擊力……六點二噸？」
亞加米拉依然冷靜紀錄：「接下來是連續快速出拳。」
馮子健兩條手臂輕柔無力，雙拳快速交替抖送出去，一口氣連揮三拳，整塊石灰岩慘遭粉碎成細塊，散落滿地。
以往發動寸勁，均會承受一定的反作用力，而且不能連續發動。然而著裝上這副鎧甲後，幾乎不需要用力，隨便打一拳都有匹比寸勁的威力。當然寸勁可以精細操縱力度的流向，而鎧甲輔助的拳頭並無法辦得到這點。即使有此缺點，亦不足以抹去其好處。
連續幾次測試都只是揮拳頭打石塊，讓莉亞悶得打呵欠：「敵人又不是岩石，豈會站著讓你打？」
田青島覺得很有道理：「確是如此，我亦不認為單純兩個拳頭便可以正面扛上大批軍隊。那怕這副鎧甲再如何精良，亦未必能擋住軍方壓倒性的數量。」
「已經通過最嚴格的防禦測試，除非是被戰略級武器命中，不然一般戰術級武器根本奈何不了它。」亞加米拉淡然道，莉亞搶道：「既然想測試鎧甲的防禦性能，當然用最簡單暴力的方法。」
一道黑影襲來，吸附於莉亞右手掌心，迅速握住一柄手槍。槍管指向馮子健，接連射出數槍。
Smith & Wesson Model 29，極負盛名的點四四口徑左輪手槍。馮子健一眼就辨明槍械款式，在槍口指向他之前，先一步側身仰開。當然他反應再快，於空無一物的異空間中，也只是活人形標靶，所以右肩還是連中兩槍。
莉亞彷彿在玩玩具槍般，槍管指向馮子健：「現在是測試防禦性能，你別避開啊。」

望到槍口下意識就會閃避，馮子健無奈強迫自己原地立正，再吃多四發子彈。眼見對方毫無損傷，莉亞激發起好勝心，接著召來Smith & Wesson出品的357 Magnum左輪手槍餵上幾槍，又拖來一具不明款式的加特林機關槍持續以六千發一秒的速度掃射八秒，最後還扛住疑似美國製的反坦克炮轟炸。連串蹂躪過後，馮子健左半邊的鎧甲焦黑殘破，受強大衝擊轟倒地面，她總算心滿意足收手。至於亞加米拉全程一言不發，連眼睛都沒有眨過，好像馮子健是生是死都不太緊要，仍然是那副口調：「調出系統紀錄看看甚麼訊息？」

雖然沒有受傷，但衝擊力還是穿透鎧甲，讓馮子健全身肌肉叫痛：「胸前、左臂及左大腿鎧甲損壞，部件閃爍出紅色的警告。電量殘餘百分之八十九，流移系統功率下降至百分之七十三。鎧甲修復中，納米金屬殘餘百分之八十九。」

原本慘不忍睹的鎧甲，慢慢恢復如初。眨眼間煥然一新，好像完全沒有受傷般。

「亞加米拉，那麼薄的鎧甲，能吃那麼多發子彈嗎？而且有自動修復功能？太扯了！」

亞加米拉一本正經說明道：「流移系統除去能夠將著裝者的力量倍增，亦能夠消融一定程度的外部物理衝擊；腰帶內儲存的納米金屬亦會在鎧甲受破損時依預定程序展開修復工作。不過缺點是耗電量大，無論是維持鎧甲運動、強化著裝者力量、緩減受損、修復鎧甲，全部都需要大量電力。我們在實驗室測試過，光是啟動後甚麼都不做，至多只能維持三小時左右。如果持續戰鬥，消耗的速度絕對會加快。」

不愧是先行實驗品，如此多不確定性，讓馮子健有點擔心：「即使不懼槍彈，但終究沒有武器。」

「鎧甲要收納在腰帶盒內，再無多餘的空間加入武裝。當然我們已經考慮到長時間戰鬥時的火力及電量不足問題……莉亞，將那臺機車帶過來。」

一臺鍍上銀灰色，外型狹長尖銳的車身，摩登的流線造型，極具侵略性的機車移至馮子健眼前。

「我們研究外骨骼裝甲同時準備配置的專用武裝，後來轉而開發鐵騎系統後，索性將原有的技術及設計轉移至這款鐵騎系統上。這具機車不僅可作為代步工具，還能與ES-00配對，作為專用武裝及外部電池，成為名符其實的移動軍火庫。」

馮子健翻到說明書後面，才有具體的說明。機車平時可以作為載具，戰鬥時可以通過背部接口連結，前後分開撥至左右兩邊，分別提供不同的武器：右手為機車車首，內藏兩把突擊步槍、一發榴彈、一面防爆盾、兩組三連裝飛彈；左手為機車車尾，配置一臺小型四連裝加特林機關槍、兩組三聯裝地對地導彈、一具火焰噴射器。車身額外提供一組獨立電源，可以為系統的運作延長一倍時間。另外同樣內置納米金屬，不過並非負責修補鎧甲或車身，而是補給實體彈藥。

刀槍不入的鎧甲加上接近無限彈藥的武裝，無負移動軍火庫的稱號。

「那麼接下來開始最後的測試。馮子健，嘗試讓鐵騎系統與機車連結……」亞加米拉驟然巨大化，變成一臺高約五米的機械人。純白的機身、四條粗狀臂膀、長滿電子感應監視器的頭部，彷彿古代的惡魔下凡。：「這是模仿過去摩波星人的人形兵器Angiras，讓我看看你到底有多大的本事。」

馮子健心想這或許是對方的權能，冷靜地依說明書與機車合體，攜同武器指向亞加米拉。如果連這樣「怪物」都可以抗衡，那麼更不需要害怕現代軍隊了。

之後他連同那臺鐵騎系統ES-04，輕鬆在戰場上單兵無雙，將別墅守得滴水不漏。軍方手足無措，狼狽萬分，更謠傳為「灰銹惡魔」，自是日後的事。

*****

奏早料到隨著時日推進，必然有人放膽逃亡，只是想不到會是好吃懶動的寇尹。他以為走夜路最安全，殊不知山不可欺，對周遭環境不熟，加之月黑風高，逃命時慌不擇路，無異亡命瞎子。

馮子健收到通報後，迅速趕往前頭截入。他足尖黏在樹蔭間，在樹梢上輕盈跳躍。憑多年鍛鍊的夜視能力，即使上弦月無力照臨大地，都能靠微弱星光隱約辨物。沒多久就聽到沉重的呼吸聲，與「嗶嗶啵啵」踐踏草叢的足音，震動樹幹與枝葉。寇尹殊不知道自己的位置、方向及速度早就暴露無遺。馮子健看準時機，腳鉤住樹枝，迅速扭轉身體，臂膀一棍丟出去，不偏不倚砸中對方後腦。一聲痛呼後，人便扑在地面。

短棍末端綁緊長索，於襲擊成功後從容一扯就拍回手中。看似很簡單的動作，實質千錘百鍊。棍要扔得準，又要有力量，命中後要在觸碰地面前扯回來，避免遺留丁點痕跡，難度絕高。

恐防對方尚存一息，馮子健將繩索繫緊於樹幹及腰間，慢慢讓身體朝地面倒下。接近寇尹背後，一刀切往脖子，給他一個痛快。確定斷氣後，再將身體扯回樹上。

「確定現場無遺留任何痕跡，做得真好。」

只要不在地面行走，便不會留下足印。只用足尖在樹枝間跳躍，回程時順便清理痕跡。之所以要搞得如此麻煩，完全出於奏本人臨時任性的提議。

「如果我不小心在現場掉了一條毛髮呢？」

「我會即時叫你撿起來。」

馮子健鬆一口氣，縱使視力再好，也不代表能夠在夜晚的草叢間拾回自己的頭髮。現場發現的線索越少，警方的調查工作越加困難，更加容易拖延時間。當然某程度上奏是知道馮子健辦得到，才會制定如此嚴格的要求。

＊＊＊＊

別墅內蕭綸公終於等到奏的指示，開始動手殺害賈氏父子。雖然他沒有馮子健那般優秀的身手，可是少時從軍，老來亦不忘鍛鍊下，肉體仍然不弱，至少力氣比天青雷更大。當他送別寇尹離開別墅後回房，便在床上疊好桌椅。

奏之所以挑選這些家具，連高度闊度尺寸承重都有規定。那怕天青雷及賈曉帆如何堆疊，墊高身體踮起腳尖，手指頭亦只能勉強碰到假天花板，無法完整施力。八人中除蕭綸公及喬農有本事可以憑手指頭發勁引體上升外，其他人全部都辦不到這「特技」。當然後來天青雷用紙箱摺合組成高臺，成功攀上假天花板，實乃出於奏的意料之外，但亦無礙計劃推進，甚至乎天青雷的行動正好迷惑警方，掩飾蕭綸公的行動。

「現在其他人都在睡覺，請蕭先生小心行動，別發出聲響。」

早在搬進別墅前，蕭綸公那部搭載紅外線的智能手機設定妥當，通過ＡＰＰ模擬為紅外線遙控器，操作全屋所有電子產品。據說市場不太重視，所以很少手機提供這項功能。

這必殺技當然只能用一次，最後居然用在賈氏父子身上，未免有點隨便。

趁夜晚爬到賈氏的房間上，手機從監視鏡頭的缺口伸進去，紅外線對準目標，照奏的指示遙控切換空調的模式及修改溫度。最後將早就藏在房內木櫃中的材料密封缺口，便變成類似密室的狀態。

南昌科技當年發行ZEAH-AT0型號天花式空調機，由於電路板設計錯誤，依一定步驟調整會引發BUG。原應排出室外的二氧化碳會逆流製冷吹入室內，所以及早進行全國回收。出於某些緣故，仍然有數臺未曾處理，深埋於公司其中一間貨倉內。負責的職員早就換了好幾人，對這件事毫不知情。即使被遺忘在最險要之處，只要曾經存在之物，奏都能掌握清楚，莉亞亦能手到拿來。

如是者一個晚上就可以令睡眠中的人缺氧，永遠見不到明天的日出。事後蕭綸公只要更改空調設定，便不會留下任何痕跡。這手法其實很簡單，但由於大部分智能手機使用者都不會特別使用紅外線功能操作家電，甚至主流旗艦機款更移除紅外線，導致外人未必於第一時間聯想到這一點。

至於餘下的天青雷及虞杰，奏表示那兩個人留有作用。最後再次感謝蕭綸公，可以功成身退。

「作為真兇總不可能活到最後，根據套路現在是時候退場了。」

「說的是呢。」

從來未曾心存僥倖，以為自己可以逃過一劫。當天馮子健及奏登門造訪，蕭綸公早有覺悟死亡。允許活至今天，參與這場殺人命案，可謂賺夠了。

預感自己正處於歷史的轉捩點上，可惜無法目睹未來世界的改變。手機刪去所有與案件有關的往來通信紀錄及紅外線家電操作設定後，端正擺在桌上。至於第二張ＳＩＭ卡，只能等馮子健之後親臨拔除。接下來不需要花招，也不用特別偽裝。從廚房偷藏一柄刀，上面留有其他人的指紋。自已用這柄刀刺入胸口，結束這個不算完美也不算快樂的人生。

真亦假時假亦真，餘下的人疑心病發，自然會過度解讀，認為他同樣被X奪去性命。

那怕加害喬農及寇尹，可是蕭綸公並不後悔。想當年他們三人尚被貧窮捆住，於籠籠窮氣中，每天寫專欄寫劇本寫小說，搞文社創文刊，為追逐文學而奮鬥過。後來與龍江出版社合作，出版作品，創辦第一屆龍江文學大賞，一步步提升名聲與地位，終成文壇巨擘。那段奮鬥歲月，如今猶歷歷在目。

本著推廣文學，為文壇培育新人，扶掖後進的龍江文學大賞，卻在之後發生變化。參與的評審手握裁決他人作品的生死權力，開始圍爐聚堆拉幫結派，各方佔據山頭瓜分利益。互相質難時，不是心平氣和引論據說道理，而是派學子學徒及支持者攻訐。甚至將大賞的獎項當成籌碼，桌面下暗買暗賣，為自己兌換諸多好處……為弊已甚，積惡難除。既然已經變質，不如澈底毀掉算了。

「當然人家也不是惡魔，既然蕭先生願意幫忙，不收點報酬是不行的。」

那天奏突然變出一本西洋風的精裝古書，從上面撕下一頁，如同變戲法般搖出一塊手帕。

蕭綸公認得這塊手帕，頓時無比震駭，整個人顫抖不已。奏微微一笑，將之塞入他的手中。他十指貪婪揉搓，指頭傳來的觸感，鼻端嗅得的芬芳，都與當年記憶殊無二致。

「香萍她……香萍她怎麼樣了？」

「死了。」奏開門見山道：「你接受任務，南下無歸。她亦受國家分配，下嫁一位工人。生了三個男孩，在五年前過身。」

蕭綸公無助地倒回椅子上，千愁萬緒一重接一重滔滔撲來，扶著額頭問：「她……活得很好嗎？」

「一點也不好。丈夫不愛她，孩子不認她。最後境況淒涼，醫院將她掃出門口，倒在路邊凍死了。」奏說至此處，問蕭綸公：「你想要她的遺照嗎？」

「……不用了。」淚水終於止不住，從眼眶中不住湧出。緊掐手帕，嗚咽抽泣無力自持。那塊手帕，是以前贈給髮妻鄭香萍之信物。二人相識於二戰，即使日軍燒殺搶掠，都無法使他們分離。正想結婚時，領導卻命他前往南方混進敵陣，倚機發動革命顛覆國民政府。其時他理想比天高，無條件遵循領導指示，毅然拋下未婚妻出門。結果這一步跨出去，直到今天都無法回去。

「我對不起妳，香萍……」

故鄉物是人非，每夜夢迴，依人永遠在水一方。假如時光可以倒流，自己會否作出另一個選擇？

蕭綸公臥在床上，臨終之際再次凝視那塊手帕，甜蜜而淒酸回憶無比激蕩，撼動大腦。

「香萍……我終於可能過來與你團聚了……你還會等我嗎……」

蕭綸公笑著，好好的將手帕收回口袋內，將刀尖對準自己的胸腔戳下去，抱著遺憾走完人生最後的日子。

金爐火虛香留篆
錦瑟絲絕奏遺音

轉

為拖延蘇聯的軍事行動，奏故意反向入侵對方的軍事系統，大肆植入木馬，刪改通訊代碼、竊取大批機密文件，甚至駭入核彈發射系統。只是想不到對方會來一招玉石俱焚，果斷切斷整個國家的內聯網，軍隊恢復傳統，以人手發送指令派遣出兵，不由得讓奏寫一個「服」字。

「火箭中搭載著十二金人之一的『天鉞』。」奏一臉凝重，莉亞變色劇變。

銷鋒鑄鐻，以為金人十二，以弱黔首之民。

《史記．秦始皇本紀》載，秦收天下所有兵器，鑄十二金人。後世或曰銅人、大人，有云高三尺、五尺。但無一例外，皆夷狄服。與其說是狄服，不如說是當時中原人所不了解的外觀罷了。當時自宇宙路過地球的奇諾巴星人造訪秦國，秦始皇誤以為是天外仙人。奇諾巴星人當然不可能賜予始皇長生不死，倒是作為親善的證明，替他製作出十二部人形機械人，也就是後世流傳的十二金人。

秦亡後十二金人流散四方，最後由秦國公主，「悠久」之魔女嬴陽堇收集回來，並封印在秦始皇墓內，自己亦與之永眠。直到二戰時才被亞加米拉一行人打擾，知悉這不存在於史書上的祕密。

「蘇聯早就挖開秦始皇墓，陽堇被他們抓去，十二金人也落在他們手中。正是因為獲取十二金人的技術，才促進他們迅速開發出人形兵器。」

「可是未免太快吧！還有蘇聯他們竟然有人能夠通過金人的認證？」

預感戰況將會壓倒性不利，奏於無重空間中翩翩轉身，那頭長長的金髮華麗散逸如含苞待放的花蕾，慢慢往衛星下層沉去。

「奏大姐往哪兒去？」

「距離敵人抵達時間尚餘七分鐘，但要十分鐘後才能讓衛星引擎點火切入預定的軌道，無論如何都要撐過這兩分鐘。」

莉亞瞳孔瞪得大大，她猜想到奏的算盤，於牆壁蹬足，在無重狀態下划水追在後面：「等一會，難道奏大姐打算開那部機械人出去對打嗎？」

「當然啦，那是蘇聯試行製造的Krupper宇宙型，當然要物盡其用。」

這臺衛星不是單純的宇宙炮臺，更藏有一臺人形兵器。蘇聯瞞住美國的監視，暗渡陳倉下以無人衛星發送至太空軌道。預定之後祕密派遣軍人登陸衛星，試圖於不驚動世界各國下，暗中在宇宙中進行人形兵器實驗。奏既然破壞蘇聯的計謀，當然順道挪為己用。

衛星失去控制權，無法回收，更可能落入其他勢力手中，洩露本國最先進技術，想必蘇聯上層惱羞成怒。任憑他們投入大量黑客進攻，可是奏比對方更清楚系統漏洞，反過來輸送木馬加病毒，連橫爆破各個伺服器，迫得他們拔網線關電腦。最終狗急跳牆，顧不了保密，無視世界各國的目光，不惜一切代價，強行攤出金人奪回或摧毀衛星。

奏最初打算於羅浮山殺人事件後，整臺衛星推回地球，墜回海面上讓楊排雲派人回收。讓中國的科學家直接目睹實物，親身理解蘇聯如今軍事技術的水平，有實物拆解研究才比較好上手。無奈人算不如天算，虞杰背後的組織遲遲不願行動，竟然等到今天稍前才決定放棄營救，以超能力遙距殺死他。至此八人死亡，總算能夠結束殺人直播。可惜衛星不是說逃就逃，隨便降落大氣層，墜落在人口密集的都市，又或掉進其他國家的領海上，均非奏所願。

話說回頭，一切的亂源，應該始自未來的自己。打造出時光機，拜託趙澄回到過去，企圖改變未來。偏偏因為一點小意外，令歷史從此產生分歧，走上與預定不同的方向。蘇聯軍方從通古斯大爆炸現場發掘出時光機，獲得上面盛載的未來科技，繼而令軍事技術飛速發展。原本應該於一九九一年解體的蘇聯，通過高科技建立更森嚴的鐵幕。國際持續對立冷戰，邪惡組織與超級英雄奇軍突起，讓世界變得更加混亂，整個人類歷史都顛覆了。

神賦予奏如此寶貴的權能，偏偏過去七年沉醉於「戀愛」的甜蜜美夢中。明明隱約感受到世界歪曲至不乎尋常的地步，都不願正面面對，從而讓事態惡化至此。事已至此，那怕她必須要為此而付出重大的犧牲，亦在所難免。

衛星內部收容一部高約六米，全身漆黑的機械人。那是蘇聯仿照金人試行製造人形兵器，以宇宙戰鬥為前提的Krupper宇宙型。無視地球引力，裝甲厚硬，同時加入鈦合金強化剛度。全身上下擁有十八個化學推進器及七十八個電力離子推進器，得以在無重空間中全方位任意移動。

奏先從旁邊的牆壁打開儲物格，抽出一套駕駛服穿上身。莉亞終於努力飄到面前，一手拉住奏：「有敵人來的話，就交給我們啊！」

「對面配有干涉魔女異常裝置，只要妳們靠近就無法發動權能，變成活靶，怎麼打？」

「可是……可是妳不也是一樣嗎？」

「妳忘記了嗎？我就算沒有權能都很強啊。」奏像大姐姐般輕撫莉亞的頭頂：「何況必需有人留在衛星上，以防降落時有萬一，可以手動操作。」

莉亞快哭出來，卻又極力強忍著。她的異空間雖然無限容量，可是隙縫無法無限拉開。像這臺人造衛星便因為體積過大，不能塞進洞內。「六十多年前是這樣……現在又是這樣……為何人家仍然甚麼忙都幫不上……」

「笨蛋，妳已經幫上很多忙了。」

連日來都是全裸的奏，穿上駕駛服後有一點不習慣，用手調整一下胸部的形狀，將長髮盤起，再戴上頭盔。原本背後還要接上壓縮氧氣罐，不過魔女不需要呼吸，也就省掉了。

「孫大……奏大姐！妳會回來嗎？」

奏打開Krupper頭頂駕駛艙門，回頭望向朝她吶喊的莉亞，理所當然點頭。

「妳不會騙我嗎？不會像當年那樣不告而別嗎？」

奏故意背轉身進入駕駛艙，立即關上艙門，讓孤單與沉寂澈底包圍全身，獲取安心的溫暖。啟動引擎，機體各部件開始徐徐運作。望向螢幕上鬧彆扭哭喊的莉亞，奏低聲吟道，像是催眠自己：

「傻瓜，魔女又不會死的，總有一天會再次見面……」

繫好安全帶，確定敵人抵達時間尚餘五分鐘。發動「全知」權能，大腦自動獲取蘇聯境內最強的Krupper駕駛者技巧。龐大的知識灌進腦袋，一下子頭痛欲裂。別人訓練超過數千小時的技巧，彈指間完美掌握。可是過程非常痛苦，如非必要，奏也不想使用。霎時全身手腳肌肉緊繃，腦內溢血，卻又快速痊癒。渡過生與死的交界，總算消化所有知識，化為自己所用。這樣子即使對方啟動干涉魔女異常裝置，但已經學會的知識及技巧決不會忘記，這就是她與其他魔女的區別。

然而加上這部Krupper宇宙型，依然扛不過一部「天鉞」。那怕是二千多年前的老東西，畢竟是外星文明的造物。現代軍事武器，仍未能對它造成多大傷害。只要有適格者啟動，即時成為地球圈最強兵器。面對那樣的無敵怪物，即使奏事前獲取所有作戰數據，也無法找出必勝的攻略法。

畢竟任務目標是拖延而不是擊殺，那怕敵人再厲害，依然不能單機穿越大氣圈。只要讓衛星進入預定墜落軌道，往地面墮落，對方自然無可奈何。

「算了，盡力而為吧。」

「莉亞，你回去控制台，幫忙打開下面的出口。」

莉亞咬咬牙：「說好了！奏大姐一定要回來啊！」

奏微微一笑，Krupper宇宙型雙肩推進器點火，慢慢下降離開衛星。

「尚餘三分鐘。」

背後全推進器噴射，機體猛迅撲出，主動迎接獵殺而來的敵人。

莉亞透過監視器，全程目睹整場戰鬥。各國的衛星，也緊盯這場人類史上首次的太空戰，同時也是首次見識人形兵器的威力。然而戰果卻是一面倒，金人壓倒性的強大，讓Krupper顯得螳臂擋車，似是不自量力的自殺特攻。

衛星依照系統設定的時間自動點火，朝大氣圈推進，進入預先設定的軌道內墜落。與六十多年前那樣，莉亞眼白白看著同一個人在眼前犧牲性命，卻啥也做不到。

結末

馮子健從芬芳的花圃中間的軟床上醒過來，看看手機，現在是公元二零一五年一月廿三日，下午三時廿一分。環顧四周，滿地七彩繽紛。各株花卉參差，間以色相，幽香撲鼻，麥香鶯鳴。如此悅目賞心，醉人心脾之美景，與外面寒冬截然就是兩片天地。

這處是魔女的祕密基地「魔女之庭」，雖然曾經到來好幾次，但都是由莉亞領著他穿過異空間而至。實際上位處何方，甚至是不是在地球上，都一概不知。馮子健活動筋骨，決定先找這處的主人。踏著白色鵝卵石鋪砌的小路，穿過曲水環抱小橋流水，來到一處花欄旁邊。

「哦，你醒來嗎？」亞加米拉正在澆花時，注意到馮子健走過來，走到面前問好。今天她穿著白色的薄紗連身裙，身上那些鱗片閃爍，果真是非人類的肌膚。

「今天穿得很好看。」

平時她都是長袍長裙，將全身包得密實。雖然種族不同，但既然是女孩子，應該都是愛美的。

「單純想轉換一下心情罷了。」亞加米拉表情依然木訥空洞，背後尾巴晃動，提起水壺：「你的事辦得如何？」

「太過順利了，反而有點意外。」

虞杰死亡，宣布直播結束，釋放中央電視台所有頻道。別墅內逐一目睹眾多屍體，仍然無法釋懷。當中仍然有人至死執迷不悔，拒絕認錯。究竟他們在想甚麼，為何會如此頑固，馮子健已經無從理會。最後望向蕭綸公的屍體，拔出手機中的ＳＩＭ卡後，畢恭畢敬向他叩首。那怕是不共戴天的仇人，但其節操與品行，仍然讓他由衷佩服。

人生在世，就是有太多無奈。人在江湖，永遠身不由己。他責怪蕭綸公沒有勇氣向不公義的事情說「不」，自己又何嘗不是呢？那天他為何沒有勇氣，當面送別文月瑠衣，甚至阻撓文月基金的人運走文月瑠衣的骨灰？結果自己與其他人同樣是垃圾。不同之處，只在於自己願意承認是垃圾。

莉亞將他接回魔女之庭後，便匆匆趕回去衛星上面找奏。奏反而聯絡上他，囑咐自己萬事小心。

「『那些勢力』曾經認為你的目標只是想殺死作家，所以未曾認真重視。不過你之後做得太過火吧？竟然殲滅一整旅的兵力？現在他們不得不戒備起來，還派人澈底摸清楚你的來歷。暫時你得留在魔女之庭內，最好別隨便外出。」

「我都不想的，明明警告過那些士兵，他們偏要衝上來。」

「算了，那些士兵很多都是有背景的，還有好幾位是異能者，死了倒也不壞。」

異能者又如何呢？馮子健完全沒有印象，估計他們死得比雜魚更不如。

「為轉移他們視線，才特意叫你透露風聲，讓他們懷疑你背後有魔女介入。現在計劃尚算順利，他們完全查不到我的資料，也不知道你與排雲她們早有接觸，估計能夠拖延上一段時日。」

馮子健是普通人，怎麼可能擁有那麼誇張的力量？既然對方疑竇叢生，與其繼續隱瞞，不如按他們所想，故意誘導思考，暗示馮子健背後受某位魔女支援。他們知道後，自然會接受這「設定」，然後渴望尋找證據證明這個「設定」。

由於楊排雲她們明面上完全沒有行動，諒他們得來的情報只能判斷是未知的陌生的魔女。非常遺憾的是奏平日準備妥當，不僅避免留下蹤影，甚至定時清理痕跡，好比不曾存在過一樣。估計世界上除田青島以外，再無一人知曉自己的步伐。

殺人直播結束後，馮子健乖乖留在魔女之庭內，將所有作家犯罪的證據上傳至網絡。得益於事件風頭正盛，幫忙備份及傳播的人甚多。火越燒越旺，縱使有人存心阻撓，都無法遂意。隨後更有人翻譯成各國語言，傳至外國論壇上，讓國外關注者瞭解事情來龍去脈。

一直默默忍受的年青作家，以及認清文壇真相的新作家，聯手針對涉及醜聞的前輩及相關人士，展開強烈的抗爭及抨擊。傳媒更爭相訪問涉案作家的家屬、朋友，以至龍江出版社等等。有人拒絕受訪，有人帶風向，有人匿名洩密，有人提供更多罪證。一下子整個華文文學界像是吃了一記原子彈，徹底大爆炸，死傷無數。知名作家的醜聞越揭越多，形象破產身敗名裂。龍江文學大獎更被迫宣布中止，暫不舉辦。楊排雲暗中安插人手，在網絡及媒體引導輿論走向，讓風波於表面上集中在文壇。借此盛大的煙霧彈，讓她有時間逐步深入軍政商界，將國內潛伏的敵勢力盡數拔除。

馮子健不知不覺間，成為大旋渦中的小棋子。發起人是他，可是領導者卻不是他。不過所有目標全數死亡，名聲盡毀，他的願望終於達成。

旁邊空間不自然地撕裂，莉亞無先兆下突然現身。

「我回來啦。」

「事情辦得如何？」

「當然沒問題。」自從奏戰敗被俘，她便鬱悶好幾天，才重新振作。如今正遵從奏留下的指示，一步步為推進計劃而四處奔波，感覺像是寄情工作痲痺傷痛。她伸手入隙縫內，向馮子健遞上一本紅色的小簿：「按照奏的指示，已經為你疏通好潛入蘇聯的渠道了。」

馮子健接在手中細看，赫然是蘇聯的戶口證。他的頭像附上陌生人的名字，還夾附一張住民票。作為鐵幕深鎖的國度，不是說進去就進去。所有國民自出生起至死亡，均受到各種有形與無形的監控。無人能憑空出現，即使外國嘗試派出間諜，均無法成功混入。長期無法獲取情報下，結果連人家發展出宇宙戰的軍事力量都一無所知。

早於奏在衛星上駭進蘇聯的內部系統時，還有心思植入一堆假的國民紀錄。這批創造出來的虛假戶籍，連同未來世界的科技，成為奏及楊排雲手中強力籌碼。她們利用這些向外國政府及國際聯盟勸誘，對這次馮子健殺人直播不予聞問，美國更加要與中國合演一場衛星爭奪戰，順手夾攻蘇聯。

當然楊排雲手中仍留有一些戶籍，交付國內的特務局，以便安排本國特工前赴蘇聯潛伏。順便再搞多一個戶口分給馮子健，也不是甚麼難事。

如同奏在最初時說明，「現在的趙澄」肉身，位處蘇聯境內的米格基地，受到嚴格的看守。基地布置干涉魔女異常裝置，魔女根本無法靠近。想要盜回來，只能憑一般人類的他想辦法。

殺死所有評審，讓他們身敗名裂，令文月瑠衣重現世人眼前等等，奏全部都為馮子健圓滿達成了。那麼接下來就輪到他兌現諾言，將那邊的趙澄救出來，並與這邊的她合二為一。

莉亞幽幽的問：「你最快何時可以出發？」

「隨時都可以出發。」馮子健在這些日子以來通過奏留下的教材，自學俄語，學習蘇聯現代文化，背誦大量紅色教材。為免深入敵境後會惹來旁人懷疑，必須好好模仿當地人的言行。

「在我離開的時間，麻煩幫忙看管行李。」

馮子健的行李不多。與其說是他的行李，不如說是文月瑠衣的遺產。當知道奏的權能後，他曾偷偷作出不情之請，將文月瑠衣當年寄出參賽的《雪峰一劍》及《透天玄機》原稿變回來。對奏而言自是舉手之勞，然而對馮子健而言，能夠集齊文月瑠衣所有親筆原稿，直是感動流涕，彌補人生某些遺憾。

「想要前往米格基地，最快最安全的捷徑是從滿州國漠河市往西行越過國境。需要我們安排已經抵步當地的特工接應嗎？」

「不需要，我一個人沒有問題。」馮子健孑然一身，無牽無累，行動更加自由：「事不宜遲，可以安排我與楊小姐道別嗎？」

「不知道她現在有沒有時間，姑且去看看吧。」

兩位矮小的魔女走在前，馮子健跟在後，穿過滿園芬芳的花園，在七彩的大地上行走，徐徐接近一處石製亭園。遙遙看見亭內有數人，亞加米拉示意二人伏在旁邊的花圃內。三人冒頭偷看，楊排雲坐在石椅上，前面有三個男人肅立，似乎在聽候指令。

「看來正在會客呢，要晚點再來嗎？」

「不用了，我不介意稍候一會。」

馮子健聚神遠視，清楚分辨出那三個男人的臉相容貌。他們全部直立垂首，面對在座的楊排雲。中間那位是民望不甚麼高，庸碌無能，數年前低票連任，等到任期完結就必定下台的現任總統。明明是四十多歲的男人，卻像狗一般俯首貼耳，恭聽楊排雲逐項指示，忽然覺得有莫名的喜感。

「左右兩個人是誰？」

亞加米拉小聲回答：「特務局局長和第卅六組組長。」

不愧是這個國家幕後的統治者，竟然能夠向一國之首及高層發號施令。

奏曾提及歷屆總統等少數高層，都協力守護魔女的祕密。利用魔女超乎想像的權能穩定及延續政權的統治，同時亦不得不讓她們在幕後操縱這個國家。可以說是各有需求，互相利用。

之前見過的楊排雲，由於親力指揮別墅修葺，毫無領導人的氣派，便覺得奏在鬼扯。如今親眼目睹這麼不切實際的場面後，才相信她所言非虛。躲起來等廿多分鐘，待會議結束，那三個人離去後才上前行禮。

亞加米拉淡然問：「剛才在談甚麼？」

相比莉亞及亞加米拉，楊排雲外表更為成熟穩重，穿著得體的女性行政服裝，明顯用心妝扮，與之前一副男生英姿颯颯的風儀差別甚大。楊排雲望見馮子健，疲憊地道：「已經將軍方內部貪腐，與勾結外國勢力的將領名單交給他們。接下來要先整頓軍隊，趁機從內奸手中收回軍權。」

說得輕描淡寫，卻是赤裸裸的權力鬥爭。這次計劃中，楊排雲同樣出力甚巨。正因為她在幕後動用權力上下疏通，才能輕鬆達成不少便利之舉。例如為別墅重新接通水電、鋪設互聯網纜線、提供各種必需的物資，甚至干涉軍方及警方調配等等。大費周章，傾全國之力，才不可能僅為馮子健報小小的私仇。經過她及奏的插手後，變成一場對內肅清奸逆惡黨，對外聯結全球的大行動。

「找我何事？」

想當初奏突然於這座庭園現身，面見她們三人時，當然萬分震驚。即使是曾經結伴出生入死的同伴，但以那身姿態重聚，而且交代一堆未來世界的事，不免將信將疑。倒是莉亞完全信任，依據她提供的情報出去調查，順手牽羊從房府竊走電子書。實際目睹各種證據後，才稍稍改觀。

即使如此，聽罷奏的計劃，只能用「瘋狂」去形容。

「那位叫馮子健的頭號通緝犯，真的值得如此重視嗎？」

「如果以遊戲作比喻，他絕對是刷首抽必選的ＳＳＲ角色。」奏以調皮的口吻說著，倏地認真道：「蘇聯那邊的情況殊不樂觀，如果沒有他的幫忙，絕對不可能救出澄。」

「既然只要是人類就可以的話，派遣專業的特務、異能者或超級英雄過去不是更好嗎？」楊排雲的想法不難理解，或者說這種想法才合情合理。奏搖搖頭，堅定地道：「馮子健是那種會自我成長，遇強越強的孩子。讓他與蘇聯那邊的超級英雄交手，開開眼界，肯定會有飛躍性的突破。」

「單純和強者戰鬥，我們都可以安排人手，重點栽培。」

「他是那種實際在危機中打滾，比一本正經的訓練還要學得更好的人。」

楊排雲不是不能理解，但貿然要她重用這位惡名昭彰的殺人犯，始終有一定戒心。莉亞不會看氣氛，還在旁邊一個勁開腔支持，教她掐掐眉心添煩添亂。

奏亦不是單方面打人情牌，更呈上一疊數千頁的計劃書。內文詳細且清晰，將整個宏觀形勢及執行細節步驟、可能遇上的各項變化與應對方法、可供勸誘成為我方的人物及組織、優先剷除的勢力情報及內幕等，全部條理分明巨細無遺地鋪陳而出。楊排雲幾番估量，確定成功機率十分高。更重要的是可以借此計劃，一扳目前國內各種流弊，一舉將整個貪腐的官商以至內奸全數揭翻。

自己長年處身幕後，早就知曉這個國家的腐敗已經蔓延至各處。任她們三位魔女幾番竭盡全力採取各種措施，均欲治無方。如果奏的計劃真的成功，無疑是歷史上從未聞之的巨大變革，甚至改變整個世界。出於國家整體利益，根本找不到拒絕的理由。

想想看過去幾番冒險，這傢伙總是提出最瘋狂大膽的計策，偏偏又讓她一一達成。憶及當時各種荒唐的冒險，令楊排雲神思幾許，幽幽說道：「有時候真想挖開妳的大腦，究竟是甚麼構造，為何老是想出這麼折騰人的點子。」

察知對方心意轉變，奏不禁漏出一抹壞壞的微笑，不加贅言。如是者四位魔女再詳細計議，又接見馮子健及蕭綸公傾談一番。即使知悉魔女任意改造利用自己的復仇，但只要能殺死所有仇人，馮子健便毫不介意。

借用馮子健犯罪為幌子，看似是棒殺文藝界，實際是引蛇出洞。明面上是要令軍警內鬨，兩邊互角。尤其是虞杰背後的組織，潛伏在陰暗面的勢力為隱藏自己，肯定安排人手搗亂現場，抹消與自己相關的痕跡。

螳螂捕蟬，黃雀在後，對方安插在軍隊及警方內部全部人員名單早就被奏揪出來。首先是借這次事件的應對失策為藉口，煽動舉國民意，以降級為名去除對方的職權。口頭上安慰他們避過風頭後再安排復職，事實是回收兵權。當對方發現情況不對時，便強制誣衊罪名，一舉發難搗破各個祕密基地，摧毀他們所有巢穴及資金鏈。

楊排雲在國內積極準備時，奏也沒有閒下來，主動擔任說客，與莉亞及愛麗娜前赴瑞士日內瓦與國際聯盟的捍衛者骨幹交流，同樣提供大量邪惡組織及犯罪者的情報，甚至押上未來科技知識，獲取他們支持。又逐一拜訪各地隱居的魔女，動用各種手段拉攏她們出手協助。

在如今科學倡明的年代，那怕是偏僻的荒島都可以接駁衛星手機，超級英雄隨時跨越國界救援下，豈有可能將虛構的密閉空間殺人事件搬到現實的舞台上執行？更別說過程相當高調，廿四小時全天候於電視機直播，放任人質上網與網友交流。鬧至全球關注下，各個國家居然像事不關己的沒有插手，美國也只是敷衍虛晃一兩槍就撤退，國內的超級英雄集體失蹤，政府各部門對警方的調查不予配合……奇蹟的背後，絕非偶然，而是仰賴奏在事前算無遺策，以及楊排雲居中支援。

「我這邊已經準備好了，稍後將會啟程出發往蘇聯，先向閣下道別，以及感謝一直以來的幫忙。」

馮子健在這邊的任務已經告一段落，接下來中國以至全球會發生何等劇變，都輪不到他操心。更何況檯面上他仍然是頭號通緝犯，長期逗留在此，終究有欠妥當。

楊排雲一貫是那副缺乏聲調變化，毫無感情起伏的語氣詢問：「不需要休息多幾天嗎？」

馮子健搖頭：「婉萍已經睡得太久了，那怕是早一刻，都想她醒過來。」

文月瑠衣的仇報完了，只要讓房婉萍醒過來，他就卸下長久的包袱，從此了無牽掛。

「假如現在將你綁起來送出去，可是能夠賺得五千萬獎金。」

馮子健完全無法從楊排雲冰霜的表情，窺探她是否在開玩笑。

「我已經找到出版社，將會出版文月的小說。」

馮子健登時鬆一口氣，慶幸對方在開玩笑：「萬分感謝。」

「我答應過奏，絕對會全力支援你。」

賈曉帆抄襲罪行曝光，《弒神記》一夕變成廢紙。待文月瑠衣的小說出版，便算是了卻她的心願。

一旦提到奏，莉亞頓時淚眼婆娑，偷偷飲泣。畢竟當時她在衛星內，目睹奏被對手殘忍肢解並擄走。即使過去一段日子，她仍然深深自責。馮子健隱然有點不忍，忍不住問：「你們何時去救奏？」

「我們連她在何處都不知道，如何救？」現實不是童話，沒有迎來皆大歡喜的結局。亞加米拉倒是坦然面對事實：「奏早就有所覺悟，就算犧牲自己，都要完成更重要的事……和以前一模一樣呢。」

莉亞狠狠罵道：「只會無意義耍帥，不就是笨蛋嗎？好不容易大家才重聚，怎麼能說走就走？」

楊排雲眼神中閃過愁悶，竟然向馮子健低頭：「奏留下蘇聯境內所有關押魔女的位置，獨獨是沒有包括自己。如今只有見步行步，一個接一個救出她們。既然奏說你是能夠改變未來的人，那麼我願意將賭注押在你身上。」

「千萬別做傻事，押注在鐵達尼號上是會打水漂的。」明明他除去殺人以外，就甚麼都不會。為何無論是文月瑠衣、房婉萍，以至奏，每一個女人都在自說自話，完全沒有顧慮過他。甚至眼前三位魔女，都向他投來過大的期望。

楊排雲似是聽不到，祝他一路順風。隨後說要準備接見捍衛者的來使，便打發三人離開。

「今天排雲算是很多話了。」

「是嗎？」

亞加米拉溫柔地對馮子健微笑道：「看來她真是相當重視閣下呢。」

馮子健聳聳肩，自己才不是為取得魔女的認而努力。回去自己休息的地方，換上莉亞準備的衣物，貼身收妥戶口證、住民票及現金。莉亞領頭，那怕是咫尺天涯，只要跨過裂縫，穿過異空間，彈指間抵達滿洲國黑河省漠河市境內。霎時寒風凜冽，那怕披上厚重的大衣，仍然禁不住發抖。

「往前越過河谷，就會進入蘇聯的領土，與外面的世界澈底隔絕了。」

漠河市位處滿洲國西北方，鄰接蘇聯國境，四周崇山疊嶂，森林繁茂蔥鬱。二人立在峻阪之上，猶如被盤臥巨龍包圍，讓人倍感自身的渺小。

馮子健正要邁步時，舉頭望望太陽，辨明方向，轉身望向東方。在那處的盡頭，正是太平洋上的日本。而文月瑠衣，就葬在那塊土地上。

「怎麼了？」

「不，沒事。」

馮子健再次背誦文月瑠衣過去唸的詩。

彷佛只殘餘一種氣味隨風飄散
回過頭來衹看到蒼然孤獨的樹影
懸掛著的往日模糊了
牽掛著的情緣陌生了
誰知道曾埋葬著我未能翱翔的心意
那些詩卷蹣跚著腳步
向著茫然不測的歲月走去
怎麼了？刻度仍是深層的

沉重的背囊裏仍有
記憶如蒸餾咖啡仍充滿苦澀

如果沒有你的那段日子裏
收藏著殘缺而古老的星圖
墨藍的天空裏尋不著
也屬於一段美滿情緣的星子
妳也有思念著的人也有沉默的往事

坐在窗台上如在模糊的夜色中隱沒
咀嚼著思想的蘋果看星空下沉
在空調的溫室內妳不知道季候已變遷
不必披著心事的風衣外出赴約
和煦的陽光已在妳髮梢間顫動

詩名〈風衣〉，同樣出自秀實的詩集《天空之城》。

每當唸及這首詩，彷彿感覺文月瑠衣仍然跟隨在自己身邊，馮子健便有勇氣向前走下去。他暗下決心，待所有事情都搞定後，一定要去日本拜祭她。

「我出發了。」

莉亞向他祈求道：「萬事小心。」

馮子健往前邁步，縱身一躍，無畏地向樹海深處出發。莉亞怏怏不樂，目送他的身影消失，方醒起某件事：「哎呀……忘記告訴他父母親的名字……」

莉亞現在才醒起，奏曾經留下馮子健的親生父母親姓名，以及舅父的所在，拜託她傳達予本人。怎麼自己老是在關鍵時刻掉鏈子呢？莉亞微微斂著眉目，沒精打采的樣子，翩翩如蝶旋身，就此消失於山頭上。

「算了，之後待他與舅父見面時再找機會解釋吧。」

SP1

對不起吶，當你讀到這封信時，也許我無法回到你的身邊。

不是你的錯，而是我的任性。

也許你已經忘記，在數千年之前，曾經在那株檜樹下，你說過一定要讓我享受最幸福的日子。

只要回想你曾經發誓要永遠與我在一起，心中便湧起無窮的幸福與溫暖。彷彿是昨天的事一樣，藉由這片刻的回憶，支撐我數千年來無數次的流轉。

如此厚重甜蜜的美事，那怕中間數次轉生，你喜歡上其他人，又或成為敵人，甚至視如寇讎，我都不曾怨恨過你。所以今生今世，能夠在茫茫人海中重遇你，共渡那六年相宿相戀的時光，便讓我感受到無比的幸福。

只要人類能夠存續下去，就算無數次消失、別離，終會於未來再次重生。

魔女是不會死的。無論你轉生多少次，我都鐵定會找到你，再續前緣。

再見了，我所摯愛之人。

SP2

擺闊的別墅，如今顯得甚為清冷。因為缺少必要的裝飾和家具，顯得空蕩蕩。一名白髮蒼蒼的老頭子坐在後花園的長椅上，仰觀蒼穹，回想大半生追逐名利財富，最終也不過是佔有一張椅子。惟一不同的是，別人是坐在公共花園，他是坐在私人花園。不管他對著風景多久，都無人打擾。傭人冷漠地站在旁邊，連服侍都談不上。

自房兆麟在青苗醫院一覺醒來，世界就改變了。長女回家途上發生車禍下落不明，家庭醫生死亡，管家神祕失蹤。妻子知道長女失蹤後更是極度愉悅，狂歡不已。

人突然變老，更失去鍾愛之人，身體無法自如行動。看見丈夫形單隻影佝僂寒酸，妻子不單不加慰問，反而落井下石。聯合其他董事在董事局的會議上，藉口丈夫年事高需要休息療養，威迫他將董事長及執行長之位轉讓予長子。一旦簽妥文件，發布公告後，無論是妻子及兒子都不再理睬過自己。甚至連一直居住的別墅都被奪去，踢來這間丟空多年的冷屋中。

「雖然很想知道那雜種到底是何處撿來的，不過既然她都不在，那麼沒關係了。」

即使理解妻子痛恨自己的理由，但面對當下景況，心中不免感到一陣辛酸與苦楚。過去他十分努力，想改變妻子的成見，可惜一直徒勞無功。仇恨的人不存在，憎恨的人受折磨，讓她感覺非常開心。女人的恨意，可以不惜一切代價，將所有事物焚燬淨盡。

房兆麟回想起當初二人那縷熾烈的情調，居然在數十年內慢慢沖蝕，雲散霧消片瓦不存，便感到處處無力，氣餒不振。妻子一直認定房宛萍是他在外面與其他女人鬼混而生的雜種，簡直冤哉枉也。他不是不想解釋，而是連自己都不知道怎生解釋。

最愛的長女房宛萍，確實不是親生，也非私生。連自己都搞不清楚，「她」到底是何方神聖。

自己之所以逃過一劫，有今天的成就，全賴她帶來的預言書。姑且一時婦人之仁，動惻隱之心，才承擔起撫養的責任。只能說人生比戲劇更不可思議，充滿無法解釋的疑問以及遺憾。

「老爺，外面有人求見。」

傭人的口吻毫無莊重之意，不過房兆麟也沒有介意。倒是好奇現在誰會雪中送碳，不跑去巴結房氏地產新任總裁，而是拜訪他這位行將就木的老頭子。

「對方自稱之前受蘭瑟委託，有重要事情想向你交代。」

蘭瑟是以前的家庭醫生，房兆麟記得他是孤兒出身，也沒有聽聞有甚麼朋友。心想反正閒得發慌，既然不請自來，也就會會來客，邀請他到會客房去，一探其虛實。

對方比自己還年老，似乎已經八十多歲，不過身子更壯健，挺腰直骨的走過來握手。

「房先生，久仰大名，幸會幸會。」

「閣下是……」

「李國立，區區小人物，毫不掛齒。」

愚者用外表衣著觀人，智者用氣質精神觀人。房兆麟閱人無數，對方是小人物抑或大人物，焉會分不出嗎？一如詩人馬二生，曾經賦〈觀人〉詩，曰：

多辭真躁者　聚利共蛇蟲
大難滋怨懟　何堪效聖君

眼前這位比自己還年長的老伯沉穩老練，臉龐上浮著捉摸不定的笑容，面對自己仍處之泰然，顯然絕非泛泛之輩。

「阿周，你先出去，有事我再叫你。」

「是，老爺。」

年青傭人悻悻然退出書房，兩位老頭子安坐，房兆麟身為主人家親自沖茶。

「開門見山吧，借問李先生找我何事？」

李國立豎起食指在嘴巴前，悄無聲息站起身靠近門口，驟然拉開。年青傭人居然站在門外，正在錯愕間，李國立右手五指夾住他的頭顱，稍微一施力，即告昏厥，繼而拖入房關上門。從頭至尾不過區區三四秒左右，令房兆麟目瞪口呆。

「我的職業是仲介，不過不是代理房產買賣，而是接受殺人委託。只要有人付錢，就算是總統，我們都照殺不誤。」

房兆麟心頭一顫，看見他剛才那副身手，再也不敢質疑半句，強作平靜問：「是和房宛萍有關嗎？」

論及殺人，必然想起房宛萍。突然遭遇交通意外，整輛車墜落山。肇事的貨車司機堅稱無辜，還聲言事發時有另一輛機車在場。不過警方根本找不到他證詞內提及的機車，甚至連房宛萍的屍身都找不到，於是調查陷入瓶頸。

「原本我不應現身，壞了規矩。不過師傅說事態緊急，要特事特辦，所以破例上門向房先生交代某些事。」

師傅？他都這把年紀，師傅豈不是更老。房兆麟頓時在腦海中，抽繪出一位百歲老人的相貌。

「但說無妨。」

「早前我們從蘭瑟．李先生處接下一份委託，指名要殺死房先生。」

「殺死我？為甚麼？」房兆麟倏地一顫，看樣子對方不像開玩笑，可是也想不通自己有何地方得罪蘭瑟。李國立捻著短短的鬍子，目光內斂，緩緩由當年收購大同鐵廠的糾紛談起，至蕭敢權從孤兒院認領蘭瑟，再到二人合謀殺盡房府上下等等，全部源源本本說明清楚。至此房兆麟才明白權叔及蘭瑟背後居然隱藏如此祕密，目光迷眩中緩緩閉合，徐徐道：「我當年所做的事，問心無愧。」

「不過有些人只會盲目相信自己所相信的事物，並摒棄無視不合己意的『真相』。」

不是每一個人都心胸廣闊，肚內可撐船。那怕史上以賢君而聞名的唐太宗李世民，也在魏徵死後損其墓，砸其碑，顯然飽含無盡的怒意。

「當年大同鐵廠經營陷入困難，兄弟相殘家族內訌，以致嫌隙日深，廠房經營不善，揹下巨大債務。縱使我不出手收購，亦自會有其他人收購，而且價格更低。外界謠傳我用虛假手段騙取鐵廠，完全是無稽之談。為何蕭敢權身為房家管家，會向蘭瑟捏造那些捕風捉影的不實謠言？欺騙他種下仇恨？」

「很簡單，因為蕭敢權是共濟會的成員。」

「甚麼？」

「簡單而言，房氏地產很礙眼。你這位富豪並非由共濟會扶植，也不願與他們合作，他們又扳不倒你，所以想辦法將你澈底除去，然後扶立他們的人。只要房氏地產倒下，就如同城牆破去一個缺口，任由他們入侵，作為主宰遠東經濟的踏腳石。」

房兆麟如晴天霹靂，閉上嘴巴。對方一番話，於內心激起千重浪。

「那群混帳東西……至今猶不死心嗎？」

正因為親身接觸過疑似共濟會的成員，幾度拒絕以至反擊，所以房兆麟認真看待對方的話。順其者生，逆其者死。早就料到他們會不擇手段對付自己，然而千算萬算都算不到他們可以花費數十年在身邊埋下這一手陷阱，真箇狠辣毒絕。

「數百年以來，他們從暗處一統世界，意圖掌控東方的政治及財富，可謂城府甚深。不是直接下手，而是唆擺他人作為棋子為自己服務，從頭至尾都不用沾污雙手，更不會留下任何痕跡。很多人連自己怎麼輸掉都不知道呢，連我也是聽師傅的話才知道那麼多深不見底的內幕，所以房先生也不必過於介懷。」

房兆麟更加憂慮的是自己百年歸老後，那對母子會否遭遇意外。自己有本事抵抗共濟會，可是他們絕對沒有那個本事，甚至思疑董事會中是否都安插內鬼。那怕他們絕情絕義，可是一個有夫妻情誼，一個是親生骨肉，不可能見死不救。李國立似乎瞧破他的心思，頓一頓後道：「憑你個人的力量，決不可能抵擋組織的力量。想要與他們抗衡，同樣需要組織的力量。」

「嘿嘿嘿，你到底是代表誰來當說客？」

「房先生，你有興趣加入『魔女之庭』嗎？」

對方背後隱藏著更加深不可測的心思與勢力，而且將房兆麟所有退路封死。跳出一個坑，又落入另一個坑。房兆麟背上滲出汗水，不願與李國立進行目光接觸，企圖掩飾內心的緊張。

人在江湖，身不由己。他的身分決定了他的地位以及道路，絕不可能像一泓泉水，永遠清亮見底。他早就發現那本預言書上記載的事漸漸不準確，恐防被錯誤資訊左右判斷，故此將之封在書房的抽屜內，不再隨便翻看。反正房氏地產基礎鞏固，只要不隨便冒風險，都可以平平安安運作下去。然而面對眼前這股浩瀚晦澀的溝壑，以及即將湧來的暴風雨，忽然希望有明燈指示，告訴他應該走哪一條路，才能通向完美的結局。

SP3

倉科家早於十二月廿九日已經安排大部分傭人休假，讓大家回鄉度歲。僅餘幾位傭人自願留在別墅內過年。幾天之間，樸素典雅日式和風古宅，各處都打掃得乾淨明亮。在廚房擔任主廚的芳賀先生伙同徒弟在庭園處準備打年糕，其他傭人也在廚房準備御節料理，迎接明天的元旦日。

府內上下忙得不可開交時，一輛房車駛至倉科家門外。傭人赤羽先生認得那是涼宮家的車，登時開門迎接。

「我是來找明日奈的。」

一位穿著素雅的淡紫色振袖和服，外面披上一襲桃紅色的長羽織的少女，端正地坐於車廂後座。烏黑的長髮簡單地挽成側馬尾，長長垂留在左胸上。配上得體大方的言辭，洋溢出大家閨秀該有的高貴氣質。赤羽先生當然認出來者是誰，絲毫不敢怠慢半分。

「倉科小姐在後園書房那邊。」

「好的，我認得路的，自己會過去。」

司機下車，向赤羽奉上一個大禮盒：「這是我家大小姐的些微心意，請收下。」

「噢，謝謝。」

涼宮家的千金茜小姐每次上門都禮數充足，頗得倉科家上下歡心。得允通行後，司機照舊駛入前園，於訪客用的停車場停泊後，涼宮茜吩咐他留在車上，自己一個人捧著禮盒，盈盈步至大宅正門。傭人都各有各的忙碌，紛紛向路過的涼宮茜客氣點頭，涼宮茜亦逐一向眾人請安。大家都知道她是倉科明日奈自小相識的好姊妹，而且同樣出身尊貴，所以無人攔路打擾。

如同自己的家那樣，步進玄關，換上室內鞋。踏過榻榻米，與倉科明日奈的家人打招呼。穿過長而狹的緣側，於庭園中步上石階，最後來到深處的書房。

書房與大宅同樣古老，一樑一瓦全由木製，一口釘子都沒有，本身已經是珍貴的歷史遺產。遺憾有一位穿著和服的少女在門口欲嘔又止，撐住樹幹「唔唔噁噁」的不斷呻吟，簡直敗壞美景。

「妳又在搞甚麼？」

「啊……是茜啊……午安啊……」

眼前這位容姿略為憔悴的幼小女孩，別誤會作小學生，她正是倉科家家主倉科明日奈。涼宮茜沒好氣的白了她一眼，替她撫平背部：「沒事兒嗎？」

「還好。」

吐出幾口深色的黃膽水後，倉科明日奈總算鬆一口氣，從袖口處掏出手帕，優雅地抹抹嘴巴，同時整理身上那套染有桔梗的淡黃和服。彷彿剛才一切全部是幻覺般，恢復貴族千金大小姐應有的姿態及禮儀，恭謹向朋友請安：「新年快樂。」

「明天才是新年。」

好歹二人從五歲起就開始各種孽緣，早就對她各種遺憾至極的真實本性見慣不怪。涼宮茜指指頭髮，倉科明日奈急急雙手梳理，長髮迅速恢復順滑，顯得俐落活潑，更有心思回嘴道：「可是你已經穿好新年的和服了。」

涼宮茜有點羞窘道：「那是遙姐強迫我穿上的……呃，對了，請笑納。」

面前朋友雙手奉上厚意，倉科明日奈喜氣洋洋接下。她的右眼瞳孔與左眼不同，乃鮮紅的朱色。稀有而漂亮的異色瞳，如同寶石般照上來客：「突然登門造訪，有何貴幹？」

「今晚我們全家去明治神宮參拜，然後回老家去，至四日才回東京。」涼宮茜繞了一個彎，猶未進入正題。倉科明日奈與涼宮茜相識多年，其親密之程度，甚至知曉對方的祕密，更遑論大家的個性習慣。在學校向來人稱「冰山公主」的涼宮茜，特意在此時上門，定必有重要之事商談。

「所以呢？」

「有些事……我想面對面和妳商量。」

「果然如此。」

倉科明日奈眼神閃過異樣的思緒，請涼宮茜先進書房。進門時她留意兩邊空空如也：「書房門口的對聯呢？」

「拆了，明天寫一塊新的。」

書房內溫度比外面更暖和，一排又一排紅木書架，上面堆疊一卷卷竹簡及線裝古本。從地面直豎往樓頂，儼如用書砌成的牆壁。然而書房深處卻擺放一組現代化的辦公桌椅，上面還有一部新穎的桌面電腦。不過涼宮茜注意的重點，是案上那疊厚如山的原稿紙。

「又在寫小說嗎？」

倉科明日奈點點頭：「從冬假起便開始寫了，連續幾天寫寫寫，寫到精神失常，想嘔又嘔不到，才出去透透氣。」

辦公桌旁邊特別闢置一間和室，中間還有一個碳爐，徐徐溫暖一室。兩位少女於榻榻米上正坐，涼宮茜則脫去長羽織時，倉科明日奈取來茶具，用碳爐上溫好的熱水沖茶。

「可以嗎？」

「隨便。」

倉科明日奈取刀切開禮盒，入面是群林堂的豆大福，而且是限定的花蜜味豆大福。

「嘩，涼宮家之前呈來的年終送禮已經夠豪華了，別那麼客氣啦。」

「不，這是本人微薄的心意。」

倉科明日奈將豆大福及茶置在卓袱台上，兩位少女團坐相對。甜的豆大福，配上熱的茶。吃喝一巡，猶是無言。倉科明日奈受不了老朋友扭扭擰擰的個性，主動揚口問：「無事不登三寶殿，大家都是哥兒，有甚麼話兒不可說？」

嬌小迷你的她上半身微微向後傾斜，眨動長長的睫毛。原應是閉月羞花的含蓄大和撫子，卻朗說出中國的國語，而且帶有些微南京腔。不過對面的人居然聽得懂，正色道：「實不相瞞，我想回中國一趟。」

涼宮茜同樣唸中國的國語，只是有點不標準的廣東腔。倉科明日奈凝視她，又望望那盒豆大福，堂皇伸手再抓一塊，咬在口腔內，讓甜味濃郁化開：「妳真的以為我是藍色的機械貓，有求必應嗎？」

「可是之前我們不是以巡視中國業務為名出差，到南京一趟嗎？」

倉科明日奈憶起當時的事，頗為無奈道：「之前歸之前，現在歸現在。別忘記我們快將升讀中學三年級，準備高中升學試。就算湖聖學園是校內直升，也不代表可以敷衍過去。妳覺得我可以找甚麼藉口說服家父，還有令祖母，讓我們開小差去中國？」

涼宮茜悶悶不樂，望見她那副煩憂之色，倉科明日奈道：「好啦，一場兄弟，上次南京妳幫我，這次我都會幫妳。只是如今真的不行，至快也得等到明年。」

「明年……明年甚麼時候？」

「等我想想看……明年憲法紀念日有三天假期，夠不夠？如果想長一點的，只好等暑假。」

「那不是五月嗎？也太久了。」涼宮茜更添苦惱，倉科明日奈單刀直入問：「老實說妳是不是發現新證據，想回九龍市找真兇？」

「不是那回事。」涼宮茜欲言又止，想了好一會，猛力豪邁地像男兒倒一口茶入口，挺起胸脯道：「妳知否最近中國發生的那宗殺人直播事件嗎？」

「哦哦哦，有聽過啊。」

不是有聽過，而是知之甚詳。中國頭號通緝犯馮子健將八位知名作家囚禁於羅浮山上的別墅，然後向全國廿四小時實況轉播現場。日本國內傳媒亦有報導事件，但未至於高度關注，只是網上比較多討論罷了。倉科明日奈下令倉科集團於中國那邊分部的職員每日整理相關報導，直接發送至郵箱內。即使這幾天拚命寫稿，仍然抽空跟進最新案情。

霎時提起那宗案件，感覺事不單純。倉科明日奈不動聲息，決定先呷一口茶，等對方披露詳情，再行計議。涼宮茜從巾著中取出手機，打開一篇網絡上的報導，將螢幕呈過來。

「這位就是犯人，馮子健。」

倉科明日奈點點頭，繼續喝茶。

「他可能是我的外甥。」

「噗」的一聲，倉科明日奈整口茶都噴上涼宮茜的臉上。

「這位就是犯人，馮子健。」

倉科明日奈即時停止喝茶，還煞有介事的將茶杯放回卓袱台上。

「他可能是我的外甥。」

倉科明日奈反應超大，雙手按住涼宮茜的肩：「你是指他是你前世的外甥？」

「當然，」涼宮茜非常認真：「不然你以為是今世的外甥嗎？」

「這些事別在人家喝茶時說啊！你想嗆死我嗎？」

無論是自己、旁邊這位涼宮茜，以至同校好朋友瀧崎詩葉，三位不僅是日本七大財閥的千金小姐，同時亦為帶著前世記憶的轉生者。即使前世加今世好歹活了四十四年，天底下仍然有意想不到聞所未聞的奇事，比方說好朋友的外甥居然是殺人犯。

「我記得傳媒報導，他是孤兒院出身，怎麼會變成妳的外甥？」

涼宮茜露出凝重的表情：「他的五官輪廓，與姐姐她幾乎一模一樣。」

「……就只是這樣？」

「絕對不會有錯！他一定是姐姐的孩子！」

非常典型的涼宮思維，直覺先行。偏偏她的直覺永遠都是對的，讓倉科明日奈沒法用理性去分析。她偷瞄一下，又偷夾一塊豆大福塞進口。連日來寫小說寫太久，需要為大腦補充糖分。

「一九九零年進青苗孤兒院，尚為襁褓之時。從時間算來，與姐姐產子的時間相若。」

「唔唔唔……」

「更重要的是，姐姐亦表示假如生的是男孩子，就叫『子健』。」

「女孩子呢？」

涼宮茜一愣，迷濛中思索後，搖頭道：「忘記了。」

「所以妳因為對方外貌相似、出生年份相同、名字相同，就認定他是令姐的兒子？」

「我想親自會會他，也許能搞清楚。」

「嗄？妳瘋了嗎？現場早被中國軍隊封鎖，就算茜過去也不能登山。就算登山，他亦不一定在現場。真的碰面時，難道挺著這副美少女的外表，說自己是他的舅父嗎？」倉科明日奈一個勁說道：「再者如今你們毫無血緣關係，上哪兒驗ＤＮＡ？萬一他根本不是妳的外甥，豈非表錯情認錯人？」

涼宮茜找不到反駁的話，倉科明日奈倒過來教訓道：「妳這個人真是的，前世加今世少說都活了四十多年，為何老是如此衝動？」

涼宮茜抱怨道：「不然妳告訴我該怎麼辦？如果他真是姐姐留在世上惟一的骨肉，難道我默不哼聲當陌生人視而不見嗎？我辦不到！」

倉科明日奈右手再往後抓……咦？抓了個空？最後一塊豆大福居然在涼宮茜手上，她的櫻桃小嘴慢慢嚼咬，顯得無助彷徨。

「嗚……啊……」

好想食！太好味了所以忍不住，真的好想食！不過要忍住，再吃就會變胖了！

「總之未百分百搞清楚前，貿然仆過去，絕對行不通。」

「明日奈倒是說說看，有何辦法可以搞清楚他的身分？」

「反正現在羅浮山包圍至水洩不通，捅出那麼嚴重的案件，估計事後亦會落網被捕。屆時我安排中國分部那邊的同事聘請律師替他辯護，再想法子安排你們視像見面，不就行嗎？真的有萬一，也可以拜託二馬先生。憑他在那邊的人脈，也許可以幫忙開個後門，拖延一下。」

「……確實是好方法。」涼宮茜長嘆一聲：「果然明日奈的腦子真好。」

「妳啊……凡事別那麼衝動，好好想清楚再行動不行嗎？」

「明日奈說得對，我這衝動的性格，總是無法改掉。所以才會在問嬤嬤前，先過來找妳商量。」

「妳所謂的『考慮』就是這樣程度嘛……」倉科明日奈按著額頭，不知該好氣還是好笑。

「一直麻煩明日奈真不好意思……」涼宮茜突然站起身，披回長羽織，離開和室：「時間差不多了，我得回去陪嬤嬤。至於子健那邊的事，就拜託明日奈想辦法。」

「嗯？是？等等！居然用一盒點心來收買我？」

涼宮茜雙手合十祈求：「大不了之後再報答妳！」

倉科明日奈心想大家都是老朋友，事到如今也算不清誰欠誰的。像之前去中國，沒有她幫忙，自己都不可能順利解決那件事件。

「算了，馮子健的事就包在我身上。不過隔了一個大海，我也不敢寫包單。」

涼宮茜低首道謝，倉科明日奈送她離開書房，再次感慨現實比小說更離奇，不禁仰首望向書架上道：「休息充分，還順便聽到八卦，不賴吧。」

一位白銀色長髮，穿著銀白和服，全身彷如幽靈的半透明小女孩慢慢從上而下飄落，呵呵大笑：「果然跟在明日奈身邊，永遠都不會無聊呢。」

「觀劇」之魔女肖恩，不請自來找上倉科明日奈，單方面訂立契約，將她收為眷屬的魔女。托賴她賜予自己超乎想像的權能，才能完全掌控倉科家，享受千金小姐的優渥生活。

「妳是甚麼時候回來呢？」

因為要全神貫注投入寫作，所以暫時關閉雙方共享感官。直到剛才恢復時，才察覺肖恩回來。

「由明日奈向茜噴茶，然後發動權能刪除醜態的時候。」

「即是說幾乎全部都聽到啦。」

「當然啦！不過先別管她了，明日奈拜託我調查的事都搞定了，想聽嗎？」

肖恩黏在身邊，倉科明日奈無法用手拂開單純精神體的她，示意快點說下去。

「關於東京灣的人工島計劃，總理已經與各大臣談妥，預定明年春通過傳媒向大眾試探風向。」

「哦，談了那麼久，還是不敢正式拍案嗎？」

「政府估算每畝地造價為卅五萬美元，但會對外宣稱四十萬美元。」

「每畝地卅五萬美元，很好，知道這個價錢便夠了。」

「另外還有意外大發現呢。」

「甚麼大發現？」

「財務大臣綾小路，居然將政府興建人工島的情報私下洩露予文月。」

「甚麼？那個臭老頭都是文月的人？」

原本以為自己獨佔優勢，沒想到同樣有人捷足先登。一旦東京灣外興建人工島的計劃公布，附近的地價必然下跌，同時利好運輸建築。先一步對相關土地及產業進行併購，便能謀取最大利益。

「文月高丸老是在搞小動作！」

「明日奈有資格罵人嗎？」

倉科明日奈擺出苦臉：「絕對不能讓文月高丸討得半分好處……可是明年上半年集團的流動現金不太充裕，不能輕易行動……要不要找爸爸商量一下……」

「喂，報酬呢。」肖恩才不管人間的鬥爭，她只在乎自己感興趣的事。

「報酬？剛剛寫好了，八萬字原稿，就放在桌上。」

肖恩望見厚厚的原稿紙，彷彿是盛世美食，撲上去又舔又咬。

「啊啊啊……這濃郁的芳香，柔滑的味道，稠厚而綿長的餘韻……是明日奈獨有的味道！」

「嘔心瀝血的拙作給妳描述成那樣子感覺真嘔心。」

身為魔女的肖恩，不能直接發動權能，而是需要倉科明日奈這位眷屬配合，才能完整使用力量。倉科明日奈能夠任意挪用肖恩的權能，也能拜託她辦事。當然這不是無償免費，對這位不老不死的魔女，必須獻上讓她解悶的貢品。不管是未解的謎團、神祕的事件、離奇的案件，以至引人入勝的小說……總之可以引發她興趣，滿足好奇心，消滅無聊即可。

然而哪有可能隨時都碰上不可思議的事件？幸好倉科明日奈前世是寫小說的，作品非常合肖恩胃口，慢慢便變成寫小說當作貢品獻出去。像這次派遣她潛入政府內部打探人工島計劃的會議內容，代價就是八萬字的小說稿。為此冬假一開始，她就得天天伏案爬格子，總算趕及完稿還債。

倉科明日奈坐回案前，終於有時間開始做學校分派的作業。

「吶吶吶，你為何不向茜坦白呢？」

「坦白甚麼？」

「明明同樣關注中國那邊的殺人直播案件，還整理很多資料，為何不讓茜過目？」

倉科明日奈擱下筆：「真無聊的問題，好比說我有很多錢，就必需要分一些給其他人嗎？」

「呵呵呵，明白明白。」肖恩飄在倉科明日奈背後，透明而帶涼意的手掌，緩緩撫摸少女的臉頰：「那麼明日奈為何如此在意那宗案件呢？」

「單純當作寫小說用的資料搜集取材還不賴。」

肖恩不接受這敷衍的回答，右臉頰貼近倉科明日奈的左臉頰：「騙人，妳在想著『那個女人』吧？」

「對哦，無時無分都在想念她啊。」倉科明日奈驟然露出愉悅的表情：「看見紀春筠那個事媽兒和龍江出版社焦頭爛額狼狽不堪的樣子，實在太爽快了。前世累積下來的怨氣都吐得乾淨哦！托馮子健的福，看來我可以加快向她展開復仇計劃了。」

（第二卷　完）

要推理74　PG2373

要有光 FIAT LUX

湖迴之魔女Ⅱ：
一個都不留

作　　者　有馬二
封面插畫　星遥ゆめ
責任編輯　喬齊安
圖文排版　周怡辰
封面設計　王嵩賀

出版策劃　要有光
發 行 人　宋政坤
法律顧問　毛國樑　律師
印製發行　秀威資訊科技股份有限公司
114台北市內湖區瑞光路76巷65號1樓
電話：+886-2-2796-3638　傳真：+886-2-2796-1377
http://www.showwe.com.tw
劃撥帳號　19563868　戶名：秀威資訊科技股份有限公司
讀者服務信箱：service@showwe.com.tw
展售門市　國家書店（松江門市）
104台北市中山區松江路209號1樓
電話：+886-2-2518-0207　傳真：+886-2-2518-0778
網路訂購　秀威網路書店：https://store.showwe.tw
國家網路書店：https://www.govbooks.com.tw
總 經 銷　聯合發行股份有限公司
231新北市新店區寶橋路235巷6弄6號4F
電話：+886-2-2917-8022　傳真：+886-2-2915-6275

出版日期　2020年6月　BOD一版
定　　價　480元

國家圖書館出版品預行編目

溯迴之魔女. II : 一個都不留 / 有馬二著. -- 一版. -- 臺北市 : 要有光, 2020.06
面 ;　公分. -- (要推理 ; 74)
BOD版
ISBN 978-986-6992-43-8(平裝)

857.7　　109004395

讀者回函卡

感謝您購買本書，為提升服務品質，請填妥以下資料，將讀者回函卡直接寄回或傳真本公司，收到您的寶貴意見後，我們會收藏記錄及檢討，謝謝！

如您需要了解本公司最新出版書目、購書優惠或企劃活動，歡迎您上網查詢或下載相關資料：http:// www.showwe.com.tw

您購買的書名：______________________________

出生日期：________年________月________日

學歷：□高中(含)以下　□大專　□研究所(含)以上

職業：□製造業　□金融業　□資訊業　□軍警　□傳播業　□自由業

□服務業　□公務員　□教職　□學生　□家管　□其它______

購書地點：□網路書店　□實體書店　□書展　□郵購　□贈閱　□其他

您從何得知本書的消息？

□網路書店　□實體書店　□網路搜尋　□電子報　□書訊　□雜誌

□傳播媒體　□親友推薦　□網站推薦　□部落格　□其他______

您對本書的評價：（請填代號　1.非常滿意　2.滿意　3.尚可　4.再改進）

封面設計____　版面編排____　內容____　文／譯筆____　價格____

讀完書後您覺得：

□很有收穫　□有收穫　□收穫不多　□沒收穫

對我們的建議：______________________________

請貼
郵票

11466
台北市內湖區瑞光路 76 巷 65 號 1 樓
秀威資訊科技股份有限公司 收
BOD 數位出版事業部

(請沿線對折寄回，謝謝！)

姓　　名：＿＿＿＿＿＿＿＿　年齡：＿＿＿＿　性別：□女　□男

郵遞區號：□□□□□

地　　址：＿＿＿＿＿＿＿＿＿＿＿＿＿＿＿＿

聯絡電話：(日)＿＿＿＿＿＿＿＿(夜)＿＿＿＿＿＿＿＿

E-mail：＿＿＿＿＿＿＿＿＿＿＿＿＿＿＿＿